Editora
Charme

UM ENCONTRO NADA ROMÂNTICO

MEGH

QUINN

CB006360

1ª Impressão 2022

Produção Editorial - Editora Charme
Capa - Letitia Hasser com RBA Designs
Ilustrações - Gerard Soratorio
Adaptação de capa e Produção Gráfica - Verônica Góes
Tradução - Laís Medeiros
Revisão - Equipe Charme

Esta obra foi negociada por Brower Literary & Management.

FICHA CATALOGRÁFICA ELABORADA POR
Bibliotecária: Priscila Gomes Cruz CRB-8/8207

Q7u	Quinn, Meghan
	Um encontro nada romântico / Meghan Quinn;
	Tradução: Laís Medeiros; Produção editorial: Editora Charme;
	Revisão: Equipe Charme; Ilustrações: Gerard Soratorio.
	Adaptação de capa e produção gráfica: Verônica Góes;
	– Campinas, SP: Editora Charme, 2022.
	472 p. il.
	Título original A not so meet cute.
	ISBN: 978-65-5933-089-8
	1. Ficção norte-americana | 2. Romance Estrangeiro -
	I. Quinn, Meghan. II. Medeiros, Laís. III. Editora Charme.
	IV Equipe Charme. V. Góes, Verônica. VI. Soratorio, Gerard. VII. Título.
	CDD - 813

Editora Charme

www.editoracharme.com.br

Editora **Charme**

UM ENCONTRO NADA ROMÂNTICO

TRADUÇÃO: LAIS MEDEIROS

AUTORA BESTSELLER DO *USA TODAY*

MEGHAN QUINN

PRÓLOGO
LOTTIE

— Oi, garota.

Hum, não estou gostando da alegria em sua voz.

O sorrisinho em seus lábios.

O cheiro enjoativo de seu perfume intoxicante e sufocante usado em excesso.

— Oi, Angela — cumprimento com um tremor cauteloso ao sentar-me à mesa de seu escritório.

Jogando seus cabelos loiros e brilhantes para trás, ela junta as mãos, sua linguagem corporal transmitindo interesse conforme ela se inclina para frente e pergunta:

— Como você está?

Passo as mãos sobre minha saia-lápis vermelho-vivo e respondo:

— Estou bem. Obrigada.

— Que maravilha ouvir isso. — Ela se recosta e sorri para mim, mas não diz mais nada.

Ok... que merda está acontecendo?

Viro o rosto um pouco para trás e olho rapidamente para a fila de homens de terno sentados com as costas perfeitamente retas e pastas no colo, fitando nossa interação. Conheço Angela desde o Ensino Fundamental. Tínhamos aquele tipo de amizade com idas e vindas, na qual eu era a vítima dessa camaradagem intermitente. Em um dia, eu era sua melhor amiga, e no seguinte, era Blair, que trabalha no setor financeiro, ou Lauren, que trabalha no setor de vendas, e depois disso, o posto voltava para mim. Éramos constantemente trocadas. Quem é a melhor amiga da semana?

Eu sempre me perguntava isso, e de um jeito louco e doentio, sentia uma pontada de empolgação quando o cartão de melhor amiga vinha para as minhas mãos.

Você deve estar se perguntando: por que continuar presa a uma amizade tão tóxica? A resposta tem três partes.

Um: quando conheci Angela, eu era jovem. Não fazia ideia do que fazer durante uma época tão agitada quanto uma montanha-russa. Simplesmente me agarrei aos suportes e me segurei como se minha vida dependesse disso, porque, francamente, estar com Angela era empolgante. Diferente. Ousado, às vezes.

Dois: quando ela era legal comigo, quando estávamos em um nível profundo da nossa amizade, tive os melhores momentos da minha vida. Crescer em Beverly Hills como a garota pobre não me proporcionava muitas aventuras, mas com a amiga rica que não se importava com a sua carteira vazia e te dava boas-vindas ao mundo dela... é, era divertido. Pode me chamar de fútil, mas eu me diverti durante o Ensino Médio, apesar dos altos e baixos.

Três: eu sou fraca. Tenho um medo do caramba de confrontos e os evito a todo custo, consequentemente — é, pois é, eu mesma —, aqui estou eu, um capacho ao seu dispor.

— Angela? — sussurro.

— Hum? — Ela sorri para mim.

— Posso saber por que você me chamou aqui e por que o FBI parece estar fazendo fila atrás de mim?

Angela joga a cabeça para trás e solta uma risada calorosa ao pousar a mão na minha.

— Ah, Lottie. Deus, vou sentir falta do seu humor.

— Sentir falta? — pergunto, minha espinha enrijecendo. — Como assim, vai *sentir falta*? Você vai sair de férias?

Por favor, que seja isso. Por favor, que seja isso. Não tenho condições de perder esse emprego.

— Vou.

Ai, graças a Deus.

— Ken e eu vamos para Bora Bora. Tenho uma sessão de bronzeamento artificial marcada para daqui a dez minutos, então precisamos acabar logo com isso.

Como é que é?

— Acabar logo com o quê?

A expressão em seu rosto jovial se transforma em algo mais sério, o tipo de seriedade que não vejo com frequência em Angela. Porque, sim, ela pode ser a dona de um blog de estilo de vida, mas não é ela que faz o trabalho — a equipe é que faz. Então, ela nunca precisa ficar tão séria.

Ela endireita as costas, sua mandíbula fica tensa, e olhando-me por baixo de seus cílios falsos e grossos, diz:

— Lottie, você foi fundamental no início do Angeloop. A sua maestria em teclado de computador sempre foi incomparável a qualquer pessoa nessa empresa, e o humor que você traz a esse blog de estilo de vida em ascensão, que me dá rios de dinheiro, fez com que essa viagem para Bora Bora se tornasse realidade.

Eu ouvi isso direito? Por minha causa, ela pode sair de férias?

— Mas, infelizmente, teremos que deixá-la ir.

Calma aí... o quê?

Me deixar ir?

Tipo, nada mais de emprego para mim?

Como um relâmpago, três homens se aproximam por trás de mim, dois deles se posicionando em cada lado do meu corpo, flanqueando-me como seguranças. Com seus ombros pesados me bloqueando, um deles coloca uma pasta diante de mim sobre a mesa e a abre, revelando um pedaço de papel. Meus olhos estão desfocados demais para ao menos considerarem ler o que está escrito, mas se posso dar um palpite, acho que é uma carta de demissão.

— Assine aqui. — O homem estende uma caneta para mim.

— Como é que é? — Afasto a mão do homem, mas ela volta ao mesmo lugar logo em seguida. — Você está me demitindo?

— Mas, infelizmente, teremos que deixá-la ir.

Angela se encolhe.

— Lottie, por favor, não faça uma cena. Você deve saber o quanto isso é difícil para mim. — Ela estala dois dedos e uma assistente aparece magicamente. Angela massageia a garganta e diz: — Essa conversa realmente exigiu muito de mim. Água, por favor. Temperatura ambiente. Limão e lima, mas tire as rodelas do copo antes de me entregar. — E assim, a assistente desaparece. Quando Angela se vira novamente, me olha e coloca a mão no peito. — Oh, você ainda está aqui.

Hã...

Sim.

Piscando algumas vezes, pergunto:

— Angela, o que está acontecendo? Você acabou de dizer que te faço ganhar rios de dinheiro...

— Eu disse? Não me lembro de fazer tal afirmação. Rapazes, eu disse alguma coisa desse tipo?

Todos eles balançam a cabeça negativamente.

— Viu? Eu não disse isso.

Eu acho que... sim, aham, está sentindo esse cheiro? É o meu cérebro fritando, girando além da conta, tentando não SURTAR!

Calmamente — repito, calmamente —, indago:

— Angela, você pode, por favor, me explicar por que está me demitindo?

— Oh. — Ela ri. — Você sempre foi tão curiosinha. — A assistente traz a água e depois sai dali com pressa. Sugando por um canudo desnecessário, Angela toma um longo gole e então diz: — O seu aniversário de um ano é na sexta-feira.

— Sim. Está correto.

— Bem, no seu contrato diz que, após um ano, você não vai mais receber um pagamento restrito e terá que receber, a partir de então, o valor integral do seu salário. — Ela dá de ombros. — Por que pagar mais a você quando posso encontrar alguém para fazer o seu trabalho por menos dinheiro? É só uma questão de pensar bem. Você entende.

— Não, eu não entendo. — Meu tom de voz aumenta, e duas mãos enormes pousam em meus ombros em um sinal de alerta.

Ah, pelo amor de Deus.

— Angela, essa é a minha vida, não é um jogo qualquer com que você pode brincar. Você me disse quando me implorou para trabalhar aqui que esse emprego seria transformador.

— E não foi? — Ela estende os braços e gesticula em volta. — Angeloop é transformador para todos. — Ela olha para o relógio. — Oh, tenho que ficar nua em cinco minutos. Bronzeamentos artificiais não esperam. — Ela gira o dedo para os homens atrás de mim. — Podem encerrar, rapazes.

Dois pares de mãos me seguram e me ajudam a levantar da cadeira.

— Você não pode estar falando sério — rebato, ainda sem compreender direito o que está acontecendo. — Você está mandando os seguranças me arrastarem para fora do seu escritório?

— Não por escolha minha — Angela diz, a imagem da inocência. — A sua atitude hostil está me fazendo usar os seguranças.

— Hostil? Estou sendo hostil porque você está me demitindo sem motivo algum.

— Oh, querida, não acredito que é assim que você vê isso — ela fala com sua voz condescendente. — Não é nada pessoal. Você sabe que eu te amo e ainda pretendo convidá-la para o brunch mensal. Isso são apenas negócios. — Ela me sopra um beijo. — Ainda é minha melhor amiguinha.

Ela perdeu a porcaria do juízo.

Sou puxada em direção à porta, mas finco os saltos dos meus sapatos Jimmy Choo de duas coleções atrás no chão.

— Angela, é sério. Não é possível que você esteja me demitindo.

Ela ergue o olhar para mim, inclina a cabeça para o lado e, então, pressiona a mão sobre o coração.

— Ah, olhe só para você, lutando pelo seu emprego. Deus, você sempre foi tão determinada. — Ela me sopra mais um beijo, acena e diz: — Eu te ligo. Você pode desabafar comigo sobre a sua chefe terrível mais tarde. Ah... e não esqueça de confirmar a sua presença na nossa reunião da turma do Ensino Médio. Faltam dois meses. Precisamos saber quantas pessoas comparecerão.

E simples assim, rendo-me à derrota e meus saltos cedem com meu choque total. Meu corpo fica mole e sou carregada pela parte de baixo dos braços pelos escritórios da sede do Angeloop, o blog de estilo de vida mais idiota e absurdo de toda a internet, um lugar onde eu nem queria trabalhar, para começo de conversa.

Colegas de trabalho me observam.

Os seguranças não vacilam nem por um segundo ao me arrastarem até a porta de entrada alta e de vidro.

E antes que eu possa respirar de novo, estou encarando a placa obscenamente grande com o nome Angeloop do lado de fora do prédio, segurando uma caixa com meus pertences do escritório.

Como diabos tudo isso aconteceu?

CAPÍTULO UM

HUXLEY

— Porra, eu vou matar alguém — grito ao arremessar meu paletó do outro lado do meu escritório e fechar a porta com força.

— Parece que correu tudo bem na reunião — JP diz de onde está, encostado contra a parede grande de janelas no meu escritório.

— Parece que correu tudo incrivelmente bem na reunião — Breaker comenta, deitado no meu sofá de couro.

Ignorando o sarcasmo dos meus irmãos, agarro meus cabelos e viro-me de frente para a vista de Los Angeles. O dia hoje está limpo, com resquícios leves da chuva da noite anterior eliminando um pouco da neblina no ar. As palmeiras são altas, delineando as estradas, mas parecem pequenas comparadas ao local onde meu escritório fica, acima de todo o resto.

— Que tal nos contar como foi? — JP pergunta, sentando-se em uma cadeira.

Viro-me para eles, meus irmãos, os dois idiotas que sempre estiveram ao meu lado nos bons e maus momentos. Que passaram pelos altos e baixos das nossas vidas. Que largaram tudo para se juntarem a mim nessa ideia maluca de entrar para o mercado imobiliário de Los Angeles com o dinheiro que nosso pai nos deixou quando faleceu. Nós construímos esse império juntos.

Mas suas expressões bajuladoras me fazem querer agarrá-los pelos paus e jogá-los para fora do meu escritório.

— Parece que eu quero *falar* sobre isso?

— Não. — Breaker sorri. — Mas, porra, nós queremos saber de tudo.

É claro que querem. Porque foram eles que disseram que eu não deveria me encontrar com Dave Toney.

Foram eles que disseram que seria uma perda de tempo.

Foram eles que riram quando eu disse que tinha uma reunião com ele hoje.

E foram eles que me desejaram boa sorte sarcasticamente quando saí.

Mas eu queria provar que estavam errados. Eu queria mostrar que poderia convencer Dave Toney de que ele precisava trabalhar com a Cane Enterprises.

Alerta de spoiler: não o convenci.

Rendendo-me aos olhares dos meus irmãos, sento-me também e solto um longo suspiro.

— Porra — murmuro.

— Me deixe adivinhar: ele não caiu nos seus encantos? — Breaker pergunta. — Mas você é tão simpático.

— Essa merda não deveria importar. — Enfio o dedo no braço da minha cadeira de couro macia. — São negócios, não uma porcaria de festival de amizades acolhedoras e para mimarmos um ao outro.

— Acho que ele deixou passar algo na escola de negócios — JP diz para Breaker. — Porque promover relações comerciais era até mesmo uma matéria separada, não era? — Seu sarcasmo está me dando nos nervos.

— Acredito que sim — Breaker responde.

— Eu entrei lá e babei os ovos dele. O que mais ele quer?

— Você usou batom? Não sei se a namorada dele gostaria de encontrar outros lábios nos ovos do namorado. — Breaker abre um sorriso sugestivo.

— Eu te odeio. Porra, como eu te odeio.

Breaker solta uma gargalhada alta, enquanto JP fala:

— Odeio dizer isso, mas... nós te avisamos, mano. Dave Toney não

trabalha com qualquer pessoa. Ele é de uma classe diferente nessa cidade. Muitos tentaram fazer negócios com a vasta quantidade de imóveis que ele possui; muitos falharam. Por que pensou que com você seria diferente?

— Porque nós somos a Cane Enterprises — grito. — Todos querem trabalhar conosco, caralho. Porque nós temos o maior portifólio imobiliário de Los Angeles. Porque nós podemos transformar um prédio que está caindo aos pedaços em um negócio milionário em um ano. Nós sabemos que merda estamos fazendo, e Dave Toney, embora bem-sucedido, tem alguns terrenos mortos que estão prejudicando seu negócio. Ele sabe disso, eu sei disso, e quero tirar esses terrenos das mãos dele.

JP segura o queixo e pergunta:

— O que, precisamente, você disse a ele? Espero que não tenha sido isso. Porque, mesmo que o seu pequeno discurso tenha me deixado de mamilos duros, duvido que ele apreciaria esse tom.

Revirei os olhos.

— Eu disse alguma coisa nesse sentido.

— Você está ciente de que Dave Toney é um homem orgulhoso, certo? — Breaker indaga. — Se o insultar, ele não vai querer trabalhar com você.

— Eu não o insultei — grito. — Estava tentando chegar a um meio-termo, um ponto de equilíbrio, sabe, deixá-lo ver que sou um cara bem normal.

Meus dois irmãos soltam uma risada de escárnio.

— Eu sou um cara normal.

JP e Breaker trocam olhares e então se inclinam para frente, e sei o que virá em seguida: um clássico momento em que ficam sérios e me dão um sermão. Eles gostam de fazer isso comigo de tempos em tempos.

— Você sabe que nós te amamos, não é? — Breaker pergunta. E lá vamos nós.

— Estamos aqui por você, sempre que precisa de nós — JP acrescenta.

Arrasto a mão pelo rosto.

— Só falem logo, porra.

— Você não é normal. Você é qualquer coisa, menos normal.

Nenhum de nós é. Nós moramos em Beverly Hills, somos constantemente convidados para pré-estreias e reuniões de celebridades, e já aparecemos nas manchetes da *Page Six* várias vezes. Não temos nada de normal. Agora, Dave Toney... ele é normal.

— Como assim? — indago. — Porque ele não é convidado para festas de celebridades?

Breaker balança a cabeça.

— Não, porque ele é pé no chão. Acessível. Você poderia ir tomar uma cerveja com ele em um bar e não se sentir nem um pouco intimidado. Você é o completo oposto disso. Você é ostensivo.

— Eu não sou ostensivo.

JP maneia a cabeça para o meu relógio.

— Belo *Movado*. É novo?

Olhei para o meu pulso.

— Comprei semana passada... — Ergui os olhos para encontrar seus olhares espertinhos. — Não tenho permissão para gastar meu suado dinheiro?

— Tem sim — JP diz. — O jeito que você vive é completamente aceitável. A casa, o carro... o relógio, tudo merecido e adquirido de forma honesta, mas, se quiser se conectar com Dave Toney, vai ter que se colocar em um nível diferente. E isso não significa se vestir de maneira mais simples, porque ele vai acabar sacando. Ele já sabe que você é um cara ostensivo. Ele precisa ver você sob uma perspectiva diferente.

— Ohh, gostei disso — Breaker concorda. — Uma perspectiva diferente. É disso que ele precisa. — Ele toca o queixo com o dedo. — Mas que perspectiva seria essa?

Irritado, levanto-me e pego o paletó de onde o joguei quando cheguei.

— Enquanto os dois idiotas pensam sobre isso, vou comprar o almoço.

— Se ao menos Toney pudesse ver esse momento, em que Huxley Cane não pede à sua assistente que compre seu almoço, mas, como um mero trabalhador comum, caminha pelas ruas de Los Angeles para buscar sua própria comida... — JP comenta.

Visto meu paletó, apesar do calor lá fora. Ignorando-os, sigo até a porta.

— Você pode trazer alguma coisa para nós? — Breaker pede.

Suspirando, respondo:

— Me mandem por mensagem o que querem da delicatessen.

— Picles. Todos os picles possíveis — JP grita conforme sigo pelo corredor em direção ao elevador. Por sorte, as portas se abrem para mim, então entro, pressiono o botão do saguão e me recosto na parede, com as mãos enfiadas nos bolsos da calça.

Me colocar em um nível diferente. Nem sei o que isso significa. E sei que sou um homem de negócios que já fechou acordos com pessoas com as quais me dei bem, mas também já fiz acordos com pessoas que eu absolutamente desprezava. A diferença entre Dave Toney e mim é que estou pouco me fodendo quanto a quem aceita o meu dinheiro ou para quem faço uma venda. Negócios são negócios, e se for um bom acordo, vou aceitar.

Ofereci a Dave um acordo bom pra caralho hoje, melhor do que o que ele merece, para ser honesto. E ao invés de me dar um aperto de mão e aceitá-lo, ele recostou-se na cadeira de seu escritório, coçou a bochecha e disse:

— Não sei. Vou ter que pensar melhor.

Pensar melhor.

Pensar melhor no meu acordo.

Ninguém pensa melhor nos meus acordos; todos sempre os aceitam e agradecem a Jesus Cristo por terem a oportunidade de fazer negócios com a Cane Enterprises.

Passo pelas portas do elevador quando elas se abrem, caminho desviando das pessoas no saguão cheio e saio do prédio do escritório em direção à espelunca de delicatessen que fica descendo a rua. Dois quarteirões. Não costumo pedir à minha assistente, Karla, que busque comida para mim, porque isso me faz sentir um babaca — apesar do que as pessoas devem pensar de mim — e também porque gosto de tirar um segundo para sair e respirar um pouco de ar fresco. *Bom, estamos em LA, então* ar fresco *é um exagero.* Mas isso me dá um tempinho para me renovar antes de voltar para minha mesa, de onde controlo a nossa empresa bilionária pelo teclado do meu computador.

Meu celular apita no bolso e não me dou o trabalho de olhá-lo, porque sei que são os pedidos de JP e Breaker. Nem sei por que pedi que me mandassem mensagem, porque eles sempre pedem a mesma coisa. O mesmo que eu. Sanduíche de bife fatiado e queijo derretido com cogumelos extras. E, é claro, picles. É o nosso sanduíche favorito. É algo que não comemos com frequência, mas, quando vamos a essa delicatessen, é o nosso pedido de sempre.

A calçada está mais cheia de gente do que o normal. O verão chegou em Los Angeles, o que significa que há turistas para todos os lados, ônibus de turismo por bairros de celebridades estarão sempre lotados e dirigir pela Interestadual 101 vai ser um pesadelo infernal. Para minha sorte, moro a apenas trinta minutos do escritório.

Ao me aproximar da delicatessen, vejo um SUV preto familiar estacionar ali em frente. Quando a porta se abre, avisto Dave Toney saindo dele. Por falar no diabo...

Quais as chances?

Seja lá quais forem, elas parecem estar a meu favor. Nada como um bom encontro subsequente para tentar fechar o acordo. Talvez JP tivesse razão. Dave Toney podia mudar de ideia quando me visse comprando nosso almoço. Isso é definitivamente estar *em um nível diferente.*

Aboto o meu paletó e apresso o passo. Nunca perca uma oportunidade nos negócios. Nunca. Ao chegar cada vez mais perto, sou perigosamente pego de surpresa quando vejo uma mão feminina saindo do veículo, depois de Dave. Desacelero e fixo o olhar na mão... a pequena mão com um ENORME anel de noivado.

Puta merda, Dave está noivo?

Estou deduzindo que sim, já que ele está segurando a mão da mulher.

Mas, noivo... caramba, como deixei isso passar?

Geralmente, sou capaz de perceber coisas desse...

Meus pensamentos fazem uma pausa, e pisco algumas vezes conforme a noiva se vira e me dá uma vista de perfil.

Puta... merda.

Parece que o noivado não é a maior surpresa do dia.

Graças ao seu vestido justo e ao corpo esguio, não me resta dúvidas de que a noiva de Dave Toney está grávida.

Dave Toney, noivo e com um bebê a caminho. Como... quando?

Ele acena para o motorista, fecha a porta e então, dá uma rápida olhada para trás, o suficiente para que façamos contato visual. Ele ergue as sobrancelhas, surpreso, e vira completamente para acenar para mim.

— Cane, não esperava encontrá-lo na rua.

É, nenhum de nós esperava ver o outro, mas não vou deixar que o choque do momento me abale.

É hora do show.

Abro um sorriso.

— Estou apenas curtindo o calor abafado da Califórnia enquanto vou comprar almoço para meus irmãos e eu. — Caminho até ele e estendo a mão. Ele me dá um aperto breve. — Essa é a nossa delicatessen favorita.

— É mesmo? — Dave pergunta, com surpresa na voz. — É a favorita de Ellie também. Nunca vim aqui, mas ela estava me contando que eles têm os melhores picles.

— Meus irmãos também adoram picles. — Estendo a mão para sua noiva. — Você deve ser a Ellie.

— Merda, que grosseiro da minha parte — Dave diz com um sorriso sem jeito. — Sim, esta é a Ellie. Ellie, este é Huxley Cane.

— É um prazer conhecê-lo — Ellie me cumprimenta com uma voz sulista muito doce. Uma que já ouvi antes.

Aperto sua mão e então, solto, dizendo em seguida:

— Deixe-me adivinhar... você é do estado da Geórgia?

Seu sorriso se ilumina.

— Sou, sim. Deu para perceber?

Aham, um bom presságio para mim.

— Minha avó se autoproclama uma verdadeira queridinha da Geórgia. Passei muitos verões brutalmente úmidos na varanda envidraçada da casa dela, sentado em uma cadeira de balanço, enquanto ela me atualizava sobre as fofocas da cidade.

— É mesmo? Onde?

— Peachtree City.

Os olhos dela se arregalam de alegria. Ela pressiona a mão no peito.

— Eu cresci em Fayetteville, a leste de Peachtree. Nossa, que mundo pequeno.

Sim. Realmente é. Especialmente porque, na verdade, minha avó reside em San Diego, mas eles não precisam saber disso. Eles também não precisam saber que reconheci seu sotaque porque namorei uma garota na faculdade que era de Peachtree City. É tudo questão de semântica.

Satisfeito com a pequena conexão que estou fazendo com o mundo de Dave, viro-me para ele, deparando-me com um homem cuja expressão é muito territorial. Opa. Mandíbula cerrada, sobrancelhas franzidas e sem humor algum nos olhos em relação ao nosso... mundo muito pequeno.

O cara está praticamente marcando território com aquele rosnado irritado. Eu não me surpreenderia se ele começasse a circular Ellie e a fazer xixi nela.

Diante do que sabe sobre mim, ostensivo, paquerador, Sr. *Page Six* — não recentemente, graças a Deus —, ele deve achar que sou uma ameaça. O que não sou. Quero dizer, sim, Ellie é uma loira atraente. Bonita, com olhos azuis, mas também está grávida — pesadelo total — e noiva, portanto, completamente fora de cogitação.

Mas diante do que os meus irmãos disseram, Dave provavelmente não vê dessa forma quando se trata de mim.

O que significa que preciso consertar essa situação e rápido.

Mas como...

Como posso fazê-lo pensar que...

Ideia

Você viu a lâmpada brilhante acender sobre a minha cabeça? Sim, uma ideia acaba de surgir. Pode não ser muito inteligente. Definitivamente, não é a coisa mais inteligente que já pensei, mas Dave parece estar ficando mais tenso a cada segundo, então...

Lá vamos nós.

Por favor, que isso não volte para me assombrar — famosas últimas palavras.

— Fayetteville, hein? — Umedeço os lábios. Lá vai. — Uau, que loucura. Acho que os pais da minha noiva são de Palmetto. Isso não fica bem próximo também, ao norte?

Sim, noiva. Falei que não era inteligente, mas foi o melhor que consegui inventar.

— Sim, Palmetto fica ao norte de Fayetteville — Ellie diz com muita alegria, enquanto Dave a envolve pela cintura em um abraço protetor.

— Você está noivo, Cane?

— Noiva? — ele pergunta após limpar a garganta. — Você está noivo, Cane? — Há um interesse genuíno em seus olhos e a tensão que estava se juntando em seus ombros relaxa aos poucos.

— Sim.

— Hum, estou surpreso.

Não consigo interpretá-lo. Ele acredita em mim? Está me testando? Estou piorando as coisas exponencialmente? Porra, espero que não. Não quero perder esse acordo.

Recuso-me a deixar que escape das minhas mãos, não quando estou tão perto. Ter essas propriedades seria exponencialmente benéfico para o nosso portfólio, especialmente com o que temos planejado para elas. E conseguir fechar negócio com o esquivo Dave Toney me faria ainda mais vitorioso. Minha mente de negócios toma as rédeas, jogando o bom senso pela janela.

Então, antes que eu possa mudar de ideia quanto ao que está prestes a sair da minha boca, engulo em seco e digo:

— Aham, noivo e... com um bebê a caminho.

No instante em que a mentira sai por meus lábios, uma sensação estranha toma conta de mim, porque, porra, sei o quanto é difícil para algumas mulheres engravidarem, e mentir sobre algo desse tipo... inferno, não me parece certo. Mas, como eu disse, o bom senso desapareceu nesse momento, e estou agindo por puro e burro instinto.

— É mesmo? — Ellie comemora. — Oh, meu Deus. — Ela afaga a barriga. — Nós também. Dave, isso não é empolgante?

— Realmente, é. — O rosto de Dave se transforma, saindo de namorado protetor e incerto para... para uma expressão que nunca vi nele antes. Compaixão.

Compreensão.

Ouso dizer... camaradagem?

Enfio as mãos nos bolsos da calça para evitar que fiquem inquietas enquanto conto a maior mentira da minha vida.

— Sim, a minha avó me apresentou a ela em Peachtree City. Foi um daqueles encontros românticos com amor à primeira vista.

Ellie junta as mãos.

— Oh, eu adoro encontros românticos.

Dou de ombros.

— É, e nos demos bem muito rápido. — Desvio um pouco o olhar para o céu, tentando pensar sobre a minha noiva grávida imaginária e no quanto eu, engulo em seco, a amo. — As coisas acabaram acontecendo um pouco ao contrário, ao engravidarmos primeiro, mas acho que nunca fizemos nada certo, de acordo com a linha do tempo da sociedade.

— Assim como nós — Dave diz, e eu vejo, bem ali em seus olhos. Um novo apreço por mim. Era disso que os caras estavam falando. Era disso que Dave precisava: me ver como "humano".

Esse sou eu, me encontrando com Dave em um nível diferente. Conectando-me em um nível diferente. Nesse momento, ele não me vê como um homem de negócios ostensivo e implacável, mas sim como alguém que ele pode chamar para tomar uma cerveja e conversar sobre suas preocupações quanto a ser pai de primeira viagem.

Esse pode muito bem ser exatamente o tipo de solução que eu precisava. Um bate-papo, uma mentirinha perspicaz que não vai fazer mal a ninguém. Ele não precisa realmente conhecer essa garota imaginária. Nem ao menos precisa saber muitas coisas sobre ela. Somente a ideia de sua existência já aumenta o meu apelo.

Hum, talvez essa não tenha sido uma ideia tão ruim, afinal.

Talvez tenha sido pura genialidade, na verdade.

Guarde as minhas palavras — até amanhã, nesse mesmo horário, ele irá me ligar para dizer que não quer mais pensar melhor sobre a minha oferta, mas sim que está disposto a aceitá-la.

Huxley Cane, você é um gênio.

— Dave, não seria absolutamente divino recebermos Huxley e sua noiva para um jantar?

Hã, como é?

Jantar?

Ellie continua:

— Seria uma maravilha conversar com pessoas que estão na nossa mesma situação. — Aproximando-se um pouco, Ellie diz: — Minha família não está muito animada por querermos nos casar somente depois do nascimento do bebê. Meus pais são bem tradicionais.

Sinto suor brotar acima do meu lábio superior enquanto tento manter a expressão neutra.

Um jantar.

Com a minha "noiva".

Oh... merda.

Abortar o plano, Cane. ABORTAR O PLANO!

— Isso seria maravilhoso — Dave concorda com um sorriso jovial.

PORRA!

— Que tal sábado à noite? — ele continua.

Sábado à noite?

PORRA MAIS UMA VEZ!

Isso é daqui a quatro dias.

Quatro dias para encontrar não somente uma noiva, mas uma noiva grávida.

Huxley Cane, você não é um gênio, você é um completo idiota.

— Ah, dê a ele um tempinho para falar sobre isso com a noiva — Ellie opina. Eu diria graças a Deus por Ellie, mas esse jantar já cheio de ansiedade foi ideia dela. — Dê uma resposta ao Dave quando souber se poderão comparecer. Eu adoro cozinhar. Poderia fazer uma comida típica sulista para nós, se quiserem.

Minha mente já está formulando um monte de desculpas para justificar por que minha noiva e eu não poderemos ir jantar com eles no sábado à noite.

— E talvez possamos conversar um pouco mais sobre o acordo — Dave declara com um sorriso genuíno.

Porra.

Porra. Porra. Porra.

Agora, não posso dizer não. Não diante da possibilidade de garantir o acordo.

Caramba.

Apesar do deserto que está em minha boca, engulo em seco e assinto.

— Aham. — Minha voz falha. — Sábado parece ótimo.

— Maravilha. — Ellie bate palminhas. — Ah, mal posso esperar. Vou fazer a minha melhor torta de pêssego e couve refogada. Dave te passará as informações.

— Perfeito — digo com um sorriso trêmulo. No que diabos estou me metendo?

— Ah, amor, nós vamos nos atrasar. Vamos passar na delicatessen depois da nossa aula, pode ser? — Dave pergunta.

— Contanto que eu possa pedir o dobro de picles — Ellie responde ao pressionar um beijo nos lábios de Dave.

A demonstração pública de afeto faz meu estômago revirar. Não é que eu os ache repulsivos, mas é um lembrete gritante do buraco que acabei de cavar para mim mesmo.

— Ok, estamos indo para a aula de Lamaze. Nos falamos em breve — Dave diz com um aceno.

Aceno de volta para eles, torcendo para que minha mão não pareça estar trêmula. Sem entrar na delicatessen, dou meia-volta e volto para o escritório, minha mente girando enquanto penso em como sair dessa situação fodida.

Huxley Cane, você é um completo e absoluto idiota.

CAPÍTULO DOIS

LOTTIE

Com as mãos no volante, encaro meu lar de infância e também atual lugar em que resido, um pequeno bangalô que está na família há anos. Muitos anos mesmo. Vovó Pru o comprou durante os anos 1950 e o passou para a minha mãe, que criou a mim e minha irmã, Kelsey, completamente sozinha.

O reboco branco foi desaparecendo ao longo dos anos e agora parece ter um tom mais creme, e o telhado de barro vermelho precisa de mais reparos do que a minha mãe pode pagar, apesar de seu namorado que mora conosco, Jeff, querer substituí-lo para ela.

Por falar em Jeff, ele está no jardim usando sua bermuda jeans grande demais e clássica regata branca, aparando de grama. Jeff sempre está com um cigarro apagado pendurado em sua boca, porque mesmo que ele não o fume, nunca mesmo, sente um conforto em saber que poderia, se quisesse. Não me pergunte sobre a explicação psicológica por trás disso; ele é muito bom para a minha mãe e, durante os últimos dez anos, sempre foi um ouvinte maravilhoso tanto para mim quanto para a minha irmã. Então, se ele gosta de deixar um cigarro pendurado na boca, que deixe. Poderia ser pior.

Mas Jeff estar no jardim da frente de casa cria uma falha na minha habilidade de levar minha caixa com as coisas do escritório para meu quarto sem ser questionada. E não quero nenhum questionamento de Jeff ou da minha mãe. Eles não podem descobrir que Angela me demitiu. Isso seria um completo desastre.

Eles NUNCA podem descobrir.

Por quê?

Bem, porque foram eles que imploraram e suplicaram que eu procurasse outro emprego que não exigisse que eu trabalhasse para uma pessoa com a qual vivi um relacionamento tóxico por anos.

Mas você sabe como é. Pais não sabem de nada, nós sabemos de tudo, e então temos que morder nossas línguas depois quando nos damos conta de que... deveríamos ter dado ouvidos a eles.

Afffff.

Sem querer que Jeff tenha alguma suspeita, saio do meu fusca caindo aos pedaços, deixando a caixa no banco de trás, penduro minha bolsa no ombro e abro um lindo sorriso que sei que alegrará o dia de Jeff.

— Oi, Lottiezinha — ele diz, usando o apelido que a minha mãe me deu anos atrás.

— Oi, Jeff. — Aceno para ele, que desliga o cortador de grama e ajusta os óculos escuros no alto do nariz. — O jardim está lindo.

— Obrigado. Acho que o comitê de embelezamento irá finalmente nos notar esse ano.

Oh, Jeff, sempre tão esperançoso.

Nós vivemos à margem, e isso quer dizer a uma rua do bairro The Flats em Beverly Hills. Todo verão, há um comitê que vai de casa em casa, escolhendo os melhores jardins na vizinhança e premiando-os. Nós sempre andamos pelo The Flats, admirando os gramados fabulosamente bem-cuidados por paisagistas profissionais, não pelos donos das casas. Rola um banho de sangue na semana antes dos juízes fazerem a ronda, incluindo aqui na nossa casa, porque a última casa da rota fica do outro lado da rua, e para poder vê-la, tem que ver a nossa, logo depois dos arbustos, e Jeff está determinado a ser notado.

— Você vai ter que fazer a mamãe concordar em consertar o telhado, se quiser ter mesmo uma chance.

A chance do nosso jardim ser notado algum dia é praticamente nula. O comitê de embelezamento é composto por um monte de ricos esnobes que nunca olhariam para o outro lado da rua. Mas é legal dar esperança a Jeff, principalmente porque ele trabalha duro nisso.

Seus ombros caem em derrota.

— Eu disse a ela. Preciso que o telhado fique imaculado. Aquelas telhas quebradas nunca me ajudarão a ganhar. Acho que vou chamar uns garotos um dia desses e consertá-lo enquanto ela estiver no trabalho. Agir primeiro, pedir perdão depois.

— É uma abordagem muito esperta.

— Como foi o trabalho?

Faço uma pausa a caminho da porta da frente. Mantendo o sorriso a todo vapor, digo:

— Ótimo. Só mais um dia típico.

Aham, um dia típico perambulando pelas ruas de Los Angeles, matando tempo antes de poder voltar para casa, sabendo muito bem que minha mãe e Jeff conhecem meus horários e que se eu chegasse em casa mais cedo que o normal, eles suspeitariam. E para minha sorte, durante minha perambulação, um homem sem-teto muito querido fez cara feia para minhas pernas nuas e me disse para comprar uma meia-calça. Comprei um sorvete de menta para me consolar, que acabou sendo vítima do sol do verão da Califórnia e derreteu, pingando e escorrendo na parte da frente da minha blusa, e para completar, tropecei em uma grade no chão e quebrei o salto de um dos meus sapatos Jimmy Choo de duas coleções atrás, o que explica o fato de eu estar entrando em casa descalça.

Foi um dia daqueles.

— A promoção será em uma semana, não é? — Jeff pergunta. — Está animada? Você poderá finalmente procurar um lugar para morar sozinha.

Insira um suspiro profundo aqui.

Ergo um polegar para ele.

— Muito animada.

Sem mais uma palavra, abro a porta da casa e imediatamente sinto o cheiro dos palitinhos de peixe da minha mãe. Ai, Senhor Jesus, de novo não.

Eu não tenho um dia de paz.

— Jeff, o jantar está quase pronto.

— Sou eu, mãe — digo, seguindo para meu quarto, mas, antes que eu possa avançar muito no corredor, mamãe enfia a cabeça pelo vão da porta da cozinha.

— Lottiezinha, bem a tempo para o jantar.

Faço um gesto vago com a mão para ela.

— Não estou com muita fome. — Pouso a mão sobre a barriga. — Almocei tarde. Talvez eu coma uma maçã depois.

— Não seja boba. Vá lavar as mãos — sim, ela ainda me manda lavar as mãos antes das refeições — e relaxar um pouco. Vou colocar um lugar para você à mesa.

Suspirando, digo:

— Obrigada, mãe. — Chego ao meu quarto, fecho a porta e me recosto contra ela, deslizando para baixo até sentar no chão. — Deus, eu preciso de uma bebida. — Pego meu celular na bolsa e mando uma mensagem para a minha irmã.

> **Lottie:** *Preciso tomar um porre. Vou beber amanhã durante o dia depois que mamãe e Jeff saírem. Topa?*

Kelsey, minha gêmea irlandesa, como mamãe gosta de chamá-la, é apenas doze meses mais nova que eu, e é uma organizadora em ascensão — sim, eu também fiquei confusa quando ela me contou essa pequena informação. Basicamente, ela começou seu próprio negócio de organização, que consiste em visitar diversas casas para mostrar às pessoas como organizar suas despensas e armários a fim de torná-los mais funcionais — resumindo, ensiná-las a não serem acumuladoras de coisas inúteis. Perguntei a ela como isso se diferencia da proposta do reality *A Arte de Organizar*, e sua resposta me deixou pasma: porque ela faz tudo muito bem pensado. Ela foca em uma organização sustentável. Ao invés de encorajar seus clientes a usarem caixas de acrílico transparentes, ela trabalha com uma empresa que oferece produtos de organização de origem sustentável, assim como produtos feitos de materiais totalmente recicláveis. Melhor para o meio ambiente e para o seu lar. Viu? Pasma. Aparentemente, ela está a uma celebridade de distância de ser descoberta. Eu acredito nela. No momento, ela está ganhando apenas o suficiente para fazer seu negócio crescer aos poucos e conseguir pagar um apartamento tipo estúdio em West Hollywood.

Meu celular apita com uma mensagem.

> **Kelsey:** *Você não deveria ir trabalhar amanhã?*

Levanto-me do chão e puxo a blusa de dentro da saia antes de responder.

> **Lottie:** *Eu deveria...*

Solto o celular e tiro a roupa, jogando-a no cesto de roupas sujas, sem dar a mínima para a mancha de sorvete. O estrago já está feito. Visto um short e uma blusa de alças e prendo meus cabelos castanhos compridos em um coque no alto da cabeça.

> **Kelsey:** *Não me diga que aquela vaca te demitiu.*
>
> **Lottie:** *Considere-me desempregada.*
>
> **Kelsey:** *Cacete, EU TE DISSE que isso ia acontecer. Ela é tão... aff, Lottie, se você ainda falar com ela, eu vou te deserdar. Está entendendo?*
>
> **Lottie:** *Acredite, Angela morreu para mim, independente do que ELA ache.*
>
> **Kelsey:** *Me deixe adivinhar, aquela narcisista acha que vocês continuarão amigas.*
>
> **Lottie:** *Aham. Enfim, eu não vou contar para mamãe e Jeff, não até eu conseguir dar um jeito nisso. Eles ainda acham que vou me mudar na semana que vem quando conseguir a minha "promoção", quando, na verdade, fui rebaixada a desempregada.*
>
> **Kelsey:** *O seu segredo está a salvo comigo. Estarei aí por volta das nove com tequila e os outros ingredientes para fazermos margaritas.*

> **Lottie:** *Pode trazer o caderno de ideias?*
>
> **Kelsey:** *Já estou colocando na bolsa. Tô contigo, maninha.*
>
> **Lottie:** *Eu te amo.*
>
> **Kelsey:** *Também te amo. E não se preocupe. Vamos resolver isso.*

Sentindo-me aliviada, coloco o celular sobre a cômoda, porque se a minha mãe vir um celular em qualquer lugar próximo à mesa de jantar, é capaz de arrancá-lo da mão de quem o estiver segurando e jogá-lo na privada. Já fui vítima de tal golpe uma vez, e somente uma vez. Depois de secar o celular ensopado de água da privada dentro de uma lata de arroz de um dia para o outro, você aprende rapidinho a nunca mais fazer isso.

Sigo pelo corredor até a sala de jantar, onde vejo Jeff dando um beijo casto na bochecha da minha mãe. Ele sussurra "obrigado" para ela antes de sentar-se. Ele também trocou de roupa e as mãos estão limpas de terra de jardinagem. Sei que ele voltará lá para fora logo após o jantar, mas aprecio sua compreensão pelas regras da minha mãe à mesa.

— O cheiro está bom, mãe — minto ao me sentar.

Jeff adora os palitinhos de peixe caseiros. Eu os odeio. Mas os como, porque fui ensinada desde criança que você deve comer o que está no seu prato sem reclamar. Tipo fique feliz pelo simples fato de ter o que comer.

— Obrigada. Fiz a sua torta favorita para a sobremesa.

Agora, sim, vale a pena enfiar palitinhos de peixe goela abaixo.

— Você é incrível. Obrigada.

Mamãe senta-se à mesa e, então, como uma linda família de três, nós damos as mãos, mamãe conduz uma oração e, em seguida, começamos a comer. Felizmente, mamãe me serviu porções menores. Posso facilmente engolir isso pela promessa de comer torta fresquinha depois.

— Como foi o trabalho, querida? — mamãe pergunta ao colocar uma porção de molho tártaro em seu prato. Ela passa o molho para Jeff, que também pega um pouco antes de passá-lo para mim. Encho meu prato com o molho carregado de picles porque só assim conseguirei mastigar os palitinhos de peixe.

— Foi ótimo — respondo, sentindo a mentira crua na língua.

Três coisas que aprendi crescendo com uma mulher forte e independente foram: você não deve mentir, não deve trapacear e deve sempre trabalhar pelo que quer. Bem, eu acabei de mentir, porque nem ao menos aguento pensar em dizer a verdade. Não quando mamãe e Jeff me avisaram — assim como Kelsey — que seria uma má ideia aceitar um emprego oferecido por Angela. Angela, ora quente, ora fria. Angela, narcisista e errática. Eles me disseram para esperar, que um emprego surgiria para alguém que havia acabado de se formar com um mestrado em Administração na Universidade da Califórnia, em Irvine.

Alguma coisa surgiria.

Qualquer coisa surgiria.

Nada surgiu.

Absolutamente zero oportunidades.

Fiquei desesperada.

Os empréstimos estudantis estavam batendo à minha porta, responsabilidades estavam começando a me enlouquecer.

Eu precisava de um emprego.

Angela era a minha única opção. Ela me ofereceu um cargo temporário em sua empresa, com uma merreca de salário que me obrigava a morar com minha mãe para poder continuar mantendo a minha vida no sul da Califórnia, e uma promessa de que, se meu desempenho fosse bom, após um ano, meu salário triplicaria — sim, triplicaria, e isso demonstra a merreca que realmente era —, e ela me daria um cargo permanente. Mamãe e Jeff disseram que eu seria uma trouxa se aceitasse. Que, de alguma forma, ela iria me ferrar.

Mas eu não tinha nenhuma outra opção. Absolutamente nenhuma. Então, na minha cabeça, não tive escolha. Aceitei.

E arrasei.

Nos meses seguintes, vi um crescimento extremo do blog de estilo de vida. Celebridades começaram a patrociná-lo, e quando dei por mim, Angeloop havia se tornado um nome muito conhecido. Eu era parte disso. Joguei um "eu te disse" na cara da minha mãe e do Jeff após a nossa primeira aparição no *Today Show*. Eu disse que teria que dedicar meu tempo a esse trabalho e coisas boas aconteceriam.

Está ouvindo a risada sarcástica?

Eu não somente não tenho um tostão, como agora também não tenho emprego e, em uma semana — a menos que eu queira contar a verdade para mamãe e Jeff —, não terei lugar para morar.

Como diria Rachel Green, isso não é fantástico como um chute na virilha e uma cuspida no pescoço?

— Você já assinou algum contrato de aluguel? Eu sei que você encontrou um apartamento que gostou em West Hollywood perto da sua irmã.

Isso é verdade, mas graças a Deus pelo meu medo de compromisso, porque não assinei o contrato de aluguel. Isso só teria piorado todo esse pesadelo.

— Não gostei tanto assim daquele apartamento. A *vibe* não bateu.

Jeff ri.

— Maura, você se lembra de ter 25 anos e estar procurando um lugar para morar baseando-se na *vibe* que ele passa? — Ele coloca a mão no peito de maneira divertida. — Ah, as lembranças.

Minha mãe dá risada e passa a mão nas costas dele.

— Eu me lembro de que encontrei um lugar minúsculo de um quarto só em Koreatown onde a privada ficava ao lado da cama e eu a usava como mesa de cabeceira. Foi em desses momentos perto da minha mesa de cabeceira/privada que pensei "nossa, a *vibe* aqui é real..." — Mamãe olha para mim. — Realmente pobre, isso sim.

Rindo, Jeff assente.

— Você ganhou de mim com a mesa de cabeceira de privada. Eu tinha um vizinho com uma vassoura que acabava com a minha *vibe* o tempo todo.

Alterno olhares entre os dois.

— Vocês sabem que sou quase Geração Z. Às vezes, o sarcasmo dói muito, viu?

Os dois dão risada e mamãe diz:

— Você é uma *millenial* novinha. Tudo bem, querida. Pode ficar com a mamãe e o seu padrasto pelo tempo que quiser. Nós adoramos não ter privacidade alguma. — Ela abre um sorriso irônico e sei que está brincando. Ela nunca me expulsaria de casa, mas também sei que já faz um tempo que estão ansiosos pela minha partida.

— Se vocês gostam de não ter privacidade, então que tal fazermos uma festa do pijama hoje à noite? Podemos ficar os três aconchegados na sua cama queen-size.

Jeff ergue uma mão.

— Não contem comigo.

Pobre Jeff. Um cara tão legal, e posso ver que ele quer, sim, ter um pouco de privacidade com a minha mãe. Ele está na nossa vida desde que eu tinha quinze anos. Acho que está pronto para ter um tempo sozinho de verdade com a minha mãe. E pronto, lá vem a culpa. É uma droga Angela ter me ferrado? Claro que sim, mas o que é ainda pior é saber que, se eu não resolver essa situação, vou privar Jeff e minha mãe da liberdade que eles tanto desejam.

— Nós queremos muito andar pela casa pelados — mamãe revela do nada. Quando lanço um olhar horrorizado, ela completa: — Sempre que você vai ficar com a sua irmã, é isso que fazemos. Colocamos Harry Connick Jr. para tocar, tiramos a roupa e dançamos pelados na sala de estar.

— Ai, meu Deus, por que está me contando isso? — Pouso o garfo, sentindo minha vontade de comer se esvaindo. Sim, mamãe e Jeff são pessoas atraentes; Jeff faz musculação na garagem e mamãe procura manter um bom físico, mas, Senhor! Isso não é uma imagem que quero ter na mente.

— Só para você saber pelo que estamos ansiosos. — Ela pisca para mim e mergulha casualmente um palitinho de peixe no molho tártaro.

— Eu poderia ter ficado sem saber. — Recosto-me na cadeira e cruzo os braços sobre o peito.

Mamãe acena para o meu prato com o garfo.

— Coma, querida. A torta está esperando por você.

Como eu poderia esquecer?

Escondida atrás de um arbusto, espio por entre os galhos e vejo Jeff puxar minha mãe para um beijo, dar uma apalpada na bunda dela — aff, gente velha — e então os dois entram em seus carros para ir ao trabalho. Não saio de detrás dos arbustos de imediato; ao invés disso, espero mais dois minutos só para garantir que eles não esqueceram nada. Com a minha sorte, eles voltariam para casa assim que eu estivesse abrindo um pacote de batatinhas.

Quando sinto que a barra está limpa, saio de detrás do arbusto, tentando evitar que minha saia lápis preta fique presa em um galho — não tenho condições de perder nenhuma roupa boa para entrevistas —, e atravesso a rua nos meus sapatos pretos de salto de uma marca qualquer. Graças a Deus, o arbusto tinha dois metros de altura, porque acho que eles não perceberam nada. Sigo pela calçada até em casa nas pontas dos pés, destranco a porta, entro de fininho, e então, solto uma respiração profunda.

Missão cumprida. *Contudo, agora estou me perguntando por que simplesmente não dirigi até a casa de Kelsey em vez de me preocupar com todo esse subterfúgio.*

O zumbido da geladeira preenche a casa quieta. Tudo está em ordem, não há uma almofada fora do lugar, nem prato algum na pia. É isso que mamãe provavelmente quer. Paz. Poder curtir a casa que ela tanto se esforça para manter arrumada.

Não que eu seja barulhenta ou uma "colega de casa" ruim, mas é muito melhor ter a casa toda para si, poder fazer o que quiser sem as repercussões de alguém chegar e flagrar você. É isso que mamãe e Jeff desesperadamente querem.

Sei disso, porque eles mencionam quase todos os dias.

Preciso encontrar um emprego, e rápido.

Preciso encontrar um emprego, e rápido.

Não somente porque quero poder dar à minha mãe um pouco de paz com Jeff, mas porque não tenho muito dinheiro no banco e meus empréstimos estudantis não vão se pagar sozinhos. Sem contar que a minha reunião do Ensino Médio está chegando e seria um pé no saco aparecer lá desempregada, com dívidas até o pescoço, usando um vestido de cinco anos atrás e ainda morando com a minha mãe.

E não posso simplesmente não ir, porque, se eu não aparecer, Angela vai saber o motivo, e não posso lhe dar a satisfação de saber que eu dependia dela.

Não, preciso dar um jeito nisso.

Volto para o meu quarto e tiro as roupas de trabalho, trocando-as por um short e uma camiseta puída da Taylor Swift que tenho há uma década.

Ao voltar para a sala de estar, meu celular apita com a chegada de uma mensagem.

> **Kelsey:** *A barra está limpa?*
>
> **Lottie:** *Está.*

Alguns minutos depois, Kelsey entra de repente, trazendo tequila e ingredientes para margaritas.

— Os itens para esquecer todos os seus problemas estão aqui.

Caminho até ela, pego a tequila e lhe dou um abraço.

— Obrigada por vir.

— Para que servem as irmãs? Além disso, tenho um dia tranquilo hoje. Só tenho que responder a alguns e-mails. Eu trouxe o meu computador para poder trabalhar um pouco.

— Enquanto bebe? — pergunto, erguendo as sobrancelhas. — Não me parece uma ideia inteligente.

— Nós vamos pegar leve. — Ela me lança um olhar afiado. — Álcool pode aliviar a dor, mas não vai consertar tudo. A menos que... você decidiu contar para a mamãe e o Jeff. Se esse for o caso, vou encher a cara com você agora mesmo. Basta me dar o sinal verde e estaremos disputando quem vai para a privada primeiro daqui a duas horas.

Balanço a cabeça.

— Não, eu não vou contar para eles. — Com os ingredientes para as margaritas em mãos, nós duas vamos para a cozinha, onde colocamos tudo sobre a bancada. — Não acho que tenho coragem de contar. Você devia ter visto a cara deles ontem à noite quando estavam falando sobre ficarem com a casa somente para eles e terem a oportunidade de finalmente dançarem por aí pelados.

— Eca. — Kelsey faz uma careta.

— Nem me fale. Foi uma imagem mental da qual eu não precisava enquanto tentava engolir à força os palitinhos de peixe da mamãe. — Pego duas taças e uma coqueteleira do armário. Kelsey vai até o freezer para pegar uma bandeja de gelo; mamãe não acha que precisa de uma nova geladeira, assim como o telhado. — Mas eles estavam animados com a ideia de eu me mudar, e pensar em dizer a eles que não vejo como isso pode ser possível no momento me faz querer beber essa garrafa inteira de tequila. —

Pressiono uma mão no rosto. — Eu sou um fracasso, Kelsey.

Ela se aproxima por trás de mim e me abraça. Envolvo seus braços com os meus e a seguro com força, permitindo-me aproveitar o abraço de irmã.

— Você não é um fracasso. Só encontrou uma dificuldade no caminho.

— Todos vocês me avisaram que ela ia me ferrar em algum momento, e talvez eu tenha achado isso no começo, mas depois de estabelecer um bom ritmo de trabalho e provar o meu valor na empresa, pensei que podia confiar nela. Realmente pensei que tinha encontrado o meu lugar. — Balanço a cabeça. — Eu sou uma idiota.

— Você não é uma idiota. — Ela afaga minhas mãos antes de me soltar. — Mas talvez você tome decisões ruins, às vezes.

— Eu tomo muitas decisões ruins. Lembra-se daquela vez que você me disse para não chamar Tyler Dretch para sair porque ele gostava de você, mas tentei provar que você estava errada e o chamei para sair mesmo assim? Ele me disse que queria sair com a minha versão mais jovem. Isso foi no Ensino Médio. NO ENSINO MÉDIO, Kelsey.

Ela dá risada.

— Eu sei. Eu te disse para não fazer isso.

— E quanto comprei aquele short de anarruga cor de pêssego? Eu te convenci de que era a última moda, mas nem tinha chegado ao mercado ainda, e o usei para ir à praia e ele rasgou bem na virilha quando me curvei. Nunca apertei a bunda com tanta força e tão rápido na vida quanto naquele momento.

— Ainda consigo ver a expressão horrorizada que você fez ao sentir a primeira brisa do oceano soprar nas suas partes íntimas. Não usar calcinha foi outra decisão ruim.

— Viu? Eu nem sei o que é uma boa decisão.

— Isso não é verdade. Essas são apenas coisas pequenas. Você já tomou algumas decisões boas.

— Ah, é? — pergunto, colocando os ingredientes para a margarita na coqueteleira. — Por favor, entretenha-me com as minhas incríveis decisões.

Kelsey encosta-se na bancada e toca o queixo com o dedo.

— Hã... você... bom, teve aquela vez... hum, oh, e quando você... hum, talvez isso não tenha sido...

— Pode continuar mandando — digo secamente. — Você está me inundando com todas as minhas boas decisões. Mal consigo respirar com tanto lisonjeio.

— Só me dê um segundo, caramba... ah, você fez mestrado em Administração. Isso foi uma ótima ideia.

— Foi mesmo? Porque passei o último ano usando meu contracheque medíocre para pagar meus empréstimos estudantis absurdos. E esse mestrado não me ajudou em nada além de conseguir um trabalho com Angela... que a gente sabe no que deu.

— Oh, eu tinha me esquecido dos empréstimos estudantis. São muito altos? — Kelsey franze o rosto.

Sacudo a coqueteleira e digo:

— Sinceramente, nem consigo olhar, tenho muito medo. Coloquei no débito automático.

— Quanto você tem no banco?

Encolho-me.

Tá foda.

E eu sabia que ela ia fazer essa pergunta, mas isso não facilitou nada.

Sirvo as margaritas nas taças.

— Não sei. Também tenho medo de olhar.

Kelsey respira fundo, pega sua bebida e diz:

— Bem, se temos que descobrir o que você vai fazer, então vamos ter que arrancar o curativo de uma vez e dar uma olhada no que nos aguarda. Precisamos saber qual o seu nível de desespero.

Ela pega seu computador na bolsa e acena com a cabeça para a mesa da sala de jantar.

— Está na hora — ela anuncia.

Merda... pior que ela tem razão. Está na hora.

Fico ali de pé, aproximo a taça dos meus lábios e tomo um gole enorme. Vou precisar disso.

Encaramos fixamente a parede diante de nós.

Nem uma palavra.

Nem um movimento.

Apenas... encaramos.

O ar-condicionado sopra ar frio em meu corpo aquecido a cada poucos minutos. Mas só isso. Esse é o único movimento na casa, uma leve mecha do meu cabelo flutuando sobre meu rosto completamente chocado e aflito.

Já ouvi falar em fundo do poço antes. Já li sobre isso. Até mesmo já vi algumas pessoas passarem por isso. Eu pensei que tinha chegado ao fundo do poço ontem. Mas estava errada. Isso... isso bem aqui é o fundo do poço.

Finalmente, após pelo menos cinco minutos de silêncio, Kelsey diz:

— Então, eu diria que nosso nível de desespero é alerta máximo.

Viro minha taça e termino o conteúdo dela.

— Aham — digo simplesmente.

Mais de trinta mil dólares de dívida, menos de três mil dólares no banco.

Não é suficiente para um caução e pagamento do primeiro mês de aluguel de um apartamento para mim.

Não é o suficiente para continuar pagando meu empréstimo.

Não é o suficiente para eu poder me apoiar.

Não.

Alerta máximo é precisamente com o que estamos lidando — guerra nuclear.

— Você não estava mesmo ganhando muito, não é? — Kelsey pergunta.

— Não, eu não estava. — Pressiono a mão na testa, sentindo a severidade da minha situação começar a realmente me abater. — Odeio admitir, mas acho que tenho que começar a fazer strip-tease.

— O quê?

— Sim, strip-tease. Já vi o quanto as garotas que fazem isso ganham. Elas faturam uma grana. — Puxo a gola da camiseta e espio meu corpo. — Tenho peitos bonitos, talvez um pouco menores do que algumas pessoas preferem, mas os caras gostam disso, não é? Eles são empinados e durinhos. E eu sei... me balançar quando toca uma música.

— Boates de strip-tease não estão procurando pessoas que se balancem ao som de Taylor Swift, elas querem que você rebole. Você sabe rebolar?

— Nunca é tarde para aprender algo novo. Rebolar é só ficar impulsionando a pélvis, não é? Vamos pesquisar algumas boates de strip-tease e, sabe, dar uma analisada na competição. Ver o que está fazendo os pênis de Hollywood levantarem, ultimamente.

— Eu sei o que não está fazendo isso, e é a dancinha dois para lá e dois para cá que você faz. Além disso, a mamãe te mataria. E você sabe que teria que dançar só de calcinha fio-dental e com os peitos de fora para todo mundo ver, não é?

Reviro os olhos.

— Eu sei o que strippers fazem. Não sou idiota. — Toco o queixo com o dedo. — Você acha que se eu colocasse um piercing no mamilo, aumentaria as minhas chances?

Kelsey realmente pensa sobre o caso.

— Talvez... espere, não. — Ela sacode a cabeça. — Você não vai ser uma stripper. Tem que haver uma ideia melhor do que expor homens à sua dancinha dois para lá e dois para cá com os peitos de fora. — Ela se levanta e estende a mão, me ajudando a levantar também, e diz: — Vamos dar uma volta. O ar fresco vai ajudar a clarear as nossas mentes. Beber é sempre uma boa ideia para esquecer, mas não podemos esquecer, porque estamos em modo alerta máximo agora. Precisamos de ideias, não de tristezas.

— Está dizendo que não tenho permissão para sofrer?

Ela balança a cabeça novamente.

— Não. Não temos tempo para chafurdar em sofrimento. A menos que você esteja pronta para contar à mamãe...

— De jeito nenhum.

— Então, pegue os seus sapatos, porque precisamos pensar.

Sem me dar ao trabalho de pegar um par de tênis, calço minhas sandálias, saímos da casa e trancamos a porta. Kelsey atravessa a rua e vira à direita.

— Você quer andar pelo The Flats? — sugiro. — Está querendo me deixar deprimida?

— Estar rodeada de casas ricas e trabalhadas pode ser exatamente do que você precisa. Inspiração.

Arrastando os pés, eu a sigo, e começamos a caminhar pela vizinhança com as casas mais trabalhadas e ornamentadas de Los Angeles. As calçadas são imaculadas, sem uma rachadura sequer no cimento, e os gramados são tão impecavelmente aparados que, com uma olhada rápida, pode ser confundido com grama sintética de tanta perfeição. Um misto de palmeiras e antigos carvalhos delineia as ruas, enquanto arbustos em cascata e portões de ferro forjado protegem as residências dos ricaços.

— Isso é deprimente — digo, fazendo menção de dar meia-volta e sair dali.

— Não, isso é inspirador. Você precisa mudar a sua mentalidade. Quem sabe? Talvez andando por essas ruas nos deparemos com alguma pessoa rica que queira fazer uma caridade... que, no caso, é você.

— Que fofa você é.

Ela dá risada.

— Mas, sério, nunca se sabe quem podemos encontrar por aqui. Você nunca ouviu aquelas histórias sobre pessoas que conhecem um investidor em um avião e, quando dão por si, seus produtos estão em todas as lojas Target do país?

— Não. Nunca ouvi essas histórias.

— Bem, elas acontecem. Você nunca sabe com quem pode se deparar por aqui. — Ela ri. — Poderia até encontrar um marido rico andando por essas ruas. — Ela olha para mim e me mede de cima a baixo. — Bom, não vestida desse jeito, mas...

— Sabe, talvez isso não seja má ideia.

— O quê? Encontrar um marido rico? — Kelsey pergunta. — Maninha, eu estava brincando.

Mas, na minha cabeça, isso não é uma brincadeira. E, sim, pode ser efeito da tequila — o pouco que tomamos —, mas tem que haver homens por aqui procurando alguém para se casar, não é? Alguns filhos únicos buscando uma brincadeirinha em seus colchões de luxo que poderia muito bem se transformar em uma união duradoura? Não me oponho a usar minhas proezas sexuais para impressionar e agarrar um homem. Alerta máximo, lembra?

— Não, isso pode dar em alguma coisa.

— Ai, Jesus — Kelsey diz em um tom exasperado. — Lottie, sei que você está desesperada, mas precisamos usar o desespero de forma inteligente. Encontrar um marido rico não é a solução para os seus problemas. O que você vai fazer, se casar semana que vem?

— O amor pode acontecer rápido.

— Olha, vamos parar por aí. Isso não é uma solução. Nós precisamos de algo concreto, algo que possamos controlar.

— Não. — Gesticulo para as casas à nossa volta. — Olhe essas casas. Você não pode me dizer que todas essas pessoas vivem uma vida perfeita. Aposto que há alguns solteirões por aqui procurando uma pessoa que os aqueça à noite. — Aponto para meu peito. — Essa pessoa pode ser eu. Eu sou quentinha. Tenho braços confortáveis para ficar abraçadinha e estou disposta a fazer sexo. Não tenho problema algum com esse comportamento.

— Jesus, me ajude — Kelsey pede, juntando as mãos e olhando para o céu.

Pego meu celular e abro o navegador.

— O que você está fazendo? — Kelsey pergunta.

— Pesquisando como descolar um marido rico.

— Lottie, você pirou. De verdade, esse é o nível mais baixo da sua vida.

— Precisamente, o que significa que daqui só posso ir para cima. Oh, veja. — Aponto para o celular. — Um artigo sobre como impressionar os ricos. — Clico no link e começo a rolar a tela. — Aqui diz que eles gostam de tranças. — Olho para Kelsey. — Pessoas ricas gostam de tranças? As suas clientes costumam usar tranças?

Kelsey pensa um pouco.

— Bom... acho que já trabalhei com algumas que tinham aquelas tranças pequenas fofas nos cabelos.

— Ok, tranças: confere.

— Lottie, você não pode estar falando sério.

O desespero está me consumindo, e agora que encasquetei em algo que acho que vai me salvar da minha situação atual, vou até o fim. Então... sim, estou falando sério.

— Roupas elegantes, nada escandaloso. — Dou uma olhada em minha camiseta. — Acha que eles gostariam dessa camiseta da Taylor Swift?

— Não. Ninguém gosta dessa camiseta. Tem buracos nas axilas.

— A menos que você tenha experimentado a brisa que entra por esses buracos nas axilas, não tem direito a opinar sobre isso. Mas anotado, as pessoas ricas podem não gostar. — Continuo lendo o artigo. — Maquiagem, conversas sofisticadas. Conhecimento sobre uma vasta gama de assuntos. — Penso um pouco. — Eu conheço muitas coisas?

— Que tipo de coisas?

Confiro o artigo novamente.

— Aqui não diz, apenas cita conhecimento sobre uma vasta gama de assuntos.

— Hã, quer dizer, você sabe um monte de fatos aleatórios sobre reality shows.

— Sei mesmo. — Me animo. — Isso pode ser interessante.

— Provavelmente não para alguém que ganha dinheiro suficiente para comprar uma casa de vinte e quatro milhões de dólares.

— Hum, é, talvez você tenha razão. Mas não preciso me preocupar, vou fazer umas pesquisas na Wikipédia para adquirir um pouco de conhecimento.

— Sim, claro, porque a Wikipédia é o lugar certo para fazer isso — Kelsey responde sarcasticamente e então para, olhando para mim. — Acho que realmente precisamos ter foco, Lottie. Pensar em uma ideia válida. Eu sei que você não quer fazer isso, mas talvez possa perguntar ao Ken se...

— Não — eu digo, desviando o olhar dela e continuando a andar pelas ruas bem-cuidadas. — Não vou contatar o Ken.

— Mas ele te daria um emprego, você sabe disso.

— Ken está fora de questão. Prefiro esfregar meus peitos na cara de um homem bêbado qualquer a ligar para o Ken.

— É porque ele está namorando a Angela agora?

Minha mandíbula fica tensa e retorço os lábios para o lado.

— Não, só não estou a fim de rastejar para o meu ex que me deixou pela minha chefe depois que o apresentei a ela. Implorar a ele por um emprego naquela empresa idiota de transporte de cargas dele é algo que nunca farei. Sério, a ideia dos meus peitos na cara de um homem bêbado soa muito melhor do que isso.

— Você sabe que ele te ajudaria — Kelsey insiste.

Balanço a cabeça e dou a volta para retornar para casa.

— Isso não serviu para nada. Nós deveríamos estar pensando em ideias úteis, não andando por aí e tendo ideias como ligar para o meu ex para pedir um emprego. Sinceramente, Kelsey, você não está no seu melhor desempenho hoje.

— Não dormi direito ontem à noite e acho que aqueles ingredientes da margarita estavam vencidos. — Ela coloca as mãos na barriga.

Seguro sua mão e a puxo comigo.

— Essa ideia de pegar ar fresco foi um fiasco.

— Melhor do que sentar no sofá com uma jarra de margarita.

— Discordo — digo, ao surgir um carro preto vindo em nossa direção, com fumê nas janelas. — Sabe, a pessoa naquele carro poderia ser minha forma de escapar dessa situação. Ainda acho que encontrar um marido rico é a melhor solução.

— Você está delirando. Tem noção disso? Especialmente vestida como uma malandra desempregada. Ninguém vai querer nada com você nessas roupas.

— Se quer saber, esse é o meu melhor short. Só tem três anos de uso.

Kelsey bate palmas lentas para mim.

— Bravo, mana.

Atravessamos a rua e seguimos para casa, e meu celular apita em minha mão. Ergo o aparelho conforme caminhamos pela calçada até a porta de casa.

E então, paro de repente.

Kelsey percebe e pergunta:

— O quê? O que foi? Mamãe e Jeff sabem que estamos em casa?

Nego com a cabeça e mostro a ela a tela do meu celular.

— Angela me mandou uma mensagem.

— Nãããããooo! — Kelsey pega o celular da minha mão e digita a senha. Aham, somos próximas a esse ponto. — O que diabos você acha que ela quer?

— Não sei, você pegou meu celular.

Juntas, olhamos para a tela do celular que Kelsey segura diante de nós para que possamos ler.

> **Angela:** *Oi, garota, agora que você tem bastante tempo de sobra, acha que pode me ajudar a planejar a reunião? Seria ótimo contar com o seu toque mágico. Você é sempre tão boa em tudo.*

— Mas que porra é essa? — Kelsey grita. — Ela tem a audácia de te mandar mensagem e pedir a sua ajuda? Ela perdeu a porra do juízo? E *bastante tempo de sobra*? Hã, você não tem tempo de sobra algum por causa dela, porque tem que passar todo esse tempo procurando um novo emprego.

Fico apenas olhando para a mensagem, incapaz de me mexer. Perplexa por ela ter tido a coragem de dizer isso. Por ela achar que isso é aceitável depois de me demitir.

Não é nada pessoal...

Bom, é pessoal para mim.

Balanço a cabeça.

— Ela é o pior ser humano que já conheci.

— Que bom que você finalmente está percebendo isso. — Kelsey me dá tapinhas nas costas e me incentiva a entrar em casa, mas continuo parada.

— De jeito nenhum eu vou a essa reunião. Sabe por quê? Porque ela vai passar o tempo todo me humilhando.

Kelsey vira-se para mim e me força a olhar em seus olhos.

— Ah... você vai, sim, para essa reunião. Está me ouvindo? Você vai, e vai aparecer lá de braço dado com um cara gostoso pra caralho que vai deixar o Ken no chinelo e fazer Angela ficar babando nele.

— É daqui a dois meses. No momento, não tenho emprego, moro com a minha mãe e a possibilidade de arrumar um cara gostoso é nula. — Aponto para ela. — E se você ao menos brincar sobre contratar um acompanhante, não seremos mais irmãs. Entendeu?

Ela assente.

— Entendi. Acompanhante não é uma opção. — Ela toca o queixo com o dedo. — Vamos entrar e pensar melhor nisso. Formular um plano. Nós vamos tirar você dessa enrascada, mesmo que isso signifique que você tenha que dormir no chão do meu estúdio por algumas semanas.

— Eu aqui pensando que já tinha chegado ao fundo do poço, e você vem e me apresenta um nível mais baixo ainda.

Kelsey: *Sabe, eu acabei de medir o meu estúdio. Não vai caber outra cama aqui com o restante da minha mobília. E se nós empilhássemos alguns travesseiros debaixo da mesa? Talvez fique parecendo uma beliche ou algo assim.*

Lottie: *Não vou ficar no seu apartamento.*

Kelsey: *Nós passamos o dia inteiro ontem tentando pensar em alguma coisa. Isso é o melhor que consigo. Você sabe que, se eu pudesse pagar, adoraria te contratar para você poder cuidar de todas as burocracias do meu negócio e eu poder focar em alcançar mais clientes. Mas você precisa de dinheiro.*

Lottie: *Trabalhar com você seria um sonho, mas se eu quiser sair logo da casa da mamãe, preciso de dinheiro. Mas não se preocupe, estou cuidando dessa parte.*

Kelsey: *Como assim está cuidando dessa parte? Eu te disse, nada de strip-tease, não importa se os seus peitos são bonitos.*

Lottie: *Não vou fazer strip-tease. Não acho que meus mamilos estejam prontos para esse tipo de exposição.*

Kelsey: *Então, estou com medo de perguntar qual é o seu plano.*

Lottie: *Não estou dizendo que esse é o objetivo final, mas pelo menos vai ser alguma coisa até que eu possa me virar melhor.*

Kelsey: *Lottie, o que você está fazendo?*

Lottie: *Só... dando uma volta.*

Kelsey: *Ai, meu DEUS! Você está no The Flats agora?*

Lottie: *Não há nada de errado em fazer um pouco de exercício. Tenho que movimentar os músculos, sabe?*

Kelsey: *O que você está vestindo? Se disser vestido e salto alto, vou dirigir até aí e te buscar. Isso não é um momento Uma Linda Mulher. Está entendendo? Julia Roberts deu sorte com Edward. Isso é coisa que acontece uma vez na vida.*

Lottie: *Aquilo era ficção.*

Kelsey: *De qualquer forma, o que você está vestindo?*

Lottie: [foto] Roupas simples de exercícios.

Kelsey: Você está usando um top, sem blusa. Isso chama atenção.

Lottie: Sim, e essas pessoas também chamam atenção. Rabo de cavalo alto para que eu pareça acessível e divertida, com uma trança na lateral, é claro. Tênis branquinhos, porque eles gritam que eu curto praticar tênis. E encontrei uma garrafa de água Fiji no chão ontem quando estava fingindo chegar em casa do trabalho. Eu a lavei bem e estou carregando agora para que pareça que eu compro água cara.

Kelsey: Ecaaaa. Você está bebendo água dela?

Lottie: Nossa, não. Não estou pronta para contrair sífilis. É só um adereço.

Kelsey: Um adereço? Desculpe, você está em um filme e não estou sabendo?

Lottie: Ainda não, mas me inscrevi em uma agência que contrata figurantes para séries e filmes. Dá para ganhar 40 dólares por dia. Olha que legal.

Kelsey: Sabe, nunca pensei que veria você desse jeito, mas... uau.

Lottie: O que isso quer dizer?

Kelsey: Você está animada com a possibilidade de ganhar 40 dólares por dia, enquanto está perambulando pelas ruas à procura de homens solteiros e ricos em uma vizinhança à qual você não pertence. LIGUE PARA O KEN!

Lottie: NEM MORTA. Estou sentindo, Kels. É o meu momento. Hoje, a minha vida vai mudar, mesmo que isso signifique que eu tenha que ficar aqui o dia todo, andando para cima e para baixo nessas malditas ruas. Essa é a minha solução.

Kelsey: Quando você chegar em casa, não se surpreenda se deparar-se com uma intervenção. Porque agora você foi baixo demais.

Lottie: Vou fazer você engolir as suas palavras. Você vai ver!

CAPÍTULO TRÊS

HUXLEY

JP pressiona os dedos nas têmporas.

— Porra, calma aí. Deixe-me ver se entendi. — Ele olha para mim. — Você encontrou com Dave Toney na rua e disse a ele que estava noivo de uma garota da Geórgia e que ela está grávida?

Umedeço os lábios.

— Sim, isso mesmo.

Estamos sentados na minha varanda frontal, bebendo cerveja, enquanto conto aos meus irmãos que não somente fodi com tudo, mas fodi IMENSAMENTE com tudo. Não contei ontem depois que vi Dave na rua porque, sinceramente, eu precisava de um segundo para processar no que diabos tinha me metido. Agora que tive mais que 24 horas para pensar sobre o assunto, me dei conta de que, sim, vou precisar de um pouco da ajuda dos meus irmãos para me tirar dessa.

Breaker apoia sua cerveja no braço da cadeira e pergunta:

— No que diabos você estava pensando?

Dou de ombros.

— Eu vi uma oportunidade e, sem pensar, a agarrei.

— Dizer que a sua noiva inexistente está grávida não é uma oportunidade, é um erro tremendo, isso sim. Cara, você vai ter que jantar com eles em três dias.

Agarro meus cabelos e puxo os fios.

— Eu sei. Porra, o que eu vou fazer?

— Hã, contar a verdade a ele, que você é um mentiroso — JP diz.

— Porque isso vai fazê-lo fechar o acordo. — Reviro os olhos. — Não posso fazer isso. Se contar a ele que menti, nossa reputação será manchada. Ninguém mais vai querer trabalhar conosco.

— Você não podia ter pensado nisso antes de inventar uma noiva e um bebê? — Breaker pergunta. — Que merda, cara.

É, eu sei, porra.

Não consegui dormir ontem à noite, porque tudo em que conseguia pensar era como diabos ia sair dessa situação. Honestamente, não faço ideia do que deu em mim.

Sim, as propriedades podem nos dar um lucro enorme, especialmente com a ideia que lancei, mas esse acordo não é um fator decisivo para salvar ou quebrar a empresa. Acho que só existe uma parte em mim que precisa conseguir o que não posso ter. E isso, nesse momento, são essas propriedades. Estou com o foco todo nelas e, aparentemente, estou disposto a fazer qualquer coisa para consegui-las.

Mesmo que isso signifique colocar nosso negócio em risco.

E isso me deixou completamente enjoado às três da manhã. Meus irmãos e eu construímos a Cane Enterprises e fizemos com que se tornasse o conglomerado que é hoje com muito trabalho duro, muitas estratégias que deram certo e muitos reinvestimentos.

O pequeno erro que cometi ontem pode nos custar todo esse trabalho duro, principalmente se a notícia se espalhar.

— Você tem alguma amiga solteira? — Breaker pergunta.

— Eu mal tenho tempo para sair com vocês dois. Acha mesmo que tenho tempo para cultivar uma amizade com alguma mulher?

— Ei! — Breaker ergue a mão. — Não venha com sarcasmo para cima de mim. Foi você que teve essa ideia incrível pra caralho.

Suspirando, levanto-me e pouso minha cerveja.

— O que você está fazendo? — JP indaga.

— Vou dar uma volta. Preciso clarear a mente.

— Beleza — Breaker diz, levantando-se também. — Vou pedir comida enquanto você faz isso. E quer saber? Também vou pedir sorvete, porra, porque esse é um daqueles momentos em que precisamos de sorvete.

— Cookies and cream, cara. Estou desejando faz tempo — JP pede, conforme os dois entram na casa.

Desço os poucos degraus da varanda para a calçada e sigo em direção à rua. Uso a porta que fica ao lado do portão em vez de ter que abri-lo inteiro e então, viro à direita.

Acaba de passar das seis da tarde. Vim para casa cedo, porque não ia aguentar ficar no escritório por mais tempo que o necessário hoje, e porque na tela do meu computador, em letras grandes e em negrito, estava um convite eletrônico para a casa de Dave Toney para jantar com ele e sua prometida. Sim... sua prometida.

Foi a porra de um lembrete do quanto eu pirei ontem. Aos 35 anos, você pensaria que eu teria a habilidade de permanecer mais... calmo, mas esse não era o caso. A pressão foi demais para mim.

Talvez seja porque eu sinta a necessidade de ser o melhor. Fazer 35 anos me fez perceber que ainda sou jovem e tenho muito potencial, e se eu continuar a fazer os acordos que estou fazendo, podemos facilmente nos tornar os bilionários mais jovens desse ramo.

Dinheiro não deveria ser a minha motivação, mas, porra, o prestígio que ele proporciona é.

Agarro minha nuca, em frustração. O papai provavelmente está olhando para mim lá de cima, rolando de rir, pensando que, dessa vez, me meti em uma situação e tanto. Quando criança, embora eu fosse o mais velho, também era o caçador de encrencas, aquele que desafiava os limites. Não era uma personalidade típica de primogênito, mas eu forçava, forçava e forçava até estar preso entre uma situação difícil e outra pior ainda, e meu pai ficava apenas assistindo e rindo enquanto eu tentava me soltar. Eu sempre conseguia, mas, dessa vez, não sei se serei capaz.

Já desempenhei minha parcela de milagres, mas acho que encontrar uma mulher que se apaixone por mim, aceite a minha proposta e engravide em três dias talvez seja pedir demais.

Se ao menos uma garota caísse no meu colo, disposta e pronta para viver esse esquema comigo. Alguém, qualquer uma...

Viro a esquina e quase esbarro em uma morena completamente confusa.

— Oh, me desculpe — digo ao segurá-la pelos braços para evitar que ela caia na grama.

— Ei, olhe por onde anda — ela vocifera ao se afastar de mim.

— Nossa — reajo, erguendo as mãos. — Foi um acidente.

Ela se equilibra e ajusta seu rabo de cavalo comprido e castanho. Eu a assimilo rapidamente. Ela é pequena, baixinha, sua cabeça mal alcança meu queixo. Sua pele tem aquele brilho californiano que me diz que ela tem tempo para ir à praia ou à piscina, e a definição de seus braços me faz acreditar que ela também tem tempo para frequentar a academia. É provavelmente uma dona de casa fazendo uma caminhada, tentando cumprir sua meta diária de passos antes que seu marido chegue em casa após ficar no escritório até mais tarde.

No entanto, quando ela olha para mim, cacete... quase caio para trás quando seus olhos verde-claros encontram os meus. Uma cor parecida com espuma do mar, tão clara que é quase chocante, rodeada por cílios pretos e cheios.

Caramba.

Seus olhos percorrem meu corpo rapidamente antes de voltarem para meu rosto, mas, dessa vez, sua postura não parece hostil, e sim mais... frustrada.

— Desculpe, eu só... aff, estou perdida. E não deveria estar dizendo para um completo estranho que estou perdida, porque isso é um convite para se aproveitar de mim. Mas a bateria do meu celular descarregou completamente, e não consigo me lembrar para qual lado ir.

— Ah, então você não mora por aqui?

Ela solta uma risada de escárnio.

— Estou usando uma calça legging da Target que comprei há quatro anos. Acredite em mim, eu não moro por aqui. — E então, como se lembrasse de uma coisa, ela fala. — Hã, quer dizer, eu sou daqui. Eu, hã... sou fina e tal. — Expirando profundamente, ela deixa os ombros caírem e apoia as mãos nos quadris. — Quem estou enganando? Essa foi uma ideia muito idiota, e agora estou perdida e com fome e a minha mãe vai ligar para a polícia se eu não chegar logo em casa.

— Estou usando uma calça legging da Target que comprei há quatro anos. Acredite em mim, eu não moro por aqui.

Ah, merda, quantos anos essa garota tem? Presumi que tinha idade suficiente para que eu pudesse olhar para ela, mas se sua mãe vai ficar preocupada...

— Já que é dia de escola, entendo por que ela se preocuparia — eu digo. — Você pode usar o meu celular, se quiser.

Ela endireita as costas.

— Dia de escola? Quantos anos você acha que tenho?

Agarro minha nuca.

— Não sei. Você disse que a sua mãe ficaria preocupada.

— Porque ela é uma mãe superprotetora e eu sou uma otária de 28 anos que se perdeu em um bairro de gente rica enquanto tentava encontrar um marido rico.

— O quê? — Dou risada.

— Pois é. — Ela cruza os braços sobre o peito, o que empina ainda mais seus seios que já parecem espetaculares naquele top. — Tentei procurar um marido rico hoje. Mas não sou uma interesseira, se é isso que está pensando. Só estou querendo me vingar em uma reunião da minha turma do Ensino Médio. Sabe como é.

— Não sei muito bem como é essa necessidade de encontrar um marido rico.

— Então, você não é gay?

Minhas sobrancelhas se erguem de uma vez. Essa garota não tem papas na língua.

— Eu pareço ser gay?

— Quer dizer, se você quiser falar sobre estereótipos, então não, você parece mais o tipo alfa e metido que se encontra em uma sala de reuniões. É o corte de cabelo e o relógio.

Olho para meu relógio e em seguida para ela. O relógio é realmente bem caro.

— Entendo a parte do alfa na sala de reuniões, mas por que metido?

Ela me analisa por inteiro, seu nariz se retorce e ela diz:

— O seu perfume. Tem um cheiro bom demais. Caras legais nunca cheiram tão bem assim.

— Por essa breve conversa, vou deduzir que você não teve sucesso algum na sua busca por um marido rico.

— Não mesmo. — Ela faz um bico após falar. — Na verdade, você foi o primeiro cara que encontrei hoje. Imagine só. Mas recebi um monte de olhares cheios de julgamento das mulheres por aqui.

— Deve ter sido por causa da sua calça legging da Target de quatro anos atrás — brinco.

— É, aposto que elas conseguem perceber essas coisas. — Ela inclina a cabeça para o lado. — Posso te fazer uma pergunta?

— Claro — aceito, meio que curtindo esse encontro estranho.

— Você é rico, não é? — Quando não respondo, ela revira os olhos e acrescenta: — Eu não vou pegar uma lixa de unha e tentar te machucar com ela, se é com isso que está preocupado. Li um artigo sobre como descolar um marido rico, e acho que uma das sugestões estava errada.

Enfio as mãos nos bolsos e digo casualmente:

— Eu tenho dinheiro.

Ela solta uma risada pelo nariz.

— Aham, tenho certeza de que você só *tem* dinheiro. — Balançando a cabeça, ela fala: — Ok, você é cheio da grana, vamos colocar assim, porque é óbvio. O que eu quero saber é: caras ricos gostam de tranças?

— Tranças? — indago, confuso.

— Ah, você sabe. — Ela aponta para a lateral de sua cabeça, onde há uma pequena trança pendendo do seu rabo de cavalo. — Tranças. Você gosta?

— Hã, bom... sim? Não que eu super curta, mas também não detesto.

— Eu sabia — ela sussurra, estalando os dedos. — Aquele artigo era uma completa farsa, apenas um *clickbait*. Dava para ver com os milhões de anúncios que ficavam surgindo na página toda vez que eu rolava a tela. Fui enganada mais uma vez.

— Será que quero saber o que você quer dizer com isso?

— Provavelmente não.

Balanço-me sobre os calcanhares.

— Então, você está procurando um namorado rico, hein?

Ela me olha, cética.

— Sim.

— Bom, eu sou solteiro.

Eu sei, eu sei. O que diabos você está pensando, Huxley? Essa é uma garota aleatória na rua, procurando um namorado rico. Ela pode muito bem ser apenas uma interesseira. Ela pode ser perigosa. Ela pode ser uma isca para que alguém passe dirigindo uma van e te assalte. Isso já aconteceu nessa vizinhança.

E, diante da maneira com que sua calça legging está bem justa em sua barriga plana, é quase óbvio que ela não está grávida, o que torna esse meu plano exponencialmente pior. Mas não vejo outras opções no momento.

Ela está solteira e é uma mulher, os únicos dois requisitos pelos quais estou realmente procurando, a essa altura.

Ainda parecendo cética, ela cruza os braços sobre o peito.

— Você é solteiro.

— Sim. Solteiríssimo.

— E está me dizendo isso porque...

É, por que você está dizendo isso a ela, Huxley? Por que está dizendo para uma completa estranha que está solteiro, com a intenção de poder usá-la a seu favor?

Porque ela parece estar precisando de ajuda como eu preciso de ajuda, e se tem uma coisa que aprendi sobre negócios é que acordos podem ser muito vantajosos se feitos apropriadamente, se puderem beneficiar as duas partes envolvidas.

E talvez eu esteja bolando um acordo de negócios nesse exato momento.

— Sabe, acho que deveríamos ir comer alguma coisa.

Ela não se mexe, nem ao menos pisca.

— Ok, que tipo de pervertido é você?

— Como é? — pergunto.

Ela gesticula para mim com o dedo.

— Eu te disse que estou procurando um namorado rico. Você deveria estar fugindo. Você provavelmente deveria estar ligando para a polícia para me escoltar para o bangalô modesto da minha mãe. De jeito nenhum você deveria estar me convidando para ir comer alguma coisa. Então, qual é o seu jogo, cara?

Ela é corajosa, sincera, diferente de qualquer garota que já conheci, isso com certeza. E ela tem razão. Eu deveria estar com medo. Ela parece ter o tipo de tenacidade que deixaria qualquer homem de joelhos, mas também é uma candidata qualificada para o que estou procurando, e tenho que ir àquele jantar em três dias. Estou disposto a correr o risco.

— Não tenho jogo algum...

— Não me venha com balela.

Nossa, ela manda mesmo tudo na lata.

— Apenas me diga qual é a sua jogada.

— Tudo bem — eu cedo, vendo o rumo que isso está tomando. — Talvez eu precise de uma noiva falsa. — Vou deixar a parte da gravidez de fora por enquanto.

— Uma noiva falsa? Por quê?

Olho em volta.

— Não costumo falar sobre negócios no meio da rua. Se você tiver interesse em conversar sobre isso, então que tal eu te encontrar no Chipotle que fica na esquina da Santa Monica com a Beverly em uma hora?

— Chipotle? — ela indaga, perplexa. — Você é supostamente rico e é lá que quer me encontrar para jantar?

— Eu gosto de burritos — explico, dando de ombros. — Além disso, acho que nenhum outro lugar vai aceitar alguém usando calça legging de quatro anos atrás e um top. — Mesmo que o top deixe os peitos dela incríveis.

Ela não responde imediatamente. Ao invés disso, pondera com calma, mas finalmente responde:

— É justo. Você pode me direcionar de volta para a minha casa para que eu possa vestir algo mais apropriado para o Chipotle?

— Claro. — Pego meu celular e abro o Google Maps. Entrego-lhe o aparelho e a deixo se virar sozinha. — A propósito, meu nome é Huxley.

Ela ergue o olhar para o meu.

— Huxley. Hum, que nome interessante. Foi inspirado de alguma forma em *Huckleberry Finn*?

— Não que eu saiba. — Quando ela volta a atenção para o celular, pergunto: — E você é...

— Lottie — ela diz, dando zoom na tela do celular e se situando ao olhar para as ruas em volta.

— Lottie. Foi inspirado de alguma forma na palavra pirulito em inglês? *Lollipop*?

Ela ergue as sobrancelhas ao olhar para mim.

— Não. Na verdade, é apelido de Leiselotte. Mas ninguém, e eu digo, ninguém me chama assim. Nem mesmo meus pais. — Ela aponta para mim. — E nem pense em me chamar assim. Entendeu?

Ergo as mãos em defesa.

— Entendi.

— Ótimo. — Ela me devolve o celular e diz: — Agora sei por onde ir. Estou a mais ou menos um quilômetro e meio da minha casa.

— Uma hora vai ser suficiente para você voltar?

— Você acha que vou engatinhando?

Tão impetuosa.

Tão feroz.

— Não, só não sei quanto tempo você levaria para, sabe... tomar banho.

Ela ergue as sobrancelhas.

— Você está insinuando que estou fedendo?

Jesus.

Arrasto uma mão pelo rosto.

— Não, eu só... não sei o que você precisa fazer para se aprontar.

Ela ergue uma mão.

— Acredite em mim, não vou demorar. Não estou aqui para impressionar ninguém. — Ela dá um passo para trás. — Chipotle, em uma hora. — Ela aponta para mim. — Você paga.

E então, ela vai embora, correndo devagar, e por alguma razão, mantenho o olhar fixo em seu traseiro em formato de coração.

Negócios. Oportunidade. Cane. É nisso que preciso focar, porque a Srta. Ninguém-Me-Chama-de-Leiselotte pode ser exatamente a mulher que preciso. Esperta. Rápida no gatilho.

Desesperada.

— Como assim você vai sair? — JP pergunta da minha mesa de jantar. — E por que está vestido assim?

— Assim como? — indago ao ajustar as mangas da minha camisa de botões.

— Como se estivesse indo para um encontro — Breaker responde antes de tomar um gole de cerveja.

— Porque estou.

Meus dois irmãos endireitam as costas em suas cadeiras e pousam suas cervejas sobre a mesa de jantar de madeira de sândalo, para a qual eu nem ligo. A minha designer a comprou porque combinava com a "estética do ambiente".

— Como assim você está indo para um encontro? — JP insiste. — Você estava lá fora agora há pouco, tentando sair da enrascada que criou com Dave Toney. Então, saiu para dar uma volta e agora está indo para um encontro?

— Sim — eu digo, calçando os sapatos.

— Como? — Breaker pergunta.

— Esbarrei com ela na calçada. Ela estava procurando um namorado rico. Por acaso, eu sou rico. Logo, vai funcionar perfeitamente.

— O quê? — JP reage, com descrença na voz. — Espere aí. Você conheceu uma garota na calçada, ela abertamente te disse que estava procurando um namorado rico e agora você vai levá-la para sair?

Termino de amarrar os sapatos, levanto-me e ajusto a bermuda cinza-ardósia.

— Aham. — Eles fazem menção de abrir a boca novamente quando os prendo sob um olhar severo. — Vocês têm alguma ideia melhor? Conhecem alguma outra mulher disposta a fazer esse trabalho?

— Ela está disposta a fazer esse trabalho? — JP pergunta.

— Ela está ciente de que preciso de uma noiva falsa.

— Não sei, não — Breaker diz. — Isso parece uma péssima ideia. Sair com alguém que você não conhece.

Lanço um olhar confuso para ele.

— Cara, marcar encontros é exatamente isso: sair com alguém que você não conhece.

— Mas isso é diferente. Ela quer um namorado rico, você precisa de uma noiva falsa, mas quem garante que ela não vai se aproveitar de você? Como sabe que ela não vai concordar em fazer o que quer que você esteja tramando só para depois fazer algo do tipo abrir o bico para a mídia e foder a nossa reputação?

Enfio meu celular no bolso e falo:

— É por isso que pagamos aos nosso advogados bem pra caramba, para que eles elaborem contratos para evitar que isso aconteça. — Quando Breaker ainda parece receoso, continuo: — Olha, não dei meu sobrenome a ela, e ela não pareceu me reconhecer, então vou conversar e ver se está interessada. Em caso positivo, pedirei ao Harvey que redija um contrato de confidencialidade, além de um contrato para nós dois assinarmos.

— Não sei — Breaker diz, recostando-se na cadeira. — Isso parece arriscado pra caralho.

— Então, me diga o que devo fazer. Você tem algum outro plano de ação?

— Diga ao Dave que a sua *noiva* não estará disponível nesse fim de semana. Que ela viajou e ficará fora por duas semanas. Assim, o jantar terá que ser adiado. Se bem que, para começo de conversa, teria sido melhor se você não tivesse mentido — Breaker opina.

— Tarde demais para isso — respondo ao pegar minhas chaves. Sem contar que quero fechar esse acordo o mais rápido possível. Não esperar mais duas semanas, porra, quando eu provavelmente ainda não estaria nem perto de encontrar uma noiva falsa. A caminho da garagem, eu digo:

— Até depois. Tranquem tudo, se forem embora.

Odeio admitir que eles têm razão — isso é uma loucura, um tanto burro e incrivelmente arriscado, mas já cavei o meu buraco, então só resta me jogar nele.

CAPÍTULO QUATRO

LOTTIE

Lottie: AI, MEU DEUS, KELSEY!

Kelsey: O quê? Mamãe e Jeff descobriram? Eu juro que não disse nada.

Lottie: Não, eu encontrei um homem rico.

Kelsey: Hã... o quê?

Lottie: Não tenho muito tempo. Meu celular está carregando e vou encontrá-lo daqui a mais ou menos vinte e cinco minutos no Chipotle no fim da rua. Mas, sim, eu encontrei um homem rico.

Kelsey: Espere aí. Como assim você encontrou um homem rico? O que você estava fazendo?

Lottie: **Inflando o peito** Durante a minha caminhada. Eu me perdi e, então, BAM, um homem rico surgiu para salvar o dia. Eu te disse que encontraria um caminhando pelo The Flats.

Kelsey: Você está me zoando.

Lottie: Não estou, juro. Estou passando um pouco de máscara para cílios agora e tentando decidir se visto algo casual ou um vestido de verão. Sinceramente, não preciso impressioná-lo. É ele que quer conversar sobre algumas coisas.

Kelsey: Conversar sobre algumas coisas? O que isso quer dizer? Por que você não está atendendo quando te ligo? Preciso saber o que raios está acontecendo.

Lottie: *Não posso falar agora. Não quero que mamãe e Jeff me ouçam. E esse cara está procurando uma noiva falsa. Vai dar muito certo.*

Kelsey: *O QUÊ? Lottie, você está se ouvindo? Acha mesmo que isso é seguro? Você encontrou um homem aleatório em uma calçada, e ele, por acaso, está procurando uma noiva falsa? Não está vendo quanta... coincidência tem nisso?*

Lottie: *Muita sorte, não é?*

Kelsey: *Ai, meu Deus... você vai ser assassinada.*

Lottie: *Vou nada. Esse cara vai me encontrar no Chipotle. Ele não vai me matar em um lugar onde você tem que pagar extra por guacamole.*

Kelsey: *O que guacamole tem a ver com tudo isso?*

Lottie: *Nada, mas quero deixar claro que acredito que cobrar extra por guacamole é revoltante. Enfim, tenho que ir. Vou até lá andando e não quero chegar toda bagunçada e suada, quero ir sem pressa. Te mando mensagem quando acabar.*

Kelsey: *Lottie! Eu sei que você está desesperada, mas isso não é melhor do que contar para a mamãe e o Jeff. Engula o seu orgulho e conte a eles. Encontrar um estranho para comer não é o certo a se fazer.*

Lottie: *Pessoas se encontram com estranhos o tempo todo para comer. Isso se chama sair com alguém.*

Kelsey: *Você não está saindo com ele!*

Lottie: *Ainda não. Te mando mensagem depois, maninha. Te amo.*

É, isso é uma burrice.

Tenho que admitir.

Kelsey tem toda razão em se preocupar, porque essa situação grita

más decisões, mas eu gosto de pensar que sou boa em julgar o caráter de alguém, e esse cara não estava me dando nenhuma *vibe* de ser um assassino. Pelo contrário, seus olhos refletiam o mesmo desespero que os meus. Ele precisa de mim, assim como eu preciso dele. E é exatamente isso que uma pessoa precisa para ir em frente com uma farsa dessas — necessidade mútua.

Mas a minha mãe não criou uma idiota, e é claro que vou me fazer de difícil, porque, sim, sair da casa da mamãe e do Jeff é o objetivo final aqui, assim como encontrar um novo emprego e levar um gostosão para a reunião, mas também vou ver o que esse cara tem a dizer. Vou sondar qual é a dele, e se a oferta ou a história não forem boas o suficiente, tchauzinho, amigão.

Sou completamente a favor de ajudar alguém a se salvar, mas sem ter que oferecer a minha alma em troca.

Viro a esquina e encontro o Chipotle do outro lado da rua. Meu estômago ronca diante da visão do restaurante de fachada bege com uma pimenta vermelha em chamas na logo. Pelo menos será uma refeição grátis. Burrito bowl, aqui vou eu.

Assim que cheguei em casa, tomei um banho rápido, prendi meu cabelo em um coque firme e vesti um short jeans com uma camiseta simples do Aerosmith. Combinei a isso algumas pulseiras e o meu par favorito de sandálias confortáveis Birkenstock — que encontrei na Thrifty Shopper, uma loja que vende coisas usadas de pessoas ricas por um preço muito barato — e saí de casa.

Carreguei meu celular apenas o suficiente para poder fazer uma ligação se precisasse de uma desculpa para sair logo dali ou se eu fosse sequestrada. Agora que estou atravessando a rua, quase chegando, sinto um pequeno ataque de nervos na boca do estômago.

Durante a maior parte do tempo, sou muito corajosa, mas tem vezes que essa coragem vacila e a minha vulnerabilidade vem à tona. Estou experimentando um pouco disso nesse momento.

Quando chego ao outro lado da rua, respiro fundo e entro no restaurante, avistando Huxley imediatamente. Isso não é muito difícil.

Preciso admitir que esse homem é extremamente atraente. Alto, ele deve ter quase um metro e noventa, sua pele é bronzeada, seus cabelos são de uma linda cor castanha — sim, eu disse linda — e ele tem aqueles olhos escuros e penetrantes que parecem ser capazes de cortar qualquer ser humano ao meio, seja na sala de reuniões ou nas ruas. No momento, ele está olhando para seu celular, com uma perna apoiada na parede na qual está encostado e usando uma bermuda cinza-escura com uma camisa de botões azul-clara que o abraça em todos os lugares certos. Suas mangas estão enroladas até os cotovelos e — olá, peitoral — os primeiros dois botões estão abertos, exibindo um pouco do peito. Não muito a ponto de parecer um otário, mas o suficiente para despertar o meu interesse. *Não* que eu esteja aqui para vê-lo como um interesse amoroso em potencial, mas o fator sexy precisa ser considerado para essa... transação. *E...*

Ele é incrivelmente lindo.

Ele faria Angela babar, com certeza.

Ele ergue os olhos da tela do celular brevemente, e quando eles me avistam, sinto-os percorrerem perigosamente meu corpo inteiro, absorvendo-me, cada centímetro meu. Quando eles finalmente encontram os meus olhos, ele se afasta da parede e caminha até mim enquanto guarda o celular no bolso.

— Você chegou — ele diz.

— Estava com medo de levar um bolo?

— Um pouco — ele admite, mas a autoconfiança que exala não vacila, como se tivesse tido uma pequena crise de preocupação, mas sabia que eu viria. Ele acena com a cabeça para o balcão. — Quer pedir e depois partirmos para o que interessa?

— Isso seria o ideal para o meu estômago.

Entramos na fila e ele me deixa pedir primeiro — ponto para ele pelo cavalheirismo. Peço o meu burrito bowl de sempre: frango, feijão preto e legumes grelhados. E já que o garanhão está pagando, peço que não economizem no guacamole. Huxley pede um burrito de carne, feijão carioca, sem arroz e bastante alface e molho. Sem guacamole. Não gosta de guacamole ou não está disposto a pagar extra? Questionamento do século.

Quando vamos para o caixa, ele pega cerveja, chips de tortilla, um molho para nós e paga a conta. Quando o vejo pegar seu cartão Amex Black, minha dúvida sobre ele dizer que é rico desaparece. Hã, pois é... o cara não estava mentindo sobre isso. Bom saber.

Com as comidas e bebidas em mãos, Huxley encontra uma mesa alta perto da janela que nos dá privacidade suficiente do resto do restaurante para me deixar confortável com o tipo de conversa que estamos prestes a ter.

Assim que nos sentamos, eu digo:

— Pela falta de guacamole no seu burrito, vou deduzir que você não gosta muito.

Ele balança a cabeça.

— Viscoso demais. Não suporto a textura.

— Você é da Califórnia?

Ele assente.

— Sim, nascido em Santa Mônica.

— Fascinante — falo, olhando-o de cima a baixo rapidamente. — Acho que nunca encontrei alguém nascido na Califórnia que não goste de guacamole.

— Eu sou uma anomalia. Meus irmãos me acham estranho, então você não é a única a ter essa opinião.

— Não acho que você seja estranho, só... interessante. Você também não pediu arroz.

— Não sou muito fã de arroz. — Ele olha para mim enquanto desembrulha seu burrito. — Gostaria de analisar mais alguma coisa do meu pedido?

— Você pediu cerveja em vez de refrigerante. Ou está extremamente nervoso, ou é o tipo de pessoa que não tem vergonha alguma de pedir bebida alcoólica em um fast-food.

— Não sei como é ficar nervoso — ele diz em uma voz tão direta e monótona que eu acredito nele. Acho que ele realmente não tinha esse sentimento, baseando-me em sua resposta rápida e abrupta. — Também não ando por aí com vergonha. É um desperdício da minha energia mental.

Pego meu garfo e remexo na tigela de burrito enquanto ele dá a primeira mordida.

— Ahh, eu sei como você é.

Ele termina de mastigar e engole, passando um guardanapo nos lábios antes de perguntar:

— Ah, sabe? Por favor, me ensine como eu sou.

— Você é um daqueles homens poderosos.

— Homens poderosos? — ele pergunta, com as sobrancelhas erguidas.

— Você sabe, aqueles sobre os quais a gente lê, os bem-sucedidos que têm uma rotina bem louca. Eles leem um livro de autoajuda por semana, fazem exercícios todos os dias, são brutais na sala de reuniões e bebem tanta água que as bexigas deles não sabem o que é xixi amarelo.

Ele está com o burrito a caminho da boca quando diz:

— Levo uma semana e meia para terminar de ler um livro de autoajuda quando sai uma nova temporada do reality show *The Challenge*.

Então, ele dá uma mordida em seu burrito e, sinceramente, diante da falta de expressões faciais, não consigo dizer se ele está falando sério ou não. É melhor testar seu conhecimento.

— Você assiste *The Challenge*?

Ele assente lentamente.

— CT para sempre.

Ok, ok, não surte.

Ai, mas... CT!

— Ele é o meu homem dos sonhos — digo antes que possa me conter. — Sotaque forte de Boston, passado conturbado, musculoso mesmo em seu corpo de pai e com uma bunda espetacular. Eu o amo tanto. É por isso que você gosta dele?

Ele limpa a boca e, em um tom seco, diz:

— Sim. Não me canso daquela bunda durinha dele.

Veja só isso, temos um homem engraçado entre nós. Gostei. Me deixa confortável.

— Eu sabia que você era um homem que prefere bunda.

— Como descobriu?

— Você tem aquele tipo de brilho intenso no olhar, que grita que é um homem que prefere bunda.

— Não estava sabendo que dava para perceber que um cara prefere bunda pelo olhar dele — ele diz, levando a cerveja aos lábios.

— Facilmente.

— Engraçado. — Ele toma mais um pouco de cerveja, coloca a garrafa sobre a mesa e responde: — Porque bundas são sexy e tudo, mas gosto muito mais do pescoço.

— Pescoço? — pergunto, com o garfo cheio de comida a meio caminho da boca. — Você, hã, gosta de enforcar as pessoas?

— Não, mas tem algo tão sexy e possessivo em poder segurar a sua garota pela nuca.

— Então, você é possessivo? — indago, tentando compreender esse homem.

— Prefiro reivindicar o que é meu.

— Interessante. Se esse é o caso, por que está procurando uma noiva falsa? Reivindicar o que é seu parece uma reação intensa, algo que você leva muito a sério.

— Eu realmente levo isso a sério. É por isso que ainda não consegui encontrar a pessoa certa, porque levo a minha vida amorosa, ou a falta dela, muito a sério. Não vou perder o meu tempo com alguém se não sentir uma exigência natural no meu corpo para reivindicá-la.

— Acho que faz sentido. — Eu o analiso. — Então, por que a noiva falsa? Eu te disse que preciso de alguém que finja ser meu namorado para a reunião da minha turma do Ensino Médio. Qual é o seu motivo?

— Chegaremos nessa parte. Primeiro, quero saber mais sobre você. Preciso me sentir confortável com você antes de te dizer o que preciso.

— Ok, contanto que eu também possa fazer perguntas.

— Uma pergunta por uma pergunta. Está bom assim?

Fácil de encontrar um meio-termo — estou surpresa. Ele não emana muito essa *vibe*, especialmente com tudo que falou sobre ser possessivo. Só preciso deixar registrado que esse detalhe sobre ele é um tesão total. Não que eu esteja querendo realmente me envolver com esse cara ou algo assim.

— Sim, está. Você pergunta primeiro.

— O que você faz? — Ele dá uma mordida grande em seu burrito, e para um homem de "classe", ele está detonando a coisa.

— Atualmente, estou entre empregos...

— Desempregada, então — ele me corta, e fico na defensiva.

— Não por escolha minha.

— Então, você foi demitida? — Ele ergue uma sobrancelha inquisitiva.

Inflo o peito.

— De fato, fui demitida, e não porque eu não estava fazendo bem o meu trabalho, mas porque a idiota da minha chefe acredita que pode conseguir outra pessoa para fazer o meu trabalho por um salário menor. — Com um sorriso ameaçador, eu digo: — Espero que o negócio dela seja arruinado por inteiro.

Ele solta uma risada baixinha.

— Me parece má administração.

— Pode-se dizer que sim. Minha chefe foi uma das minhas melhores amigas desde que éramos mais jovens. Uma amizade volátil, muito tóxica. Eu podia amá-la e odiá-la no intervalo de um minuto. Ela me disse que minha demissão não foi nada pessoal, mas, no dia seguinte, me perguntou se eu poderia ajudá-la com a nossa reunião do Ensino Médio que ela está planejando, sabe, agora que tenho bastante tempo de sobra.

Ele estremece.

— Brutal.

— Sim. Então, ela é filha de Satã.

— Parece que ela te fez um favor.

Balanço a cabeça.

— Ela me ferrou. — Sorrio. — Mas podemos falar sobre isso depois. Minha vez de fazer uma pergunta. O que você faz?

— Mercado imobiliário — ele responde simplesmente.

— Só isso? É tudo que você vai dizer?

Ele toma um gole de sua cerveja e responde:

— Desculpe, não tenho uma história trágica sobre perder o meu emprego para contar.

— Está zombando de mim?

Ele me fita, conectando seu olhar diretamente ao meu.

— Estou tentando fazer com que você concorde em ser a minha noiva falsa. Acha mesmo que eu zombaria de você?

— Acho que não.

— Próxima pergunta. Você está envolvida romanticamente com alguém, de alguma forma?

— Se eu estivesse, não estaria tentando encontrar alguém para levar para a reunião, não acha? — Dou mais uma garfada na minha comida, e queria não estar tentando ser toda delicada perto desse cara, porque o frango está sensacional e eu quero enfiar tudo na boca.

— Então, a resposta é não. Preciso ouvir você dizer.

Que merda formal.

— A resposta é não. Não estou romanticamente envolvida com ninguém. — Gesticulo para o meu corpo e digo com a voz da velhinha do *Titanic*: — Faz 84 anos desde que estes seios foram tocados.

Ele sorri e assente.

— Ótimo.

— E você? Parece uma pergunta idiota, já que está procurando uma noiva falsa, mas vai saber. Talvez você tenha se envolvido em algum tipo de tráfico de drogas que deu errado e agora precisa de uma noiva falsa para te tirar da situação em vez de jogar a sua esposa aos lobos, então encontrou uma pessoa inocente fazendo caminhada pela vizinhança para usar como disfarce e a atraiu com promessas de guacamole extra e um perfume cheiroso.

Parecendo se divertir, ele limpa a boca e se recosta na cadeira antes de jogar o guardanapo sobre a mesa.

— Tenho medo do que mais está se passando nessa sua cabeça.

— Acredite em mim, é um lugar onde você não vai querer se perder. — Abro um sorriso largo e em seguida enfio mais frango na boca. *Deuses do Chipotle, vocês se superaram hoje. Maravilhoso.*

— Parece que sim. E para responder à sua pergunta, não, não estou romanticamente envolvido com ninguém. Não tenho tempo.

— Hum, viciado em trabalho, hein? Um homem casado com o trabalho, sempre um partidão para uma moça solteira.

— Ainda não encontrei alguém que me tire do meu trabalho. — Ele termina de comer seu burrito, e se esse cara fosse meu amigo nesse momento, eu ofereceria um "bate aqui" para ele pela aniquilação de sua comida. Estou impressionada.

— Então, você está dizendo que se encontrasse a mulher certa... ou homem...

— Mulher — ele diz, tomando um gole de cerveja.

— Só conferindo. Não dá para sempre ter muita certeza. Se você encontrasse a mulher certa, iria para casa cedo?

— Se eu encontrasse a mulher certa, estaria muito mais interessado em fodê-la contra cada superfície da minha casa do que em responder a e-mails chatos ou pagar uma bebida para um sócio.

Hã... ok.

Isso é... bem, isso é informação.

— Então, você gosta de foder. Bom saber disso — falo, sem jeito, assentindo.

— Você não gosta? — ele pergunta, e acho que nunca conheci alguém como ele. Ousado, assertivo, dominante, mas também com um lado divertido, se você conseguir arrancar dele.

— Bem, você sabe... já que faz 84 anos, não tenho muitas experiências recentes para me lembrar o quanto foder é um evento prazeroso.

Ele assente lentamente, mas não diz nada em seguida. Em vez disso, me analisa, e sob um olhar forte, sinto-me nua, como se ele estivesse me despindo por completo a cada respiração que dou.

Meu bom Deus.

— Então, é minha vez de fazer uma pergunta? Eu meio que perdi o rumo — eu digo.

— Claro. Pergunte.

Assinto, mas minha mente fica em branco, porque tudo que consigo pensar é no jeito como ele está me encarando com aqueles olhos implacáveis. São controladores, quase manipuladores. Resoluto e inabalável, ele fala a verdade com o olhar, e destrói com aquele brilho penetrante. A leve barba por fazer em sua mandíbula o deixa exponencialmente mais intimidador, e a maneira como sua mão repousa casualmente sobre a mesa, quase como se ele estivesse reivindicando o espaço, me desconcentra e não consigo pensar em absolutamente nada para perguntar a ele.

— Por que você não me faz uma pergunta? — sugiro, enfiando uma garfada enorme de comida na boca em seguida.

— Você se sente confortável perto de mim?

Não estava esperando essa, embora devesse, já que ele parece sempre dizer o que se passa em sua mente. Ele não é do tipo que desvia da verdade.

Termino de mastigar, engulo e então digo:

— Eu sei que não deveria me sentir confortável perto de você. Você representa tudo que a minha mãe me avisou para manter distância. Um alfa viciado em trabalho que parece conseguir tudo o que quer. Dominante, impetuoso, intimidante. Você não emana uma postura de homem de família, e também não tem "namorado atencioso" escrito na testa, mas tem um ar que te faz parecer confiável, e não sei bem se isso é reconfortante ou aterrorizante.

— Vou interpretar isso como um sim. — Ele se inclina um pouco na mesa e come um chip de tortilla. Nenhum de nós tinha encostado neles até agora, de tão imersos que estávamos na conversa. — Vou precisar que você se sinta confortável comigo, Lottie. Vou precisar da sua confiança.

— Você sabe que confiança se conquista, não é?

Ele assente.

— Sim, mas vou precisar que esteja aberta a isso. Minhas intenções são puras, meio tortuosas, mas são puras. Ao vir para essa reunião, eu sabia que ia pedir demais, mas preciso ter certeza de que você está aberta a isso primeiro, antes que eu coloque todas as cartas na mesa.

Hum.

Agora estou realmente intrigada. Quero dizer, eu já estava intrigada antes — e, é claro, tinha a comida grátis —, mas ele quase parece estar demostrando uma leve pontinha de vulnerabilidade, algo que não tenho certeza se um homem como Huxley demonstra com muita frequência.

— Você está aberta a isso, Lottie?

Pouso meu garfo e limpo a boca com o guardanapo.

— Eu estou desempregada, moro com a minha mãe e não tenho nada a meu favor no momento. Tenho quase certeza de que estou aberta a qualquer coisa que apareça no meu caminho.

Ele assente e, então, inclina-se para frente um pouco mais.

— Eu fiz uma merda muito grande, e agora estou tentando me salvar.

— Hum, um homem que reconhece quando está errado. Meu coração até acelerou.

Ele não sorri; ao invés disso, fica mais sério.

— Essa merda pode me custar a minha reputação, e não somente a minha, mas as dos meus irmãos também, e tudo que construímos juntos.

— O que você fez? — pergunto, inclinando-me para frente também. Ao vir para esse jantar, não achei que ia ter fofoca no cardápio, mas, por mim, tudo bem.

— A versão curta da história é: eu estava tentando fechar um acordo. O cara com quem eu estava tentando trabalhar não estava muito convencido, e meus irmãos disseram que foi porque ele não conseguiu se conectar comigo em um nível pessoal. Acabei encontrando-o por acaso na rua depois da nossa reunião. Conheci a noiva dele e, quando me dei conta, estava dizendo a ele que também estava noivo.

Estremeço.

— A sua boca falou antes que o seu cérebro pudesse pensar.

— É, foi tipo isso. Enfim, ele convidou a mim e a minha noiva para jantar, e é a primeira vez que consigo algo com esse cara. O problema é que o jantar é neste sábado.

— Bem, isso te colocou em uma situação e tanto, hein?

— É, pode-se dizer que sim. — Seus olhos se fixaram nos meus. — É aí que você entra.

— Você quer que eu vá a esse jantar com
você e finja ser a sua noiva?

— Você quer que eu vá a esse jantar com você e finja ser a sua noiva?

— Sim, mas também preciso que mantenha a farsa até o acordo ser fechado.

— Quanto tempo vai levar até o acordo dar certo?

Ele dá de ombros.

— Pode levar uma semana, pode demorar um pouco mais.

Assinto lentamente, pensando sobre isso.

— O que essa farsa requer? Vou ter que fazer o papel da Julia Roberts para você?

— Julia Roberts? — ele indaga, confuso.

— Você sabe. *Uma Linda Mulher*. Richard Gere contrata Julia Roberts para ficar à disposição dele para todas as suas reuniões de negócios importantes. Você nunca assistiu a esse filme?

Ele balança a cabeça.

— Não.

— Bom, basicamente, ela se muda para o hotel com ele e o acompanha sempre que ele precisa dela.

— Você não precisaria ir morar comigo.

Droga, lá se vai a minha chance de sair da casa da mamãe e do Jeff. Não que eu fosse realmente me mudar para morar com um completo estranho. Não sou tão louca assim.

— Mas eu precisaria que você estivesse disponível sempre que eu precisasse.

— Entendo. — Cruzo os braços sobre o peito. — E você acha que eu poderia fazer isso, já que não tenho emprego, não é?

— Eu tenho contatos. Poderia conseguir um emprego para você.

Ergo a mão.

— Não preciso da sua caridade. Prefiro conquistar a minha própria carreira.

— Respeito isso. — Sua mandíbula fica tensa. — Se não posso te arranjar um emprego, o que posso te dar em troca? Isso seria uma transação de negócios, afinal de contas.

Um abrigo seria ótimo.

Dinheiro para quitar o meu empréstimo estudantil seria incrível, mas eu nunca pediria isso.

Ir comigo à reunião do Ensino Médio é a única coisa que ele pode realmente me oferecer, mas é suficiente? Isso não resolve muita coisa. Só me dá uma vantagem superficial. Não resolve o meu problema de falta de dinheiro e dívidas ou a necessidade de sair da casa da minha mãe.

Sinceramente, no que eu estava pensando ao procurar um marido rico? Qual era o objetivo final?

Quanto mais penso sobre isso, mais percebo que não tinha um objetivo final. Isso foi... droga, isso foi uma distração.

— Não sei.

— Posso ir à sua reunião, agir como se estivéssemos apaixonados, o que você precisar. — O desespero transparece em sua voz.

— Nem sei se irei mesmo. Quer saber, acho que isso não é para mim. Eu tenho empréstimos estudantis para quitar, então não acho que posso ficar à disposição de alguém quando deveria estar procurando um emprego. — Recosto-me na cadeira e encaro a mesa. — Jesus, no que eu estava pensando ao concordar em vir à esta reunião? Um emprego, é nisso que tenho que focar, em encontrar um emprego, não me preocupar com a minha imagem em uma reunião idiota da turma do Ensino Médio. — Olho para Huxley, que está com as sobrancelhas franzidas, consternado. — Isso foi um erro. Eu sinto muito.

Levanto-me e Huxley diz:

— Espere. Podemos chegar a um acordo que irá beneficiar a nós dois.

Balanço a cabeça. No fim da contas, essa é mais uma situação em que uma pessoa rica consegue o que *ela* quer usando uma pessoa pobre. Mesmo que eu esteja atualmente mentindo para mamãe e Jeff, odeio mentir. *Você tem intelecto para ser mais que isso, para encontrar um emprego que utilize as suas habilidades.*

— Eu sei que vai soar como orgulho da minha parte, mas acho que não devo aceitar esmolas. Preciso descobrir o que vou fazer com a minha vida. — Olho para o pacote de chips de tortilla e o pego da mesa. — Mas não sou tão orgulhosa a ponto de não aceitar comida de graça. — Dou uns tapinhas no pacote. — Obrigada por isso e pelo seu tempo. Tenha um bom dia, senhor.

E então, vou embora. Seguro-me somente até chegar à calçada antes de enfiar a mão dentro do pacote e colocar um chip na boca. Só um lanchinho sabor sal e limão para me confortar agora.

Lottie: Estou viva.

Kelsey: Bem, graças a Deus. Nem sei se ouso perguntar, mas... você está noiva?

Lottie: Não. Foi tentador, mas eu realmente preciso focar na minha carreira. É isso que vai me tirar desse pesadelo, não essa bobagem de noiva falsa.

Kelsey: Sabe... talvez não fosse ser tão ruim assim.

Lottie: Você SÓ PODE estar brincando comigo. Perdeu o juízo?

Kelsey: Eu estava pensando enquanto você estava fora. Talvez você pudesse fazer esse negócio de noiva falsa e trabalhar para mim ao mesmo tempo. Estou tão perto de expandir o meu negócio, e seria ótimo ter a sua ajuda nas burocracias. Em pouco tempo, eu conseguiria começar a te pagar, e você poderia morar comigo por algumas semanas. Poderíamos fazer dar certo. E ele poderia te ajudar.

Lottie: Você pirou. Tudo bem, fofa. Tenha uma boa noite de descanso e me ligue pela manhã. Eu te amo.

Kelsey: Estou falando sério.

Lottie: Boa noite.

— Oi, querida, como foi o trabalho? — mamãe pergunta da cozinha, onde está preparando o jantar.

Fingindo estar exausta depois de um dia difícil lidando com Angela, eu digo:

— O mesmo de sempre.

— Ainda sem novidades sobre a promoção?

Engulo em seco.

— Sem novidades. — Sento-me à bancada da cozinha e observo minha mãe mexer a panela de molho de espaguete que ela diz ser caseiro, mas eu sei que não é. Ela diz que acrescenta seus próprios temperos, o que faz dele caseiro, mas os potes vazios de molho Prego ao lado da pia sugerem o contrário.

— Bem, tenho certeza de que acontecerá em breve. E a sua procura por um apartamento? Como está indo?

Tá, já entendi, mãe. Você quer que eu dê o fora daqui.

— Encontrei um lugar bonitinho perto de onde Kelsey mora. Estou considerando. — A mentira sai por meus lábios perfeitamente.

— Oh, isso seria maravilhoso, vocês duas morando perto uma da outra.

— É — murmuro conforme Jeff entra pela porta da frente depois de, mais uma vez, cuidar do paisagismo no jardim frontal.

— Lottie, pode explicar isto? — ele pergunta, segurando um buquê enorme de rosas vermelhas.

Mas que droga é essa?

— São para mim? — indago.

Ele confirma com a cabeça.

— Sim, tem o seu nome nelas. Oh, talvez seja Angela te promovendo!

Meu Deus, será que eles só pensam nisso?

Desço do banco, recebo o buquê de Jeff e coloco sobre a mesa. Pego o pequeno envelope que está no meio das flores e retiro o cartão de dentro dele. Escrito em uma caligrafia muito masculina — inclinada, quase ilegível —, está: "Por favor, reconsidere. H" e, embaixo, há um número de telefone.

Como raios ele descobriu onde moro?

Eu sei que pessoas ricas têm acesso a coisas que nós, pobres camponeses, não temos, mas o cara nem ao menos sabia o meu sobrenome, muito menos informações suficientes sobre mim para descobrir quem eu sou e onde moro.

— De quem são? — mamãe pergunta, aproximando-se por trás de mim.

Seguro o cartão contra o peito.

— Ninguém — digo rapidamente e, então, pego as flores e saio correndo para o meu quarto. Fecho a porta e, mais uma vez, deslizo até o chão, com as flores nas mãos.

Mas que droga é essa?

CAPÍTULO CINCO

HUXLEY

— Dave Toney está na linha — Karla anuncia ao bater à porta do meu escritório.

— Pode passar a ligação para mim — digo antes de me virar para JP. — Pode me dar um pouco de privacidade, cara?

Ele balança a cabeça.

— Prefiro ficar aqui para essa conversa. — Quando ele não faz menção de se mexer, percebo que não está brincando.

Revirando os olhos, pego meu telefone.

— Dave, que bom que ligou — atendo em uma voz casual. — Como você está?

— Estou ótimo. Estava falando com Ellie ontem à noite e ela exigiu que eu descobrisse se a sua noiva tem alguma alergia ou aversão alimentar. Desde que Ellie engravidou, não suporta nem chegar perto de batatas fritas. Elas lhe causam repulsa total. Mas não é o mesmo com batatinhas onduladas. Não entendo isso, mas tudo bem.

Ótima pergunta.

Porra, é realmente uma ótima pergunta.

Bom, se essa fosse uma realidade alternativa e eu realmente estivesse noivo de uma mulher grávida, eu presumiria que ela teria algum desejo de grávida, assim como algo que não suportasse, mas como não tenho uma noiva grávida, não sei o que responder.

Mas estou contando com Lottie, mesmo que ainda esteja esperando algum contato dela. Sei que as flores foram entregues, pois pedi o recibo da entrega, então eu já deveria ter recebido alguma notícia. Pelo menos, é isso que o meu lado narcisista está dizendo. E vou continuar insistindo, porque pude ver que ela estava interessada. Ela precisa da minha ajuda. Só preciso encontrar o jeito certo de ir atrás dela. Também não me oponho a jogar sujo para conseguir o que quero. Isso é óbvio, visto essa enrascada em que me encontro.

Então, em vez de responder sobre alergias, vou responder sobre desejos, porque se eu puder direcioná-los a algo que sei que ela vai comer, isso irá garantir que eu não a faça comer algo que a faça ter uma reação alérgica.

— Não estou ciente de nenhuma alergia. Graças a Deus por nenhuma reação alérgica durante o tempo em que estamos juntos, não é?

Dave ri.

— Isso estraga um encontro na hora.

É enjoativo o quanto esse homem soa jovial. Relaxado. É como se ele andasse por aí fazendo negócios todo metido e inflexível, e então, é só eu aparecer com uma noiva grávida que ele se transforma no Sr. Papai, alegre e despreocupado, usando tênis esportivos caros e em seu melhor momento da vida.

— É, isso não aconteceu conosco. Felizmente. Mas eu sei que ela vive desejando burrito bowls, ultimamente. Tive que comprar no Chipotle ontem mesmo. — Não é uma mentira, é verdade. E ela comeu aquilo com muita vontade.

— Que loucura. Ellie tem desejado Chipotle ultimamente também. Comemos ontem à noite. Estou pensando se deveríamos pedir isso para o nosso jantar. Eu sei que Ellie falou sobre fazer uma comida sulista, mas ela tem andado exausta e talvez isso seja uma boa saída para ela. Você sabe do que a sua noiva gosta do Chipotle?

Isso, eu sei.

Sorrio e, pela primeira vez desde que atendi ao telefone, lembro-me de que JP está sentado de frente para mim. Seus braços estão cruzados, uma perna sobre a outra, e ele está com um sorriso enorme, curtindo até demais ver eu tentar me desenrolar.

— Sim, eu sei do que ela gosta — digo, virando de costas para o meu irmão. — Ela gosta de *burrito bowl*. — JP dá uma risadinha atrás de mim. Ele que se foda. — Frango, feijão preto, legumes, e gosta de colocar bastante guacamole por cima. Ela sempre se preocupa, porque cobram um valor extra, mas você sabe... — Engulo em seco. — O que a minha garota quer, minha garota recebe.

JP solta uma risada pelo nariz.

Sinto o constrangimento subir por minha nuca em forma de um calor absurdo. Eles vão me encher tanto o saco por isso.

— Perfeito — Dave diz. Ele arrasta um pouco a palavra, como se estivesse fazendo anotações. — E você?

Foi isso que minha vida se tornou: dar a outro homem o meu pedido no Chipotle, mas não qualquer homem, o homem com quem quero fechar negócio. Parece que sucumbimos a não falarmos mais sobre negócios ou sermos ferrenhos no escritório... não, agora estamos falando sobre pedidos do Chipotle.

Falo para ele o que costumo pedir e então ele pergunta:

— Vocês gostam dos chips de tortilla?

— Adoramos — respondo. Na verdade, eu estava contando com aqueles chips ontem para comê-los sozinho no meu quarto enquanto encarava minha piscina, contemplando a vida. Mas Lottie agarrou o pacote como um presente de despedida antes que eu pudesse impedi-la. Eu deveria ter me irritado, mas, na verdade, aquilo me divertiu. Uma mulher nunca pegou meus chips de tortilla e saiu correndo antes.

— Ótimo, vou me certificar de que tenhamos bastante, então. Ellie vive desejando sal atualmente, então sei que ela vai adorar isso. E você tem certeza de que concorda com esse jantar? Ellie provavelmente vai ficar horrorizada por pedirmos fast-food para servir aos nossos convidados, mas também sei como mulheres grávidas são.

— Acredite em mim, Lottie vai ficar animadíssima.

— Lottie. Gostei desse nome — Dave diz. — É a primeira vez que você o diz. É apelido de Charlotte?

— Leiselotte, na verdade. — Posso sentir o olhar de JP queimando em mim, seu cérebro se enchendo com milhões de perguntas.

— Lindo — Dave elogia. — Mal posso esperar para conhecê-la. Podemos marcar para seis da tarde no sábado? Tudo bem para vocês?

Não.

Não está nem um pouco bem. Na verdade, o que ajudaria muito seria ter mais tempo para encontrar alguém um pouco mais estável do que a garota da qual estou correndo atrás agora, mas não dá para ter mais tempo. Eu preciso impressioná-lo o quanto antes para poder conseguir fechar esse maldito acordo.

— Está ótimo. Nos veremos no sábado.

— Perfeito.

Giro em minha cadeira e casualmente encerro a ligação, colocando o telefone no lugar e ignorando JP. Mexo no mouse, tirando meu computador do modo descanso, e vou direto até a minha caixa de entrada, para me sentir mais confortável.

JP não diz nada. Fica apenas me encarando. Alguns minutos se passam, e meu nervosismo vai se acumulando cada vez mais e mais, até eu não aguentar.

— O quê? — pergunto a ele.

— Nada. Eu não disse nada.

Viro minha atenção para seu sorriso irritantemente largo.

— Você nem precisa dizer nada. Está tudo no seu olhar, na sua expressão.

— Só estou fascinado, só isso. Porque você não somente mentiu sobre toda essa história de noiva grávida, como agora se enfiou em um buraco ainda mais fundo ao dar um nome ao Dave, e não somente um nome, mas o nome inteiro dela. E você disse a ele o que vocês pedem no Chipotle. Coragem, viu, cara, coragem pra caralho, especialmente porque a garota nem ao menos disse sim.

— Ela vai dizer.

— É, tem certeza?

— Absoluta. Eu sei qual é a fraqueza dela, e se tiver que usá-la, é o que farei.

— Esse é bem o jeito perfeito de convencer alguém a fazer algo para você. Ameaças. — JP bate palmas. — Você é mesmo fogo, Huxley. — Ele se levanta. — Acho que a coisa inteligente a se fazer seria dizer a ele que você mentiu. — Ele abotoa o paletó. — Vou apenas rezar para que você não ferre com absolutamente tudo. Nós nos esforçamos pra caralho para fazer essa empresa crescer.

— Acha que não sei disso? É por isso que vou fazer tudo que for preciso para salvar a nossa barra, para acertar as coisas.

— É melhor mesmo. E quanto a Lottie, é melhor que ela vá a esse jantar com você, porque eu duvido que fingir que ela está doente será aceitável. Você só vai ter que fazer tudo de novo.

Ele tem razão, essa seria uma opção, mas eu conheço Dave o suficiente para compreender sua necessidade de impressionar os outros. Ele quer conhecer a minha noiva, e vai continuar nos convidando até que isso aconteça.

— Boa sorte, mano, você vai precisar. — JP sai do meu escritório, e eu me recosto na cadeira, liberando um pouco de frustração acumulada.

— Merda — murmuro.

Fico encarando a mesa e pondero sobre qual será minha próxima jogada. Claramente, as flores não funcionaram, o que significa que terei que jogar sujo.

Ela vai me odiar, mas tudo bem. Contanto que eu consiga convencê-la a ir a esse jantar e a não me fazer de idiota, isso é tudo que importa.

Isso é uma burrice total, e qualquer pessoa que me visse fazer o que estou prestes a fazer concordaria. Mas o desespero está batendo à minha porta e, porra, eu tenho que abri-la.

Com chocolates na mão — porque, para ser honesto, não sei do que as mulheres gostam e nunca fiz isso antes —, sigo pelo pequeno caminho que leva até a porta da frente da casa de Lottie. Ela mora em um pequeno bangalô com um jardim impecável, virando a esquina do The Flats. A casa deve valer uma fortuna agora, especialmente com a localização, logo ao lado de uma vizinhança rica.

Bato à porta e prendo a respiração.

— Eu atendo, mãe. — Ouço Lottie dizer logo antes de abrir a porta.

Ela está usando um short de algodão e uma camiseta dos Rolling Stones. Seus cabelos estão presos, deixando seu rosto livre, e seus olhos estão arregalados de surpresa.

— Oi, querida — saúdo com um sorriso diabólico. — Senti sua falta.

— O que diabos você está fazendo aqui?

— O que diabos você está fazendo aqui? — ela pergunta entre dentes.

— Não quer me convidar para entrar?

— Não… não quero — ela responde em um tom áspero. Parece que esse não vai ser um trabalho fácil.

— Lottie, quem é? — uma voz feminina questiona de dentro da casa.

— Ninguém — Lottie grita. Posso sentir que ela está prestes a bater a porta na minha cara, então dou um passo à frente e fico no vão da porta, impedindo-a de me mandar embora abruptamente.

— Ninguém? É assim que trata o seu noivo? — indago. — Pensei que eu fosse mais importante para você.

— Você é maluco — ela sussurra. — Como ao menos sabe onde eu moro? Você me perseguiu? Mandou alguém me seguir por aí, observar cada movimento meu? Pessoas ricas podem fazer coisas assim. Eu sei o tipo de poder que você tem.

Tentando reprimir meu sorriso, eu digo:

— Você digitou o seu endereço no meu Google Maps. Ficou salvo na seção de endereços anteriores.

— Ah. — Ela assente devagar. — É, foi isso mesmo.

Jesus.

— Lottie, a sobremesa está... pronta. Bem, olá. — Diante de tamanha semelhança entre Lottie e a mulher que agora está ao lado dela, deduzo que esta é sua mãe. — E quem é esse?

Antes que Lottie possa dizer alguma coisa, estendo a mão e me apresento:

— Huxley, senhora. Namorado da Lottie.

— Namorado? — sua mãe grita de surpresa e vira para a filha. — Desde quando você tem um namorado?

— Três meses — respondo mais uma vez. — Nós temos sido bastante discretos. Queríamos nos conhecer melhor antes de anunciar qualquer coisa. Principalmente porque o meu trabalho é de alto perfil.

— Uau, estou chocada. Eu nem sabia que Lottie estava saindo com alguém, mas que notícia maravilhosa. — Ela estende a mão e diz: — Eu sou a Maura.

Aperto sua mão e balanço suavemente.

— Huxley. Muito prazer em conhecê-la.

— Huxley, oh, que nome lindo. Entre, por favor. A sobremesa está pronta, e eu adoraria que você se juntasse a nós.

Entrego-lhe os chocolates.

— Talvez possamos agregá-los à sobremesa — ofereço, mas antes que Maura possa pegá-los, Lottie os arranca da minha mão.

— Eles são meus — ela fala, com um olhar voraz.

Sua mãe dá risada.

— É melhor não brincar com Lottie e seus doces. Vou pegar outro prato para o nosso convidado. Entre, entre, Huxley.

Faço exatamente isso. Entro em seu bangalô excêntrico, mas aconchegante, e tiro meus sapatos Tom Ford pretos e meu paletó, também preto. Desfaço os botões das mangas da minha camisa e as enrolo até os cotovelos enquanto encaro Lottie, que está me fitando com puro ódio brilhando em suas pupilas.

— Oi, querida — digo novamente, com um sorriso, dessa vez.

— Você perdeu completamente o juízo — ela fala baixinho. — O que pensa que está fazendo?

— Jogando sujo. Tentei ser legal e jogar limpo, mas você não quis, então aqui estou eu agora. Jogando sujo.

— O que te faz pensar que vou colaborar com isso? — Ela ergue o queixo.

— Porque eu sei que você não tem um emprego... e não quer que a sua mãe saiba.

Seu rosto fica pálido, e, nesse momento, me sinto um pouco mal por isso. É óbvio que Lottie está passando por um momento difícil, e eu a vi lutando com sua consciência no Chipotle enquanto tentava resolver o que fazer. Respeitei muito isso. Mas não tenho tempo para esperar que ela resolva e, sinceramente, não me sinto mal o suficiente para dar um fim à farsa. Principalmente porque estou enrolado com uma merda bem pior que a dela.

— Você vai me chantagear?

— Não, estou apenas usando ferramentas que me ajudem a conseguir o que quero, e não aja como se também não precisasse de mim.

— Eu não preciso. Foi por isso que não te liguei, seu psicopata — ela vocifera.

Rindo, digo um pouco mais alto:

— Também senti a sua falta, querida.

— Que tal vocês dois virem para cá? — Maura nos chama da cozinha.

Sorrindo, estendo a mão para segurar a de Lottie. Ela tenta afastá-la, mas eu a seguro com firmeza suficiente para que ela não vá a lugar algum. Inclinando-me para seu ouvido, sussurro:

— Eu juro que vou fazer isso valer a pena para você.

Quando me afasto, seus olhos surpresos encontram os meus por um breve segundo antes que eu a puxe em direção à cozinha, de mãos dadas.

Sua mãe se vira e coloca um prato sobre a pequena mesa de quatro lugares. A mesa fica bem ao lado de uma grande janela, oferecendo uma vista extensa de seu quintal bem-cuidado. Uma fileira de árvores e um muro velho de estuque proporcionam a eles privacidade de seus vizinhos próximos.

— Jeff está trabalhando até mais tarde hoje, então Lottie e eu estamos aproveitando para tomar sundaes, já que ele é intolerante a lactose.

Presumo que Jeff é seu marido.

— Acho que Lottie mencionou isso — minto, entrando no personagem. — Não sei o que eu faria se fosse intolerante a lactose. Gosto de sorvete até demais.

— Eu também — Maura diz. — Fico grata pelo meu sistema digestivo dar conta disso. Sente-se, por favor.

Puxo uma cadeira para Lottie primeiro. Posso não ter uma vasta experiência em namorar, mas tenho bons modos, e puxar uma cadeira para a sua garota é uma gentileza. Pela expressão de Maura, deduzo que ela concorda. Depois que Lottie se acomoda, sento-me e pego minha colher.

— Nossa, estou me sentindo mimado — falo. — Isso parece estar incrível.

— Preparei com capricho, assim como o meu e o de Lottie. Espero que você não seja alérgico a amendoim. Eu deveria ter perguntado.

— Não sou alérgico. — Giro um pouco a tigela. — O que tem nisso?

— Sorvete de baunilha, calda quente de chocolate, amendoins triturados, um toque de suco de cereja, chantilly, chocolate granulado e cerejas.

— Parece delicioso. Obrigado. — Enfio a colher na tigela, pego uma colherada enorme e enfio na boca. Caramba, está muito bom. Não me lembro bem quando foi a última vez que tomei um sundae, e olhe o que eu estava perdendo. — Muito bom.

Lottie apenas me encara, como se não acreditasse que estou ali, tomando sorvete na cozinha de sua mãe, agindo como se não houvesse nada de errado.

Na verdade, é exatamente isso que está acontecendo.

Se eu ao menos pudesse ouvir seus pensamentos...

Meu palpite é que ela está repetindo "Eu vou matá-lo" sem parar.

— Lottie, você não está com fome? — sua mãe pergunta.

Coloco minha mão sobre a coxa dela e respondo:

— Ela deve estar em choque. Não tenho certeza se ela estava pronta para contar à senhora sobre mim. Presumi que não tinha ninguém em casa quando ela estava me mandando mensagem, então pensei em passar aqui. — Aperto sua coxa. — Desculpe, querida. Não é mais segredo.

— Oh, querida, o que há para se preocupar? — sua mãe indaga.

Nós dois olhamos para Lottie, que parece um cervo assustado diante de faróis.

— Minha reputação — eu digo, cuidando disso para ela. — Hã, não é das melhores, mas não por minha culpa. Não sei se a senhora já ouviu falar sobre a Cane Enterprises.

O rosto de Maura se transforma em choque.

— Huxley Cane? Você é Huxley Cane?

Olho rapidamente para Lottie, que parece não entender. Interessante.

— Sim. E mesmo que a *Page Six* goste de reportar qual garota esteve em meus braços em uma noite e qual esteve na seguinte, não é verdade.

Não acredite em nada que lê nessas coisas. — Felizmente, faz um tempo que não sou mencionado, porque isso não funcionaria bem para minha história com Lottie.

— Oh, eu nunca acredito em nenhuma fofoca sobre as celebridades, a menos que venha da jornalista Hoda Kotb. — Maura faz um gesto desdenhoso com a mão.

Lottie finalmente volta à vida e fala:

— Mãe, você sempre acredita no que dizem em revistas de fofoca. Outro dia, você me disse que Jennifer Aniston teve trigêmeos e os vendeu para Will Arnett.

Maura dá uma risada nervosa.

— Foi brincadeira. — Ela pigarreia. — De qualquer forma, é por isso que você tem sido tão evasiva quanto à sua mudança? Porque você está pensando em ir morar com Huxley?

Oh, merda...

— O que te faz pensar isso? — Lottie pergunta, irritada.

— Porque quando procurei por apartamentos perto de Kelsey, não havia nada disponível. Parece que você vem evitando essa conversa, e sei lá, descobrir que você tem um namorado me faz achar que talvez estivesse pensando em ir morar com ele. — Maura vira-se para mim. — Não me entenda mal, nós adoramos ter Lottie aqui, mas também estamos bem animados para que ela tenha logo sua promoção e possa finalmente encontrar seu próprio lugar para morar.

Interessante. Então, ela precisa de um lugar para morar; não foi o que ela disse naquele dia. E já que não foi promovida, mas demitida, não contar à sua mãe faz sentido. Acho que tenho Lottie bem onde a quero.

Maura me dá um sorriso astuto.

— Jeff e eu queremos muito andar pela casa pelados.

— Mãe! — Lottie reage, seu rosto ficando vermelho.

Inclino-me para frente e pisco.

— Entendo perfeitamente o que quer dizer. — Pigarreando, digo: — Eu a convidei para morar comigo, mas estou esperando sua resposta.

— Sério? — Maura pergunta, com empolgação brilhando nos olhos. — Oh, uau, isso é tão emocionante. Querida, você vai aceitar?

Nós dois olhamos para Lottie, que está com a boca cheia de sorvete. Ela olha para nós dois, e sei que ela quer me trucidar, porque se olhares pudessem matar...

Eu estaria morto e enterrado.

Ela engole cautelosamente e diz:

— Não sei. Ele é mais apegado a mim do que eu a ele. — Ela coloca mais sorvete na boca.

— Lottie. Como você pode dizer uma coisa dessas? — Maura fala, horrorizada. Sussurrando, ela acrescenta: — E bem na frente dele?

— Ah, ela só está brincando — respondo, aliviando a barra de Lottie. — Ela foi a primeira a dizer "eu te amo", na verdade.

Maura arregala os olhos.

— Nossa, eu não... eu não sabia. — Maura vira-se para Lottie. — Estou triste por você achar que não podia confiar essa informação a mim. — Ah, merda. Eu não preciso que sua mãe fique triste.

— A culpa é minha — digo rapidamente. — Implorei a ela que não contasse a ninguém. Eu realmente queria manter nosso relacionamento às escondidas. Ela queria contar para a senhora e para Jeff, mas pedi que não fizesse isso. Por favor, não fique brava com ela. Se tiver que ficar brava com alguém, deveria ser comigo.

Isso me faz ganhar um olhar suave de Lottie, mas não dura muito tempo, não quando ela volta sua atenção para seu sorvete e coloca mais uma colherada na boca.

— Aprecio a sua honestidade comigo, Huxley. — Jesus, se ela soubesse... — Bem. — Maura apoia as mãos na mesa. — Como vocês se conheceram?

— Em uma caminhada — digo, mesmo que não seja o que contei ao Dave. Meu Deus, isso já está uma bagunça do caralho. Pelo menos *em uma caminhada* é verdade. — Ela estava perdida e eu a ajudei a encontrar seu caminho para casa, mas soube, antes que ela fosse embora, que eu precisava de seu número de telefone. Não conseguia parar de olhar para ela. Esses olhos verdes me hipnotizam.

Lottie olha em minha direção, com uma expressão surpresa. Sim, eu presto atenção às pequenas coisas. Eu me lembraria desses olhos mesmo que eles só me lançassem um olhar bem rápido.

— Que fofo. Lottie, você quase não falou até agora.

Porque eu fico intervindo antes que ela possa dizer alguma coisa. Porque mesmo que eu saiba que ela precisa da minha ajuda, não confio muito que ela não vá jogar tudo para o alto e estragar nosso disfarce.

— Estou apenas observando Huxley — ela responde. — Vendo como ele se encaixa no meu ambiente. — Ela mexe a colher na tigela. — Não sei se ele se encaixa ou não.

— Por favor, perdoe a minha filha, ela aparentemente não tem decoro algum. Lottie, esse é o seu namorado.

Maura é uma boa mulher.

— Tudo bem, Maura. Ela costuma me aporrinhar mesmo. Desculpe o linguajar.

— Oh, não se incomode em se desculpar por aqui, não somos nem um pouco puritanos. E acho que ela puxou a mim nesse aspecto; às vezes tenho uma tendência a aporrinhar Jeff também.

— Isso deixa tudo bem mais divertido, especialmente quando, à noite, ela se aconchega contra mim para me dar um abraço e pressiona seus doces lábios nos meus. Faz tudo valer a pena, porque eu sei que a minha garota me ama. Me ama de verdade.

E o Oscar vai para...

Lottie se levanta, segurando sua tigela.

— Terminei. Huxley, deixe-me te mostrar o meu quarto.

— Hum, que presunçoso — provoco ao tomar uma colherada de sorvete. Quando ela me lança um olhar irritado, levanto-me e digo: — Maura, peço licença para que minha garota tenha um pouco de privacidade comigo. Devo colocar minha tigela na pia?

Ela acena para mim.

— Não, pode deixar comigo, vocês dois podem ir.

— Obrigado. — Seguro a mão de Lottie e permito que ela me conduza pelo corredor até o último quarto à esquerda. Ela abre a porta, me arrasta para dentro e então fecha a porta atrás de mim.

Observo o pequeno quarto, completamente decorado. Há pôsteres de bandas espalhados por todas as paredes. Desde Beatles, a ELO e Boston, todos estão representados, até mesmo no teto. Sua cama está desarrumada, há roupas no chão, e sua cômoda é coberta por produtos de maquiagem e limpeza de pele. Sinto como se tivesse sido transportado no tempo e voltado duas décadas para o quarto de uma das minhas namoradas. Desordem, tudo que você gosta grudado nas paredes, e embora não haja luz negra, há uma corda de luzinhas delineando a porta. Essa garota não é muito mais nova que eu, mas, cara, é o que parece.

— Quantos anos você tem, mesmo? — pergunto, virando-me para ficar de frente para ela. Deparo-me com uma mulher muito zangada: braços cruzados, mandíbula cerrada, pé batendo no chão.

Caramba, essa garota é realmente capaz de cometer assassinato com os olhos.

— Que droga você está fazendo aqui?

— Falaremos sobre isso em um minuto. Eu só preciso saber quantos anos você tem primeiro.

Ela revira os olhos.

— Não se preocupe, *querido*. Tenho 28 anos. Não precisa chamar os seus advogados. — Ela passa por mim, batendo o ombro em meu braço ao seguir para sua cama desarrumada e sentar-se nela. A estampa de seus lençóis tem vários coraçõezinhos, enquanto seu edredom é preto e de veludo. Estou tentando entender essa garota, mas não consigo determinar direito. Ela é uma bagunça total.

Pôsteres de rock. Lençóis de coraçõezinhos.

Atitude ríspida. Se importa com os pais.

Rosna para mim à mesa. Enquanto engole o que quer que seja colocado diante dela.

— Agora, me diga o que diabos você pensa que está fazendo.

— Fazendo um favor a você. — Enfio as mãos nos bolsos da calça.

— Como mentir para a minha mãe é me fazer um favor? Ela realmente acha que somos um casal.

— O que aconteceu graças à minha atuação impecável. Você, por outro lado, poderia melhorar um pouco.

Ela franze as sobrancelhas. *Pegue mais leve com as provocações, cara, ela não está muito aberta a isso agora.*

— Acho que eu te disse no Chipotle que não estava interessada.

— Você estava interessada, sim. Mas ficou assustada. Não sei o que te assustou, mas vi uma mudança em você. Eu soube que isso ainda não havia acabado; você só precisava de um pouco de encorajamento. Por isso mandei as flores, para te encorajar.

— Aham. E como você explicaria o que fez hoje?

— Hoje foi um chute na bunda para te impulsionar.

— Não preciso de um chute na bunda. Você é que precisa disso mais do que eu.

— Ah, é mesmo? — pergunto, sentindo-me arrogante agora com o conhecimento que adquiri. — Pelo que percebi, sua mãe está contando os segundos para você sair dessa casa. Ela também parece acreditar que você vai receber uma promoção em breve, quando, na verdade, você está sem emprego. Se importa de me explicar por que ela acha isso?

Lottie mexe a mandíbula de um lado para o outro, mas não me responde.

Aponto para a porta com o polegar.

— Ou será que eu mesmo deveria ir perguntar a ela? — Começo a me mover para sair do quarto e ela salta da cama, agarrando minha mão e me puxando de volta.

— Não diga absolutamente nada para minha mãe. — Ela se senta na cama e então, joga-se de costas no colchão. — Deus, por que isso é um pesadelo tão grande?

— Não precisa ser. Poderia ser muito simples. Podemos ajudar um ao outro, mas, por algum motivo, você não está permitindo que isso aconteça.

— Porque você é um completo estranho — ela sibila para mim. — Quer que eu seja a sua noiva falsa, more com você, aparentemente, e fique à sua disposição? Eu tenho uma vida, não tenho tempo para entrar no seu joguinho de rico.

— Isso não é um jogo para mim. Foi uma merda enorme que fiz, e estou tentando consertar tudo, para todo mundo. E você não terá que ficar à minha disposição, apenas alguns jantares aqui e ali, talvez alguma coisa em um fim de semana, só até eu conseguir fechar o acordo. Depois disso, pode mandar eu me foder.

— E o que eu ganho em troca? — ela pergunta, erguendo o tronco e apoiando-se nos cotovelos.

— O que você quiser — indago, porque já cheguei nesse ponto. Quero que ela saiba que o céu é o limite, porque ainda tenho que mencionar o detalhe da gravidez. — Precisa de um lugar para ficar? Eu tenho uma casa com sete quartos. Precisa de um par para a sua reunião? Pode contar comigo. Precisa que eu faça uma ligação para a sua ex-chefe e diga a ela que cometeu um grande erro ao te demitir? Faço isso na hora. Quer um emprego? Posso encontrar um para você.

— Não quero que você me encontre um emprego. O que eu quero mesmo é... — Sua voz desaparece e ela sacode a cabeça, desviando o olhar para a janela.

Ah, então ela quer alguma coisa. Posso ver em seu olhar pensativo. É desejoso, esperançoso, e há algo por trás daqueles olhos intensos que ela quer muito.

Aproveito essa oportunidade para sentar ao lado dela na cama. Esse pode ser um momento de avanço para mim, em que eu poderei finalmente quebrar essa sua casca dura exterior.

— O que você quer, Lottie? Acredite em mim, eu posso conseguir praticamente qualquer coisa.

Seus lábios se retorcem para o lado enquanto ela evita fazer contato visual comigo. Somente pelo jeito como suas sobrancelhas franzem, sei que ela está pensando sobre isso, considerando me contar. Ao invés de insistir, eu espero.

E espero.

Até que...

— Eu quero poder ajudar a minha irmã — ela diz baixinho. — Eu quero me sentir realizada com a minha carreira, apreciada, e sei que posso fazer isso com Kelsey. Ela é a minha pessoa, minha melhor amiga, e trabalhar com ela seria um sonho. — Ela me olha. — Mas ela não tem condições de me contratar, e eu preciso ganhar dinheiro.

— O que ela faz? — Aprecio a vulnerabilidade em sua voz. Quando não está se escondendo atrás do deboche e do sarcasmo, ela é a pessoa mais altruísta que já conheci. Aqui estou eu com a lâmpada do Aladdin, e ela quer ajudar a irmã. Verdadeiro altruísmo. *Uau.*

— Ela tem uma empresa de organização. É tipo *A Arte de Organizar*, mas de forma sustentável.

— O que é *A Arte de Organizar*? — pergunto, confuso. Isso é algo que eu deveria saber?

— Aff, homens — ela murmura antes de explicar. — É um *reality* sobre organizar a sua casa, reduzir excessos e garantir que você tenha uma vida organizada em vez de caótica. Eles transformam despensas em paraísos, geladeiras em obras-primas. É espetacular. Kelsey está a um passo de poder subir de nível e não ser mais a única pessoa em seu negócio, mas ela está com dificuldades na parte burocrática. E é aí que eu entraria.

— Entendo. — Eu a encaro. — Sabe, eu tenho muitas conexões. Meus irmãos mesmo poderiam ter a ajuda de alguém que entre na casa deles e organize tudo. Nossos escritórios poderiam passar por uma inspeção também. Posso me certificar não somente de que o negócio da sua irmã seja visto pelo tipo de pessoa que gastaria bastante dinheiro pelos serviços dela, como também posso ajudar em sua ascensão.

— Nós não queremos a sua caridade.

— Não é caridade. Não vou pedir que as pessoas utilizem os serviços dela, mas se quiser chegar a algum lugar no mundo dos negócios, Lottie, tem que saber que conexões significam tudo. Às vezes, tudo que você precisa é de uma só pessoa. Uma pessoa para acender a chama, porque aquela pessoa pode conhecer cinco pessoas, e essas cinco podem conhecer mais cinco cada uma, e é assim que um negócio cresce, a princípio, através do boca a boca. Eu sou essa primeira pessoa, e conheço bem mais do que cinco pessoas.

— O que você está dizendo?

— Estou dizendo que quero te ajudar. — *Como posso fazê-la acreditar em mim?* — Que tal fazermos assim: você finge ser a minha noiva e vai a esses eventos comigo e, em troca, você pode ficar na minha casa...

— Eu não vou morar com você. Posso ir morar com Kelsey. De jeito nenhum vou morar com um estranho.

— Tudo bem. Você começa a trabalhar com Kelsey e vai morar com ela, e eu ajudo vocês duas com alguns contatos.

Ela pondera um pouco, seus lábios retorcidos para o lado.

— E, sabe... — acrescento, pigarreando. — Se você pudesse estar grávida também, seria o ideal.

— O quê? — ela reage, erguendo o tronco completamente e sentando-se. — Você ficou louco? Eu não vou deixar você me engravidar.

— Porra, não, não foi isso que eu quis dizer. Fingir estar grávida. Fingir. Não vou transar com você nem nada disso.

Ela franze as sobrancelhas.

— Por que raios eu teria que fingir que estou grávida?

— Porque eu disse ao cara com quem estou tentando fechar negócio que você está grávida.

— Por quê? Por que você diria isso?

Suspiro e agarro minha nuca.

— A noiva dele está grávida. Eu estava tentando formar uma conexão com ele.

— Inventando que tem uma noiva grávida? Nossa, Huxley, você realmente se meteu numa enrascada e tanto, não foi?

— Sim. É por isso que preciso de você. Então, é só dizer, Lottie. — Abro os braços. — Diga o que quer e você terá.

— Diga o que quer e você terá.

— Eu não sei o que quero.

— Ok. — Levanto-me da cama e começo a andar de um lado para o outro. — Em um mundo perfeito, o que você estaria fazendo agora? — Fico de frente para ela e ergo um dedo. — Trabalhando com a sua irmã, certo?

Ela confirma com a cabeça.

— Não estaria morando com a sua mãe e o Jeff.

Ela assente novamente.

— Se exibiria para essa sua ex-chefe, que te demitiu.

— Uma amiga da vida inteira que foi tóxica desde o início. Adoraria esfregar na cara dela.

Dou risada.

— Ok, podemos fazer isso. O que mais?

— Mundo perfeito? — ela pergunta com hesitação.

— Mundo perfeito.

Ela morde o canto da boca ao dizer:

— Bem, eu estaria trabalhando com a minha irmã, não estaria mais na casa da minha mãe, poderia esfregar minha volta por cima na cara de Angela, meus empréstimos estudantis estariam quitados, e toda vez que chovesse, eu teria um lugar onde pudesse deitar na chuva sem julgamentos.

— Feito.

— O quê? — ela pergunta, cética.

— Tudo que você disse está feito. Posso cuidar de tudo. Vou ajudar com o negócio da sua irmã para que você possa trabalhar para ela. Você vai morar com a sua irmã, então isso resolve a questão da moradia, faremos um plano perfeito para esfregar na cara de Angela, quitarei facilmente os seus empréstimos estudantis e conheço o lugar perfeito para deitar na chuva em particular.

Ela balança a cabeça.

— Você não vai quitar os meus empréstimos estudantis.

— Por que não?

— Porque não sou uma prostituta.

Coço a parte de trás da minha cabeça.

— Não me lembro de ter dito que te pagaria para transar comigo.

— Você não disse, mas isso é... estranho. Você me pagando para ser sua acompanhante.

— Primeiro, você não é uma acompanhante. Vamos jogar esse termo pela janela, entendeu? Segundo, isso não é sobre mim, é sobre nós. É um acordo. Uma transação entre duas pessoas. Nós dois concordaremos em um acordo justo, trocaremos serviços e só. Nada mais. Acredite em mim, eu pagaria um bom dinheiro para te convencer a aceitar tudo isso. Tenho certeza de que os empréstimos estudantis não devem ser tão altos assim. Quanto você deve?

Ela se encolhe e diz:

— Trinta mil dólares.

Os cantos da minha boca se curvam para cima.

— Isso para mim é só um trocado, Lottie.

Ela arregala os olhos.

— Eu tenho uma dívida de trinta mil dólares e você está chamando-a de trocado?

— Acredite em mim quando digo que tenho bilhões de onde tirar isso.

Confusa, ela pergunta:

— Por que está me contando isso? Eu poderia extorquir esses bilhões de você.

— Possivelmente, mas não acho que vá fazer isso. Você não parece ser esse tipo de pessoa.

— Não sou — ela diz, derrotada. — Eu queria ser; isso seria bem mais fácil.

Dou risada.

— Fico feliz que não seja uma pessoa que vive de extorsão. É um bom presságio para mim. — Fico ali de pé, com as mãos nos bolsos. Com a cabeça baixa, ergo o olhar apenas um pouco para ela. — Diga que sim.

Ela aperta os lábios um no outro.

— Como vou saber que você vai cumprir a sua parte?

— Vou pedir que meus advogados redijam um contrato. Simples.

Ainda parecendo incerta, ela baixa o olhar e encara as mãos.

— Não sei.

— Me diga por que não quer fazer isso — peço. Para poder ir em frente com isso, ela tem que admitir o que quer que a esteja impedindo.

— Isso parece... errado. Sei que fui a louca que saiu em busca de um marido rico para resolver todos os meus problemas, mas agora que isso está quase realizado, me parece errado. Eu me esforcei muito por tudo que conquistei; isso parece algo grátis e fácil demais, e não estou me sentindo muito bem.

Posso entender esse sentimento. Se não fosse pelo meu pai, não teríamos o negócio que temos hoje.

— Compreendo o orgulho que tem por se esforçar por tudo que conquistou na vida. Compreendo muito bem. Mas sabe como nós começamos o nosso negócio?

Ela balança a cabeça.

— Eu honestamente não sei nada sobre você.

— Bem, foi com uma ideia e o dinheiro do seguro de vida do meu pai, depois que ele faleceu. Sem esse dinheiro, nunca estaríamos onde estamos hoje. Sim, trabalho duro, esforço e decisões bem pensadas fizeram esse dinheiro se multiplicar, mas nós precisamos daquele impulsionamento, daquela ajuda. Daquele ponto de partida. Todo mundo precisa de um ponto forte de partida e de um impulsionamento de tempos em tempos. Não veja isso como algo grátis e fácil, Lottie, veja como um impulsionamento.

— Acho que faz sentido. — Seus olhos encontram os meus. — Você pode estar me oferecendo o melhor acordo da minha vida, mas preciso que saiba de uma coisa. — Ela se levanta da cama, e embora seja uns trinta centímetros mais baixa que eu, ainda vem até mim e tenta ser intimidante. — Eu não te devo mais nada além dessas coisas com as quais estou concordando, e essa ceninha que você armou hoje? Foi traiçoeiro da sua parte, e não vai mais acontecer. Me chantagear e ter coisas para usar contra mim foi muito baixo, e não gosto muito de você por isso.

— Justo. Mas me recuso a pedir desculpas pelo que fiz. — Seu olhar foca em mim. — Não costumo pedir desculpas, a menos que me arrependa. Como um homem de negócios, tomo as melhores decisões para me ajudar a alcançar meus objetivos.

— Então, é tudo que isso é? Uma transação de negócios?

— Nada mais que isso.

— Ótimo — ela diz e então aponta para a porta. — Você pode ir embora agora.

Balanço a cabeça.

— Bela tentativa, Lottie, mas vou precisar de algumas informações suas antes de ir embora, e isso inclui o seu número de celular, o endereço da sua irmã, tamanho de roupa e de calçado.

— Por que precisa dessas coisas?

Me aproximo um passo dela e puxo sua camiseta de rock antigo.

— Não que isso não fique sexy em você, mas vai precisar usar coisas um pouco mais... caras... se estará ligada a mim. — Ergo seu queixo com o dedo indicador. — Também vou precisar do seu tamanho de anel. Minha noiva será apropriadamente adornada com um anel.

Ela engole em seco.

— Tudo bem, mas vou precisar saber o tamanho do seu pau antes que você vá embora.

— Por que você precisa saber disso?

— Porque... — ela diz com um sorriso. — Eu preciso saber se tenho que agir como uma noiva feliz, ou uma noiva verdadeiramente satisfeita.

Caralho, que coragem dessa garota. *Quando foi a última vez que tive uma conversa tão honesta e direta com uma mulher?*

Sinto um calor subir por minha nuca ao dizer:

— Acredite em mim, você está satisfeita pra caralho.

Ela dá de ombros.

— Acho que terei que acreditar na sua palavra.

Ela vai até a mesa de cabeceira, pega uma caneta e um pedaço de papel e começa a anotar algumas coisas. Dou mais uma olhada em seu quarto bagunçado e pergunto:

— Se a sua irmã é especialista em organização, por que o seu quarto é um desastre?

— Ela já tentou me ajudar, mas sou um caso perdido. Fique feliz por não ter que morar comigo.

Você pode ser um caso perdido para a sua irmã, mas pode ser a minha vitória.

CAPÍTULO SEIS

LOTTIE

> **Mamãe:** [foto] Aqui vai uma foto de Jeff e eu pelados na sala de estar. Poupei vocês e tirei a foto somente do pescoço para cima. Mas estamos vivendo uma vida livre e fresquinha.

— Por que, mãe? Por quê? — lamento, encolhendo-me e soltando o celular.

— O que foi? — Kelsey pergunta, atrapalhando-se com uma das minhas caixas.

— Faz duas horas que me mudei e eles já estão pelados na sala de estar.

Kelsey faz um som de vômito.

— Apoio muito a ideia de expressar o seu verdadeiro eu, mas tem coisas que ela não precisa compartilhar com as duas filhas.

— Concordo — digo, encostando-me na parede do pequeno estúdio de Kelsey. — E ainda teremos que sentar naquela mobília quando formos visitá-la.

— Vou ficar em pé, de agora em diante — Kelsey decide, grunhindo ao colocar uma caixa sobre a outra.

O espaço aqui é, digamos... escasso.

— Kels, estou começando a ficar ansiosa.

— Por causa do jantar que você tem que ir esta noite, do contrato que acabou de assinar e do fato de que vamos ter que fazer um castelo de caixas para você poder morar aqui?

Sim, isso mesmo, eu assinei um contrato, comprometendo-me com Huxley Cane até todas as obrigações contratuais serem cumpridas.

E, sim, vou ter que agir como uma noiva apaixonada esta noite.

Sem contar que não há espaço algum no apartamento de Kelsey. Por que achei que fosse maior? Por que achei que era grande o suficiente para duas pessoas?

— Pelas três coisas — respondo. — Você acha que cometi um erro grande?

— Sinceramente? Não sei. — Kelsey solta uma respiração pesada. — Acho que tudo vem com riscos e recompensas. É um risco enorme ser contratualmente obrigada a passar tempo com esse Huxley até que ele consiga fechar o negócio que tanto quer. Mas pense nas recompensas que virão, e não estou falando somente sobre o nosso negócio. Pense que ficará livre dos seus empréstimos estudantis.

— É, eu ainda não me sinto muito bem em relação a isso.

Kelsey empilha uma das minhas caixas de roupas sobre uma caixa de sapatos.

— Pense assim: Huxley provavelmente ganhará muito dinheiro depois que fechar esse negócio, ou então não teria feito o que fez para tentar segurá-lo, certo?

— Certo.

— Bem, simplesmente veja a quitação dos seus empréstimos estudantis como a sua comissão por estar ajudando.

— Hã, acho que eu poderia ver dessa forma.

— Viu? — Ela ergue mais uma caixa. — Essas caixas vão ter que ficar aqui até que eu possa arranjar o sistema de armazenamento perfeito para nós. — Ela aponta para a minha cama no chão. — Tem certeza de que não se importa em dormir em travesseiros? Posso trocar com você noite sim, noite não.

Faço um gesto vago para ela.

— Vai ficar tudo bem. E olhe como você arrumou tão bonitinho. Vai dar certo. — Suspiro. — Obrigada por me abrigar.

— O que mamãe e Jeff pensam que você está fazendo?

— Eles acham que fui morar com Huxley.

— Hã, o que você vai fazer quando eles pedirem para visitar a sua nova casa?

— Nós vamos combinar um dia, levarei alguns itens pessoais e vou fingir que estou morando lá. Não é como se eles fossem olhar os banheiros para conferir os meus estoques de absorventes internos.

— Verdade. — Kelsey ri. — Não pensei nisso. Bem, parece que você tem tudo planejado. E sobre hoje à noite? Você está pronta? Já sabe a história que vai contar?

— Que história?

— Você sabe, como se conheceram, como ele fez o pedido... qual o seu tempo de gestação.

Ai, Deus, nós não temos uma história.

Nada disso estava no contrato.

E só tive notícias de Huxley uma vez desde que ele foi embora da minha casa naquele dia, o que faz com que as coisas sejam tão mais reconfortantes.

Está sentindo o sarcasmo?

Porque está pesado.

Minha ansiedade chega ao ápice quando me dou conta de que não falamos nada sobre a nossa história. A única coisa sobre a qual falamos foi o contrato e se eu tinha assinado ou não. Tive uma conversa bem longa com seu advogado, que basicamente ameaçou a minha vida com um contrato de confidencialidade. Perguntei a ele se Kelsey contava nesse acordo, e assim que ele discutiu isso com Huxley — fiquei de fora dessa conversa —, me disse que não, ela não contava, mas aí eles a fizeram assinar um contrato de confidencialidade também. Foi uma provação.

— Não falamos sobre qualquer tipo de história. — Mordisco meu dedo, tentando conter a bile que está começando a subir por minha garganta.

Kelsey se encolhe.

— Hum, eu mandaria mensagem para ele, perguntaria a que horas vai ser o jantar, quando ele pretende vir te buscar e qual é a história de vocês, porque eu duvido que ele vá gostar se você cometer algum deslize. Ele não disse alguma coisa no contrato sobre se comprometer com o personagem?

— Ele disse? Ai, Deus, eu deveria ter lido melhor.

— Você não leu o contrato? — Kelsey pergunta, horrorizada.

— Tinha vinte páginas, Kels. É muito jargão jurídico para uma sentada só.

— Jesus, Lottie. Você assinou um contrato pela sua vida sem lê-lo?

— Eu peguei a essência dele.

— Claramente não.

Consigo sentir o gosto de bile na língua.

— Você não está ajudando em nada a melhorar a minha ansiedade, sabia? — Pego meu celular e mando uma mensagem para Huxley, em pânico.

> **Lottie:** *Qual é a nossa história? Como nos conhecemos? Como você fez o pedido? Estou grávida de quantos meses? Minha barriga já deveria estar crescendo? Vamos ter um menino ou uma menina? Quais são os nomes das pessoas com quem iremos jantar? Por que raios eu assinei aquele maldito contrato?*

Solto meu celular e sento à pequena mesa redonda de dois lugares.

— Isso foi uma má ideia — lamento. — Prometi manter o personagem, e nem sei qual é o personagem. Eu assinei um contrato, Kelsey.

— É, não vou mentir, estou com ansiedade por você.

— Isso não ajuda. — Encaro-a fixamente.

Toc. Toc.

— É a nossa comida — Kelsey anuncia, correndo até a porta. — Deixe essa ansiedade em segundo plano. Isso não combina com rolinhos primavera.

Ansiedade combina com algum prato, por acaso?

Quando a porta abre, apoio a cabeça na parede, mas somente por um nanossegundo, porque o som sobressaltado que Kelsey emite chama minha atenção. Alarmada pelo que pode estar do outro lado da porta, eu hesitantemente me inclino para frente a tempo de ver um homem carregando algumas caixas de vestidos e sacolas cheias de caixas de sapato para dentro do apartamento. Ele coloca tudo sobre a cama de solteiro de Kelsey, vai embora e, em seguida, Huxley entra, parecendo todo caro e muito sério. Quando seus olhos encontram os meus, deparo-me com sua testa franzida. Por que ele está franzindo a testa para mim?

— Posso, hã, posso ajudar? — Kelsey pergunta.

Ele vira-se para Kelsey, e sua testa suaviza ao dizer:

— Você deve ser a Kelsey. — Ele estende a mão. — Eu sou o Huxley. É um prazer conhecê-la.

— Santo Deus — Kelsey diz, apertando a mão dele. Ela olha para trás por cima do ombro e sussurra: — Você NÃO me disse que ele era lindo assim!

Sussurro de volta:

— Você pode até estar sussurrando, mas ele consegue te ouvir.

Huxley dá uma risada e fecha a porta. Seus olhos percorrem o pequeno espaço pitoresco. Sua expressão neutra se transforma lentamente em uma carranca descontente a cada segundo que passa. Ele não parece muito feliz.

— É aqui que você pretende morar?

— Algum problema nisso? — rebato.

Ele caminha um pouco mais pelo apartamento, e sua inspeção crítica recai sobre a cama de travesseiros no chão. Ele aponta com o sapato.

— E é aqui que você vai dormir?

— Não é bonitinho?

Sem me responder, ele passa pela torre de caixas, que balança precariamente.

— E onde pretende colocar essas caixas?

— Não que seja da sua conta, mas Kelsey vai organizar tudo. Ela é profissional, lembra?

Aquele brilho cheio de julgamento em seus olhos percorre nosso espaço mais uma vez antes de ele dizer:

— Não quero insultar a profissão e as habilidades da sua irmã, mas eu gostaria de ver como tudo isso vai caber nesse apartamento minúsculo e o espaço continuar habitável. Vejo que Kelsey já utilizou o espaço que esse teto alto oferece, mas já vi o seu quarto e o desastre do qual você é capaz.

Bem, parece que ele veio com tudo.

— Kelsey, você se importa de colocá-lo em seu lugar? — peço casualmente. Se alguém pode dar um jeito nessa catástrofe, é Kelsey. Ela é uma maravilha moderna quando se trata de organização. Ela vê armazenamentos de maneiras que ninguém mais vê. Se tem alguém que pode fazer isso dar certo, é ela.

— Bom, eu não achei que você fosse trazer tantas caixas — Kelsey diz, menos confiante que eu. — E quem sabe o que tem nessas caixas e sacolas que Huxley acabou de trazer?

— Kelsey. — Endireito as costas. — Essa é a sua especialidade.

— Eu sei. — Ela retorce as mãos e fala para Huxley: — Não quero que você pense que não sou boa no que faço, porque eu sou muito boa, mas às vezes também é preciso admitir que é necessária uma limpa para fazer as coisas darem certo. Eu sou minimalista, e acho que, primeiro, teríamos que fazer uma limpa nas suas coisas para fazer isso funcionar.

— Uma limpa? — pergunto, perplexa diante da mera ideia de fazer isso. — Você tem noção de que eu só trouxe o mínimo possível comigo? Eu nem trouxe todas as minhas roupas. Isso é o que eu preciso para sobreviver.

— Vou cuidar disso. — Huxley pega seu celular e começa a digitar. — Pedirei ao Andre que venha buscar as suas caixas.

— Como assim, buscá-las? O que ele vai fazer com elas?

Huxley ergue o olhar da tela de seu celular, com uma sobrancelha erguida e aqueles olhos opressivos me incendiando.

— Levá-las para a minha casa.

Sacudo a cabeça.

— Não, de jeito nenhum. Sem chance. Eu disse que não ia morar com você.

— Não seja boba. Eu tenho uma casa com sete quartos. Você poderia ter um quarto para cada uma das suas caixas.

— Não vou dividir uma casa com um homem que não conheço. — Cruzo os braços sobre o peito.

Ficamos nos encarando, como se uma linha estivesse sendo desenhada entre nós.

Morar com Huxley seria mais fácil? Sim, provavelmente, mas não conheço o cara. Que tipo de pessoa maluca vai morar com um completo estranho?

Eu não.

E a minha irmã nunca permitiria isso.

— Sabe, talvez não seja má ideia — Kelsey opina.

Com licença, preciso recolher meu queixo do chão.

Como é que é?

Não é má ideia?

— Kelsey — sussurro, chocada. — O que é isso? Você deveria estar do meu lado.

— Eu estou. — Ela gesticula para as caixas. — Mas depois de um final de semana vivendo assim, nós vamos nos odiar. E olhe para ele, ele parece gentil o suficiente.

— Gentil o *suficiente*? — reajo, completamente pasma. — É somente essa a qualificação que você precisa? Gentil o *suficiente*?

— E ele tem um cheiro maravilhoso, e nós sabemos quem ele é, então se tentar fazer alguma coisa, podemos denunciá-lo e isso arruinaria sua reputação. É óbvio que ele vai fazer de tudo para evitar isso.

Até que há um pouco de verdade nisso, mas ainda assim...

— O que eu devo fazer? Simplesmente ir morar na mansão desse cara?

Kelsey abre um sorriso sugestivo.

— Hã, sim. Parece um sonho, para mim.

Inclinando-me para Kelsey, sussurro:

— Eu nem ao menos gosto dele.

Sussurrando de volta, ela diz:

— Ele pode te ouvir.

— Você não precisa gostar de mim para fazer negócios comigo. Lembre-se de que isso não é nada além de uma transação de negócios. O quanto antes você começar a pensar dessa forma, mais fácil será tirar as emoções do caminho.

Faço uma carranca para Huxley, que parece casual até demais, balançando-se sobre o calcanhares, com as mãos nos bolsos.

— Ele tem razão — Kelsey diz. Quando não respondo, ela continua: — Que tal isto: tente por uma semana, e então, se quiser voltar, meu apartamento estará aberto para você, com a sua cama de travesseiros.

— Está falando sério? Você não quer que eu fique?

— Ele não vai te machucar.

— Isso é o que você diz agora, mas amanhã estará circulando pelo noticiário denúncias sobre uma irmã desaparecida.

— Você está sendo ridícula. Nós sabemos tudo sobre ele. Basta ele tentar uma coisinha e sua reputação estará arruinada. Acredite em mim, eu sou boa em ler as pessoas. Ele não é burro.

Não acredito que estou ao menos considerado isso, mas, quando alterno olhares entre os dois, sinto-me mais e mais inclinada a dizer sim. Não porque a casa dele é uma mansão, mas porque não quero que Kelsey me odeie, e sei que após alguns dias vivendo nesse apartamento minúsculo, talvez ela vá querer me deserdar. Morar aqui é uma coisa, mas trabalhar e morar nesse apartamento é outra história.

Suspirando, eu cedo:

— Está bem. Mas quero o quarto que fica mais distante do seu. Nada de gracinhas. — Aponto para ele.

— Não fique se achando — ele diz casualmente antes de ir até a cama, onde mexe nas caixas de vestido. Kelsey solta uma risada pelo nariz e cobre a boca enquanto sai fumaça por minhas orelhas.

— Bem, e você... não fique se achando também.

— Hum, toma — Kelsey me zoa. — Mandou bem com essa.

Esfrego as têmporas.

— Kelsey, eu agradeceria se você ficasse do meu lado.

— Eu estou, por isso que estou te incentivando a se esforçar mais com as suas represálias. Pense antes de agir, atinja-o onde dói. Sabe, algo tipo... o seu, hã, cabelo... bem, não, o cabelo é bonito. Talvez esse terno... hum, é impecavelmente feito sob medida. Espere, isso foi um elogio. Ah, já sei! A sua mandíbula é tão tensa... na verdade, é bem simétrica. O rosto inteiro dele, muito simétrico. Um espécime perfeito.

— Uau. — Bato palmas lentas. — Valeu, Kelsey. Insultos superdolorosos.

Huxley alterna olhares entre nós duas.

— Já terminamos com as tentativas lamentáveis de represálias?

— Você que é lamentável — rebato e em seguida olho para Kelsey, buscando aprovação. Ela ergue um polegar com confiança e assente uma vez. *Rá, peguei ele.*

A mandíbula dele tensiona.

— Preciso que você experimente algumas roupas.

— Você poderia pedir com um tom mais gentil.

— Isso são negócios. Não estou tentando te ganhar ou te cortejar. Sou o seu chefe nesse momento, logo, você deve responder aos meus comandos.

A raiva borbulha dentro de mim, enquanto Kelsey abana o rosto.

— Uau... quer que ela te chame de Papaizão depois desse discurso dominador?

— Kelsey, pelo amor de Deus. — Aperto o alto do meu nariz. — Dá para você acalmar esse fogo?

Há outra batida na porta, e ela diz:

— Agora deve ser a comida, a menos que você tenha alguém esperando por mim atrás daquela porta. — Ela balança as sobrancelhas e, em seguida, endireita a postura. — Caramba, eu preciso mesmo acalmar esse fogo. — Ela vai até a porta, recebe a comida e a leva para sua cozinha estreita.

Huxley abre as caixas e ergue um lindo vestido verde justo na cintura e com mangas dólmã leves. O decote profundo é maior do que o que normalmente uso, mas o tecido parece ser incrível, então, né... vou experimentá-lo.

— Vista isto. Quero ver como fica em você.

Levanto-me da cadeira, arranco o vestido de sua mão e digo:

— Sabe, um *por favor* não doeria.

Quando estou no banheiro, tiro minhas roupas rapidamente — e só as chuto para o lado, algo que deixaria Kelsey horrorizada — e coloco o vestido, deixando o tecido macio se ajustar em minhas curvas.

— Uau — sussurro, vendo-o no espelho. Me cai bem como uma luva, acentua minha cintura e meus seios ficam espetaculares. Acho que dinheiro realmente pode comprar tudo, porque eu nunca pude comprar um modelo desses antes.

Hora de mostrar ao "chefe".

Abro a porta e saio do banheiro, sentindo-me sem jeito. Não sei o que fazer com minhas mãos, então as junto de maneira recatada na frente do corpo.

— Era isso que você queria, mestre? — pergunto a ele.

Sua expressão não muda; ele nem ao menos demonstra uma pontinha de apreciação. Em uma voz firme, decreta:

— Vai servir para esta noite.

Ele podia muito bem ser o fazendeiro do filme *Babe, O Porquinho Atrapalhado*. Só faltou tocar minha cabeça e dizer "Isso vai servir, porquinho. Isso vai servir".

Eu, hein.

— Era isso que você queria, mestre?

Pelo menos ele está determinando expectativas nesse momento. Isso são negócios. Não é algum tipo de conto de fadas em que ele me tira dos trapos e me transforma em uma princesa. Não que eu queira algo assim. Eu realmente quero conquistar as coisas na minha vida, mas, sabe, um pouco de decência ou reconhecimento do decote que geralmente não uso seria legal.

— Esses outros vestidos são para ocasiões diferentes. Há anotações nas caixas dizendo quando usá-los e como, assim como quais sapatos combinar com cada um deles, mas agora que você vai morar comigo, poderei dar a aprovação final antes que você saia de casa.

— Aprovação final? Você tem noção de que este é o meu corpo?

— Estou muito ciente de que é o seu corpo. Mas você também assinou um contrato que afirma que eu terei que dar a aprovação final em todas as suas roupas antes que compareçamos a qualquer evento de negócios.

— Pensei que aquilo fosse só, sabe, semântica. — Faço um gesto vago com a mão.

— Nada em um contrato é somente semântica. Isso é algo que você deveria aprender desde já, especialmente se vai trabalhar na parte administrativa da empresa da sua irmã. O ideal seria você se familiarizar com jargões jurídicos.

— Eu sou familiarizada com isso — rebato. — Não presuma que não sei de nada.

— Quando diz que coisas no nosso contrato eram apenas semântica, tenho que presumir que você precisa ser ensinada, especialmente quando vai assumir o negócio da sua irmã, que ela construiu do zero. Não se deve brincar com isso.

— Eu não estou brincando com isso.

— Você precisa levar a sério — ele diz naquela voz autoritária.

— Eu estou levando a sério.

— Isso não é só um joguinho, Lottie. É uma oportunidade para aproveitar, para saltar para o próximo capítulo na sua vida, para subir de nível, e se você vai brincar com isso...

— O que te faz pensar que estou brincando? — Abro os braços. — Estou aqui, usando um vestido que você quer que eu use, e um homem virá buscar as minhas caixas para levar para a sua casa, como você solicitou. Vou comparecer a um jantar esta noite ao qual, francamente, estou morrendo de medo de ir, apenas pelo simples fato de que, se eu cometer um deslize, se eu disser algo errado, vou ferrar tudo para você. E, por algum motivo muito estranho, não quero fazer isso. — Fecho a distância entre nós e o cutuco no peito com o dedo. — Então, não me acuse de estar brincando. Está me entendendo?

Um som de mastigação preenche o silêncio, e ao mesmo tempo, Huxley e eu viramos na direção de Kelsey, que está com uma caixa de *lo mein* em uma mão e pauzinhos na outra. Ela está quase colocando mais comida na boca quando sorri para nós e diz:

— Oh, desculpe... estou apenas curtindo o show. *Lo mein?* — Ela oferece a caixa.

Irritada, dou meia-volta e retorno para o banheiro, onde tiro a roupa de novo, mas, desta vez, fico sentada seminua na tampa da privada.

A coragem que aquele homem tem. *Está realmente na hora de ler aquele contrato.*

O ar-condicionado do carro não está ajudando nem um pouco a aplacar o calor infernal que está preenchendo todo o meu corpo.

Eu sei que isso são negócios, não estou procurando por mais nada além de uma transação de negócios, mas será que ele morreria se ao menos reconhecesse todo o esforço que fiz, fazendo cachos no meu cabelo comprido? Admito, foi ele que pediu que eu o fizesse e exigiu que eu usasse uma maquiagem leve para ficar natural, mas pelo menos um aceno com a cabeça de aprovação seria legal.

Você acha que recebi um?

Quando saí do banheiro — muito linda e bem-arrumada, se quer saber —, ele não disse nada além de "Vamos logo".

Kelsey me deu um abraço encorajador antes de eu sair e me disse para ligar para ela se precisasse voltar para seu apartamento. Diante da sua expressão ansiosa enquanto tentávamos descobrir o que fazer com todas as minhas caixas, vou deduzir que esse é um convite vazio.

Huxley dirige por uma rua quieta e estaciona em frente a uma casa branca grande que lembra a da série *Um Maluco No Pedaço*, com pilares grandiosos e luminárias enormes.

Coloco a mão na maçaneta do carro, mas ele pergunta:

— Aonde pensa que vai?

Olho para ele por cima do ombro.

— Não sei, a um jantar para o qual chegamos ridiculamente cedo? — Aponto para o relógio. — Sinceramente, quem comparece a um compromisso uma hora adiantado? Isso é uma coisa de rico, da qual nós pobres não estamos cientes?

— Tirar esse sarcasmo do seu tom ajudaria bastante.

— Tirar a babaquice do seu tiraria o sarcasmo do meu, então... só depende de você, Huxley.

A animosidade entre nós parece estar forte, e não consigo determinar quando isso aconteceu. Foi em algum momento perto da hora em que ele apareceu no apartamento de Kelsey e exigiu que eu experimentasse um vestido. Seja lá quando tenha sido, a consequência está transparecendo na atmosfera entre nós.

A tensão é feroz, com certeza.

Ele cerra a mandíbula ao virar-se para mim cautelosamente, seu corpo grande se ajustando ao espaço compacto do carro.

— Essa não é a casa deles. Dave mora mais à frente, descendo a rua. Pensei que, para te ajudar, poderíamos falar sobre algumas das perguntas que você me mandou por mensagem, mas se quiser que cheguemos cedo e pareçamos um casal disfuncional, então, claro, vamos fazer isso.

Aponto para ele.

— Isso não é tirar a babaquice do seu tom.

— Vou tirar a babaquice do meu tom quando você levar isso a sério.

— Eu estou levando a sério! — grito. Jogo meus cabelos em sua direção. — Você tem noção do tipo de esforço que é preciso para ondular esse cabelo? Eu raramente faço isso, mas enquanto você estava comendo *lo mein* com a minha irmã, eu estava suando feito uma porca no banheiro, tentando ficar apresentável o suficiente para andar de braços dados com você. Sinto muito por não ser digna da *Page Six*, mas você me escolheu para ajudá-lo, então lide com o que conseguiu.

Seus olhos permanecem severos, sua expressão estoica, e por um segundo, sinto uma vontade enorme de cutucar seu rosto, para ver se está congelado e eu não sabia. Mas ele vira sua atenção para o celular e o pega do console. Rola pela tela e diz:

— Você quer saber como nos conhecemos.

Então, não vamos falar sobre quanto tempo levei para fazer meu cabelo? Ok, só conferindo se é mesmo esse o caso. Insira um revirar de olhos aqui.

— Isso pode ser útil, porque tenho certeza de que eles vão perguntar.

Vamos contar a história sobre nos encontrarmos aleatoriamente durante uma caminhada? Porque, embora seja sem graça, é fácil de contar, mas, na minha versão, você é um babaca. Deixe-me adivinhar, eu sou uma víbora na sua?

— Quase — ele murmura e então fala: — Nos conhecemos na Geórgia.

— Geórgia? — pergunto em uma voz estridente. — Por que diabos nos conhecemos na Geórgia? Eu nunca estive lá.

— Nunca esteve? — ele indaga, como se fosse incapaz de compreender uma ideia tão absurda.

— Não é como se eu fosse uma californiana que nunca foi à Disneylândia. Eu simplesmente nunca atravessei os Estados Unidos para aleatoriamente visitar o estado da Geórgia, quando Nevada é o mais longe que já fui.

— Como isso é possível?

— Nem todo mundo pode largar tudo e voar para um lugar qualquer por impulso, Huxley. Além disso... você é velho. Já teve mais tempo para explorar o mundo.

Os lábios dele se retorcem para o lado.

— Você pesquisou sobre mim?

Baixo o olhar para minhas unhas, examinando o trabalho maravilhoso que fiz ao pintá-las mais cedo. Branco matte, caso esteja se perguntando. Totalmente seguindo a tendência, e estou amando.

— Achei que ajudaria um pouco. Não esperava ver que você é um papa-anjo. Sete anos de diferença é muita coisa.

— Tenho sócios que são casados com pessoas 25 anos mais jovens. Sete anos não são nada.

— 25 anos? Jesus, eles podiam ser pais delas.

— Por que está presumindo que são todos homens?

— Bem... não sei — digo, pensando que ele tem razão. — Só presumo que homens gostam de coisas firmes e empinadas.

— E mulheres mais velhas gostam de vigor no quarto.

É, quero dizer, eu também não rejeitaria vigor no quarto.

— Então, são mulheres? Um monte de lobas?

— São homens, na verdade.

Jogo as mãos para o ar.

— Jesus Cristo. Qual foi o objetivo disso tudo?

— Ensiná-la a nunca fazer suposições, especialmente no mundo dos negócios. Isso pode sair pela culatra.

Expiro com força.

— Querido Jesus, por favor, me ajude a passar por esse pesadelo no qual me enfiei. — Após alguns instantes me recompondo, recosto-me no assento e sorrio para ele. — Então, querido, por favor, me conte como nos conhecemos na Geórgia.

— Não me chame de *querido*. Não gosto disso. Se quiser ter um apelido carinhoso para mim, pode me chamar de Hux.

— Criativo. — Ergo os polegares para ele.

— Eu disse ao Dave que a minha avó mora na Geórgia. Peachtree City, para ser exato. Você cresceu ao norte de lá.

— Cresci? — pergunto, em choque. — Como diabos vou falar sobre crescer em um estado onde nunca estive? Não podemos simplesmente contar a história da caminhada na calçada? Por que envolver outro estado? Nem tenho sotaque sulista.

— Porque eu já disse a eles que a minha avó nos apresentou quando estávamos visitando a Geórgia.

Cruzo os braços.

— Bem, isso foi idiota.

— A interação foi desequilibrada desde o início. Mas podemos compensar dizendo que você estava visitando a Geórgia, família e tal. Você se mudou para a Califórnia quando tinha dez anos. Isso vai ajudar com o fato de não ter sotaque e, assim, você também pode ser mais familiarizada com a Califórnia. Mas nós dois estávamos visitando as nossas famílias quando a minha avó nos apresentou. Ela é a melhor amiga da sua avó, Charlotte, e elas pensaram que seria ideal, já que nós dois moramos em Los Angeles e estávamos visitando ao mesmo tempo.

Assinto.

— Ok, isso pode dar certo. O que aconteceu quando nos conhecemos? Você ficou encantado pela minha beleza?

— Sim — ele diz, sem desviar os olhos dos meus. — Eu não conseguia parar de pensar no quanto os seus olhos eram cativantes.

Hum... essa é a segunda vez que ele menciona os meus olhos. Estou começando a pensar que o babaca exigente talvez realmente os ache bonitos.

Não que eu me importe.

Mas, você sabe, não dói saber que você tem um lindo par de olhos.

— Só os meus olhos, nada mais? — pergunto, piscando sedutoramente.

— Se está buscando elogios, não é comigo que irá encontrar.

— Aff. O que aconteceu com o homem agradável que conheci no Chipotle? Ou o cara que foi até a minha casa e conquistou a minha mãe?

— Foi uma atuação, assim como faço com os meus parceiros de negócios.

— Uau. — Bato palmas para ele. — Bom trabalho. Você realmente me fez acreditar que era um cara gentil de verdade.

— Eu sou gentil, só não preciso de gentilezas quando estou trabalhando. Gosto de ir direto ao ponto.

— Entendi. — Sorrio para ele e digo: — Se quer que isso funcione a seu favor, vou precisar de algumas gentilezas. Entendo que isso são negócios, mas você não precisa ser um escroto. Tecnicamente, somos parceiros nesse empreendimento, apesar de ter sido tudo ideia sua. Então, em vez de ficar somente me dando ordens, vamos tentar algo um pouco diferente, que tal? Talvez um *por favor* e *obrigado*?

Ele olha para o relógio e, em seguida, para mim.

— Não temos tempo para esse seu jeito ilógico de conduzir uma reunião. E já desperdiçamos tempo falando sobre isso. Fique quieta e escute a história. Absorva-a. Acrescente alguma coisa, se necessário, mas nós não precisamos ser... melosos.

Awn, olhe só esse agradável raio de sol ao qual estou ligada por meio de um contrato. Que sorte a minha.

— Agora, a nossa história. Foque e ouça com atenção, porque Ellie, a noiva de Dave, é da Geórgia.

Grunhindo, recosto a cabeça no apoio do assento.

— Você é tão idiota... sabia disso?

Quando ele não diz nada em resposta, gosto de acreditar que está silenciosamente concordando comigo.

— Antes que eu me esqueça... — Huxley estica o braço para alcançar o porta-luvas e tira de lá uma pequena caixa. Ele a entrega para mim. — Tome, use-o.

Ele não é romântico?

Abro a caixinha de veludo, revelando o maior diamante que já vi. Está aninhado entre mais diamantes, e o anel é de um lindo *rose gold*.

Boquiaberta, eu o pego e o examino mais de perto.

— O que raios é isto?

— Um anel de noivado — ele diz casualmente.

— Hã, isso não é um anel de noivado, é uma pista de gelo para uma família de cinco pessoas. — Ergo o olhar para ele. — Que droga é essa, Huxley? Você espera que eu use isto?

— Sim.

— Só isso? Sim? Sem explicação?

— Você precisa de explicação?

— Huxley, você olhou para esse negócio? — Eu o ergo, e juro, deve pesar pelo menos meio quilo.

— Sim, eu o escolhi. É claro que olhei. Eu o estudei muito atentamente para me certificar de que não havia imperfeições.

— E você acha que este é um anel apropriado?

Ele vira o corpo em minha direção e me olha.

— Você é a noiva falsa de um bilionário, Lottie. Esse anel é completamente apropriado para o que tenho na minha conta bancária; qualquer coisa menos que isso seria uma piada e inacreditável. Agora, coloque-o na porcaria do seu dedo e não o tire.

Atônita pela tensão em sua voz, pouso a caixa e deslizo o anel em meu dedo.

— Nossa, nunca imaginaria que esse seria o pedido perfeito que eu receberia um dia. Somente "coloque-o na porcaria do seu dedo e não o tire". Tão romântico.

— Agora, coloque-o na
porcaria do seu dedo e não o tire.

Ele começa a abrir a porta do carro e eu sigo seu exemplo, mas ele diz:

— Não saia.

— Não saia? — pergunto, confusa.

— Sim, não saia.

— Então... você quer que eu fique no carro a noite inteira? Isso cancela o propósito da última hora.

Ele arrasta uma mão pelo rosto.

— Fique no carro para que eu possa abrir a droga da porta para você.

Ah.

Internamente, dou risada conforme ele sai do veículo, cheio de tensão nos ombros. Fico tentada a dizer "sim, senhor", mas ele já fechou a porta e está dando a volta no carro. Alguma coisa raivosa o mordeu hoje.

Ao abrir de uma vez a minha porta, ele oferece a mão para mim e exige:

— Segure a minha mão.

— Você poderia dizer *por favor*. — Seus olhos se estreitam para mim de uma maneira assassina. *Eita*. — Ou não. — Seguro sua mão e ele me ajuda a sair do carro. Ajusto meu vestido verde, adorando seu caimento perfeito, e ele fecha a porta.

Juntos, caminhamos até uma casa grandiosa onde videiras cobrem toda a fachada. Quando entramos de carro pelo portão, quase senti como se estivéssemos sendo transportados a uma propriedade no interior da Inglaterra, com árvores delgadas cujas extremidades pendiam para baixo e um muro de pedra que delineia a entrada de carros de cascalhos. Bem estilo *Jardim Secreto*.

— Como você acha que é a manutenção daquelas videiras?

— Por favor, não faça perguntas como esta — Huxley diz. — Faz parecer que não é culta.

— Você se esqueceu de como me encontrou? Eu estava caminhando na rua procurando um marido rico. Bem no fundo do poço, Hux.

Ele me lança um olhar irritado.

— Eu não diria que você está no fundo do poço.

Coloco a mão no peito e aperto.

— Oh, um elogio! Vou apreciá-lo durante toda a noite enquanto tento fazer o papel de sua noiva grávida e apaixonada.

Ele me conduz para a frente da casa e toca a campainha. Aperta minha mão um pouco mais forte, como se tivesse medo de que eu saísse correndo. Acredite em mim, pensei nisso. Muitas vezes, no caminho até aqui, considerei fazer o velho "pule e saia rolando do carro em movimento", mas duas coisas me impediram de executar um movimento tão típico de filmes de ação: um, fiquei com medo de me arranhar toda no asfalto, e dois, o contrato blindado que assinei garante que eu não faça coisas do tipo. Basicamente, se eu não o segui-lo, perderei tudo, assim como a minha mãe, Kelsey e meus futuros filhos que ainda estão de boa nas minhas partes íntimas.

Mas, estou pensando... ele está nervoso?

Ele não parece estar. Mas, reiterando, não acho que ele saiba como demonstrar alguma emoção. Ele é tão estoico, completamente diferente do homem que conheci na calçada, e do homem com quem fui jantar no Chipotle. Quem é o verdadeiro Huxley Cane? Parte de mim quer acreditar que este homem sem emoção segurando a minha mão é somente um disfarce para proteger o que está por baixo desse seu peito inflado e cheio de orgulho.

A porta destranca e uma onda de nervosismo me engole como um maremoto conforme ela se abre, revelando duas pessoas que são a pura imagem da vida suburbana podre de rica. Dave está com o braço em volta dos ombros de Ellie, e ela está com a mão pressionada no peito dele.

Sorrindo. Apaixonados.

Radiantes, com suas peles e dentes perfeitos.

Prontos para serem publicados na revista *Home and Country.*

Quem abre a porta assim, como se houvesse uma oportunidade de ser fotografado do outro lado? Eles parecem totalmente perfeitos.

Dave é incrivelmente lindo. Ele tem todo aquele ar "cabelos loiros, olhos azuis, nerd das finanças", enquanto Ellie é basicamente a criatura mais deslumbrante que já vi. Seus cabelos loiros com luzes estão com ondas perfeitas, emoldurando o rosto. Sua maquiagem lhe confere um brilho extra, e sua calça capri vermelha e blusa fluida branca lhe dão uma *vibe* angelical que curti bastante.

— Bem-vindos à nossa casa — Dave diz com um sorriso gigantesco. — Estamos muito felizes por vocês terem vindo.

Essa vai ser uma noite incrivelmente longa. Já posso sentir.

Jantar na Encantolândia. Tenho quase certeza de que esse não é o lugar para se recostar na cadeira, dar tapinhas na barriga e dizer "Caramba, não aguento mais comer um taco sequer", e, em seguida, pegar rapidamente o último taco antes que seja levado de volta para a cozinha.

Estou tão acostumada a jantar com Jeff com seu guardanapo pendurado na gola da camisa e com mamãe, que gosta de nos atualizar sobre as últimas fofocas sobre as celebridades — às quais ela alega não prestar atenção —, que não tenho certeza se vou me lembrar de ter modos, como não colocar os cotovelos sobre a mesa, puxar conversa que não gire em torno de uma verruga surpresa que foi encontrada nas costas de alguém, ou que tipo de osso de galinha nossos vizinhos grotescos jogaram pela cerca no jardim.

— Muito obrigado por nos receberem — Huxley diz em uma voz agradável que me assusta quase a ponto de tropeçar nas minhas sandálias de grife. — Esta é Lottie. Lottie, estes são Dave e Ellie.

Dave dá um passo à frente e estende a mão. Eu a aceito quando ele fala:

— Lottie, é um prazer conhecê-la.

— O prazer é todo meu — respondo, porque é isso que as pessoas dizem em filmes, quando, na verdade, tenho zero prazer em conhecer este homem. Sinto o oposto de prazer. É... é... desprazer. Isso. É um desprazer conhecê-lo. — E, Ellie, é tão bom conhecer outra pessoa que está grávida. Todos os meus amigos estão em um estágio completamente diferente de vida.

— Entendo totalmente — Ellie fala, apertando minha mão. — Eu meio que estou na mesma situação. Entrem, entrem. Podemos conversar mais sobre isso.

Viro-me novamente para segurar a mão de Huxley e percebo um brilho minúsculo de apreciação em seus olhos ao entrarmos na casa.

Hum... talvez ele vá ser mais gentil comigo agora.

CAPÍTULO SETE

HUXLEY

— Eu odeio você — Lottie sussurra em meu ouvido ao se levantar da mesa, sua mão acariciando meu ombro amorosamente ao passar por mim.

— Obrigado, amor — eu digo. Mantenho os olhos nela conforme ela pega minha taça e segue para a cozinha para enchê-la novamente. Não é muito fã de "servir seu homem", como Ellie disse. Anotado.

Lottie não parece gostar de muita coisa.

Se não fosse por sua habilidade brilhante de abrir um sorriso e agir como se estivesse interessada na história de amor de Ellie e Dave, eu sei que receberia somente uma carranca imperturbável, um monte de comentários sarcásticos e talvez a fúria de suas mãos raivosas aqui e ali.

Ela é desaforada. Para uma coisinha tão pequena, ela tem uma força poderosa no punho.

Foi difícil manter o rosto impassível no carro quando ela ficava se irritando comigo. Mas deduzi que achar graça de sua irritação não me faria ganhar pontos com ela.

— Ela é ótima — Dave elogia. — Posso ver por que sua avó apresentou vocês dois. E Ellie parece ter gostado muito dela.

— Sim, eu tenho muita sorte — concordo, sendo sincero.

Sou mesmo um filho da puta sortudo por, em tão pouco tempo — quatro dias, para ser exato —, ter conseguido encontrar alguém que não teve problema em aceitar o papel de noiva grávida e me ajudar.

Um filho da puta muito sortudo.

Lottie volta para o cômodo com um copo de água na mão e um sorriso no rosto ao andar toda faceira em minha direção. Aquele vestido fica perfeito pra caralho nela. Eu sabia que ela tinha peitos lindos desde que a conheci, mas vê-los nesse vestido? Porra, eles ficam uma delícia. Não grandes demais, mas do tamanho perfeito, um pouco menores do que cabe em uma mão. E com seus cabelos flutuando em volta dos ombros em ondas soltas de uma linda cor castanha, ela está realmente deslumbrante. Como eu disse, sou um filho da puta sortudo.

Ela me entrega o copo e senta-se ao meu lado. Inclino-me para falar em seu ouvido:

— Você cuspiu nisso?

Ela também se inclina e sussurra de volta:

— Se Ellie não estivesse me ajudando, eu teria lambido a borda, cuspido na água e acrescentado vinagre como um toque final delicioso.

Afasto-me e digo um pouco mais alto para que Dave possa me ouvir:

— Você é perfeita.

Ela coloca a mão em minha bochecha e afaga minha barba grossa.

— Eu sei.

Dave ri alto, enquanto Ellie dá risadinhas.

— Resposta perfeita para um homem tão poderoso — Dave fala. — Conheço Huxley há alguns anos, e ele é um homem cheio de autoconfiança, como deveria, diante do império que construiu, mas não responder que ele é perfeito... isso alegrou o meu dia.

Aposto que sim, Dave.

Lottie sorri para mim, e posso ver um brilho perverso em seus olhos quando ela vira-se para Dave e Ellie.

— Eu sei que ele me mataria se eu dissesse isso...

Então não diga, porra.

— Mas ele está longe de ser perfeito. — Inclinando-se para frente, ela revela: — O homem não sabe recolher as meias e colocar no cesto de roupas sujas.

Ellie emite um som de surpresa e aponta para Dave.

— Dave também!

Dave ergue uma mão, com uma expressão recatada.

— Culpado. Mas eu já melhorei. As reclamações funcionaram.

— Hummm, talvez eu deva reclamar mais — Lottie diz. Sua mão pousa em minha coxa, suas unhas aplicando mais pressão do que eu gostaria, especialmente quando ela arrasta a palma um pouco mais para cima. *Ei, cuidado aí.* — O que você acha, Hux? Consegue lidar com uma noiva que vive reclamando?

— Pensei que eu já estivesse — respondo com uma piscadela, para que Dave e Ellie saibam que estou apenas provocando-a.

— Ele não é charmoso? — Lottie pergunta. — Foi assim que ele me ganhou, com seu charme inerente que está sempre presente. Isso, e porque a minha avó disse que ele era um homem triste e solitário que precisava de um pouco de diversão na vida.

Não gosto muito disso. Posso ver que estamos nos soltando. Ficando mais confortáveis.

Isso me aterroriza levemente, porque Lottie é, sem dúvida, imprevisível.

— Não somos todos tristes e solitários? — Dave balança a cabeça. — Esse ramo nos negócios pode ser incrivelmente cruel. Brutal, às vezes. Poder chegar em casa à noite e ter alguém esperando, uma pessoa amorosa, que não quer falar sobre negócios, mas sim sobre nós, sobre o nosso relacionamento... — Ele ergue a mão de Ellie e beija o dorso. — É isso que eu quero. É do que preciso. Tenho certeza de que você se sente da mesma forma — Dave diz para mim.

Aham, sim, totalmente.

Assinto.

— Passar longas noites no escritório me quebrou. Eu não sabia o quanto precisava de Lottie até ela magicamente aparecer na minha vida.

Ellie suspira.

— Eles não são uns amores? — ela pergunta para Lottie.

— Totalmente — Lottie responde, com um sorriso nauseante.

— Então, quando vocês dois irão juntar as escovas de dentes? — Ellie indaga. — Encontrar um local para a cerimônia tem sido complicado. Vocês também estão tendo dificuldades?

Pouso meu copo de água, no qual nem encostei, sobre a mesa e coloco a mão na perna de Lottie.

— Estamos pensando em fazer algo pequeno, talvez no meu quintal.

— Aff, isso seria um sonho — Ellie diz. — Mas o Dave tem uma mãe que exige tudo que uma cerimônia e uma recepção têm direito. Ela quer que o filho case com direito a tudo e mais um pouco. Banda, fogos de artifício no fim da noite, bufê de sobremesas que oferece mais cookies do qualquer pessoa já viu. — Ela se inclina para frente e completa: — Admito, estou animada pelos cookies, mas as outras coisas, todas as pessoas, isso me deixa nervosa.

— Sim, mas eu estarei lá com você, meu amor — Dave fala calmamente. — Eu prometo, seremos somente você e eu.

Ver esse lado de Dave é... esclarecedor. Era por isso que não estávamos nos conectando em um nível profissional. Ele é sensível. Não era algo que eu esperava quando fiz reuniões com ele. Não foi a abordagem que utilizei. Em vez disso, falei sobre negócios, números, mas somente por passar esse tempo com ele esta noite, estou vendo que ele é mais do que apenas números. Ele tem um coração, e claramente, a minha abordagem de falar tudo de maneira objetiva e direta não funciona para ele. Ele quer ver o coração do acordo.

Internamente, reviro os olhos.

Porra, eu odeio essas merdas.

Isso são negócios. Tire a emoção do caminho. Ou é um bom acordo financeiro, ou não é. Ou lhe beneficiará financeiramente, ou não. Se não for uma decisão viável, passe para o próximo, siga em frente.

Acredite em mim, o que estamos oferecendo a Dave o beneficiará consideravelmente.

— Como seria o seu casamento dos sonhos? — Lottie pergunta ao cruzar as pernas e inclinar-se para mim. São esses pequenos toques seus que aprecio. A linguagem corporal, os olhares em minha direção, a mão que está constantemente pousada em algum lugar em mim. Ela é boa no que está fazendo, e não sei se deveria estar contente ou apavorado.

Ellie encontra o olhar de Dave e abre um sorriso charmoso para ele.

— Eu adoraria me casar em um barco. Dave me pediu em casamento em Malibu, ao pôr do sol, na água, e aquele momento ficou gravado em minha mente como perfeição absoluta. Eu adoraria alugar um iate e termos apenas nossos pais como convidados. Nos beijarmos como marido e mulher conforme o sol se põe.

— Então, por que não fazem isso? — Lottie questiona. Eu me remexo na cadeira e aperto mais sua perna, sem querer que ela faça com que o casal comece a brigar. Ellie já deixou claro que é a família de Dave que os está pressionando a ter um casamento grande. Insistir em um assunto que parece ser um tópico desconfortável não vai ser bom para ninguém. Mas Lottie não parece se tocar do que estou fazendo, ou melhor, não parece se importar, porque tira minha mão de sua perna e a entrelaça na sua enquanto mantém um sorriso no rosto.

— Como assim? — Ellie indaga.

— A comida já está chegando? — tento mudar de assunto. — Não posso deixar a minha garota ficar brava de fome. — Aponto para Lottie. — É isso que acontece com ela.

Dave ri e aponta para Ellie.

— Com ela também.

Ellie afasta a mão de Dave de maneira brincalhona e, em seguida, vira-se para Lottie novamente.

— Você está dizendo que deveríamos ter dois casamentos?

De novo isso? Inferno.

— Por que não? — Lottie responde. — Quero dizer, parece que esse é um momento muito especial para os pais de Dave, e respeito isso completamente. — Lottie pousa uma mão na barriga e diz: — Quando esse pequenino aqui se casar, acredite em mim, eu vou encomendar um avião para escrever com fumaça no céu e um outdoor para que todos saibam desse evento. Mas estou pensando se, talvez, vocês pudessem fazer uma cerimônia pequena e íntima, somente vocês dois, e quem sabe até mesmo no dia seguinte terem a cerimônia que está sendo planejada. — Lottie dá de ombros. — Acho que é algo a se considerar. Assim, todos saem felizes.

Dave vira-se para Ellie e pergunta:

— Isso te deixaria feliz, meu amor?

Ellie sorri e assente.

— Deixaria, sim. Eu realmente adoraria fazer isso.

Quando Lottie vira-se para mim, está com uma expressão que grita *vá se foder*. E eu aqui pensando que eu era o convencido.

— Então, eu vou falar com a minha mãe e contar a ela nossos planos. Ela vai ter que concordar com isso.

Ellie beija Dave, animada, e no mesmo instante a campainha toca.

— A comida chegou. Pode ir buscar, Dave? Lottie e eu podemos ir para a sala de jantar.

— Claro.

— Eu te ajudo — digo para Dave ao me levantar e então, ofereço assistência para Lottie, que aceita de bom grado.

Ellie prende seu braço ao de Lottie e fala:

— Estou tão feliz por ter te conhecido.

Juntas, elas seguem para a sala de jantar, enquanto Dave me segura pelo ombro e me guia até a porta da frente.

— Preciso dizer, eu acho que nunca vi Ellie tão animada assim. Cara, a Lottie é especial. A sua avó foi muito esperta ao juntar vocês dois. Ela suaviza a sua pose de durão e leva luz por onde passa. Ela é um ótimo partido.

Se ele soubesse...

Mas, porra, tenho que dar esse crédito a Lottie — ela está mandando bem demais esta noite.

Ela é mais que um ótimo partido, é a perfeição absoluta.

— Então, você está com quantos meses de gravidez? — Ellie pergunta. — Estou deduzindo que não muito, já que não dá para ver a sua barriga.

— Oito semanas — Lottie mente, empurrando-me levemente com o ombro. — Huxley não deveria ter contado a ninguém ainda, mas parece que ele anda deixando escapar mais do que deveria.

Nós devoramos a comida do Chipotle, e as garotas até mesmo terminaram primeiro que Dave e eu. Se eu não soubesse, pensaria que Lottie realmente estava grávida diante da maneira como se equiparou ao apetite voraz de Ellie. Agora, estamos sentados na varanda do quintal, com uma lareira entre nós, Lottie e eu em uma namoradeira e Dave e Ellie em outra. Lottie está aconchegada ao meu lado, com seus cabelos fazendo cócegas em minha bochecha e sua mão repousada em meu peito. Ela é tão pequena; se encaixa perfeitamente em mim. Não que algum dia eu vá admitir isso para ela — porque, porra, seria um verdadeiro pé no saco ouvi-la se vangloriar —, mas é bom senti-la pertinho assim.

Aparentemente, eu tinha me esquecido de como é ter uma companhia feminina. Não que eu já tenha tido, mas saí com algumas mulheres aqui e ali, e ter esse toque feminino, a atenção... sim, é gostoso.

— Eu também tive dificuldade em guardar segredo — Dave revela. — Quando você descobre que a sua mulher está grávida, é difícil não gritar aos quatro ventos.

— Concordo — eu digo. — Não consigo ficar de boca fechada.

— Vocês já compraram alguma coisa para o bebê? — Ellie indaga.

— Ainda não. Mas vi alguns berços na Pottery Barn que me chamaram atenção. Minha irmã defende muito a sustentabilidade, e a Pottery Barn faz boa parte dos móveis usando madeira reaproveitada.

— Oh, nossa, adorei isso. Dave, nós deveríamos dar uma olhada lá.

— O que você quiser, querida.

Dave concorda com tudo quando se trata de Ellie. Queria que ele fosse assim nos negócios também. Talvez eu deva tentar convencê-lo usando algumas das táticas de Ellie.

Porra, só imagino o que meus irmãos fariam se me vissem

aconchegado na axila de Dave, acariciando sua coxa lentamente enquanto apoiava a cabeça em seu ombro.

Aliás... Lottie estava mesmo vendo berços? Duvido que ela diria qualquer coisa que não fosse verdade por medo de ser pega. Então, como diabos ela sabe sobre os berços feitos de madeira reaproveitada?

— Você ouviu isso? — Lottie pergunta para mim. — Dave dará a Ellie tudo que ela quiser. Com a gente também é assim? — Lottie dá tapinhas em meu peito e me olha. Ela está a centímetros de distância de mim, e sei que para quem estiver vendo isso de fora, nós parecemos um casal, 100%. Tudo por causa de Lottie.

— Você sabe que pode ter o que quiser. Quando foi que eu te disse não?

Seu dedo brinca com os botões da minha camisa.

— Ontem à noite mesmo, quando eu pedi...

— Não fale isso quando temos companhia — digo, sem ter certeza do que ela ia falar, mas querendo cortar antes de descobrir ser algo que não deveria ser dito. Lottie é uma caixinha de surpresas e passou a noite inteira muito bem-comportada, mas pode acontecer algum deslize em breve.

Dave dá risada.

— É melhor irmos buscar a sobremesa enquanto Lottie convence Huxley a fazer... seja lá o que esteja querendo.

— Deve ser melhor mesmo. — Lottie dá uma piscadela.

Dave e Ellie entram na casa. Quando a porta se fecha, Lottie permanece no lugar, mas a doçura em seu tom se dissipa.

— Não gosto da sua mão apertando minha perna quando você acha que estou prestes a dizer alguma coisa errada. Vou ficar com hematomas.

— Não seja dramática.

Seu dedo brinca com a lateral da minha bochecha, sua unha arranhando minha barba.

— Estou fazendo o trabalho todo aqui. Não me surpreende Dave não querer fazer negócios com você. Você é como um peixe morto com camisa de botões.

Franzo as sobrancelhas.

— Eu não sou um peixe morto.

— Hã, fazer você mostrar a sua personalidade é tão doloroso quanto arrancar dentes. Sério, onde está o cara do Chipotle? Ele era muito mais divertido do que esse que estou mimando a noite toda.

— Você não está me mimando.

— É o que parece. — Seu dedo puxa meu lábio inferior. — Nós vamos ter que nos beijar, em algum momento? Porque não estou nem um pouco interessada nisso. Beijar um peixe morto não é uma atividade da qual eu gostaria de participar.

— Não sou um maldito peixe morto — rebato, fervendo.

— Não sou um maldito peixe morto —
rebato, fervendo.

— Poderia ter me enganado. Você mal dá risada. Isso ajuda, sabia? Dar risada, interagir. Fazer uma piada, ocasionalmente. Eu sei que ele é um parceiro de negócios, mas relaxa, homem. Eu, hein.

— Que tal deixarmos as interações de negócios comigo, e você simplesmente continua a fazer o quer que esteja fazendo?

— Ah, fazendo você parecer mais agradável porque esse seu cérebro do tamanho de uma ervilha teve a brilhante ideia de me pedir para ser sua noiva falsa?

— É insuportável estar perto de você.

Ela ergue as sobrancelhas de uma vez e, em seguida, seus olhos se arregalam de raiva.

— É insuportável estar perto de mim? Hã, alô, sujo? Aqui é o mal lavado! Além disso, não sei como pode ser insuportável estar perto de mim quando, claramente, sou eu que estou dando vida a esse filme clichê que estamos vivendo durante as últimas duas horas. — Ainda sussurrando, ela completa: — Eu tenho 28 anos e estou tendo que falar sobre casamento, bebês e qual o tipo de linho gosto nas minhas roupas de cama. Me. Mate. Agora.

— Então, fale sobre algo que gosta.

— Oh, você quer que eu faça isso? Devo falar sobre o último dildo que comprei em um site exótico? Porque ele tem uma ventosa para prendê-lo na parede e eu adoro usá-lo no chuveiro.

Jesus.

Cristo.

Remexo-me no assento e viro-me um pouco mais para ela.

— Não fale sobre isso.

Ela abre um sorriso presunçoso.

— Mas pensei que você queria que eu falasse sobre o que quero falar.

— É por isso que é insuportável estar perto de você.

— Isso vindo do cara com uma vara enfiada na bunda. — Seus olhos descem até meus lábios e depois sobem novamente até meu olhar. — Você é desagradável.

— Você é desequilibrada.

— Você abre a boca e faz as pessoas dormirem — ela rebate.

— Você é detestável.

— Você é um cuzão.

— Você é indecente.

— Você é arrogante.

— Awn, olhe só para eles — Ellie diz, voltando para o lado de fora. — Eles são tão adoráveis, não são, Dave?

— Eles parecem mesmo perfeitos um para o outro.

Se eles soubessem...

Sorrio para Lottie e afago a lateral de seu rosto amorosamente antes de virar-me para Ellie e Dave e a bandeja de minibolos que estão segurando.

— Eu ia fazer torta de pêssego, mas ontem pêssegos começaram a me deixar enjoada, então espero que todos gostem de bolo de morango. — Ellie vira-se para Lottie. — Lottie, tenho que compartilhar essa receita com você depois. É uma delícia.

Ela afasta-se de mim, mas mantém a mão tocando minha perna.

— Isso seria o máximo, Ellie. — Lottie aperta minha perna com força ao endireitar as costas, e sei exatamente o que esse apertão significa.

Ela preferiria morrer a trocar receitas com Ellie.

Sabe qual foi a pior parte dessa noite?

Não foi ter que desviar das perguntas de casal que Ellie fazia o tempo todo.

Não foi ter que fingir tocar a barriga plana de Lottie vez ou outra, como Dave fazia com a pequena barriga arredondada de Ellie.

E não foi ter que ver um homem que eu respeitava na sala de reuniões reduzir-se a um homem que diz amém para tudo que Ellie fala.

Também não foi ter a noção de que Lottie possui a porra de um dildo com ventosa que usa no chuveiro passando na minha cabeça.

Posso lidar com tudo isso.

O que não posso lidar é com o fato de não ter conseguido pelo menos um minuto sozinho com Dave. Não pude falar sobre o acordo uma única vez. Nem ao menos consegui mencioná-lo, porque não é algo que eu faria perto de Ellie e Lottie. Os negócios devem ficar separados dos "momentos com a família", mas pensei que conseguiria puxar Dave para um canto em algum momento. Mas toda vez que olho, Ellie está com as garras enfiadas em Dave, e ele está mais do que feliz com isso.

Ellie boceja.

— Nossa, que noite. Eu me diverti tanto.

— Eu também. — Lottie também boceja e em seguida dá tapinhas em meu peito. — Mas é melhor irmos. Não queremos impedi-los de terem um sono de beleza que é tão importante... não é, Dave?

Dave ri e assente.

— Oh, sim, Lottie, você sabe que eu preciso do meu sono de beleza ou serei um pesadelo pela manhã.

— Eu diria que intimidação nunca é algo ruim para um homem na sua posição — Lottie diz. — Mas depois de passar essa noite com você, presumo que não é assim que você funciona.

— Você está certa. Muito perceptiva, Lottie.

Ela finge fazer uma reverência.

— Obrigada. — E então ela se vira para mim. — Está pronto, fofinho?

Não gosto desse apelido também.

— Estou pronto. — Levanto-me, estendo a mão e Lottie a segura para que eu possa ajudá-la a se levantar. Em seguida, viro-me para Dave e ofereço um aperto de mão, percebendo que a noite chegou ao fim e não discutimos sobre porcaria nenhuma. — Dave, obrigado por nos receber esta noite. Foi um prazer conhecer Ellie melhor.

— Estou muito feliz por vocês terem vindo.

Eles nos conduzem pela casa, e quando chegamos à porta da frente, Ellie dá um abraço em Lottie, e Dave me oferece mais um aperto de mão. É tudo tão doméstico, tão... suburbano. E me faz sentir claustrofóbico. Minha garganta fecha, e enquanto Lottie se despede deles mais uma vez, eu apenas assinto e caminho até o carro para abrir a porta para ela. Minha mão pousa em suas costas conforme ela entra e eu fecho a porta assim que ela está acomodada.

Dou a volta pela frente do veículo e entro. Dave e Ellie permanecem na porta, com os quadris apoiados um no outro enquanto sorriem para nós. Se é *isso* que envolve ter uma noiva — essa domesticidade, *docilidade* —, fico muito feliz por saber que nunca terei nada disso com Lottie. *Nunca terei nada disso, ponto.*

Ligo o carro e aceno mais uma vez antes de dar a volta na entrada de carros circular e seguir pelo caminho de cascalho, podendo finalmente respirar fundo.

Lottie também faz isso, mas ela curva os ombros e diz:

— Sinto que posso finalmente me soltar. — Um pequeno sorriso sugestivo repuxa meus lábios. — Aquilo foi... irreal, toda a experiência. Sinto como se tivesse sido transportada para outro corpo e aquele corpo controlou todas as minhas palavras e ações. Porque se eu estivesse no meu próprio corpo, teria arrancado o bolo de morango da mão de Ellie e a acertado na cabeça com o joelho para garantir que ela não o arrancasse de volta. Aquilo estava bom pra cacete. Muito bom. Me senti um animal selvagem comendo-o. E o fato de que Ellie disse que compartilharia a receita comigo? Não, eu não quero a receita, eu quero que alguém faça para mim.

— Que bom que não a acertou na cabeça com o joelho para comer mais bolo.

— Ela estava comendo tão devagar. Eu podia jurar que eles estavam fazendo algum tipo de joguinho sexual na nossa frente.

— Eles não estavam fazendo um joguinho sexual na nossa frente — retruco, invalidando essa ideia rapidamente.

— Tem certeza disso? Você estava prestando atenção? Porque você estava realmente parecendo um robô. Ela estava lambendo a colher de um jeito totalmente sexual e lançando olhares para ele. Eu o vi se remexer algumas vezes. Aposto qualquer coisa que eles já arrancaram as roupas e estão fodendo contra a porta de entrada agora mesmo. Se bem que Dave não parece ser do tipo que fode contra a porta. — Ela pondera um pouco e então acrescenta: — Mas, geralmente, os quietinhos são os mais selvagens na cama. — Ela vira para mim. — Você é quietinho. É selvagem na cama?

— Você não precisa se preocupar com isso.

— Deus — ela grunhe de frustração. — Obrigada pela resposta evasiva. Vou tirar minhas próprias conclusões, então, e meu palpite é que você tem um pau pequenininho e não sabe como usá-lo.

Agarro o volante com mais força.

— Que tal ficarmos calados?

Eu preciso ficar amuado, remoer em silêncio no caminho. Porque ali estava eu, indo para uma reunião de negócios, pensando que estava prestes a fechar um acordo, e não falei sobre negócios uma única vez; em vez disso, falamos sobre as diferentes variações da cor creme, o impacto que um simples tapete pode ter em uma sala de jantar e as diferentes formas de servir torrada com abacate. Meu Deus.

— Oh, acho que toquei em uma ferida. Você tem mesmo o pau pequeno. Deve ser por isso que está solteiro e passa tanto tempo no escritório, por isso não tinha um catálogo de garotas para quem pedir ajuda, mas teve que encontrar uma garota aleatória pela rua. Isso está finalmente fazendo sentido.

— Lottie, já chega.

Mas ela não para.

— Sabe que dá para atrair mais moscas com mel, não é? Você podia ajustar essa sua atitude. Somos parceiros nesse empreendimento, afinal de contas. Gostaria que eu te levasse a um evento meu e falasse com você do jeito que fala comigo?

Não respondo. Ao invés disso, penso em como Dave parecia estar tão confortável. Tão... no lugar certo. Não que ele seja esquisito nas reuniões, mas nunca parece estar confortável, nunca. Sempre está quase inquieto, desconfiado. Mas, sentado em seu quintal com Ellie ao seu lado, ele baixou a guarda.

— Tenho certeza de que você não apreciaria uma marra dessas.

Deveria falar com os outros como gostaria que falassem com você. Não acho que seja pedir muito. E, já que estamos nesse assunto, você deveria tratar os outros como gostaria que...

— Pode calar a boca pela porcaria de um segundo? — pergunto, minha mente acelerada, tentando juntar as peças.

— Como é? — ela reage, cruzando os braços. — Você gostaria de reformular isso? Porque a menos que queira que eu volte para a casa deles e mostre um teste de gravidez negativo, é melhor que mude esse tom.

— Você está sob contrato.

— E adivinhe só? Acho que a minha família preferiria que perdêssemos tudo a eu ter que ser atacada verbalmente por um babaca. Eu sou um ser humano, Huxley, me trate como tal — ela vocifera e, então, vira-se de costas para mim, ficando de frente para a janela.

Merda.

A culpa me esmaga, porque ela tem razão.

Ela é um ser humano e fez um ótimo trabalho hoje. Geralmente, não sou um babaca. Sei como ser educado, então por que joguei fora todo o meu decoro quando se trata de Lottie?

Olho rapidamente para ela. Ela se fechou; não há nada que eu possa dizer agora que irá penetrar a parede que ela acaba de erguer entre nós, então ao invés de tentar pedir desculpas superficialmente, permaneço em silêncio pelo resto do caminho, remoendo meus pensamentos e repassando os eventos da noite.

Dave parece ser mais receptivo quando está em casa, quando está com Ellie, mas ele claramente também se recusa a falar de negócios nesses momentos. Então, como posso combinar as duas coisas?

Normalmente, eu não correria tanto atrás de um acordo como esse. Nunca fiz isso. Na verdade, eu nunca tive que mentir ou ser um completo cuzão com ninguém para alcançar os meus objetivos. Mas com meus olhos fixos no lucro de dez milhões de dólares que esse acordo garantirá, nada irá me impedir, se depender de mim. A Cane Enterprises precisa dessas propriedades. *Essa* é a prioridade.

Elas serão minhas no fim de tudo, isso eu garanto.

CAPÍTULO OITO

LOTTIE

Eu o odeio.

Eu o odeio tanto.

Aqui estou eu, atuando pra cacete, me importando com a diferença entre espinafre congelado e espinafre fresco enquanto Ellie me conta tudo sobre as bolinhas de espinafre que Dave gosta tanto. Ouço com um sorriso, respondo a perguntas atenciosas, e até mesmo demonstro alegria em trocarmos endereços de e-mail para que ela possa me enviar, em suas palavras, "todas as receitas".

E o que recebo de Huxley ao fim da noite?

Está achando que um *obrigado*?

Talvez um *bom trabalho*?

Não estou querendo uma comemoração para minhas realizações, mas eu apreciaria um pouquinho de gentileza.

Mas parece que gentileza não faz parte do repertório de Huxley Cane.

Tudo bem. Beleza. Porque, quer saber? Agora eu sei o que esperar.

Que, no caso, é nada.

Eu não deveria esperar nada dele.

Silêncio preenche o carro ao dirigirmos por Beverly Hills. Huxley voa pelas ruas, uma mão no volante, a outra no câmbio manual, desconsiderando todos os limites de velocidade da estrada. E quando lanço um olhar rápido para ele, noto que sua mão está agarrando com muita força o couro elegante do volante, sua mandíbula, dura feito aço e seu cenho está franzido. Por que diabos ele está tão desconcertado? Fui eu que tive que passar por um bocado de desconfortos hoje.

Ele ficou apenas sentado ditando tudo.

Irritada com ele, mantenho os olhos focados à frente conforme começamos a desacelerar. Paramos diante de um portão enorme de madeira. Ele aperta um botão no painel do carro e o portão começa a abrir lentamente para a direita, revelando um muro branco coberto por videiras. *É claro.*

Ahh, este deve ser o lar doce lar. Na minha cabeça, ele tem uma casa ostensiva com pilares, chafarizes irritantemente grandes, decorações douradas e mármore por todos os lados, até mesmo nas paredes, porque ele pode pagar, mas, ao nos aproximarmos da entrada de carros, fico completamente surpresa quando a casa entra em meu campo de visão. Uma casa branca estilo costeira com janelas de molduras pretas, luminárias grandes em estilo sulista flanqueando cada lado da porta principal e um telhado preto simples de zinco.

Isso não era o que eu estava esperando.

É chique.

Moderna.

Estilosa.

Não há nada de ostensivo nela além do tamanho.

Huxley estaciona o carro e, no mesmo instante, alguém se aproxima de sua porta e a abre para ele.

— Sr. Cane, bem-vindo ao lar.

— Obrigado, Andre. — Huxley entrega as chaves para ele. — Está tudo pronto?

— Sim, senhor.

— Obrigado por ficar até mais tarde. Pode ir para casa.

— Estacionarei seu carro na garagem para recarregar a bateria. Tenha uma boa noite.

— Você também — Huxley diz, e me dê licença enquanto eu recolho meu queixo do chão, porque... por que ele fala com Andre como se ele fosse uma pessoa normal e comigo não?

Huxley abre a minha porta e estende a mão, mas como não estamos mais sob os olhares de Dave e Ellie, ignoro sua ajuda e tento fechar a porta do carro, porém ele impede que eu faça isso ao segurar o topo da porta.

— O que diabos você está fazendo? — ele pergunta.

— Eu posso abrir e fechar a porta do carro sozinha.

Inclinando-se para mim, ele diz:

— E eu tenho funcionários em volta da casa que nos verão interagir, então você precisa agir como minha noiva.

— Hã, como é? Isso não fazia parte do contrato.

— Você leu o contrato inteiro?

O maldito contrato. Quantas vezes isso vai vir me assombrar?

— Claro que li.

Eu não li.

Quem realmente lê contratos, hoje em dia? Só advogados mesmo. Eu li as partes importantes — pelo menos, foi o que pensei. Havia uma seção sobre sua equipe de funcionários, mas só passei os olhos por ali rapidamente. Pensei que explicava que ele tem uma equipe de funcionários que trabalha para ele, então, sei lá... seja gentil. Algo desse tipo.

— Então você deve ter notado essa seção. Andre é o meu braço direito, e sabe sobre o nosso arranjo, mas é o único.

— Os seus funcionários não assinam contratos de confidencialidade?

— Sim, mas algumas coisas sempre parecem vazar. Já demitimos alguns funcionários por dar informações à mídia, então eu ainda não confio 100% em todos que trabalham na minha casa.

— Para mim, parece idiotice. — Relutantemente, aceito sua mão. — Permitir que esses estranhos entrem na sua casa e cuidem de você, mas não confiar neles. É, que inteligente.

— Tem algumas pessoas em quem confio.

— Você confia em mim? — pergunto ao caminharmos até a entrada grandiosa. A porta preta parece incrivelmente intimidadora, apesar das flores em vasos dando as boas-vindas.

— Não — ele responde sem ao menos pensar.

— Nossa, isso é... isso é uma merda.

— Eu mal te conheço. Por que confiaria em você? — Ele abre a porta da frente e sou recebida por uma entrada luxuosa, piso claro, paredes brancas e um caminho direto até os fundos da casa, onde portas enormes de correr, as maiores que já vi, se abrem para uma piscina lindamente iluminada e um quintal dos sonhos com folhagens suficientes para bloquear as propriedades vizinhas. Ele pousa a mão nas minhas costas e diz: — Você precisa conquistar a minha confiança.

Ergo o olhar para ele.

— Eu não sou a única que precisa conquistar confiança aqui.

— Você seria uma péssima mulher de negócios se me oferecesse a sua confiança de imediato. Eu a respeito mais por me fazer conquistá-la.

— Ah, oba, ganhei o seu respeito — falo sarcasticamente ao caminhar pela casa.

Assimilo a decoração impessoal e a posição calculada de cada item. Vasos grandes, tigelas lustrosas e folhagens demonstram a falta de toque pessoal ao qual me refiro. Ele provavelmente nem ao menos sabe que metade dessas decorações existem.

Passando da entrada, a casa se abre para uma grande sala com tetos abobadados cobertos de painéis de madeira brancos e vigas de madeira levemente tingidas. A casa é desprovida de qualquer cor, apenas decorada com variações de branco, toques de preto e verde aqui e ali de uma planta que tenho certeza de que ele não se dá ao trabalho de regar. A cozinha é enorme. A bancada central atravessa toda a extensão da cozinha, com bancadas de mármore e armários pretos delineando os arredores, mas as partes superiores e inferiores ao redor das paredes da cozinha são brancas com equipamentos modernos e pretos. É uma cozinha dos sonhos, e tenho certeza de que, se Kelsey visse essa casa, ficaria babando.

— Você pode pegar e fazer o que quiser na cozinha. Meu chef cozinha refeições pré-prontas e as coloca no congelador. Se tiver algum pedido, me avise e me certificarei de que seja preparado.

— Posso fazer a minha própria comida.

— Preciso te lembrar de que você é minha noiva?

Viro-me para ele e o vejo com as mãos nos bolsos, parecendo um tanto vulnerável conforme eu observo sua casa.

— Noiva falsa.

Ignorando meu comentário, ele diz:

— Nada está fora dos limites nessa casa. O que é meu é seu.

— Oh, então não vai me ameaçar para ficar longe da ala oeste?

Ele franze o cenho, confuso.

— Você sabe, como em *A Bela e a Fera*.

— Está me comparando à Fera?

— Não exatamente. Ele parecia ter mais modos ao lidar com sua prisioneira.

— Não vejo graça nisso.

— Chocante — digo e caminho até a geladeira. Abro uma das portas enormes do eletrodoméstico da marca Sub-Zero. Assim como ele disse, há refeições completas no congelador, com datas marcadas no topo. Cara, olha o tipo de coisas que o dinheiro pode oferecer a alguém. — Você gosta de couve-de-bruxelas, não é? — pergunto, vendo bastante nos recipientes.

— Elas fazem bem para a saúde.

— É o que dizem. — Fecho a geladeira e então pergunto: — Onde fica o meu quarto? — E então, me dou conta. — Hã, espere... nós teremos que dividir um quarto? — Ergo minha mão. — Porque esse é o meu limite. De jeito nenhum eu vou dividir uma cama com você. Preciso do meu próprio espaço.

— Por aqui — ele fala, indo em direção à escadaria que fica na grandiosa sala de estar.

— Isso não foi uma resposta. Nós vamos dormir na mesma cama? É melhor que saiba logo que você não vai querer fazer isso. Eu gosto de dormir nua.

— Isso não é um sofrimento para mim — ele murmura ao subir as escadas.

— Isso foi um elogio? — indago, seguindo-o. — Está dizendo que tenho um corpo bonito? Espere... não importa se foi isso que disse. Não seja pervertido.

— Não estou sendo pervertido. Foi você que falou em dormir nua.

— Estou tentando te dizer por que não sou uma boa parceira na cama. — Faço uma pausa e, então, digo: — Espere, não foi isso que eu quis dizer. Eu sou uma ótima parceira na cama. Sei como fazer um homem delirar com essas mãos. Elas já foram chamadas de milagrosas, até. Sou uma boa parceira no aspecto sexual, nos finalmentes. Excelente em sexo oral, caso esteja se perguntando.

— Não estou.

— Bom, eu sou. E me sinto muito confortável com a minha sexualidade. Bastante aventureira. Mas quando se trata de realmente dormir, sem a parte do sexo, as coisas saem do controle. Sou errática. Durmo atravessada na cama. Não tenho problema algum em chutar uma pessoa para afastá-la de mim e não gosto de ficar abraçadinha. Então, sabe... dividir uma cama e um quarto com você não é uma boa ideia.

Quando chegamos ao topo da escada, ele vira à direita e segue por um corredor comprido.

— Você me ouviu?

— Ouvi.

Eu o alcanço.

— Então por que não está me respondendo?

— Porque a sua tagarelice incessante está me irritando.

— Nossa, você é mesmo o maior babaca — xingo conforme ele abre uma porta à esquerda.

Entro no quarto e fico imediatamente maravilhada pela cama de dossel moderna e clara, que chama a atenção de todo o quarto com seus lençóis brancos macios e travesseiros macios. Ao pé da cama há um banco com almofadas, e em frente à cama, do outro lado, há uma lareira com duas cadeiras pretas modernas *mid-century* viradas para as chamas. À direita, há um banheiro privativo, que tenho certeza de que é decorado em mármore como a cozinha. Mas o que realmente está chamando a minha atenção é a cômoda sob a enorme janela com vista para o jardim frontal. Porque, no topo dela, estão meus três vibradores. Um rosa, um roxo e o dildo que tem uma ventosa para prender na parede que comprei recentemente.

Meu Cristo, por que eles estão expostos assim? E quem diabos os tocou?

Lanço um olhar para Huxley e, para minha falta de sorte, ele também está encarando a minha coleção de prazer.

— Os seus funcionários abriram as minhas coisas?

— Sim — ele diz.

— Parece que eles se depararam com os meus brinquedinhos femininos.

— É assim que você os chama?

— Eu poderia dizer vibradores, se isso te deixa mais confortável. No entanto, o fato de eu tê-los não deve te deixar bem na fita, não é? — Eu lhe dou um pequeno empurrão com o cotovelo. — Sabe, já que é você que supostamente deveria me manter satisfeita.

— Não é novidade para eles. Eles sabem que tenho brinquedos.

Err... o quê?

Eu ouvi direito? Huxley Cane tem brinquedos sexuais? Isso que é uma reviravolta.

— Hã, o quê? Onde? — Olho em volta do quarto. — Você os esconde nas suas mesas de cabeceira? — Caminho até uma delas e abro a gaveta, vendo que está vazia.

— Este não é o meu quarto.

Endireito as costas.

— Espere, então não vamos dividir um quarto?

— Não. O meu fica do outro lado do corredor, em frente a este.

— Entendi. — Cruzo os braços. — E o que a sua equipe de funcionários vai achar disso?

— Eles foram informados de que estamos tentando nos manter celibatários até o casamento.

Solto uma risada alta pelo nariz e o cubro para me conter.

— Aposto que isso foi motivo de risadas para eles.

— Por que seria motivo de risadas?

— Ah, você sabe... — Gesticulo para ele. — Você não está sempre trazendo mulheres para a sua casa?

— Não.

— Ah. — Penso sobre isso. — Bem, acho que isso é bom para mim. Não preciso fingir que não me incomodo com você olhando para outras mulheres.

Ele fecha a distância entre nós com passos medidos e autoritários. Sua mão pousa logo acima da minha clavícula e ele me segura com firmeza, seus dedos pressionando a parte de trás do meu ombro. Essa posição não somente comanda minha atenção, mas também faz com que todo o ar escape dos meus pulmões.

— Vamos deixar algo bem claro — ele diz, com a voz ameaçadora. — Eu não olho para outras mulheres quando estou com alguém, nunca fui assim e nunca serei. E eu assinei um contrato com você. Isso significa que pertenço a você, e você me pertence até que as nossas obrigações estejam cumpridas dentro do nosso acordo. Entendeu?

Suas palavras me perfuram, carregadas de um significado forte, pungente.

Ele não vai olhar para mais ninguém, não vai foder com mais ninguém até o nosso acordo acabar. É o que ele está me dizendo, e isso não deveria ter nenhum efeito sobre mim. Mas, por alguma razão, minhas costas se arrepiam.

Ficando irritado com o meu silêncio, ele se aproxima ainda mais, deixando seu corpo a apenas dois centímetros de distância do meu. Sua mão desliza para cima em meu pescoço e seu polegar se posiciona sob meu queixo. Ele inclina minha cabeça para trás, forçando-me a fixar meu olhar no seu.

— Entendeu, Lottie?

Deus, estar tão perto dele assim, sendo forçada a olhar em seus olhos ameaçadores e dominantes... nesse momento, percebo o quanto estou me arriscando. Porque mesmo que a personalidade dele não demonstre nada além de arrogância — e eu nunca me apaixonaria por um homem com uma sede tão incessante de autoridade —, não consigo evitar o que sinto quando ele fala comigo com tanta convicção, quando ele me reivindica com suas mãos.

Engolindo em seco, eu digo:

— Você não sai flertando por aí. Entendi.

— Eu serei leal a você; exijo receber o mesmo respeito.

— Você age como se eu tivesse uma fila de homens batendo à minha porta querendo alguma coisa comigo. Acredite em mim, você não tem com o que se preocupar. — Dou tapinhas em seu peito, tentando aliviar a tensão que paira no quarto, e dou um passo para me afastar e poder recuperar o fôlego.

Aquilo foi... extasiante. Algo de que devo sempre me lembrar — quando ele comanda um ambiente, comanda minha atenção, comanda cada movimento meu, e acabo me afogando em sua presença. Quanto a isso, não há dúvidas.

Caminho até os meus vibradores e os pego um por um para inspecioná-los. Embora Huxley seja um homem atroz com uma personalidade volátil, ele é incrivelmente lindo, e o jeito como falou comigo agora há pouco, com aquele tom de macho alfa? Aquilo foi muito sexy. Vai, pode me castigar. Eu sei que não deveria achá-lo sexy em qualquer aspecto, especialmente depois das nossas interações mais recentes, mas, argh, seus olhos profundos e quentes, o jeito como ele paira acima de mim, o barítono de sua voz... é, isso está mexendo comigo de várias maneiras, e isso requer a ajuda de um dos meus amiguinhos vibratórios.

Talvez eu vá usar meu vibrador roxo esta noite. Adoro o movimento giratório que ele faz. Contudo, meu pênis que contém a ventosa está chamando meu nome, mas ele é melhor para usar no chuveiro. Foi por isso que o comprei, para poder me masturbar por trás, uma das minhas posições favoritas.

— O que você está fazendo? — Huxley pergunta enquanto me observa correr a mão para cima e para baixo em meu vibrador roxo.

Como acho divertido testá-lo, eu respondo:

— Decidindo com qual deles quero me foder esta noite. Sabe, já que o meu noivo está em celibato e tal, preciso gozar de alguma forma. A sua equipe de funcionários deve compreender as circunstâncias. — Pego meu dildo com ventosa e passo a mão pela extremidade. — Hum, eu amo ser fodida por trás, mas estou muito cansada para tomar um banho agora. — Ergo o roxo. — Parece que eu e Thor vamos nos divertir um pouco esta noite.

Lanço um olhar para Huxley, e sou recompensada com uma mandíbula cerrada e um olhar irritado.

Perfeito.

A vingança é minha.

Não estou dizendo que sou a rainha da beleza, excitando esse cara a cada movimento que faço, mas tem uma coisa que sei sobre homens. Não importa quem você seja, se acariciar um vibrador na frente deles, eles vão pensar em sexo. E quando eles pensam em sexo, ficam com tesão. E é satisfatório, para mim, saber que um babaca cheio de tesão terá que ir para a cama sozinho. *Espero que ele sofra... no mesmo nível ardente que experienciei esta noite.*

— O café da manhã será servido às sete e meia amanhã de manhã. Certifique-se de comparecer.

— Sete e meia? — grito. — É domingo.

— Temos coisas para discutir. — E, com isso, ele fecha a minha porta. Ouço-o seguir para seu quarto do outro lado do corredor e fechar a porta.

Alguém precisa de ajuda para controlar seus acessos de raiva.

Talvez eu estivesse errada, talvez ele esteja mesmo me tratando como a Fera tratou a Bela.

— Um convite teria sido melhor, não uma exigência — murmuro ao colocar Thor na cama.

Caminho até o closet para descobrir que não há uma peça de roupa minha pendurada nele. Em vez disso, está cheio de roupas de grife, desde vestidos leves e rodados a roupas justas para serem usadas à noite, além de blusas e calças jeans. E um monte de sapatos. Ok, isso é até legal, porque...

— Ai, meu Deus — sussurro, pegando um par e o apertando contra o peito. — Louboutin. Senhor amado. — Coloco-o de volta com cuidado e o acaricio brevemente. — Vocês são lindos. Sempre lembrem-se disso, especialmente quando meus pés descuidados os arranharem, porque às vezes ando como um filhote de cervo.

Abro as gavetas do closet e... oh, uau. Pegando uma calcinha fio-dental branca de renda, eu a ergo para inspecioná-la contra a luz.

— Isso é um pedaço de nada. — Baixo o olhar e abro outra gaveta, encontrando sutiãs combinando. — Roupas íntimas realmente importam? — Bem, se é a equipe dele que lava as roupas, ele provavelmente não quer que as minhas coisas fiquem perdidas dos pares por aí.

É irritante o quão meticuloso ele foi em tão pouco tempo.

Coloco as peças íntimas de volta nas gavetas e procuro meu pijama, que parece... não estar em lugar nenhum. Quanto mais procuro nas gavetas, mais percebo uma coisa em particular: há um monte de lingeries, mas não há ao menos o rastro das minhas camisetas grandes, minhas camisetas de banda, o menor rastro da minha personalidade.

Pego um conjunto de duas peças de seda — um short tão pequeno que tenho quase certeza de que mal irá cobrir a minha bunda e uma blusa justa combinando. É isso que ele espera que eu vista?

Com as peças em mãos, saio pisando duro do meu quarto e sigo até o outro lado do corredor para bater à porta dele.

— Preciso falar com você! — grito.

Ele demora alguns segundos, mas, quando a abre de uma vez, me puxa para dentro pela mão e me vira até me deixar contra a parede enquanto fecha a porta.

Usando nada além da bermuda que vestiu esta noite, seu peito imaculadamente musculoso sobe e desce enquanto ele me fita, seu corpo dominador, grande, furioso. Alguém aqui frequenta a academia, e seu nome é Huxley Cane, porque... uau. Só... uau.

Quem diria que um peitoral podia ser tão cheio? Aposto que balança quando ele corre.

— Por que raios você está gritando?

Hã...

Qual é mesmo a pergunta?

Desculpe, mas estou meio distraída pelo deus absoluto que está diante de mim. Sim, é fácil ver que ele é um homem atraente. Eu estaria mentindo se dissesse que ele não é. Mas nunca percebi que ele escondia muito mais por baixo de suas camisas sociais. Repito... muito mais.

Peitoral cheio e firme, ombros definidos, bíceps que parecem ter sido esculpidos em mármore. Ele tem o físico de um surfista, todo cheio de músculos, começando pelo pescoço e descendo por seu abdômen perfeitamente sarado e o V em seu quadril. E, como a vida não é justa, sua cueca boxer está justa em sua cintura logo acima de onde sua bermuda pende baixa.

É oficial: meu noivo falso é um
sonho de tão lindo.

É oficial: meu noivo falso é um sonho de tão lindo.

Que pena ele ser o maior babaca que já conheci.

Ainda fervendo, ele pergunta:

— O que diabos você quer?

Ah, certo. Eu deveria estar brava com ele.

Com uma mão no quadril, eu ergo o baby-doll e pergunto:

— Você espera que eu use isto?

Seus olhos recaem sobre a seda preta em minha mão e em seguida voltam para mim.

— Algum problema com isso?

— Hã, isso não é um pijama.

— Pensei que você dormisse nua. Então, por que está fazendo caso?

— Hum, eu não vou dormir nua na casa de um estranho qualquer.

— Então o que você está segurando deveria ser aceitável.

Estreito os olhos.

— Onde estão todas as minhas roupas?

— Em um depósito.

— Por quê?

Ele arrasta uma mão pelo rosto.

— Porque elas não eram adequadas para o papel que você precisa desempenhar. Isso foi discutido. Por que está tocando nesse assunto quando estou tentando me preparar para dormir?

— Porque pensei que teria pelo menos algumas roupas minhas aqui que eu pudesse vestir.

— Não é necessário. Eu me certifiquei de que você tivesse tudo que precisa. Agora, se isso for tudo, eu gostaria de ir para a cama.

Será que tinha como ele ser ainda mais escroto?

Provavelmente.

Aposto que isso é só a ponta do iceberg para ele. Aposto que ele pode ser ainda mais cuzão, o que, é claro, faz com que eu me pergunte como posso provocá-lo. Parece que tenho um tempinho para descobrir.

Apertando meu novo pijama nas mãos, digo:

— Você é abominável, sabia?

— E você não é exatamente um raio de sol.

Mesmo que ele seja pelo menos uns trinta centímetros mais alto que eu, dou um passo em sua direção, inclino a cabeça para trás e falo:

— Espero que você não consiga dormir.

— Tenha lindos pesadelos — ele retruca com um nível de escárnio que me faz pensar que talvez eu tenha encontrado minha versão masculina.

Mal sabe ele que não é o único que sabe jogar sujo.

Posso ter um contrato com esse homem, mas tenho certeza de que sou capaz de transformar a vida dele em um filme de terror. E é exatamente isso que pretendo fazer.

CAPÍTULO NOVE

HUXLEY

> **JP:** *Como foi ontem à noite? Não tivemos notícias suas e estou preocupado que ela tenha fodido tudo. Ela fez isso? Ela fodeu a porra toda?*

Encaro a mensagem do meu irmão e pego minha caneca de café preto fumegante. Sopro o líquido quente e levo a caneca aos lábios para tomar um pequeno gole, deixando que a bebida amarga, porém suave, deslize por minha garganta.

Lottie fodeu tudo ontem à noite?

Não.

Ela não fodeu de jeito nenhum...

Se é que me entende.

Sendo completamente honesto, eu não esperava que ela fosse ficar tão linda no vestido que escolhi. Assim como também não esperava que ela fosse sair do banheiro de sua irmã parecendo uma deusa com os cabelos em ondas e uma maquiagem sutil que destacava seus olhos hipnotizantes.

E eu com certeza não esperava pensar nela ontem à noite, a noite inteira, com aquele maldito vibrador. Depois que fui para a cama, juro que mal respirei, esperando poder ouvi-la dando prazer a si mesma. Após ficar quieto por trinta minutos, com meu pau duro pra caramba, me aliviei e então fui dormir.

Três dildos. Que mulher precisa de três?

Lottie, é claro. Porque não somente estou praticamente ferrando a minha empresa inteira com meus erros descuidados, mas eu tinha que escolher a única garota que me atinge tão facilmente. Ela é irritante, frustrante, linda e sarcástica. Totalmente imprevisível. Ela me faz prender a respiração a cada palavra que sai de sua boca e, então, me surpreende com sua magnificência.

É exaustivo.

Pouso a caneca de café, conferindo a hora. Ela está dois minutos atrasada para o café da manhã. Enquanto espero, respondo à mensagem de JP.

> **Huxley:** *Ela não fodeu nada. De um jeito muito irritante, ela superou as expectativas, fez Dave e Ellie se apaixonarem por ela e favoreceu a minha imagem.*

Tomo mais um gole do café enquanto meus irmãos respondem.

> **Breaker:** *Como isso é irritante? Você não deveria estar feliz?*
>
> **JP:** *Opa... problemas no paraíso?*
>
> **Huxley:** *Ela é uma peste.*
>
> **Breaker:** *HAHAHA. Bem, isso me deixa feliz pra caralho.*
>
> **JP:** *É difícil trabalhar com ela?*
>
> **Huxley:** *É uma forma de se colocar. Ela desafia tudo, e está atrasada para o café da manhã.*
>
> **Breaker:** *Você marcou um horário para o café da manhã? Cara, hoje é domingo.*
>
> **JP:** *Me deixe adivinhar, você está sendo um completo babaca com ela. Clássico Huxley.*
>
> **Huxley:** *Não estou sendo babaca. Estou tratando as nossas interações como transações de negócios. Porque é isso que é. Negócios.*
>
> **Breaker:** *Ele é tão romântico.*

> **Huxley:** *Não há nada de romântico nesse arranjo.*
>
> **Breaker:** *Então, você está dizendo que não a acha nem um pouco atraente?*
>
> **JP:** *Como ela é, afinal?*
>
> **Huxley:** *Isso importa?*
>
> **Breaker:** *Sim.*
>
> **JP:** *1000%.*
>
> **Huxley:** *Por quê?*
>
> **Breaker:** *Porque nós precisamos saber se esse arranjo vai acabar em vocês dois transando.*
>
> **JP:** *Nós precisamos deixar os advogados a postos, nos certificar de que eles estão por perto.*
>
> **Huxley:** *Isso NÃO VAI acabar em sexo. Acreditem em mim.*

No mesmo instante, ouço o barulho de pantufas deslizando pelo piso de madeira, atraindo minha atenção para as escadas. Lottie vem se arrastando até a sala de jantar, parecendo ter acabado de voltar do mundo dos mortos, mas, porra... ela está usando aquele "pijama".

O short mal pode ser chamado de short. Ele cobre somente o encontro de seu quadril com a coxa, ajustando-se suavemente a suas curvas, e a blusa... bem, deixa a parte inferior de sua barriga à mostra, indo só até acima do umbigo, cobrindo minimamente seus seios. O tecido é tão fino que, se fosse branco, eu sei que veria seus mamilos intumescidos que estão cutucando a peça de roupa.

Seus cabelos ainda estão ondulados, mas seu rosto está limpo e livre da maquiagem que ela usou ontem à noite.

Ela está amarrotada... confortável... a imagem de uma encrenca, sem dúvidas.

Há um lugar posto à mesa ao meu lado, e sem dizer uma palavra, ela se senta na cadeira, pega meu café e toma um gole antes de afundar-se no assento e apoiar a cabeça para trás.

— Você está atrasada — eu digo. — E esse café é meu.

Estendo a mão para pegar minha caneca, mas como uma fera enraivecida, ela sibila para mim, fazendo com que eu recue de medo.

— Toque nisto e eu te mato — ela fala em uma voz possessiva e profunda.

Não é uma pessoa matinal. Anotado.

Não é uma pessoa matinal. Anotado.

Após alguns segundos e grandes goles de café, ela coloca minha caneca sobre a mesa e vira lentamente para mim.

— Esse seu café de sete e meia da manhã está uma porcaria.

Nem um pouco matinal.

Da cozinha, meu chef, Reign, nos traz dois pratos, com uma torrada com abacate, uma porção de ovos mexidos e uma salada de frutas, perfeitamente servidos.

— Obrigado, Reign — eu digo. Quando ele está prestes a sair, gesticulo para o diabo encarnado ao meu lado e apresento-a: — Esta é minha noiva, Lottie. Lottie, este é o Reign. Temos muita sorte por ele fazer parte da equipe de funcionários. A comida dele é impecável.

Sacudindo um pouco da rigidez que acumulou durante a noite, ela endireita as costas, coloca o cabelo atrás da orelha e diz:

— Olá, Reign. Eu adoro comida, então acho que seremos melhores amigos.

— Srta. Lottie, o prazer é todo meu. Por favor, não hesite em me pedir qualquer coisa. Me certificarei de lhe mandar a pesquisa de paladar para que eu possa saber as comidas que mais gosta.

— Obrigada — Lottie diz com um sorriso. Quando ele sai, ela vira-se para mim com uma carranca no rosto. — Você poderia ter me avisado que haveria outras pessoas aqui. Estou praticamente nua.

— Eu te disse que tenho funcionários em casa.

— Aos fins de semana? — ela sibila. — Seu monstro.

— Eles são muito bem-recompensados.

— Ótimo, eles ganham dinheiro, mas como uma pessoa vai poder se divertir se tiver que estar sempre trabalhando para você? — Ela abre o guardanapo de pano e o coloca no colo.

Eu a analiso, o jeito imponente como seu queixo está erguido, a maneira como seu peito está inflado, a teimosia estampada em seus ombros.

— Se você se preocupa tanto com o que as pessoas podem pensar diante do que está vestindo, por que veio tomar café da manhã usando isso? Não sou uma pessoa com a qual você está muito acostumada.

Seus olhos serpenteiam por mim enquanto ela enfia o garfo nos ovos.

— Se você já viu meus vibradores, então já viu praticamente tudo.

— Não tudo — rebato, pegando minha caneca e dando uma rápida olhada em seu peito enquanto tomo um gole. Ela percebe minha inspeção.

— Isso deveria me deixar derretida? Suspirar caída aos seus pés? Essa conferida, o tom profundo na sua voz? Você vai ter que se esforçar mais.

— Quem disse que estou me esforçando? — pergunto, pousando minha caneca na mesa.

— A sua voz sem fôlego ontem à noite, quando eu fui até o seu quarto.

— Acho que está me confundindo com você mesma. Era você quem estava sem fôlego, com o peito subindo e descendo, enquanto encarava meu peito nu.

— *Pfff*, ah, tá, Huxley. — Ela enfia uma garfada de ovos na boca.

Ótima defesa. Ela pode negar o quanto quiser, mas eu sei o que vi ontem à noite. Ela pode me odiar, como demonstra com tanta precisão, mas não se impediu de me dar uma boa conferida.

— Depois dessa represália espetacular, vamos ao que interessa.

Ela me lança um olhar irritado, mas não diz nada. Abro a pasta que está sobre a mesa à minha esquerda, pego a primeira folha de papel e entrego para ela. Ela recebe, parecendo confusa.

— O que é isso? — ela indaga.

Casualmente, pego minha torrada com abacate e digo:

— Esta é a carta que comprova que os seus empréstimos estudantis estão quitados. Guarde, para o seu controle.

Ela fica boquiaberta ao examinar o papel. Dá para ver quando seus olhos focam na quantia devida, que é zero, porque sua expressão fica neutra.

— Está tudo pago?

— Foi o que acordamos no contrato, não foi?

— Foi... mas... está mesmo tudo quitado?

— Você acha que não sou um homem de palavra?

— Você está enganando um parceiro de negócios em potencial dizendo que tem uma noiva grávida. Me desculpe se estou levemente cética. — Ela coloca o papel sobre a mesa.

— Eu assinei um contrato com você. Levo isso muito a sério. Você foi ao jantar comigo, eu quitei a sua dívida. Agora, prossigamos.

— Só isso? Prossigamos? Como? A gente se odeia.

— Você pode odiar uma pessoa e ainda trabalhar com ela. Precisa aprender a deixar as emoções de lado quando se trata de negócios.

— Você está tentando me tornar sua pupila?

— Isso seria uma sentença de morte para mim. Não tenho tempo para lidar com as suas loucuras.

— Loucuras? — ela reage assim que Reign torna a entrar na sala de jantar.

— Como está o café da manhã? — ele pergunta.

O rosto zangado de Lottie se transforma em um sorriso quando ela olha para Reign e diz:

— Absolutamente maravilhoso. Obrigada.

— Ótimo. Sr. Cane, está tudo ao seu gosto?

Assinto.

— Como sempre. Você poderia pegar mais café para mim? Embora eu goste de ter os lábios de Lottie na minha caneca, ela está bebendo quase todo o meu café.

Reign dá risada.

— Claro. Foi erro meu. Srta. Lottie, como gosta do seu café?

— Pode ser igual ao de Huxley.

Reign assente e volta para a cozinha.

— É assustador o quão rápido você pode mudar de brava para agradável.

— Fale por você. Você é o Dr. Jekyll e o Sr. Hyde dos dias atuais.

Assim que Reign serve o café de Lottie e nos dá privacidade novamente, retorno o rumo da conversa para os negócios.

— Não tenho certeza de quanto tempo nosso contrato irá durar. Parece que Dave não está com pressa alguma de levar essa negociação adiante, e não quero forçar a minha sorte e pressioná-lo.

— Imaginei — ela diz, com a boca cheia de comida ao recostar-se na cadeira.

É estranho o quanto sua atitude é diferente quando está perto de mim. Ela se solta e não tem vergonha de ficar curvada na cadeira ou falar com comida quase escapando da boca. E o mais estranho ainda é que não acho isso repulsivo. Na verdade, acho intrigante. Ela realmente não se importa nem um pouco com suas ações? Seu decoro? E ainda assim, quando estávamos com Dave e Ellie ontem à noite, ela se comportou com muita classe. O contraste é incrivelmente confuso.

— Dave só queria saber de Ellie ontem à noite. Você tem muito trabalho pela frente.

— O que significa que você também tem. Sei que receberei alguma notícia de Dave amanhã, um parecer sobre a noite. Pelo que pude perceber, Ellie gostou de você. Ela provavelmente irá te convidar para sair, só você e ela.

Lottie faz uma pausa, com o garfo a caminho da boca.

— Como é? Isso não estava no contrato.

— Isso se categoriza como saídas adicionais — eu digo. Meus advogados pensaram em tudo.

— Então, você está me dizendo que vou ter que sair para tomar um café com ela? Gastar tempo extra com ela? Na vida real, nós não temos nada em comum. Ela é muito... rica de bairro chique, e eu... bem, eu tenho um pote cheio de notas que estou tentando economizar para que, quando a banda Foreigner vier à cidade, eu possa comprar um ingresso da seção mais barata e finalmente vê-los tocar ao vivo. Tenho quase certeza de que Ellie nem conhece a Foreigner. Você conhece?

Recosto-me na cadeira e digo:

— Gosto de *Cold as Ice.*

Ela ergue as sobrancelhas.

— Você conhece. Pelo menos uma das músicas mais famosas.

— *Agent Provocateur* é o meu álbum favorito deles.

Ela endireita as costas.

— É mesmo? — Posso ver sua boca se repuxar em um pequeno sorriso, com um toque de interesse. — Eu não imaginaria que você fosse fã de Foreigner.

— E imaginaria que eu gostasse de quê?

— Não sei. Talvez a *Marcha Imperial* tocando na sua cabeça sem parar.

Baixo o olhar para meu prato, um sorriso querendo aparecer em meus lábios, porque a ideia de andar por aí com a música tema do Darth Vader é engraçada.

— Considere isso minha segunda opção. — Pigarreio e tento continuar a reunião. — Em relação ao seu emprego...

— Isso não tem nada a ver com você.

— Eu disse que ajudaria o negócio da sua irmã. Tenho as conexões que ela precisa. O seu ego e o seu orgulho são grandes demais para sentar aqui comigo e falar sobre o negócio dela?

Posso ver, pelo jeito que sua mandíbula está tensa, que ela não gostou da minha abordagem, mas sinto muito. Um acordo é um acordo.

— Não, mas também não acho que precisamos de você se metendo nisso.

— Quanto ela está te pagando, mesmo? — pergunto ao levar a caneca aos lábios, completamente ciente de que Lottie não está recebendo pagamento nenhum por enquanto.

— Meu Deus, você é muito babaca. Aqui estava eu, pensando que você fosse normal por um segundo porque gosta de Foreigner, mas aí você vai e diz uma coisa dessas. — Ela balança a cabeça. — Todo negócio tem que começar em algum lugar, então antes que comece a julgar...

— Não estou julgando. Estou tentando te ajudar, mas você não está permitindo que isso aconteça.

— Eu não quero a sua ajuda.

— Então, por que está aqui? — rebato, mantendo minha voz baixa.

Ela faz menção de responder, mas então fecha a boca e se recosta novamente na cadeira. Ela fica encarando seu prato por alguns segundos e, então, pega o guardanapo, joga no prato e se levanta. Ela se retira da sala de jantar e sobe as escadas.

Ótimo. Porra, que ótimo.

CAPÍTULO DEZ

LOTTIE

Antes que eu pudesse encontrar Huxley esta manhã, escapuli da casa, usando um vestido de seda elegante até demais. O tecido parece uma nuvem me envolvendo delicadamente. Malditas roupas caras.

Eu não queria nada com ele, muito menos que me fizesse perguntas.

Ontem foi terrível. Após o café da manhã, fugi para o quarto e anotei todas as minhas ideias para o negócio de Kelsey e como melhorá-lo. O almoço e o jantar consistiram em sentar em silêncio ao lado de Huxley até eu poder escapar novamente. Não o vejo desde o jantar ontem à noite, e prefiro que seja assim.

Quando fui para meu carro para ir até a casa de Kelsey esta manhã, me dei conta: adivinhe quem não tem um carro aqui? Então, desci o quarteirão e pedi um Uber para me levar a West Hollywood.

Agora, com meu café favorito em mãos, sigo até o apartamento de Kelsey, animada para vê-la e lhe dar todos os detalhes sórdidos. Bato à porta e espero. Está cedo, mas acho que ela já está acordada e pronta para começar o dia.

A porta se abre e...

— Que porra você está fazendo aqui? — pergunto a Huxley, que está de pé do outro lado da porta.

Em um tom sarcástico, ele diz:

— Você não me deu um beijo de despedida.

Passando por ele, eu falo:

— Ah, toma no cu. — Encontro Kelsey na cozinha, comendo um bagel e com um sorriso enorme. — Por que você o deixou entrar no seu apartamento?

— Pensei que havia algo errado, que tinha acontecido alguma coisa com você. Aí, ele me disse que você saiu sem se despedir dele e eu fiquei com pena.

Viro para lançar um olhar irritado para Huxley. Ele está vestido para um dia de trabalho, em um terno azul-escuro, camisa branca de botões e gravata cinza-esverdeada. Não há um fio de cabelo fora do lugar, e ele está com uma quantidade de barba suficiente para fazê-lo parecer intimidador.

— Como raios você já está vestido e pronto?

— Se você dividisse um quarto comigo, saberia que acordo às quatro da amanhã para começar meu dia.

— Meu Deus, você é louco. — Entrego para Kelsey seu café e digo: — Eu nem deveria te dar isso, já que você parece estar curtindo minha tortura lenta.

— Ele é um cara muito legal, na verdade — Kelsey elogia.

— Com quem? Com você? Claro que ele é, porque não te vê como marionete dele. Acredite em mim, se você estivesse na situação de merda em que estou, pensaria diferente.

Kelsey toca a manga do meu vestido com o dedo.

— Você considera que usar roupas de grife é estar na merda?

Todo pomposo, Huxley enfia as mãos nos bolsos e se balança sobre os calcanhares, com um sorriso largo em seu rosto estupidamente lindo.

— Eu preferiria estar nua a ter que lidar com ele.

— Podemos providenciar isso — Huxley diz, fazendo minha irmã rir.

— Ei! — eu a repreendo. — De que lado você está?

— Do seu, é claro. Sempre do seu lado, maninha. Mas isso é muito divertido.

Grunhindo, viro-me novamente para Huxley.

— Eu não faço ideia do motivo de você estar aqui, mas preciso que

vá embora para que eu possa falar de você pelas suas costas com a minha irmã.

Do bolso de sua calça, ele retira um cartão preto e o estende para mim.

— O que é isso?

— A chave do seu carro.

— Isso não é uma chave, é um cartão de crédito.

Ele balança a cabeça.

— Isso destrava o seu carro e você precisa dela para dirigi-lo, então, sim, é uma chave. É o Tesla Model 3 branco que está estacionado em frente ao prédio. Espero que você o dirija. A senha PIN que também precisará para dirigir está dentro do envelope que está na mesa. — Quando não tiro o cartão de sua mão, ele se aproxima e o prende em meu decote. — Tenha um ótimo dia... *minha querida.*

E então, ele vai embora.

Fico encarando a porta fechada, com o cartão ainda preso em meu decote.

Quando me viro, boquiaberta, Kelsey dá risada e diz:

— Oh, isso é tão divertido para mim.

— Por que você é uma irmã tão má?

Ela gargalha e pousa sua caneca sobre a bancada.

— Não sou uma irmã má, só estou alegre com algo novo que está acontecendo na sua vida.

Aponto para a porta pela qual Huxley acabou de sair.

— Não há nada de alegre em relação àquele homem.

— Não sei. — Ela abre um sorriso sugestivo. — Ele parece ter algumas boas qualidades.

Cruzo os braços.

— Sério? Beleza compra a sua lealdade? — Aponto para meu peito. — Eu sou a sua irmã. A sua lealdade pertence a mim.

— Ah, sossegue — ela fala ao tirar a chave-cartão do meu decote e me guia até uma das cadeiras em sua mesa redonda pequena. — Você sabe que estou do seu lado, mas acho que deveria dar uma chance a ele. Não ser sempre tão... irritada perto dele. Ele está te ajudando.

— Eu que o estou ajudando.

— Vocês estão juntos nessa. Mas veja o que ele está fazendo por você. Ele te deu um carro novo ao invés daquele fusquinha velho que mal anda; agora, todas as suas roupas são novas, o que ajuda muito, porque, sem querer ofender, agora você parece mais arrumada, o que é uma vantagem para reuniões de negócios; e ele te deu um lugar para ficar para você não ter que morar aqui comigo ou, pior, com a mamãe e o Jeff. Ele também quitou os seus empréstimos estudantis, para que você não tenha que se preocupar em arrumar um emprego para pagá-los e possa trabalhar comigo. Ele fez muitas coisas, Lottie. E você foi ao jantar com ele, para ajudá-lo com um acordo que ele está tentando fechar. Não estou escolhendo lados, mas ele parece estar fazendo muito por você.

— Bom... quando você coloca as coisas desse jeito, claro, ele parece ser um santo, mas está longe de ser isso. Acredite em mim. Ele é um babaca imponente. Ele é grosseiro e me maltrata, às vezes. Ele não me trata com respeito.

— Você o respeita ou está sempre brigando com ele? Conhecendo você, provavelmente é a segunda opção.

Minha irmã me conhece bem até demais.

— Foi ele que começou — digo. — Ele que veio cheio de marra para cima de mim. O que eu deveria fazer? Baixar a cabeça e aceitar? Nem pensar. Ele quer dificultar a minha vida? Então, farei o mesmo.

— Fico tão feliz em ver que você não perdeu a maturidade na mudança — Kelsey responde com sarcasmo. — E embora o tópico Huxley Cane seja divertido, temos trabalho a fazer. — Ela traz seu computador para a mesa e o entrega para mim.

— O que você quer que eu faça com isso?

— Nós precisamos começar a organizar o negócio, e por mais estranho que seja, essa é a parte do trabalho na qual sou péssima. Temos uma reunião hoje à tarde com um cliente em potencial muito importante, e quero me certificar de que temos tudo sob controle, para caso nos façam perguntas, possamos dar a eles números exatos.

— Números exatos de...

— Você sabe, tipo inventários e finanças. Coisas desse tipo.

Olho para ela com suspeita.

— Por que eles se importariam com isso?

Ela revira os olhos.

— Pessoas ricas querem saber qual o seu nível de sucesso. Preciso que você me faça parecer bem-sucedida no papel.

— Ok... o que você vai fazer?

Ela pega seu iPad e sorri.

— Design, é claro.

— É claro. — Suspirando, abro seu computador. Todos os arquivos que precisamos estão na área de trabalho, prontos para serem abertos. — Eu vou te odiar depois disso?

— Provavelmente. Mas é dessa parte que você gosta.

— Estranhamente, é mesmo. — Estalo os dedos. — Vamos ao trabalho, maninha.

— Como desliga esse carro? — pergunto, procurando algum botão *desliga* ou algo assim.

— Acho que não precisa desligar — Kelsey diz, colocando a bolsa no ombro.

— Como assim, não precisa desligar? Tem que haver um botão *desliga* em algum lugar aqui.

Ela balança a cabeça.

— Eu saí com um cara que tinha exatamente esse mesmo carro, e ele apenas o parou, saiu dele, o travou e se afastou. O carro sabe quando você não está mais dentro dele. — Ela sai, e eu resmungo comigo mesma ao deixar o carro parado e sair.

De todos os carros que Huxley poderia ter me dado, ele me deu um que tem mente própria. Pressiono a chave-cartão ao lado da janela e vejo os retrovisores se recolherem.

— Está trancado? — questiono.

— Acredito que sim. — Kelsey confere seu relógio. — Venha, nós vamos nos atrasar se continuarmos a perder tempo com essa coisa.

Enfiando a chave-cartão na bolsa — a propósito, que estranho uma chave-cartão para um carro —, alcanço Kelsey, que já está quase chegando ao prédio.

— Com quem será essa reunião? Você não me deu informação alguma. Tudo que sei é que a sua contabilidade precisa urgentemente de ajuda e consegui reunir somente alguns números aproximados.

Ela não responde; em vez disso, entra pelas portas enormes de vidro em um saguão moderno e elegante. Não há mais ninguém ali além da recepcionista.

Sem placa.

Sem personalização.

Nada que indique onde raios estamos.

— Srta. Kelsey, Srta. Lottie, que bom que vieram — a recepcionista diz. — Por favor, peguem o terceiro elevador até o décimo andar. Eles estão esperando por vocês.

— Obrigada — Kelsey responde, caminhando rapidamente até o elevador.

Apresso-me para alcançá-la e mal entro no elevador antes das portas se fecharem atrás de mim.

— Nossa. Está com pressa, hein?

— Não podemos nos atrasar. Isso causa uma má impressão.

Ergo seu pulso e olho para seu relógio.

— Temos dois minutos de sobra. Acalme-se.

Ela me olha nos olhos.

— Isso é importante, Lottie. Essa pode ser a nossa grande chance, ok? Por favor, me diga que entende a magnitude disso.

Vendo o desespero nos olhos da minha irmãzinha, eu respondo:

— Ei, eu sei que é importante. Nunca faria nada para estragar isso. Só estou tentando te acalmar. Chegar lá toda frenética também não ajuda a causa.

Ela respira fundo.

— Você tem razão. Essa apresentação será como qualquer outra que já fiz.

— Exatamente. Nós temos tudo que precisamos, e estou aqui ao seu lado para ajudar.

— Obrigada. — Ela aperta a minha mão. O elevador faz *ding*, as portas se abrem e, ali de pé em frente a uma sala de reuniões, estão três homens altos, imponentes e intimidadores.

Mas um deles é inconfundível.

— Mas que droga é essa? — murmuro ao pousar os olhos em Huxley.

— Decoro — Kelsey sussurra ao me puxar para fora do elevador com ela.

— Kelsey, Lottie, que bom que vieram — Huxley diz com um sorriso. Ele gesticula para a sala de reuniões atrás de si. — Nossa reunião será aqui.

Kelsey começa a seguir para a sala, mas eu agarro sua mão e ergo um dedo para Huxley. Com um sorriso que me dói abrir, peço:

— Por favor, nos dê um momento. Logo entraremos.

Ele assente, e os três homens entram na sala de reuniões, deixando a porta se fechar atrás deles.

Fico de costas para eles e, com olhos que gritam "vou te matar", eu digo:

— Que porra é essa, Kelsey? Por que Huxley está aqui?

Com um sorriso grande, para garantir que os caras vejam que não há nada de errado, ela fala:

— Foi por isso que ele passou lá no meu apartamento hoje de manhã... bom, esse foi um dos motivos... para marcar uma reunião conosco e te dar o seu carro, obviamente.

— Uma reunião para quê?

— Para o escritório. — Seu sorriso cresce ainda mais. — Ele tem interesse em me contratar para organizar seu escritório e deixá-lo mais sustentável. Esse pode ser um trabalho enorme, Lottie. Se for feito da maneira certa e com eficiência, pode nos dar um grande destaque.

A empolgação em seus olhos, a esperança brotando dentro dela, me faz entrar em parafuso. Porque isso não está me dando uma boa sensação, quase parece bom demais para ser verdade, e como a irmã mais velha, quero protegê-la do mal. Mas como posso expressar minhas preocupações sem que pareça que estou tentando cortar seu barato?

Eu não confio em Huxley.

Não confio em suas intenções.

Já vi até onde ele é capaz de ir para enganar alguém e convencê-lo a fechar um acordo. Quem sabe se ele é capaz de fazer o mesmo com a minha irmã?

Mas seus olhos suplicantes estão minando minha força de vontade. Ela quer isso, essa chance de crescer, e, porra, não posso tirar isso dela, não importa o meu nível de desconfiança.

Deixando minha hesitação de lado, eu cedo:

— Ok, mas vamos agir com cautela. Não sabemos a que isso pode levar, e também precisamos nos lembrar de que Huxley é um homem de negócios astuto.

Ela sorri.

— Confiança não se conquista em apenas um dia; eu entendo. — Ela segura minha mão. — Vamos entrar lá e deixá-los de pau duro.

Dou risada.

— Não literalmente... certo?

Ela arregala os olhos.

— Certo, nada de deixá-los realmente de pau duro.

Juntas, entramos na sala de reuniões e ficamos de pé em uma extremidade da mesa, do lado oposto de onde estão os três homens extremamente lindos. Mesmo que todos sejam extremamente atraentes — o que não é nem um pouco intimidante —, meus olhos se fixam em Huxley, que está sentado no meio com as mãos cruzadas e repousadas sobre a mesa.

— Sr. Cane, estamos honradas pelo tempo despendido para se reunir conosco hoje — Kelsey diz, e reprimo uma risadinha debochada por ouvi-la chamá-lo de *Sr. Cane*. Aff, que nojo. Eu vou ter que chamá-lo assim?

E esses outros dois caras, eles sabem quem sou? Eu deveria ir até Huxley e dar um beijo nele?

Oh, merda, espere... era para eu ter feito isso?

Será que isso fazia parte de um teste?

Quando olho para Huxley, ele está me encarando, com os olhos fixos no anel em meu dedo, que não paro de girar com o polegar por puro nervosismo.

Ele está tentando me dizer alguma coisa? Isso é um sinal? Eu o afastei quando chegamos, pedi espaço. E se sua intenção fosse me dar um abraço? Devo deduzir que esses homens sabem que estamos noivos? Ou isso só se trata realmente de negócios? Sua equipe de funcionários na casa está ciente do nosso noivado.

Jesus Cristo, um aviso teria sido maravilhoso.

Das duas partes. Da minha irmã e de Huxley.

Suor começa a se formar na base do meu pescoço, aquecendo minhas orelhas conforme dou um passo à frente. Observo Huxley atentamente ao dar mais um passo, parecendo mais um robô enferrujado do que uma noiva confiante. Eu não sei qual é o protocolo.

QUAL É O MALDITO PROTOCOLO?

— Lottie, você está bem? — Kelsey pergunta.

Mais um passo, diminuindo a distância, lentamente, desajeitadamente, mas me aproximando.

— Ah, sim, estou ótima. Só quero, hã, dizer um oi. Você sabe... —

Engulo em seco. — Para o meu, hã, para a minha cara-metade. — Aponto para Huxley e dou mais um passo à frente. — O homem em quem penso o tempo todo. — Mais um passo, até que estou diante de sua cadeira, enquanto os outros dois homens me olham de um jeito estranho. Dou tapinhas no ombro de Huxley, meus gestos saindo erráticos. Minha naturalidade foi toda embora. — Olá, querido, amorzinho... fofinho. — Sorrio. — Você está esplêndido. — Com todos os olhos na sala me observando, curvo-me para baixo, ficando cada vez mais perto até meus lábios encontrarem o topo de sua cabeça. Instantaneamente, sinto o cheiro do seu perfume delicioso e o aroma masculino de seus produtos de cabelo. — Oh, que cheiro bom. — Afago sua cabeça. — Nada almiscarado. Só... sabe, o cheiro que um homem deveria ter. Todo montanhoso e rico. Você tem um cheiro muito rico. — Completamente sem jeito, termino de beijar o topo de sua cabeça, me afasto um pouco e ergo um polegar para ele. — Adoro te dar um carinho durante o dia... noivo. — Pisco e dou mais um passo para trás enquanto uma gota de suor desce rolando por minhas costas.

— Adoro te dar um carinho
durante o dia... noivo.

Isso não foi nem um pouco natural.

— Pelo amor de Deus, me diga que não foi assim que ela agiu na frente do Dave — o cara à direita fala.

Huxley recosta-se em sua cadeira e apoia o queixo na mão ao curvar as costas.

— Eu não faço ideia de que porra foi essa, mas não foi o que ela fez no sábado.

— Como é? — pergunto, olhando para os homens.

— Hã, Lottie, talvez seja melhor você voltar para cá. — Kelsey acena com o braço. — Para que então, sabe, possamos ser profissionais e começar a apresentação.

— Espere — peço, erguendo a mão para minha irmã ao me virar para Huxley.

Seu terno azul-escuro o faz parecer ainda mais ameaçador quando está sentado naquela cadeira preta da sala de reuniões. E sua pose — casual, porém firme, com os olhos fixos em mim, inabaláveis. Ele é uma força a ser reconhecida, e não tenho problema nenhum em enfrentá-lo.

Gesticulo para os outros dois homens.

— Eles sabem?

— A que, exatamente, você está se referindo? — Huxley pergunta com tanta presunção na voz que fico tentada a me aproximar e chutá-lo na canela.

— Nosso noivado, é claro, fofinho — respondo em um tom nauseante. — Eles estão cientes de que você me fez a mulher mais feliz do mundo? — Junto as mãos na frente do corpo.

Kelsey pigarreia.

— Lottie. Venha para cá.

— Você não parece exatamente feliz, em especial quando saiu do elevador. — O dedo indicador de Huxley sobe pela lateral de seu rosto até a têmpora, enquanto seu polegar se posiciona sob sua mandíbula. Parece uma postura de poder, como se ele estivesse tentando comandar o ambiente de uma maneira casual... assim como me comandar. E de jeito nenhum eu vou deixá-lo pensar que pode me comandar.

Com as mãos nos quadris, pergunto:

— Por que você diria isso? Eu fiquei chocada em ver você, foi isso. Não estava esperando encontrar toda essa gostosura no meio da tarde.

— Lottie — Kelsey insiste, fazendo um gesto de "venha aqui", mas eu a ignoro.

Os homens sentados dos dois lados de Huxley estão se divertindo até demais ao se acomodarem melhor e assistirem ao show.

— Entendi. — Os olhos de Huxley se mantêm presos em mim. — E você ficou feliz em ver o seu noivo?

O que ele está fazendo?

Que joguinho é esse?

Isso não parece muito profissional da parte dele.

É quase como se estivesse me provocando, me testando.

Adivinhe só, amigão? Eu também conheço esse joguinho.

Umedeço os lábios.

— Muito... excitada. — Escolho uma resposta de duplo sentido e movo meus olhos lentamente por seu peito, descendo até sua virilha e voltando para seu rosto em seguida.

Pronto.

Agora quero ver o que ele vai fazer com isso.

— Perdoem a minha irmã, ela...

— Kelsey, tudo bem, não é mais segredo — digo para calá-la. — Estamos noivos. Eu sei que isso pode parecer um choque para algumas pessoas, mas... — Caminho até ele e seguro sua mão. — Estamos apaixonados.

Olho para um dos homens e ele está dando risadinhas, abafando a boca com a mão. Porra, que grosseria.

Olho para o outro cara, e ele está sorrindo de orelha a orelha, mas não é um sorriso alegre, é mais um sorriso de diversão. O que diabos está acontecendo aqui?

— Desculpem-me — peço após uma pausa. — Eu meio que estava esperando uma rodada de aplausos ou algo assim, sabem, pelo nosso amor. — Com todos os olhos ainda em mim, já que Huxley não está ajudando nem um pouco, abaixo-me até estar sentada no colo de Huxley. Sua mão pousa na lateral do meu corpo, e eu coloco meu braço em volta de seu pescoço. — Tanto amor — continuo, sentindo o cheiro de seu perfume luxuoso. Odeio que o cheiro seja tão bom.

Com a mão em meu quadril, Huxley mantém os olhos em mim ao perguntar para os outros:

— Podem nos deixar a sós, por favor?

Hã... como é que é?

Olho rapidamente para Kelsey, que parece para lá de irritada, mas recolhe suas coisas e sai da sala, seguida pelos dois homens.

Assim que a porta se fecha, Huxley indaga:

— O que diabos foi aquilo?

Tento sair de cima dele, mas ele me mantém no lugar, com sua mão agora agarrando minha bunda e mantendo-me firme contra seu corpo.

— Aquilo era eu tentando entender o que diabos é isto. — Gesticulo em volta da sala de reuniões. — Você não podia ter me dito que faria uma reunião comigo e com a minha irmã hoje?

— Por que eu te diria, quando a sua irmã claramente poderia ter feito isso?

— Hã, não sei, você poderia ter me dado um aviso sobre quem estaria na reunião. Devo fazer o papel de noiva apaixonada ou víbora irritada?

— Por mais que eu goste da víbora irritada... você chama o espetáculo que acabou de fazer de noiva apaixonada? Aquilo foi uma mulher desajeitada sem saber o que fazer.

— Porque você me colocou nessa posição. Eu não fazia ideia de como agir. Não sei quem sabe sobre nós e quem não sabe. Quando devo ficar ligada e quando não devo.

— Você deve sempre estar *ligada* perto de mim.

Meus olhos nivelam aos dele.

— Não ligada desse jeito. Deus, como você é pervertido.

— Eu não estava falando sobre ficar ligada *desse* jeito...

— Aham, ok, claaaaro — reajo com muita maturidade. — De qualquer forma, eu não fazia ideia de como reagir, o desconforto me dominou e essa foi a minha versão que você recebeu. Se estou preparada, sei como agir, mas sair de um elevador e me deparar com você quando não estava esperando me fez perder o prumo.

Ele assente lentamente.

— Eu intimidei você?

— Não — respondo rapidamente, enquanto ele estende a mão e coloca meu cabelo atrás da orelha. — O que você está fazendo? — pergunto, em pânico, conforme uma onda de arrepios percorre meu braço devido ao roçar de seu dedo em minha bochecha.

— Todos podem nos ver — ele explica, inclinando a cabeça discretamente para o lado. — E, já que estamos no meu local de trabalho, você não acha que todo mundo precisaria nos ver juntos, interagindo, porque o objetivo principal de toda essa farsa é que eu consiga fechar um acordo?

— Hã... — digo, pensando. — É, acho que isso faz sentido.

— Uma coisa que você precisa entender, Lottie, é que eu sempre faço sentido.

Meu olhar se conecta ao dele.

— Você é tão narcisista.

— Confiante — ele retruca.

— Um babacido.

Ele ergue as sobrancelhas.

— O que diabos é um babacido?

— Babaca convencido. Portanto, você é um babacido.

Sua mão desliza por minha bunda e depois torna a subir. Eu preciso odiar a sensação que isso me causa, mas, por algum motivo abominável, não odeio. Não me importo nem um pouco com sua palma grande acariciando meu traseiro.

Senhor Jesus, me ajude, tem algo errado comigo.

— Então, só porque sei o que quero, como quero e quando quero, isso faz de mim um babacido? — Seus olhos pousam em minha boca antes de subirem novamente.

A tensão se forma dentro do meu peito, uma sensação formigante, pesada, pulsante. Uma que nunca experimentei antes.

— Não. — Engulo em seco, e por alguma razão, também olho para sua boca por um segundo. Ele tem lábios lindos. Não são cheios demais para um homem, mas sim o suficiente para que eu saiba que, se alguma vez ele pousar a boca na minha, não seria um beijo ruim. Somente pelo jeito que ele fala, com tanto domínio, não tenho dúvida alguma de que ele beija bem. — Não que isso importe, porque não importa. Você é um babacido porque não trata as pessoas com bondade.

— Entendo. — Seu olhar é inabalável. — Então, deixe-me ver se entendi. Eu não trato as pessoas com bondade. Então, o que diria que me certificar de que você tenha um meio de transporte seguro é o quê? Ou as flores que mandei para sua mãe e o Jeff, parabenizando-os pela casa vazia?

Ele enviou flores para eles? Mamãe não mencionou nada disso.

— Ou os esforços que fiz na minha casa para garantir que você ficasse confortável?

Que esforços?

— Ou a reunião que marquei com a sua irmã hoje, rearranjando completamente a minha agenda para que ela pudesse fazer a apresentação para nós?

Hã...

Estou prestes a responder quando a porta da sala de reuniões se abre. Huxley olha por cima do meu ombro conforme uma voz feminina diz:

— Sinto muito por incomodá-lo, Sr. Cane, mas Bower está na linha um.

Ele assente e fala:

— Obrigado, Karla. Estou indo.

A porta se fecha e Huxley me solta, ajudando-me a me equilibrar no chão antes de se levantar e abotoar o paletó.

Com os olhos fixos nos meus, ele se despede:

— Nos vemos em casa.

Ele começa a sair dali e eu pergunto:

— Espere, e a reunião?

— Parece que você já usou todo o meu tempo.

— O quê? — Vou atrás dele e me coloco na frente de seu corpo grande. Posso sentir olhares em nós, olhares das pessoas da empresa, então me certifico de manter minha frustração sob controle ao deslizar a mão pela lapela de seu paletó. — Huxley, a minha irmã passou o dia todo se preparando para essa reunião. Ela vai ficar devastada se não puder fazer a apresentação.

— Você deveria ter pensado nisso.

Ele tenta dar mais um passo, mas eu o detenho.

— Por favor, Huxley.

Seus olhos encontram os meus e, por um breve momento, vejo uma pontinha de humanidade neles. Esse homem realmente tem uma alma. Está bem ali, por trás da cor chocolate de seus olhos.

— Nos veremos em casa — ele repete e desvia de mim. — E, a propósito, se quiser ajudar a sua irmã a ter sucesso, deve sempre pesquisar sobre cada cliente antes de uma reunião.

— O que quer dizer com isso?

— Os homens que estavam sentados comigo. São meus irmãos, não sócios. E eles sabem de tudo que acontece na minha vida.

Estreito os olhos e tento manter a compostura ao perguntar:

— Então, eu não precisava atuar como sua noiva?

— Não, não precisava. Eles sabem exatamente quem você é e o que está fazendo para mim, mas você saberia disso se estivesse realmente preparada. Talvez eu marque outra reunião com a sua irmã quando você demonstrar que, de fato, é capaz de agir profissionalmente em um ambiente de negócios.

Sinto a raiva subir até o topo da minha cabeça conforme minhas bochechas esquentam e enrubescem de constrangimento.

— Eu odeio você — digo com tanto veneno que consigo sentir meu ódio por ele na ponta da língua.

— Estou perfeitamente ciente dos seus sentimentos por mim. Não precisa repeti-los constantemente.

E, com isso, ele sai da sala de reuniões, passa por Kelsey sem olhar duas vezes e desaparece nas profundidades de seus escritórios. Olho para Kelsey, que está ali sozinha, com seu laptop e portfólio em mãos, parecendo absolutamente derrotada.

E é aí que a ficha cai. Eu estraguei tudo para ela.

Estraguei feio.

Kelsey estende a mão para abrir a porta do carro e sair, mas agarro seu braço e a detenho.

— Por favor, Kelsey. Por favor, fale comigo.

Ela baixa a cabeça e a balança de um lado para o outro.

— Nem sei o que dizer para você nesse momento. Estou tão chateada que não quero falar nada que magoe.

— Eu sinto muito, Kelsey. Sinto muito mesmo.

Ela olha para mim por cima do ombro e posso ver a decepção em seus olhos, que me machuca como vidro afiado.

— Entendo que você está numa situação estranha agora. Foi demitida por alguém que achou que podia confiar, se enfiou nesse acordo esquisito com um homem muito dominador, um homem com o qual não se dá muito bem, e que está tentando se encontrar no meio de toda essa bagunça. Mas isso não te dá o direito de ser uma mártir.

— Mártir? — reajo, surpresa. — Não sou uma mártir.

— Não? — ela pergunta ao virar-se em seu assento para ficar de frente para mim. — Porque, daqui, você me parece muito confortável no momento.

Não são muitas pessoas que recebem essa oportunidade. Você não está somente morando em uma mansão com um homem extremamente lindo, mas também teve os seus empréstimos estudantis quitados, não precisa se preocupar com nenhum gasto e recebeu a chance de morar com um homem de negócios que é riquíssimo em conhecimento. Tem noção de que ele vale bilhões, Lottie? BILHÕES. Ele construiu o negócio com os irmãos do zero, e ao invés de tirar proveito disso, da experiência dele, das habilidades sobre as quais você passou quatro anos estudando na faculdade, você só se importa em incitar raiva nele. E está magoando pessoas que ama enquanto faz isso.

— Não é tão fácil assim.

— Não é fácil baixar a guarda, enxergar essa oportunidade incrível aos seus pés e ser grata? — ela pergunta. — Porque se eu estivesse na sua situação, era exatamente isso que eu faria.

— Você diz isso, mas não pode saber até estar no meu lugar.

Ela assente.

— Você tem razão, eu não faço ideia do que você está vivenciando, mas o que sei é que tivemos uma reunião muito importante hoje e, ao invés de deixar o seu ego de lado, você deixou que ele tomasse as rédeas e nos fizesse perder uma oportunidade. Quando digo que isso poderia ter sido enorme para nós, estou falando sério, Lottie. A Cane Enterprises não somente vale bilhões, como também possui vários negócios e imóveis por toda Los Angeles e em outros estados. Isso significa que, se tivéssemos uma oportunidade e eles gostassem do que fazemos, poderiam usar os nossos serviços não somente para os escritórios deles, mas para cada propriedade que possuem. Mas você não pensou nisso enquanto estava tentando fazer um showzinho na sala de reuniões, pensou?

— Eu não fazia ideia de como agir — rebato. — Ele mexe comigo. Eu não sei como me aproximar dele, como... tratá-lo.

— Experimente tratá-lo com um pouco de respeito — Kelsey diz ao abrir a porta.

— Foi ele que me provocou naquela sala — eu falo, ainda na defensiva.

— Porque você permitiu. Ele parecia perfeitamente bem, de onde eu

estava. Foi você que fez papel de otária. — E com isso, ela bate a porta do carro e caminha em direção ao seu prédio.

Abro a janela e aviso:

— Você esqueceu o seu laptop.

— Fique com ele. O mínimo que você pode fazer é consertar o site.

Então ela entra em seu prédio.

Raiva, frustração e constrangimento colidem dentro de mim ao mesmo tempo, atingindo-me direto no peito e subindo por meu pescoço, esquentando minhas bochechas e, por fim, trazendo uma onda de lágrimas aos meus olhos.

— Merda — xingo baixinho conforme uma lágrima escorre por minha bochecha.

O que Huxley e Kelsey disseram estava 100% correto. *Esteja preparada para toda reunião. Saiba quem estará presente. Conheça a sua apresentação até pelo avesso. Entre com confiança, pronta para responder a cada possível pergunta.* Estes são requisitos básicos para reuniões, e eu não segui nenhum deles. *Fiz dos meus anos de estudos uma chacota.* Por quê? E de todas as pessoas para quem eu poderia ter apresentado tamanha falta de profissionalismo e preparação, tinha que ter sido para os proprietários da Cane Enterprises. *Porra.*

E o negócio de Kelsey.

Kelsey e eu já tivemos nossa parcela de brigas, mas, por alguma razão, desta vez, não me parece algo que pode ser consertado com um cheeseburger duplo e um milkshake de chocolate do In-n-Out. Desta vez, é muito mais sério.

É como se fosse prejudicial.

E isso me apavora mais do que qualquer coisa.

CAPÍTULO ONZE

HUXLEY

— Eu tenho uma pergunta — Breaker diz ao sentar-se em uma cadeira em meu escritório, com JP vindo logo atrás dele.

— O quê? — pergunto, exausto do dia puxado que tive.

— Você está tentando fazer a Lottie abominar você completamente?

— Ela já me abomina. Não preciso fazer nada para conseguir isso — respondo ao sair da minha caixa de entrada e fechar meu computador.

— Já pensou em tentar fazê-la, sei lá... gostar de você? — Breaker sugere.

— Por que eu iria querer que ela gostasse de mim? Isso é um acordo de negócios. Não há nada mais envolvido.

— Ele não quis dizer tipo... sexualmente — JP fala. — Mas não acha que seria mais fácil de trabalhar juntos se vocês não ficassem se engalfinhando?

— Provavelmente — respondo.

— Então, por que a está irritando sempre que pode? — Breaker indaga. — Isso que você fez esta tarde? — Ele balança a cabeça. — Foi brutal, cara.

— É, eu me senti muito mal pela irmã. Ela parecia derrotada — JP acrescenta.

— Eu não tive escolha. Bower ligou. Foi com ele que passei o resto do dia trabalhando, desde que saí da sala de reuniões.

Breaker endireita as costas.

— Está tudo bem em Nova York?

Nego com a cabeça. Bower é nosso gerente de obras; ele só liga fora do cronograma quando algo está errado.

— Não. Ele ligou para me dizer que houve um incêndio causado por curto-circuito no local da Ninety-Fifth Street. Chamaram os bombeiros, o prédio foi evacuado, alguns rapazes tiveram que ser removidos. — Pressiono a mão na testa. — Foi um completo pesadelo. Passei a tarde inteira contatando todos os funcionários afetados para me certificar de que estavam bem.

— Merda. — Breaker esfrega a boca. — Alguém se machucou seriamente?

— Dois homens tiveram queimaduras de terceiro grau nos braços, mas parecem estar bem emocionalmente. Todas as outras pessoas estão bem, felizmente.

— Caramba — JP diz. — Nós mandamos alguma coisa para eles?

Confirmo com a cabeça.

— Sim, enviamos para o hospital. Um dos caras adora uma pizza específica de uma pizzaria na Ninth Street, e o outro cara é obcecado pelo Gray's Papaya. Mandei enviar os jantares favoritos dos dois, junto com alguns cupcakes da Magnolia Bakery. Também mandei uma coisa para as famílias deles. Karla vai providenciar os jantares para toda a equipe durante a semana. Contatei o pessoal do seguro para informá-los do que aconteceu. — Recosto-me na cadeira. — Vou pedir que Karla marque outro horário com Kelsey, porque estou bem interessado em ver o que ela pode fazer pela empresa e, possivelmente, pelos futuros escritórios.

— Parece que ela tem um negócio interessante — JP comenta.

Breaker dá risada.

— Eu acho que você estava mais interessado nela...

Ergo as sobrancelhas ao me virar para JP.

— É mesmo?

Ele dá de ombros.

— Ela era uma gata.

— Ele a estava achando muito mais que uma gata. Eu o peguei escrevendo *J e K para sempre* em um post-it no escritório dele.

— Vá se foder, eu não estava, não — JP reage. — Eu comentei com o Breaker que ela era uma gata e deixei por isso mesmo, e agora ele está inventando besteiras.

— Dá para imaginar? — Breaker pergunta. — Dois irmãos casando com duas irmãs? É uma história legal.

— Você perdeu a porcaria do juízo — rebato ao me levantar. — Casamento não é para mim, muito menos com alguém como Lottie.

— O que isso quer dizer? — Breaker pergunta, levantando-se também.

Coloco o celular em um bolso na parte interna do paletó e guardo a carteira no bolso da calça.

— Ela é um desastre. Desordenada, imprevisível e errática demais para o meu gosto. É uma caixinha de surpresas, e não preciso disso na minha vida.

Breaker sorri.

— Acho que você precisa, sim. Você é um babaca tenso demais, e talvez ela seja capaz de fazer você relaxar e se soltar um pouco.

— Não vou relaxar e me soltar coisa nenhuma.

Saímos do meu escritório e seguimos para os elevadores. O andar está quieto; somos os últimos a sair. Podemos ter uma empresa bilionária, mas compreendemos o que é preciso para garantir que os funcionários fiquem felizes, e isso significa nos certificarmos de que todos possam ir para casa às cinco todos os dias.

JP pressiona o botão no elevador para descermos.

— Acho que se tem alguém que precisa de uma Lottie na vida, é você.

Lanço um olhar afiado para ele.

— Não comece com essa merda, ok?

— Ele tem razão — Breaker concorda. — Só pelo pequeno vislumbre que peguei, ela parece ser desaforada, e eu adoraria vê-la te deixar maluco.

— Ela já me deixa maluco.

As portas do elevador se abrem e nós entramos.

— Não sei. Eu acho que tem coisa aí — JP incita. — Você viu, Breaker?

Breaker confirma com a cabeça.

— Eu vi.

— Vocês dois só falam merda.

Descemos até a garagem privativa, e quando as portas se abrem, não me dou ao trabalho de esperar por meus irmãos ao seguir para o meu carro.

— Foi o jeito como você a olhou quando ela saiu do elevador, quando ela se aproximou de você na sala de reuniões, e quando sentou no seu colo — JP grita. — Tinha calor nos seus olhos.

Ignorando-o, destravo meu carro e entro. A última coisa que preciso é dos meus dois irmãos idiotas colocando ideias na minha cabeça. Não há nada além de uma parceria platônica entre mim e Lottie.

Eu a acho atraente? Teria que ser cego para não achar. Ela é linda pra caralho, mas posso ignorar esse detalhe.

E ela estava uma delícia naquele vestido justo hoje? Sim, porra, ela estava, mas, mais uma vez, posso ignorar esse detalhe, porque sou profissional e sei separar atração e negócios.

Uma batida na minha janela me sobressalta. Breaker está ao lado do meu carro. Abaixo a janela e digo:

— Porra, eu não gosto dela, ok?

Breaker sorri e inclina-se um pouco, apoiando os braços na porta.

— Eu não ia dizer nada sobre isso, mas o seu tom defensivo não está ajudando o seu caso. — Estou prestes a fechar o vidro quando ele me impede e acrescenta: — Certifique-se de que Karla remarque a reunião. Estou realmente me sentindo mal pra caralho por ela ter perdido a apresentação. Nós não fazemos merdas assim.

— Eu sei.

— E certifique-se de que Lottie saiba. Explique para ela o que aconteceu.

— Ela não precisa saber.

Breaker assente.

— Precisa, sim. Ela precisa poder confiar em você, Hux. Para dar certo, vocês dois terão que deixar esse ódio de lado e aprender a trabalhar juntos com mais harmonia. Se não puderem fazer isso, mais cedo ou mais tarde, Dave vai sacar, e você vai perder tudo aquilo pelo que tanto se esforçou. E eu sei que essa é a última coisa que você quer.

Penso de novo sobre o que aconteceu na sala de reuniões e digo:

— Ela realmente passou a energia errada, mesmo quando estava tentando agir como a noiva apaixonada.

Breaker assente novamente.

— Você precisa ser menos severo, cara. Sei que gosta de manter coisas pessoais e profissionais separadas, mas acho que esse é um momento em que você não pode fazer isso. Tem que mostrar a ela que é humano, ou então isso nunca vai dar certo.

E é disso que tenho medo — mostrar a ela quem realmente sou —, porque mesmo que eu negue meu interesse nela, sei que uma parte de mim, lá no fundo, sabe que, se eu conhecê-la melhor, se ela me conhecer melhor, pode haver algo a mais nisso.

Misturar o lado pessoal com o profissional é um risco enorme. As coisas ficam confusas, promessas se perdem, e nunca dá certo, nunca. É por isso que preciso manter distância, por isso que nós dois precisamos manter distância.

— Vou pensar sobre isso — falo, mesmo sabendo que não vou.

Só foi preciso uma refeição com Lottie, um jantar no Chipotle, e eu soube que ela era diferente. Eu sabia que ela podia ser encrenca. Ela é diferente de qualquer mulher que já conheci. Sem filtro, ela fala tudo que lhe vem à mente, não demonstra remorso algum em relação ao seu jeito desastroso, é extrovertida e topa tudo, nada a impede. É por isso que preciso permanecer estoico, por isso que preciso continuar a manter um espaço entre nós; se não o fizer, sei que ficarei destruído, no fim de tudo.

Lottie *poderia* me destruir. Mas de jeito nenhum vou contar isso para o meu irmão. *Ele é perspicaz demais. Maldito seja.*

— A Srta. Lottie se juntará ao senhor? — Reign pergunta.

Assinto.

— Sim, ela só está terminando uma coisa. — Olho para a pizza caseira e elogio: — Isso parece delicioso.

— Obrigado. Também fiz um mousse de chocolate com framboesa para a sobremesa. Trarei quando o senhor me disser que terminou a pizza. Está na geladeira, por enquanto.

— Obrigado, Reign.

Ele se retira, e pego meu celular. Mandei uma mensagem para Lottie há cinco minutos, avisando-a de que o jantar estava pronto. Não a vi desde que cheguei. Pelo que pude perceber, ela veio para casa e foi direto para o quarto, onde está se escondendo desde então. Não há dúvidas de que a última coisa que ela quer é jantar comigo, especialmente depois de tudo que aconteceu hoje, mas ela precisa comer.

Estou prestes a me levantar e ir buscá-la quando a vejo descendo as escadas. Ela está usando um dos robes de seda que mandei comprar. Este combina com seus olhos, em uma cor profunda de verde jade. Enquanto ela desce os últimos degraus, vejo a abertura do robe exibir sua perna bronzeada e nua. Meus olhos viajam até sua cintura, onde o laço está amarrado com firmeza, acentuando sua silhueta pequena, e então, pousam em seus seios, que balançam delicadamente conforme ela chega ao andar principal.

Não há dúvidas. Ela não está usando nada por baixo daquele robe.

Quando seus olhos encontram os meus, ela diz:

— Eu estava na banheira quando você mandou mensagem.

Sua voz está monótona, sem vida. Seus olhos estão taciturnos, e mesmo que ela pareça tentadora naquele robe, não está caminhando cheia de autoconfiança, como faz normalmente.

A lembrança das palavras de Breaker me atinge com força no peito.

Não há dúvidas.
Ela não está usando nada por baixo daquele robe.

Você tem que mostrar a ela que é humano, ou então isso nunca vai dar certo.

Lottie puxa sua cadeira e se senta. Ela não comenta o jeito como a mesa está posta, não reconhece a minha presença, nem mesmo fala sobre a comida. Em vez disso, ela desdobra seu guardanapo, pousa-o em seu colo, pega seu garfo e faca e corta um pedaço pequeno de pizza. Fico observando seus lábios formarem um O e ela sopra a pizza fumegante.

Não há humor, não há raiva, somente... nada... em sua personalidade. É quase como se o banho de banheira que ela acabou de tomar tivesse levado embora todos os resquícios da Lottie que conheci nos últimos dias.

O fervor sumiu. O ódio sumiu.

Ela não abre a boca para discutir.

Ela está vazia.

Eu fiz isso com ela?

E mesmo que ela tenha me dado nos nervos pelo que parece ter sido cada maldito segundo em que esteve perto de mim, prefiro isso a Lottie desse momento.

Acho que o dia hoje a quebrou, e não me sinto bem com isso. Eu posso ser um cretino implacável às vezes, mas isso... isso não parece certo.

As regras que estabeleci firmemente quando se trata de negócios vacilam conforme sinto uma necessidade inerente de contar a ela o que aconteceu hoje, de trazer de volta um pouco da vida que desapareceu de seus olhos.

— Era uma ligação importante e eu precisava atender. — Meus olhos recaem sobre ela, buscando algum tipo de reação.

— Com certeza — ela diz baixinho, mas seu tom tem uma tensão, como se ela não acreditasse em mim.

Eu não preciso me explicar. Não devo a ela nenhum tipo de explicação relacionada ao meu trabalho ou como conduzo meu negócio, mas ainda sinto meu estômago se revirando. Quero ver aquele ímpeto em seus olhos novamente.

— Não vai me perguntar o que poderia ser mais importante do que a sua irmã?

Ela me lança um olhar rápido, movendo seus olhos perfurantes por meu rosto durante um breve segundo antes de voltá-los para sua comida.

— Por que eu perguntaria isso? Já sei a resposta.

— E qual seria? — pergunto.

— Que isso não é da minha conta. — Ela pousa seu garfo e faca e fala: — Eu sei onde fico na sua escala de importância, Huxley. Não preciso de explicação.

Ela empurra sua cadeira para trás, se levanta e segue em direção às escadas.

— Você não terminou o seu jantar.

— Não estou com fome — ela diz ao subir as escadas, com seu robe flutuando em volta de suas pernas.

Ela vai deixar por isso mesmo?

Sem mais nada a dizer?

Sem ímpeto?

Sem comentários sarcásticos?

Sem um olhar furioso na minha direção?

Isso não vai ficar assim.

Com os olhos ainda fixos na escadaria, minha mente gira pensando no que fazer. Nunca lidei com emoções quando se trata de negócios, então estou me aventurando em um território desconhecido. Mas odeio admitir que Breaker pode estar certo. Eu preciso que Lottie seja uma participante confiável nesse esquema, e se ela ficar chateada, não sei se continuará disposta a trabalhar comigo como preciso que ela faça.

Mas, porra, como posso deixá-la feliz sem ter que me envolver?

Expiro pela boca de frustração e, então, retiro-me da mesa e vou em direção às escadas para ir atrás dela. Não sei bem o que vou fazer, mas não posso deixá-la sair daqui assim.

Ela está quase chegando ao seu quarto quando a alcanço.

— Você não pode ir para a cama com fome — falo, incerto sobre que outra coisa dizer.

— Eu posso fazer o que eu bem entender — ela responde, com um toque daquela rispidez voltando à sua voz.

É isso que quero ouvir. Uma resposta irritada. *Continue pressionando, Hux.*

Estendo a mão e seguro a sua para puxá-la de volta antes que ela possa ir mais além. Ela vira de uma vez, ficando de frente para mim com choque em sua expressão.

— Mas que droga você pensa que está fazendo? — ela reage, aquela faísca surgindo com força total agora.

Assim está melhor.

— Lembrando a você de quem está no comando.

Ela tenta puxar a mão, mas, ao invés de soltá-la, eu ergo sua mão e a pressiono contra a parede atrás dela.

Seus olhos se arregalam enquanto mantenho sua mão presa firmemente acima de seu corpo.

— Você não precisa me lembrar de quem está no comando. A sua inabilidade obscena de se importar com os outros já está bem clara. O que você diz, é o que vale.

— É mesmo? — pergunto, querendo pressioná-la mais, querendo trazer sua personalidade de volta à superfície. Então, agarro seu quadril com minha mão livre e a estabilizo contra a parede. — Então, por que está sempre me testando?

— Como eu testo você? — ela indaga. Seu peito sobe e desce, pesado, em um ritmo mais acelerado.

— Você considera isso um traje apropriado para o jantar? — Brinco com a tira de seu robe, sondando sua reação enquanto algo começa a tomar conta de mim. Algo... primitivo.

Mas esse lado primitivo parece provocar sua personalidade. Parece trazer seu lado sarcástico à vida novamente.

E é isso que eu quero.

Eu quero Lottie de volta.

Compreendo que isso significa ultrapassar um limite — tocá-la, prendê-la contra a parede assim —, mas vê-la tão aborrecida, tão derrotada, despertou algo dentro de mim. Não lido muito bem com situações como essa, não sei como animar alguém — isso é óbvio diante da maneira como estou provocando-a ao invés de demonstrar empatia —, mas meu cérebro não parece funcionar da maneira que precisa.

— Eu não estava ciente de que havia um código de vestimenta para o jantar. — Ela olha para a calça do meu terno e minha camisa com as mangas enroladas até os cotovelos. — Era *business* casual? Você preferiria que eu usasse meu vestido?

— Eu preferiria que você voltasse lá para baixo e terminasse o seu jantar.

— Eu disse que não estava com fome — ela rebate.

Com severidade, eu digo:

— E vejo que isso é uma desculpa para não ficar perto de mim. Era algo relacionado a negócios, Lottie. Nada que você tenha que levar para o lado pessoal.

— Não levar para o lado pessoal? — ela retruca. — Jesus, estou tão cansada de você dizendo essa merda. — Ela faz menção de se mover, mas a seguro no lugar. — É difícil não levar tudo que você faz para o lado pessoal quando, para mim, há emoções atreladas a isso. Para mim, as coisas não são preto no branco como para você. Eu tenho sentimentos, Huxley.

— Então, me diga o que está sentindo.

Ela ergue o queixo.

— Você não vai aguentar saber como estou me sentindo.

— Experimente.

Ela faz uma pausa.

Me analisa.

E então...

Ela umedece os lábios.

— Está bem. Estou com raiva de mim mesma por me envolver nessa bagunça. Estou com raiva por ter fodido a reunião da minha irmã hoje, para a qual ela se esforçou muito para se preparar, diante do curto prazo. Estou furiosa por não ter coragem suficiente para contar à minha mãe que ela estava certa, que eu nunca deveria ter aceitado trabalhar para Angela. Odeio o fato de que o meu orgulho é mais importante do que a verdade. E, mais que tudo... — Seus olhos me escaneiam de cima a baixo. — Eu nunca desprezei alguém tanto quanto eu te desprezo. Eu te acho frio, sem palavra, e você não tem consideração por mais ninguém além de si mesmo. Odeio ter que depender de você, odeio você ter que depender de mim e, principalmente... — Ela puxa o fôlego e seus dedos se fecham em volta da minha mão que está segurando seu braço contra a parede. — Odeio te achar atraente.

Uma leve camada de suor brota em minha nuca conforme sinto uma vontade insana de puxá-la para mim.

Já vi a maneira como ela me olha. Já notei seus olhos me admirando, mas ela nunca vocalizou seu apreço antes.

E, porra, isso me deixa fraco. Fraco o suficiente para sucumbir...

— Você não precisa ficar com raiva. A sua irmã terá outra chance. Eu te disse, o telefonema era importante. — Meu tom quebra um pouco enquanto observo seus lábios se separarem levemente, somente o suficiente para me atiçar.

O suficiente para me deixar louco. Somente o suficiente para fazer minha força de vontade vacilar.

— Eu não acredito em você. — Sua voz é firme, embora suave, e esse som abre mais uma rachadura na minha barreira.

Minha mão pressiona seu quadril com mais força.

Meu polegar acaricia o tecido macio do robe.

E, para minha satisfação, um gemido baixo, quase inaudível, sai por seus lábios.

— Karla já deve ter contatado a sua irmã para marcar outra reunião. — A atração e a resistência entre nós se intensificam conforme sinto meus dedos coçarem para tocá-la mais, para deslizar por baixo de seu robe. — Está feito. Quanto à sua culpa por não contar a verdade à sua mãe, é problema seu e não tem nada a ver comigo.

Aperto sua mão com mais força, a que está presa contra a parede, e quando seus dedos se fecham em volta dos meus, outra parte de mim se desequilibra. Meu desejo por essa mulher martela em mim, e sinto que estou por um fio.

Continuando, digo:

— E o seu ódio por mim... você deveria saber que esse ódio não é mútuo.

Seus olhos perfurantes estão no mesmo nível que os meus. Sua voz vacila um pouco quando fala:

— Você só tem expressado desagrado por mim. — Mas o vacilo em sua voz não combina com a ousadia de suas ações conforme ela segura minha mão que está pousada em seu quadril e a empurra lentamente para o centro de seu corpo...

Até que meus dedos cheguem ao laço de seu robe.

Porra, não me provoque.

Posso ser capaz de separar negócios de prazer, mas, quando isso começa a se misturar, quando minha mente fica enevoada e confusa, nada pode ser capaz de me impedir.

E eu me sinto confuso.

Sinto minha mente tão enevoada.

Meu corpo vibra com indecisão, enquanto a decisão errada me puxa para cada vez mais perto dela.

— Expressei aborrecimento, frustração, irritação, mas ódio não. Quem tem expressado ódio aqui é você. — Meu dedo brinca com o laço de seda. — Eu não tenho problema algum com você.

— Mentiroso.

— Por que não confia em mim?

— Você não me deu motivos para isso — ela responde. Sua mão desliza para cima em meu peito, parando em meu ombro, deixando um rastro de calor em minha pele.

Meus dentes prendem meu lábio inferior conforme puxo delicadamente o laço de seu robe.

Ela não protesta.

Em vez disso, seu corpo se aproxima mais do meu.

Merda. Meu autocontrole mal está aguentando; está oscilando, pronto para explodir.

Pronto para entrar em combustão.

— Eu já voltei atrás em relação a alguma coisa que disse?

— Não — ela diz sem fôlego, seu peito arqueando-se. O movimento repuxa o tecido do robe. Meus olhos descem para seu peito, onde as lapelas do robe dançam perigosamente, quase se abrindo. Porra, quero tanto saber como esses peitos lindos são quando nus. Será que são sensíveis? Se eu os colocasse na boca, ela gemeria de satisfação?

Incapaz de me segurar, puxo o laço mais uma vez, afrouxando uma das partes. A pequena abertura me atiça, me deixa tentado a avançar. Inflama o fogo que pulsa por minhas veias.

Merda, o que você está fazendo, Huxley?

Merda, o que você está fazendo, Huxley?

Algo que você não deveria estar fazendo.

Mas, porra, ela é tão tentadora. Eu sei que não há nada por baixo desse robe, nada além de seu corpo macio. Desço o olhar para seus seios e sou recompensado com a visão de seus mamilos durinhos roçando contra o tecido de seda. Eles são pequenos e tão sensuais.

Tentando focar na nossa conversa, eu digo:

— Então, se eu nunca voltei atrás em relação a nada que prometi até agora, por que não confia em mim?

Sua mão sobe até minha nuca, onde ela brinca lentamente com as curtas mechas dos meus cabelos.

— Porque você é traiçoeiro.

— Normalmente, eu não sou. — Meus dedos coçam para puxar o laço mais uma vez para que seu robe se abra. Mas mantenho-me parado.

— Me desculpe se não posso acreditar na sua palavra.

Mordiscando meus lábios, pergunto:

— Ok, então como posso provar a você que pode confiar em mim?

Seus olhos ficam inebriados conforme ela remove a mão da minha nuca e a passa por seu corpo até a abertura do tecido que mal cobre seu peito. Atormentando-me, seus dedos acariciam seu decote. Minha boca fica cheia d'água.

— Não volte atrás nas suas promessas.

— Mas eu não fiz isso.

Seus olhos se conectam aos meus e ela diz:

— Incluindo as suas promessas silenciosas.

E então, para minha surpresa, ela desfaz por completo o laço do robe, fazendo com que ele se abra e exponha a linha central de seu corpo.

Caralho.

Puta que pariu.

Em segundos, fico duro. Mas, ao invés de me afastar ou atacá-la, decido me torturar e a assimilo lentamente, fitando onde o robe está pendurado sobre seus seios, mal cobrindo-os, atormentando-me. Em seguida, meus olhos famintos descem por sua barriga firme até chegarem à sua boceta lisinha. Minha boca se enche d'água diante daquela visão. Ela está me oferecendo somente uma amostra, mas é o suficiente para me enlouquecer. Para me fazer perder o controle de vez.

Ela está me testando. Está querendo ver o quão longe posso ir.

Mal sabe ela...

Que eu comecei isso.

Fui eu que a prendi contra a parede.

Fui eu que puxei o laço.

E sou eu que devo terminar isto.

— Exatamente como pensei — ela declara. — Você não é capaz de ir até o fim com o que começa. Assim como aconteceu com a reunião.

— Eu te disse, não pude evitar o que aconteceu hoje.

— Você poderia ter evitado, sim, mas escolheu não evitar.

Cerro os dentes.

— E nesse momento, estou aqui, quase completamente nua na sua frente. Não é isso que você queria? Me controlar? Controlar o meu corpo? E ao invés de ir até o fim, você paralisa.

Porra, ela só pode estar brincando comigo!

Ela acha que eu só falo e não ajo?

Ela me conhece tão pouco.

— Não estou paralisado, Lottie. — Aproximo-me um passo. — Duro. Eu estou duro pra caralho. — Com isso, deslizo a mão em seu quadril nu, mantendo sua mão presa acima de sua cabeça.

Ela arfa diante do meu toque, e quando escorrego minha mão até a parte de trás de seu corpo e desço para agarrar sua bunda gostosa, ela morde o lábio inferior.

— E eu não comecei isso — falo, mesmo que não seja verdade. — Foi você que apareceu para o jantar usando nada além desse robe.

— Eu apareci ontem usando um baby-doll minúsculo. Qual é a diferença?

Roço um dedo próximo ao centro de suas nádegas ao mover minha mão para cima até a parte baixa de suas costas, onde a agarro com firmeza, puxando-a mais para mim.

— Aquilo foi intencional.

— Por mais que você queira acreditar nisso, Huxley, não tenho a intenção de tentar deixar você excitado. E sim de passar menos tempo com você quanto possível.

— Então, por que não está saindo daqui agora? — pergunto, trazendo minha mão para a parte frontal de seu corpo, arrastando meus dedos suavemente até pará-los acima de seu osso pélvico. Uma onda de luxúria a atinge; dá para ver em seus olhos, na maneira com que ela se remexe delicadamente, abrindo levemente as pernas.

— Provando que você está blefando — ela responde. — Você nunca me tocaria...

— Nunca te tocaria como? — pergunto enquanto meu dedo pousa muito próximo à sua abertura excitada.

Ela inspira profunda e erraticamente, deixando a cabeça cair para trás contra a parede e impulsionando a pélvis para frente.

— Assim? — Acrescento mais um dedo, mas, desta vez, eu os deslizo mais profundamente, conectando-os com seu clitóris. *Porra. Ela é tão macia.* — Eu acho melhor você não subestimar o que eu não faria. — Observando o quanto seu corpo é responsivo ao meu toque, falo: — Diga que quer mais.

Ela nega com a cabeça.

— Não. Eu nunca te daria essa satisfação.

— Entendo. — Eu também conheço esse joguinho.

Mantendo-a presa na parede, baixo o olhar para sua boceta macia ao deslizar dois dedos para cima e para baixo em sua abertura, fazendo com que seu clitóris seja capturado entre eles. Aperto devagar e esfrego.

— Oh, Deus — ela sussurra. Sua cabeça se joga para o lado e seu aperto em minha mão fica mais forte.

Continuo acariciando-a, provocando sua entrada. Ela abre um pouco mais as pernas para mim e considero isso como um convite. Deslizo um dedo dentro dela.

Porra, ela é apertada.

E está molhada.

Molhada pra caralho.

Aproximando-me mais um pouco, fico tentado a pressionar meus lábios em sua pele aquecida, mas me contenho. Meu objetivo é provar um ponto. Estou fazendo isso apenas para mostrar a ela exatamente o que posso fazer com seu corpo usando somente a minha mão.

Retiro meu dedo de dentro dela e acaricio seu clitóris com o polegar. Ela puxa ar por entre os dentes conforme aplico mais pressão e faço pequenos movimentos circulares.

— Isso — ela sussurra, seus quadris implorando por mais. Mas mantenho meu toque leve, permitindo que a pressão delicada que estou fazendo a deixe louca.

Círculos lentos.

De novo e de novo.

Preparando-a.

Provocando-a.

Enlouquecendo-a.

Seus dentes se arrastam pelo lábio inferior. Seu peito sobe e desce, seu robe mal cobre seus peitos agora. Qualquer movimento um pouco mais brusco me permitirá vê-la por inteiro. E seu aperto em volta da minha mão é tão forte que talvez me deixe com hematomas amanhã.

Mas valerá a pena.

Porque vê-la assim — subjugando-se a mim, deixando-me tocá-la, levá-la ao ápice — vale muito a pena.

— Mais — ela sussurra. — Me dê mais.

Exatamente o que eu queria ouvir. Solto sua mão, e antes que ela possa protestar, giro-a para que fique de frente para a parede, com as duas mãos apoiadas nela e a bochecha pousada levemente contra a superfície branca. Por trás, cubro sua boceta com a mão e puxo sua bunda para minha virilha, para que ela possa sentir o quanto estou duro.

— Você me odeia agora? — pergunto a ela, brincando com seu ponto sensível, fazendo seu corpo inteiro tremer contra mim.

— Mais do que nunca.

— Porque sei como te dar prazer? — continuo, com os lábios em sua orelha.

— Sim. — Desta vez, deslizo dois dedos dentro dela. Ela emite um gemido baixo.

— Você queria que eu não estivesse te fodendo com meus dedos agora?

Começo a retirá-los, mas ela protesta.

— Não, eu queria.

— Você queria o quê? — indago, meu pau tão duro que está pressionando dolorosamente contra o zíper da minha calça.

— Me fode. Eu quero que você me foda.

Subo a outra mão por sua nuca e inclino sua cabeça para trás para falar diretamente em seu ouvido.

— Então, você me odeia, mas quer que eu te foda. — Meu polegar pressiona seu clitóris e ela solta uma arfada estrangulada. — O quão perto você está?

— Perto — ela sussurra, seu corpo tremendo sob minha posse. — Tão perto.

— Ótimo — digo e, em seguida, removo minha mão de sua boceta.

— O-o que você está fazendo? — Seu tom confuso me dá grande satisfação.

— Por que eu deveria te dar um orgasmo, Lottie? Por que eu deveria te fazer gozar?

— Porque você seria um cretino se não o fizesse. — Ela espalma as mãos na parede conforme sua cabeça se curva para frente. Cada músculo, cada fibra de seu ser está tenso.

Passo o dedo por seu clitóris de novo, observando cautelosamente sua tensão crescer, suas costas arqueando. Eu quero provocá-la até o fim, levá-la até o ponto em que ela esteja à beira do abismo.

— Você já acha que sou um cretino, então o que importa? Você pensa o pior de mim, Lottie. Se eu te deixar gozar, você ainda pensará o pior de mim.

— Mas, pelo menos, eu saberei que você pode dominar o meu corpo. E não é isso que você quer? Controle?

Ela sabe como falar comigo, sabe o que gosto de ouvir, e isso é assustador. Porque, sim, eu quero controle. Quero que ela fique acesa só por me olhar. Quero que ela me deseje insanamente quando me aproximo. E sei que não deveria, sei que isso é estritamente profissional, mas ela desencadeou algo dentro de mim esta noite. E, agora, me sinto... desesperado.

— Me diga. — Belisco seu clitóris, arrancando um gemido alto dela. — Quando eu chego no ambiente, o seu corpo se aquece?

Ela não responde imediatamente, mas leva um segundo para recuperar o fôlego.

— Não — ela finalmente fala.

Pressionando meu corpo contra o dela, questiono:

— Por que não, porra?

— Porque... — Ela arfa conforme esfrego seu clitóris entre os dedos. — Caralho — ela murmura, ofegante. — Porque eu não sei... não sei o quão forte você pode me fazer gozar.

— Isso é um desafio? — pergunto a ela, soltando seu clitóris e fazendo com que ela quase desabe em meu peito. Seu corpo inteiro estremece, e sei que ela está exatamente onde a quero. Está exatamente onde preciso que esteja.

— É um pedido — ela diz, sua voz tão cheia de vulnerabilidade que minha ideia de levá-la à beira do orgasmo e deixá-la lá para que termine sozinha desaparece da minha mente. Embora eu adoraria vê-la implorar, suplicar e, então, sair com raiva, sabendo que ela vai usar um de seus vibradores para se fazer gozar, eu quero que ela saiba que está certa, que eu domino, sim, seu corpo.

Levo novamente minha mão para sua boceta, mas somente a pouso ali, certificando-me de mantê-la parada independente da maneira como Lottie treme sob mim.

— Ouça-me, Lottie. — Quando ela não reage ao meu pedido, agarro-a com mais força. — Está me ouvindo?

— Sim — ela responde, sem fôlego.

— Eu não ia deixar você gozar. Ia te provocar até você choramingar, implorar por mais, mas a sua falta de confiança ou até mesmo consideração por mim é desconcertante. — Pressiono os lábios em sua orelha e começo a esfregar seu clitóris. — Eu sou um bom homem. Você pode não enxergar isso agora, mas irá.

— Isso não vai mudar nada.

— Isso é uma mentira deslavada — rebato, conforme suas pernas se apertam em volta da minha mão e seu corpo enrijece ainda mais. — Isso mudará tudo. Talvez você ainda vá me odiar, talvez continuará sem querer olhar para mim, mas sabe muito bem que vai me desejar pra caralho.

Aplico mais pressão e movimento a mão cada vez mais rápido até que ela se contrai ao redor da minha mão e geme contra a parede, enquanto rebola o quadril e esfrega a pélvis em meus dedos.

Ela goza.

E goza com força. Minha mão está ensopada com sua excitação, e ela continua a rebolar contra mim, seus gemidos sendo abafados pela parede. Ela libera seu orgasmo e cada espasmo até não restar mais nada dentro dela para oferecer.

Retiro minha mão e a viro novamente, prendendo suas costas contra a parede. Ergo seu queixo para que seus olhos encontrem os meus, e é aí que arrasto o dedo que estava em sua boceta em minha língua. Seus olhos ficam pesados enquanto me observa provar cada centímetro dos meus dedos.

— Você é deliciosa pra caralho. — Pego a faixa de seu robe e amarro as pontas, fechando a visão de seu corpo maravilhoso. — Se Karla não marcar outra reunião com a sua irmã, me avise. Vou me certificar de que a apresentação dela seja ouvida. — Pouso a palma em sua bochecha, analisando aqueles olhos hipnotizantes. — Tenha uma boa noite, Lottie.

Ainda faminto — pelo sabor incrível pra caralho que ela tem —, solto-a e volto para a sala de jantar. Posso sentir seu cheiro em meus dedos. Na minha mão. Posso sentir seu sabor em minha língua. Como se ela ainda estivesse a milímetros de distância dos meus lábios. E eu quero saboreá-la mais. Quero fodê-la contra aquela parede.

Ela. Não. É. Para. Você.

Minha mente acelera, imaginando no que ela pode estar pensando. *Ela me quer?* Ela ainda me odeia?

Eu ainda quero que ela me odeie?

CAPÍTULO DOZE

LOTTIE

Respirando fundo, bato à porta de Kelsey.

Estou com café e donuts enquanto espero do lado de fora, nervosa.

Não mandei mensagem para ela ontem à noite, nem ao menos me dei ao trabalho de contatá-la, porque sei como a minha irmã é. Quando fica zangada, ela precisa de tempo e espaço. Espero que ela tenha precisado de somente uma noite para isso, porque, Jesus Cristo, eu preciso de alguém para conversar.

Preciso demais de alguém para conversar.

Depois do que aconteceu no corredor com Huxley, preciso desabafar, e Kelsey é a única pessoa que sabe o que realmente está acontecendo na minha vida.

Ontem à noite, eu estava me sentindo... derrotada. Sentia como se tivesse decepcionado toda a minha família, e a última coisa que eu queria fazer era jantar com Huxley. Eu sabia que se não aparecesse, ele encheria o meu saco, então fiz o mínimo possível. E então, deixei a mesa. Não achei que ele fosse vir atrás de mim, certamente não achei que ele tentaria tirar o meu robe, e muito menos que me faria gozar em seus dedos. Não tenho certeza se havia usado o robe para provocá-lo, sendo sincera.

Mordisco meu lábio inferior, ainda pensando na sensação de sua voz forte e dominante em meu ouvido, em como sua mão parecia tão grande no meu corpo, no quão desesperadamente eu queria que seus lábios subissem pelo meu pescoço e percorressem minha mandíbula.

Eu realmente odeio aquele homem, não há dúvidas sobre isso, mas, ai, meu Deus, como ele é sexy. Ele sabe exatamente como usar sua voz, seu corpo, de uma maneira que é capaz de fazer qualquer pessoa cair aos seus pés — incluindo a mim.

E aquele orgasmo... Jesus. Foi somente com seus dedos, e ainda assim, senti como se ele tivesse me atacado de uma maneira que nem sei explicar. Senti como se eu estivesse sob um feitiço e a única forma de quebrá-lo fosse com um orgasmo. E aquele orgasmo entregou tudo. Foi tão bom, tão satisfatório que eu ainda estava excitada quando voltei para o quarto e tive que me aliviar com Thor mais uma vez, junto com a lembrança da voz dominadora de Huxley em minha cabeça.

Mas o que realmente está abalando as minhas estruturas não é somente o que ele disse depois, mas a maneira como disse. Gentilmente, segurando meu queixo para que eu olhasse em seus olhos, ele se certificou de que eu entendesse que ele cuidaria do caso da minha irmã. Que se certificaria de que ela seria ouvida.

Quando ele saiu, fiquei ali, perplexa.

Não houve tom ríspido, não houve provocação sarcástica; foi como se eu voltasse ao dia do Chipotle, conversando com o homem que conheci. Foi confuso. É por isso que preciso que Kelsey me perdoe e abra a porta.

Impaciente, fico mudando o peso do corpo de um pé para o outro até ouvir a porta destrancar, e prendo a respiração. Kelsey aparece do outro lado, mas, em vez de estar usando um traje de empresária, como de costume, está vestindo um short de algodão e uma blusa de alças.

Ai, meu Deus, o que aconteceu?

Engulo em seco, sorrio e ergo o café e os donuts.

— Eu sinto muito.

Ela olha para os itens nas minhas mãos e, então, abre mais a porta para me deixar entrar.

Passo 1 completo: estou dentro do apartamento. Vou até a cozinha, pego um prato e coloco tudo sobre sua pequena mesa de jantar. Ela senta-se de frente para mim, puxando uma das pernas para o peito, e fica me observando tirar cada donut da embalagem, colocá-los no prato, pousar a embalagem no chão e, então, entregar-lhe seu café do jeito que sei que ela adora — com leite cremoso e um toque de caramelo. Ela toma um gole e eu ergo o prato, que contém um donut *bear claw* gigantesco, um de maçã e canela frito, um donut éclair com cobertura de xarope de bordo e, é claro, o clássico donut com recheio de creme e cobertura de chocolate. Como previ, ela pega o de maçã e eu pego o de creme.

— Eu sinto muito mesmo, Kels. Ontem, não me comportei da melhor maneira, mas prometo que não vai acontecer de novo. Passei o dia todo trabalhando no site, e tenho algumas coisas para te mostrar, algumas coisas que acho que você vai...

— Karla ligou.

Faço uma pausa. Por que esse nome me é familiar? Karla... Karla...

— A assistente de Huxley — ela completa.

— Ah... AH! Ela ligou? Huxley disse que ela faria isso. Ela marcou outra reunião?

Kelsey assente.

— Marcou. Nesta sexta-feira, às três. Temos mais tempo para nos preparar, o que é legal. Podemos montar uma apresentação incrível agora, ajustar todos os pequenos detalhes.

— Isso é o máximo — eu digo, sentindo-me animada. Mas estou sentindo que Kelsey não está tão animada quanto eu. — O que há de errado? Isso é ótimo, não é?

— É maravilhoso.

— Então por que o seu tom de voz não está combinando com a sua animação?

Ela pousa o café sobre a mesa e pergunta:

— Você sabe por que o Huxley deixou aquela reunião?

Nego com a cabeça.

— Ele não me disse por que, só que era importante. Ai, Deus, não era importante? — Inclino-me para frente. — Era de se imaginar que ele mentiria sobre uma coisa assim.

— Ele não estava mentindo — Kelsey diz. — Era mesmo importante.

Uma das propriedades deles em Nova York teve um incêndio causado por curto-circuito. Dois homens tiveram queimaduras de terceiro grau, outros inalaram fumaça.

— Minha nossa. Sério? — pergunto, sentindo-me encolher para uma versão minúscula de mim mesma. Ele não estava mentindo. Precisaram dele para algo crítico. Essencial.

— Sim. Karla pediu desculpas por demorar tanto para me ligar e remarcar, porque ela e Huxley passaram o resto do dia ao telefone resolvendo coisas não somente para as vítimas, mas também para as famílias delas. — Kelsey inclina-se para frente e fala: — Aparentemente, ele mesmo ligou para cada um deles. Depois, mandou para o hospital e para as famílias suas comidas favoritas.

Pisco algumas vezes, tentando compreender o que Kelsey está me dizendo.

— Ele... ele fez isso?

Ela assente.

— Sim, ele fez. — Ela pega seu donut. — Você sabe por que estou te contando isso?

— Para me fazer sentir uma cretina?

Ela balança a cabeça.

— Não. Estou te contando isso para que você possa ser mais leve perto dele. Ele é um cara do bem. Vocês podem ter batido de frente até agora, mas, em algum momento, você precisa deixar isso de lado. Ele está te ajudando, nos ajudando, e isso é algo pelo qual você precisa ser grata. O que aconteceu ontem nunca deveria ter acontecido. Você sabe que eu te amo, mas aquilo não foi nada profissional. Você não teria feito algo daquele tipo se ainda estivesse trabalhando para Angela.

Encaro meu donut intocado e passo o dedo na cobertura.

— Você tem razão. Eu nunca teria agido daquele jeito na frente de Angela ou de potenciais clientes.

Eu tive muito tempo durante a noite para pensar sobre as minhas reações... *Bem, antes do orgasmo, é claro.* E quando reconheci *objetivamente* o quanto meu comportamento foi insanamente ridículo e nada profissional, fiquei mais do que mortificada. Meu desejo era colocar meus estudos em ação, ajudar Kelsey a crescer seu negócio e levá-lo para o próximo nível. Tudo que pude atribuir ao meu comportamento foi choque. Raiva em momento errado. *Imaturidade.*

— Acho que criei uma situação na minha cabeça, e ao invés de respirar fundo e lidar com tudo que está sendo jogado no meu caminho com um passo de cada vez, estou reagindo sem pensar. — Suspiro e recosto-me na cadeira. — Odeio ficar dando desculpas, mas depois de ser demitida... acho que isso está ferrando a minha cabeça. Ao invés de me dar tempo para lamentar, estou descontando a raiva em todos à minha volta, incluindo Huxley.

Kelsey assente.

— Isso faz sentido. Você tem estado bem... nervosa ultimamente.

Sorrio.

— Sempre estou nervosa. Que tal mal-humorada?

— Ok, pode ser.

Estendo a mão sobre a mesa e seguro a sua.

— Eu realmente sinto muito, Kels. Prometo que, daqui em diante, agirei com todo o profissionalismo do mundo. Ok?

— Ok. — Ela dá uma mordida em seu donut. — Agora, me mostre o que fez com o site.

— Depois que eu destruir esse donut. Não jantei ontem à noite e estou faminta.

— Espere, então nós podemos vender produtos sustentáveis direto no nosso site? — Kelsey pergunta enquanto nós duas estamos curvadas diante de seu computador, encarando a tela.

— Sim. Eu só preciso instalar um aplicativo e poderemos converter todas as vendas através do site. Mas veja, não teremos um lucro tão grande, mas será uma boa renda complementar, dando aos clientes a chance de olhar os produtos com os quais trabalhamos. E podemos organizar pela forma como você usaria cada um, tipo: produtos de banheiro, despensa, etc.

— Isso é excelente. — Kelsey endireita as costas. — Nós compraríamos os produtos no atacado?

Balanço a cabeça.

— Não. Eu mandei um e-mail para o seu fornecedor ontem perguntando se poderíamos firmar um contrato no qual concordaremos não só em usar somente os produtos dele para todos os projetos que fizermos, mas também que ele seja nosso fornecedor oficial. Expliquei que temos projetos enormes em andamento e queria me certificar de que temos uma base sólida de produtos para entregar.

— Sério?

Assinto.

— E sei que é uma porcentagem pequena, mas eu disse que, se conseguirmos fechar esse cliente importante com quem estamos conversando, gostaríamos de começar a falar sobre criarmos a nossa própria linha de produtos.

— Para! — Kelsey diz, segurando minha mão. — Nossa própria linha de produtos?

Sorrio de orelha a orelha.

— Aham. Lembre-se de que é um sonho distante, mas eu queria que eles soubessem que pretendemos ir muito longe com o nosso negócio e que eles são a nossa primeira opção quando se trata de parceria.

Kelsey se abana.

— Estou suando. Estou suando de verdade. — Ela olha para mim. — Lottie, isso é sensacional. Puta merda, de onde veio tudo isso?

— Bem, se sentir um fracasso é um bom impulso para agir, e foi o que fiz. Eu agi.

— Uau, Lottie. Estou muito impressionada. — Sussurrando, ela pergunta: — Eles já responderam?

Dou risada.

— Ainda não, mas enviei o e-mail ontem tarde da noite, e ainda são dez da manhã.

— Verdade. — Ela suspira. — Nossa, nossa, nossa. Estou realmente impressionada. Impressionada e grata. Obrigada por trabalhar tanto nisso.

— Estou tão investida no seu negócio quanto você. Eu te vi transformando-o no que ele é hoje, mas sei que ainda há muito mais potencial, e quando eu me esforço, sei que posso ajudá-lo a progredir.

Com uma risada, ela pergunta:

— Como ficaram as coisas depois que você voltou para a casa dele?

Fecho o laptop e recosto-me na cadeira.

— Não sei se você está preparada para esta história.

Ela cruza as pernas e esfrega as mãos uma na outra.

— Ah, eu acho que nunca estive tão pronta.

E é isso que eu amo em Kelsey. Podemos ter uma briga, resolvê-la e, simples assim, voltamos ao normal. Não persistimos em nossas discussões; não alongamos os desentendimentos. Nós pedimos desculpas e seguimos em frente. Essa é outra razão pela qual eu acho que, a longo prazo, seremos ótimas sócias, porque teremos a habilidade de interpretar bem uma à outra. *Mas isso não significa que não estou incrivelmente grata pela segunda chance.*

— Então, quando cheguei em casa, eu estava obviamente de péssimo humor. Fui direto ao trabalho e mergulhei nele. Quando dei por mim, estava ficando tarde e eu precisava de um momento para relaxar, então preparei um banho de banheira.

— Oh, tenho certeza de que ele tem uma banheira incrível.

— Muito incrível. Com jatos e tudo. E bombas de sais de banho. Coloquei uma de lavanda na água para me acalmar. Foi muito gostoso.

— Mas...

Abro um sorriso sugestivo.

— Mas ele me mandou uma mensagem avisando que o jantar estava pronto justo quando eu estava começando a liberar minha tensão.

— E, me deixe adivinhar, ele espera que você sempre compareça ao jantar.

— O show tem que continuar. Como eu estava com preguiça, me sequei rapidamente e vesti apenas um robe, me certificando de fechá-lo bem apertado na cintura.

Ela ergue as sobrancelhas com suspeita.

— Só um robe, nada por baixo?

Balanço a cabeça.

— Garota, você estava querendo encrenca?

— Eu só estava tentando não ter que ficar perto dele depois de tudo que aconteceu. Não pensei muito no que estava vestindo e, acredite em mim, eu estava bem mais coberta do que no dia anterior. O robe foi um progresso.

— Ok, então você apareceu no jantar de robe. Ele percebeu que não tinha nada por baixo?

— Foi como se ele tivesse visão de raio-X. Eu juro, parece que ele vê tudo. Enfim, nós começamos a discutir novamente, porque parece que é o que sempre fazemos.

— Naturalmente, vocês dois gostam de estar certos, vocês dois gostam de estar no controle. Faíscas voam quando personalidades assim colidem.

— Cara, e como colidiram. — Penso sobre a noite anterior e parece um buraco vazio em minha cabeça. — Nem sei mais te dizer sobre o que estávamos brigando. Eu sei que eu estava quieta e ele não pareceu gostar disso, então ele me provocou. Eu disse que não confiava nele, acho. — Toco meu queixo com o indicador e então balanço a cabeça. — Tudo que sei é que eu não aguentava mais estar sentada à mesa com ele, então me levantei e voltei para o meu quarto.

— Hum, aposto que ele não gostou disso.

— Ele não gostou, e me deixou bem ciente disso.

— Ele te mandou uma mensagem ofensiva?

Nego com a cabeça.

— Pior. Ele veio atrás de mim.

Kelsey endireita mais as costas.

— Oh, me conte mais.

Envolvendo-me na arte de contar histórias, digo:

— Eu estava a centímetros de alcançar o meu quarto quando ele agarrou a minha mão por trás. E quando dei por mim, eu estava presa contra a parede.

Kelsey arfa, colocando uma mão no peito.

— Tipo... de um jeito sexual?

Assinto lentamente.

— Lottie, o que diabos você fez?

— Eu não fiz absolutamente nada. Era ele que estava fazendo todas as coisas.

Kelsey mordisca seu polegar.

— Que tipo de coisas?

— Ele abriu o laço do meu robe.

— Mentira! — Seus olhos se arregalam e ela sussurra: — Ele fez mesmo isso?

— Fez. Mas não abriu, só ficou desfeito... desfeito o suficiente para que ele, hã, você sabe... descesse mais a mão.

Kelsey dá um tapa na mesa.

— Para, ele não fez isso! Ele... ele... enfiou os dedos em você?

Assinto.

— Aham. Sim.

Colocando as mãos nas laterais da cabeça, Kelsey faz um gesto indicando que seu cérebro acabou de explodir.

— Vocês foram de brigas e provocações para ele te tocando no corredor. Como é isso, afinal?

— Eu não sei, e juro, não consegui impedir. Eu não quis impedir. Queria que ele continuasse fazendo o que estava fazendo, e que durasse a noite toda. — Cubro minha testa com a mão. — Meu Deus, Kelsey, eu sou uma vadia?

Ela ri.

— Não. Você não é uma vadia, mas está me deixando confusa, com certeza. Eu nunca imaginaria que você estava interessada em fazer algo assim com ele. Não com o jeito como vocês dois parecem se odiar.

— Ele disse que eu o odeio, mas que não me odeia. Mas acho que, mesmo que eu pense que ele é um babaca, ainda quero sentir seus dedos dentro de mim. — Dou de ombros. — Tenho quase certeza de que isso significa que minha cabeça é ferrada.

— Sempre há uma linha tênue entre o amor e o ódio.

— Ah, não, não comece com isso. Não há amor envolvido. Luxúria... sim. Aquele homem é um sonho, isso eu não vou negar. O jeito como ele fala, com a boca tão suja, seu aperto firme, a postura dominante de seu corpo e como ele o usa a seu favor... é, tudo relacionado a ele grita "sexo sensacional do tipo que te faz largar tudo e gritar alto".

— Só de olhar para ele uma vez, eu acredito nisso. E para os irmãos dele.

— Isso faz a gente se perguntar como são os pais deles.

— Hum, imagine um homem mais velho que se parece com eles. Um homem na casa dos sessenta anos, cabelos grisalhos, que te bate na bunda quando você se comporta mal.

Arqueio uma sobrancelha.

— Como é? Isso é algum tipo de fantasia sobre a qual você nunca me contou?

— Caras mais velhos podem ser sexy também.

— Sessenta anos... um cara assim tem idade para ser nosso pai.

— Eu nunca julgo. Amor é amor. Luxúria é luxúria. Contanto que haja consenso, deixe as pessoas viverem.

— Ok. — Dou risada. — É justo.

— Então... ele te fez chegar lá?

Mordo o lábio inferior e assinto.

— Sim, e foi explosivo. Kelsey, eu nunca tive um orgasmo assim antes. Eu fiquei tremendo depois, e sei que talvez você não queira saber de tantos detalhes íntimos, mas, quando voltei para o meu quarto, tive que me masturbar porque estava tão excitada depois de tê-lo tão perto, me tocando, falando comigo. Foi intenso demais.

— Imagino. Não me lembro da última vez em que ao menos beijei um homem, muito menos de quando alguém fez isso comigo.

Sentindo-me um pouco sem jeito, digo:

— Ele chupou os dedos depois.

— Ai, para! — Kelsey grita e aperta o peito. — Puta merda.

— Pois é. — Cubro os olhos. — Foi a coisa mais sensual que já vi. E então, ele segurou meu queixo, me forçou a olhá-lo nos olhos e me prometeu que você teria a chance de apresentar o seu negócio. Naquele momento, quando ele estava falando comigo, foi como se ele fosse o mesmo cara com que fui ao Chipotle. Ele não foi um babaca, não estava me provocando, estava apenas sendo normal, sincero. — *Amável*. Olho nos olhos de Kelsey. — Isso me confundiu.

— Te confundiu como? Você acha que está sentindo algo diferente por ele?

Desvio o olhar.

— Bom... talvez. Mas diferente no sentido de que não o odeio mais tanto assim. Ainda acho que ele é um babaca, e acho que basta que ele diga uma coisa errada e eu vou me irritar de novo, mas aquele gesto... deixou as coisas menos tensas, se faz sentido.

— Faz, sim. — Meu celular apita e o pego da mesa enquanto Kelsey continua: — Viu? Talvez haja uma chance para vocês dois. Talvez agora possam ter um relacionamento profissional apropriado.

— Talvez — respondo ao ver uma mensagem de Huxley. — Por falar no diabo, ele acabou de me mandar mensagem.

Eu a abro e leio.

> **Huxley:** *Você está na casa da sua irmã?*

— Ele quer saber se estou aqui com você.

> **Lottie:** *Sim.*

Ele é rápido no gatilho, e os pontinhos aparecem logo antes de sua mensagem chegar.

> **Huxley:** *Estou indo te buscar. O que está vestindo?*
>
> **Lottie:** *Calça legging e uma blusa cropped que faziam parte do meu vestuário aprovado. Preciso pegar algo emprestado com a Kelsey?*
>
> **Huxley:** *Não. Te vejo em quinze minutos.*

— O que está acontecendo? — minha irmã pergunta.

— Não faço ideia. Ele disse que nos veremos em quinze minutos. Deve ser algo com Dave e Ellie. Acho que, se ele vai jogar essas coisas em mim, preciso de mais contexto para poder me preparar.

— Concordo. Pergunte a ele o que está rolando.

Envio mais uma mensagem.

> **Lottie:** *Posso ter uma ideia sobre que vamos fazer?*
>
> **Huxley:** *Aula de Lamaze. Espero que você seja boa em respirações.*

— Ah, merda.

— O que foi? — Kelsey pergunta.

Ergo o olhar para ela.

— Aula de Lamaze.

Ela solta uma risada pelo nariz e o cobre em seguida.

— Ah, como eu queria ser uma mosquinha agora.

Entro no carro de Huxley e viro-me para ele ao colocar o cinto de segurança.

— Mas o que nós...

— Oi, querida — Huxley diz, inclinando-se para me dar um beijo na bochecha. — Como está a sua irmã?

Ah, é... tem uma pessoa dirigindo o carro para nós. Aja como a noiva. Quando estiver na dúvida, de agora em diante, sempre aja como a noiva.

— Ela está bem — respondo com uma voz animada. — Está empolgada pela sexta-feira. — Querendo saber mais informações sobre o que raios vamos fazer, falo: — Essa é uma surpresa inesperada.

— Eu sei o quanto você gosta de surpresas — Huxley diz e, então, vira sua atenção para o celular.

Ok, então acho que é só isso.

Estou prestes a dizer mais alguma coisa, somente para manter a conversa fluindo para que não pareçamos um casal patético, quando meu celular vibra em minha mão, anunciando uma mensagem. Olho para baixo e vejo o nome de Huxley na tela.

Hum, comunicações secretas.

> **Huxley:** *Essa será a nossa primeira aula do curso para gestante. Você vai apenas experimentar, e depois iremos tomar sorvete com Ellie e Dave.*

Fico feliz por ele estar me passando informações. Quanto mais eu puder me preparar, melhor.

> **Lottie:** *Posso saber como você nos enfiou em um curso para gestante?*

> **Huxley:** *Encontrei Dave na cafeteria hoje de manhã. Ele me disse que ele e Ellie iam a uma aula. Perguntei que aula era essa, e disse que nós estávamos pensando em fazê-la. Ele nos convidou para nos juntarmos a eles e tomar um sorvete depois.*
>
> **Lottie:** *E que aula é essa?*
>
> **Huxley:** *Porra, não faço ideia.*

Dou risada e mando mais uma mensagem.

> **Lottie:** *Como você sabe que presta?*
>
> **Huxley:** *Eu não sei. Mas sei que, já que não fazemos a menor ideia do que estamos fazendo, vai ser boa o suficiente.*
>
> **Lottie:** *Não está um pouco cedo para que eu faça um curso para gestante?*
>
> **Huxley:** *Sei lá. Se alguém perguntar, apenas diga que adoramos educação.*
>
> **Lottie:** *Que eloquente.*
>
> **Huxley:** *Me faça uma pergunta, estamos quietos demais nesse carro.*
>
> **Lottie:** *Hã... o que você comeu no café da manhã?*
>
> **Huxley:** *Jesus Cristo. Em voz alta, Lottie. Me faça uma pergunta em voz alta.*

— Ah — digo baixinho e dou uma risada. Olhando para Huxley, pergunto: — Como está a sua assadura?

Ele estreita os olhos e preciso conter a explosão de gargalhadas que ameaça escapar por meus lábios.

— A assadura está bem — ele responde entre dentes. — Mas agora que você tocou no assunto, a sua candidíase está melhorando?

Ohhh, ele joga sujo.

— Está indo bem. O médico me disse para não fazer sexo por uma semana, mas não se preocupe, não vou quebrar a minha promessa. Sei o quanto você quer experimentar os meus vibradores. — Um sorriso sacana se espalha em meus lábios. Estou achando isso divertido demais. Toco sua bochecha com minha palma. — Posso enfiar em você hoje à noite, quando chegarmos em casa. Você pode acender aquela vela para os momentos de fazer amor que você tanto gosta.

Suas narinas inflam, e eu cubro a boca, contendo minhas gargalhadas.

— Como está a sua assadura?

— Parece uma boa ideia. Eu sei que me ver gozar te dá tesão, mas se você puder não soar como uma animal de curral enquanto gozo, seria ótimo. Esse seu hábito de mugir é muito estranho.

— Foi só uma vez — digo, na defensiva. — E foi porque assisti àquele documentário sobre reprodução de animais.

— Uma vez já basta — ele responde, voltando sua atenção para o celular. Seus dedos voam pela tela.

Meu celular vibra.

> **Huxley:** *Você sabe que agora terei que encontrar outro motorista, não é?*

Deixo escapar uma pequena risada. Esse é o Huxley do Chipotle, da calçada. Esse é o lado dele que aprecio. O lado que eu queria que ele mostrasse com mais frequência, porque, se o fizesse, tenho certeza de que poderíamos ser amigos.

> **Lottie:** *Tenho certeza de que essa conversa zerou meu ano. Aliás, posso ir à farmácia amanhã se você estiver precisando de mais creme para a sua assadura.*
>
> **Huxley:** *Se é assim que você quer brincar, manda ver, Lottie. E lembre-se, eu sou implacável.*
>
> **Lottie:** *Acho que você encontrou alguém à altura, Huxley Cane.*

CAPÍTULO TREZE

HUXLEY

— Huxley, Lottie, aqui! — Ellie acena com a mão enquanto se balança sobre uma bola de exercícios.

Aperto a mão de Lottie e a conduzo até a alegre mulher grávida.

Fiquei com medo de estar invadindo o dia de Lottie com esse pedido, eu não sabia o que ela estava fazendo, mas ela não pareceu se importar. Na verdade, ela parece estar de bom humor hoje, o que está me deixando confuso. Ainda dá para ver que ela tem um pouco de tensão, mas parece que essa tensão foi aliviada — levemente.

Lottie vira-se discretamente para mim, aproximando-se do meu ombro, e sussurra:

— Ela parece ter acabado de fugir do hospício.

Dou risada e analiso Ellie. De calça legging e um top de ginástica, ela quica alto demais na bola, e seus cabelos balançam de um lado para o outro, enquanto um sorriso gigantesco e imperturbável está aberto em seu rosto. Lottie não está errada.

No mesmo instante, Dave aproxima-se por trás de Ellie e a faz parar, colocando as mãos nos ombros dela. Ele me avista e acena.

— Que bom que vocês puderam vir.

Nós nos aproximamos deles, e Ellie imediatamente puxa Lottie para um abraço, enquanto Dave me dá um aperto de mão firme.

— Vocês vão adorar Heaven — Ellie promete. — Ela é a melhor no ramo.

— Heaven? — Lottie pergunta, confusa.

Pouso minha mão na parte baixa das costas de Lottie e falo:

— A instrutora da aula. Lembra que eu estava te contando sobre ela no carro?

Eu não contei nada a ela. Sua mensagem — *Acho que você encontrou alguém à altura* — me inspirou. Ao invés de discutir a nossa saída do dia, expliquei nos mínimos detalhes que, se ela comparecesse à pedicure que marquei, seus pés cascudos não arranhariam nosso lindo piso de madeira. E o olhar assassino de Lottie quando eu disse que tivemos que chamar um empreiteiro para dar uma olhada em um local no piso onde ela havia feito um rasgão foi impagável.

— Oh, sim, desculpe. — Ela dá tapinhas na cabeça. — Cérebro de grávida. — Virando-se para Ellie, ela pergunta: — Você tem certeza de que não está cedo demais para nós fazermos algo assim?

Ellie acalma as preocupações de Lottie.

— Eu acho que, quanto mais aprendermos e praticarmos, melhor.

— Foi o que eu disse a ela no carro — eu falo.

— Nós adoramos educação, não é, Hux? — Lottie acrescenta.

Olho para ela.

— Sim. Nós realmente adoramos educação.

— Então, vocês estão no lugar certo — Dave diz. — Peguem um tapete de yoga, uma bola e um daqueles travesseiros. A aula deve começar logo.

— Ótimo.

Viro-me para ir até a parede quando Lottie segura minha mão, lembrando-me de ser carinhoso nesse momento. Juntos, seguimos até a parede onde estão todos os "materiais". Como estamos longe para que alguém nos ouça, ela sussurra:

— O que diabos nós vamos fazer com uma bola de exercícios, um tapete de yoga e travesseiros? Eu não sou muito flexível, Huxley. Sou bem rígida, e quando eu me agacho, meus joelhos estalam. Posso ter 28 anos, mas meu corpo age como se eu fosse uma mulher de 65 anos com artrite.

— Acho que não precisa ser flexível para esta aula.

— Você já veio a uma dessas antes?

Lanço um olhar para ela.

— Você acha que já estive em uma aula dessas antes?

Ela dá de ombros.

— Não sei o que você faz no seu tempo livre.

— Não é isso aqui — quase sibilo. Realmente preciso começar a pensar antes de reagir em certas situações, o que significa parar de dizer sim a tudo que Dave me convida. — Não acho que precisaremos ser profissionais. É a nossa primeira vez.

— E se tivermos que imitar posições sexuais? — Ela olha rapidamente para trás.

— Por que teríamos que fazer isso, porra?

— Sei lá — ela sussurra. — Estamos em LA e em um curso para gestante. Eles gostam de coisas com granola por aqui. De coisas atuais, que estão na moda. E se essa aula não for sobre respiração, mas mais sobre a jornada, o processo? Sabe, nós publicamos uma história no Angeloop sobre cursos para gestante peculiares, nos quais você tinha que compartilhar toda a sua jornada com o restante da turma. E se for um desses?

— Nós mal temos uma jornada. Você está, o quê, com seis semanas de gestação?

Ela arregala os olhos.

— Não sei. Estou? Eu não me lembro do que disse.

— Jesus Cristo. — Arrasto a mão pelo rosto.

— Está tudo bem aí? — Dave pergunta. — Precisam de ajuda?

— Estamos bem — falo com um sorriso, acenando para ele. Viro-me novamente para Lottie e digo: — Acho que você disse que estava grávida de oito semanas.

— Tem certeza?

— Não. Mas me parece familiar.

— Você é o cérebro desta operação, deveria catalogar essas coisas

— ela sibila para mim. — Que tipo de mãe vou parecer se não conseguir ao menos lembrar quantas semanas tem este pequeno amendoim aqui na minha barriga?

— Então você deveria ter guardado o que disse.

Ela estreita os olhos.

— Me desculpe por estar sendo colocada contra a parede e não me lembrar. Se quer saber, eu geralmente tenho apagões em situações de estresse, então... boa sorte com isso.

— Ótimo — murmuro e pego um travesseiro. A camaradagem fácil do carro está evaporando rapidamente entre nós. — Talvez seja melhor evitar a pergunta, caso venha à tona.

— Você sabe que a professora vai perguntar, todo mundo pergunta. Até mesmo quando não deveriam, as pessoas perguntam. É de praxe quando encontram uma pessoa grávida. "Oh, olá, Judy, você está grávida, olhe só isso. Está com quantas semanas?". "Obrigada, Carolyn, pois é, essa bananinha aqui na minha barriga está com trinta e duas semanas".

— Trinta e duas semanas é do tamanho de uma banana?

— Eu não faço a menor ideia, Huxley, eu só estava tagarelando.

— Bem, pelo amor de Deus, não tagarele.

Com um sorriso, porque Ellie está começando a vir em nossa direção, Lottie diz:

— Tagarelice é o que você ganha por ter arranjado uma amadora na rua.

— Vocês dois estão nervosos? — Ellie indaga quando nos alcança. Ela pousa a mão no braço de Lottie de uma maneira reconfortante. — Eu entendo. Também estava nervosa na nossa primeira vez. Pode ser constrangedor ter que fazer todas essas coisas na frente das pessoas, mas prometo que vocês estão em um lugar seguro. E começar quando você está com apenas oito semanas de gravidez te dará mais e mais tempo para se sentir confortável. — Ela pega uma bola do armário de bolas e fala: — Vou levar isto para vocês.

Quando Ellie está longe o suficiente para não nos ouvir, Lottie vira-se para mim e diz:

— Graças à Mulher Perfeita dos dias atuais, agora sabemos que estou com oito semanas de gravidez. — Ela respira fundo. — E que tipo de *coisas* teremos que fazer na frente das pessoas?

— Não sei — respondo, olhando para as pessoas em volta. — Não deve ser tão ruim assim, não é?

— Inspirem profundamente e... expirem profundamente. Isso, e quando estiverem prontos, comecem a estocar em sua parceira. — Lottie está sob mim, com as pernas arreganhadas e os olhos perigosamente vermelhos enquanto segura os joelhos e eu pressiono minha virilha coberta pela calça jeans contra sua boceta. — Conectar-se com aquele momento da concepção os deixarão ainda mais próximos da plantinha que está crescendo dentro de vocês. Lembrem-se daquela noite, de como se sentiram. Foi cheio de paixão? Sedutor? O que estava envolvido? Se você estiver atualmente na fase de tentar engravidar, pense em se conectar com seu parceiro. Contato visual. Sempre mantenha contato visual.

Movimentando a boca sem emitir som, Lottie diz:

— Eu quero morrer.

Imito sua forma de falar.

— Estou na mesma situação.

Descobrimos rapidamente que essa aula é para todos, não somente grávidas, mas também para aquelas que estão tentando engravidar. Não é aula de Lamaze exatamente, é sobre aprender a se conectar com o seu corpo e o seu parceiro, por isso a posição sexual em que me encontro no momento.

— Dave, que lindo ritmo, e o seu contato visual com Ellie... posso sentir a paixão entre vocês crescendo, sua pélvis se agitando conforme você se prepara para dar a ela sua semente.

Lottie morde o lábio inferior enquanto tenta manter a compostura.

— Que imagem linda, Dave. Agora, Ellie, por favor, com a sua cabeça jogada para trás de tanta paixão, você tem que estar fazendo algo com as mãos. Está acariciando seus seios? Puxando Dave para si? Quanto mais você evolui esse momento para a realidade, mais abrirá a sua flor e receberá todo o amor que Dave tem para dar.

Lottie sussurra:

— Eu vou vomitar.

Tenso, respondo:

— Cale a porra da boca e finja estar curtindo as minhas estocadas.

— Mas eu não estou. As suas estocadas são tudo, menos prazerosas.

— Não foi o que você disse ontem à noite.

Ela estreita os olhos.

— Você me fodeu com os dedos, não *estocando* com a sua pélvis. É diferente.

Acabo me engasgando ao tentar engolir em seco e começo a tossir, o que, é claro, faz com que a atenção da instrutora se volte para nós. As pulseiras chacoalhando em seus pulsos anunciam sua aproximação, e eu estremeço ao ver seus tamancos entrarem em meu campo de visão. Merda.

— Nosso mais novo casal, Hanley e Lonnie. Hum, vocês parecem desconfortáveis.

Primeiro de tudo, é Huxley e Lottie.

Segundo, não estávamos preparados para uma maldita orgia quando chegamos a essa aula.

Terceiro, sim, estamos desconfortáveis, porque nunca concebemos, nem tentamos, pelo amor de Deus.

Mas, ao invés de dizer isso, sorrio e falo:

— Acho que estávamos bêbados na noite em que concebemos.

— Foi por isso que ele demorou tanto para levantar o negócio — Lottie conta, e quando faço uma carranca, ela abre um sorriso largo para mim.

— Eu não demorei, nunca demoro com ela — me defendo ao apertar as laterais de seu corpo, lembrando-a de quem está ao nosso lado enquanto impulsiono o quadril nela.

— Oh, uma noite bêbada de devassidão. Uma das minhas formas de coito favoritas, porque nada está fora de jogo, não é? Vale até mesmo não usar proteção, e deduzo que foi o que aconteceu?

Me.

Mate.

Agora.

— Aham — Lottie confirma. — Com certeza. Já estávamos fornicando há um bom tempo antes disso, mas só foi preciso uma noite de bebedeira jogando *Catch Phrase* com nossos amigos no quintal e ficamos loucões. Subimos as escadas cambaleando, chegamos ao nosso quarto completamente vestidos e, então, *bam*, virei e lá estava Huxley, completamente nu em toda a sua glória. Bastou uma olhada em sua ereção e eu soube o que queria. Lembro-me de dizer "que se danem as camisinhas" e joguei-as pela janela antes de pular nesse homem. O garoto que limpa a piscina as encontrou boiando no dia seguinte. Disse que nunca pescou camisinhas antes. Ele é um bom rapaz.

Ela está tagarelando. Jesus Cristo, ela está tagarelando.

— Oh, então você pulou nele? — Heaven pergunta.

— Sim.

Não adianta tentar detê-la.

— E foi nessa posição que vocês fizeram?

— Na verdade, não — Lottie diz. — Não fizemos nessa posição. Eu adoro ficar por cima.

Heaven dá risada.

— Bem, então é por isso que estão sem jeito, porque não estão pensando sobre o exato dia da concepção. Se não estiverem recriando-a adequadamente, não conseguirão se comunicar com o bebê. — Ela gesticula para nós. — Por favor, por favor, levantem-se e tentem novamente. Voltem para aquela noite.

— Devo ficar bêbado? — pergunto.

Heaven ri novamente.

— Isso seria hilário, não seria?

Sim, porra, seria.

Deito-me de costas e apoio a cabeça no travesseiro, enquanto Lottie sobe em mim, conectando seu centro ao meu.

— Já posso perceber que assim é mais confortável para vocês dois. — Heaven se ajoelha e se acomoda bem ao nosso lado. Os outros casais ainda estão se esfregando, conversando um com o outro, *conectando-se*, e fico me perguntando como Dave pode se sentir tão à vontade com isso? Não somente à vontade, mas também ser um participante bastante ativo. Alguns diriam que ele é o favorito da professora. — Hanley, me conte do que se lembra. Ela estava sem blusa?

Então, vamos mesmo fazer isso? Um passo a passo com a instrutora?

Senhor.

— Hã, sim. Ela estava completamente nua.

— Bom. Muito bom. E quando a olha desse jeito, com os seios balançando diante de você, os mamilos duros de excitação, diria que foi nesse momento que a sua pélvis soube que você a engravidaria?

Hã... o quê?

— Eu, hum, não estava pensando em engravidá-la. Não foi planejado.

— Oh, entendo. — Heaven assente. — Então, foi puramente uma noite de paixão. Isso é algo memorável. — Aproximando-se, ela segura as mãos de Lottie e coloca uma em seus cabelos e a outra em seu seio. Em seguida, dá assistência a Lottie, segurando seus quadris e os movendo sobre o meu pau. *Epa, vai devagar aí.* — Você diria que esta é uma sensação familiar?

— Sim — Lottie diz. — Muito familiar. — Seus quadris rebolam nos meus e ela morde o lábio inferior enquanto observo seus dedos deslizarem sobre seu mamilo intumescido.

Porra.

CARALHO!

Nem fodendo eu vou ficar duro em um curso idiota para gestante com Dave bem ao meu lado.

Nem fodendo eu vou ficar duro em
um curso idiota para gestante.

Mas Lottie está fazendo essa ser uma tarefa difícil, principalmente porque está usando uma blusa cropped e posso ver partes de sua pele nua, a mesma pele nua que toquei e acariciei ontem à noite.

— Hanley, preciso que você esteja presente no momento. Está pensando demais. Faça de conta que não há mais ninguém aqui além de você e Lonnie. — É difícil fazer isso com a Mamãe Galinha berrando no meu ouvido. — Observe a maneira como o corpo de Lonnie se ondula contra o seu. A paixão na expressão dela, a maneira como seus dedos deslizam sobre seus seios, puxam seus cabelos.

Jesus, isso não está ajudando nem um pouco.

Meu corpo fica tenso, meus ombros estão praticamente beijando minhas orelhas, e minhas mãos pousam em suas coxas, tentando fazê-la desacelerar para que eu possa recuperar o fôlego.

— Isso — Heaven incentiva. — Bem assim, Lonnie, mantenha o ritmo. — Lentamente, Heaven se afasta e segue em direção ao centro do grupo. — Não vacile, Lonnie, continue se movimentando como está.

Lottie assente e, em seguida, olha para mim.

— Está tentando não ficar duro?

— Você se acha demais — sussurro.

— Depois de ontem à noite, não vou acreditar que isso aqui não está te deixando duro. — Ela continua seu ritmo.

— Eu não sou um adolescente. Sei como me controlar.

— Ok — ela diz e, então, tira a mão que estava em seus cabelos e a pousa na parte baixa da minha barriga. A mudança de posição a deixa em um ângulo que permite uma melhor fricção. Ela acelera o ritmo e se esfrega em mim, acertando meu pau bem no lugar certo. Uma onda de calor me percorre, enquanto meu pau começa a se contorcer.

Cerro a mandíbula e tento não olhar para ela, não fazer contato visual, mas, toda vez que ela se posiciona no ângulo certo, pego um vislumbre do sutiã verde-escuro de renda que ela está usando, e isso não está ajudando a causa.

— Não me lembro do momento em que concebemos — Lottie diz e faz contato visual comigo. — Mas eu com certeza me lembro de ontem à noite e do quão forte você me fez gozar.

Porra.

Eu me rendi, e ela sabe disso, porque abre um sorriso largo enquanto continua a impulsionar contra mim.

— Hummm, ter os seus dedos tão fundo dentro de mim daquele jeito. — Ela umedece os lábios. — Eu queria mais. — Ela se curva para frente e, olhando-me diretamente nos olhos, revela: — Eu me masturbei e gozei com o meu vibrador depois, porque você me deixou excitada a esse ponto.

Puta que pariu. Meu pau incha sob ela, e um sorriso satisfeito surge em seu rosto.

— Pronto, aí está. A vingança é amarga, *Hanley*.

Cerro os dentes, enquanto meu pau implora por mais.

— Lembre-se disso, porque ainda não acabou — eu digo, enquanto ela continua a se esfregar em mim, deixando-me cada vez mais duro, até que...

— Ok, vamos fazer outra posição. — Heaven bate palmas.

A tensão no ambiente é palpável, e conforme todos se desengatam de seus parceiros, percebo rapidamente que não sou o único que está excitado.

Mas é a imagem à minha esquerda que realmente me faz repensar todas as minhas decisões. De pé e cheio de orgulho, com as mãos nos quadris, está Dave, com uma ereção enorme esticando sua calça.

Jesus. Cristo.

Uma imagem que eu sei que nunca tirarei da cabeça.

Ele é o campeão da ereção.

Aparentemente, Dave está marcando seu território, deixando que todos no ambiente saibam... que ele é o campeão da ereção.

Não sei se devo aplaudir, parecer horrorizado ou lavar os olhos com água sanitária quando chegar em casa.

É mais provável que eu opte pela última opção.

Huxley: *Eu vi a ereção do Dave.*

Breaker: *Hã... o quê?*

JP: *Por favor, me diga que não foi você que o deixou com uma ereção. Sou a favor de fazer o que for preciso, mas, cara... qual é.*

Huxley: *Tudo que tenho a dizer é que o curso para gestante saiu pela culatra. Tivemos que simular o momento da concepção. Teve estocadas e tudo.*

Breaker: *Você e o Dave tiveram que simular o momento da concepção? Puta merda, quem estava estocando?*

JP: *Meu palpite é que o Dave estava estocando no Hux.*

Huxley: *Não, MEU DEUS. Estávamos praticando com nossas respectivas mulheres grávidas.*

Breaker: *Ahhh... isso significa que você estava estocando na Lottie?*

JP: *Agora as coisas ficaram interessantes.*

Breaker: *Hã, o que deixou as coisas interessantes foi a ereção do Dave.*

JP: *Espere... você também teve uma ereção, Hux?*

Breaker: *^^^ Isso. Por favor, responda isso.*

Huxley: *Eu estava de boa até ela subir em mim, agarrar os peitos e começar a se esfregar em mim.*

Breaker: *Puta merda.*

JP: *Isso era uma aula? Me parece mais uma diversão. Onde eu me inscrevo?*

Huxley: *Você tem problemas sérios.*

> **JP:** *Diz o cara que estava simulando sexo durante um curso para gestante do lado de um parceiro de negócios.*
>
> **Huxley:** *Você não estava lá. Não sabe como foi.*
>
> **Breaker:** *Você ao menos parabenizou Dave pela ereção?*
>
> **Huxley:** *Quando um cara parabeniza outro pela ereção?*
>
> **Breaker:** *Pode ser algo legal a se fazer. Um tapinha firme nas costas e, então, um elogio. "Bela ereção, cara".*
>
> **Huxley:** *Não sei por que ainda falo com vocês.*

— Que aula maravilhosa, não acharam? — Ellie indaga ao lamber seu sorvete de menta com gotas de chocolate em uma casquinha enorme.

— Oh, muito agradável — Lottie responde, embora eu saiba que sua voz está cheia de sarcasmo.

Aquela não foi uma aula agradável porra nenhuma. Foi um pesadelo, por muitas razões.

— Heaven não é uma instrutora maravilhosa? — Dave pergunta para mim. — Ela me ajuda muito a me conectar em um outro nível. Ellie e eu temos um relacionamento tão mais forte graças a Heaven.

— É. — Eu me aproximo mais de Lottie, com o braço no encosto de sua cadeira enquanto dividimos uma casquinha de sorvete. E quando digo *dividimos*, quero dizer que ela está tomando o troço todo sozinha. — Heaven é ótima. Ela me fez pensar em coisas que nunca considerei antes. — Verdade. Heaven realmente me levou a outro nível.

— Vocês acham que vão continuar frequentando as aulas? — Ellie indaga, cheia de esperança.

— Depende da agenda de Lottie — respondo. — Ela está começando um negócio com a irmã, então seu tempo está limitado.

— Sério? — Dave pergunta, parecendo interessado. — Qual é o... — Ele baixa o olhar para seu celular, que vibra sobre a mesa. — Merda. —

Com uma expressão pesarosa, ele diz: — É o Gregory. Ele vem querendo fazer uma visita a uma das nossas propriedades, e eu pedi a ele que me mandasse mensagem quando estivesse pronto. Infelizmente, tenho que encurtar esse nosso encontro.

— Entendo totalmente — falo, dando-lhe um aceno. — Nós também iremos embora logo. Depois que terminarmos esse sorvete, é claro.

Dave se levanta e ajuda Ellie a se levantar de sua cadeira também.

— Sim, aproveitem o dia ensolarado. Espero que nos encontremos novamente em breve.

— Eu adoraria isso — Ellie cantarola. — Adoro vocês.

Juntos, de mãos dadas, eles se despedem e, então, saem em direção ao local onde o carro deles está estacionado.

Em vez de me afastar de Lottie imediatamente, mantenho meu braço firmemente onde está e pergunto:

— Você não vai dividir o sorvete comigo?

— Não — ela diz antes de dar uma lambida enorme no sorvete de chocolate com nozes que escolhemos juntos. — Isso é todo meu. É o mínimo que você pode fazer.

— Sabe, você não foi a única que sofreu naquela tortura — sibilo em seu ouvido enquanto mantenho minha postura e expressão neutras. Dave e Ellie podem ainda estar nos vendo.

— Você está se referindo às suas bolas azuis? — Lottie indaga, com um sorriso sacana.

É, talvez um pouco.

Meu caso de bolas azuis está sério nesse momento.

E não ajuda eu continuar imaginando-a sobre mim, esfregando-se no meu pau enquanto apalpa o seio...

— Lottie... Lottiezinha, é você?

Instantaneamente, Lottie enrijece completamente ao meu lado enquanto uma loira de pernas compridas se aproxima de nós. Usando uma saia rosa-chiclete e uma blusa branca, a mulher parece ter saído direto do filme *Legalmente Loira*.

Lottie endireita as costas e casualmente pousa a mão em minha coxa. Esse movimento, sua mão me reivindicando, me diz uma coisa importante: quem quer que seja essa pessoa, ela precisa que *eu* entre no personagem.

— Angela — Lottie diz após engolir seu sorvete. — O que, hã, o que você está fazendo aqui?

Angela? A ex-amiga que a demitiu?

Angela olha na minha direção e percebo o instante em que ela me reconhece, porque ela abaixa os óculos de sol para a ponta do nariz e seu queixo cai.

Ignorando Lottie, ela pergunta:

— Huxley Cane, é você?

Eu deveria saber quem ela é? Porque ela está fazendo parecer que nos conhecemos.

Remexo-me na cadeira, aproximando-me mais de Lottie, deslizando meu braço para seu ombro ao invés de mantê-lo apoiado no encosto de sua cadeira.

— Me desculpe, já nos conhecemos? — pergunto.

Lottie se inclina para mim. Sua linguagem corporal está gritando por ajuda. Eu a reasseguro acariciando seu ombro.

Angela faz um gesto vago com a mão e diz:

— Você é tão engraçado. Nós nos conhecemos no evento Stardom Gala, ano passado. Eu era a linda deusa de vestido longo roxo. — Ela joga o cabelo por cima do ombro.

— Hã. — Inclino a cabeça para o lado. — Não me lembro de você.

Uma risada muito discreta escapa do nariz de Lottie, e tenho certeza de que fui o único a ouvir.

— Bem, havia muitas pessoas lá, naquela noite. — Angela pousa a mão no quadril. — Que loucura nos esbarrarmos agora. — Ela olha para Lottie. Observo seu olhar recair para meu braço em volta de Lottie, a proximidade de nossos corpos, e então... ela se dá conta. — Oh, nossa, Lottie, vocês dois estão... juntos?

Lottie olha para mim, então aproveito o momento para erguer sua mão que está segurando a casquinha, trago para minha boca e tomo um pouco do sorvete antes de piscar para ela.

— Ainda está me escondendo dos seus amigos, querida? O que foi que eu te disse? Pare de me manter em segredo.

— Espere — Angela diz, sua mente girando. — Está falando sério? Vocês dois estão namorando? — Ela gesticula o dedo com unha bem-feita entre nós.

Lottie assente. Mantendo os olhos em mim, ela fala:

— Sim, estamos namorando.

— Amor, nós estamos mais que namorando. — Pego o sorvete dela e ergo sua mão, exibindo o enorme anel de noivado. Dou um beijo nele e digo: — Nós vamos nos casar.

— O quê? — Angela quase guincha. — Desde quando? Você nunca me disse nada, Lottie.

Viro-me para Angela e, com um sorriso, respondo:

— Nós estávamos ocupados ultimamente. Não é, querida? — Me aproximo e dou um beijo na lateral de seu pescoço.

O aperto de Lottie na minha perna fica mais firme quando ela concorda:

— Sim, muito ocupados. Mas, sim, estamos noivos.

— Entendo. Bem... não posso dizer que não estou magoada por você não ter me contado.

Nossa, que coragem a dela.

— É isso que acontece quando você corta laços com a sua melhor amiga, Angela. As pessoas entendem como um sinal para seguir em frente. — Lottie sorri para mim e me oferece o sorvete mais uma vez. — Eu segui em frente.

Angela dá um passo para trás, com a mão no peito.

— Lottie, você está sendo tão cruel. E aqui estava eu, vindo te perguntar se você queria sair para almoçar comigo, qualquer dia desses. — Ah, mas que monte de bobagem. — Estamos sentindo muito a sua falta na empresa. Talvez possamos pensar em alguma coisa para que você retorne.

Especialmente agora que está namorando Huxley Cane, poderíamos fazer uma parceria.

Pelo canto do olho, vejo a mandíbula de Lottie cerrar. Sua raiva está aumentando, e estou vendo um outro lado dela. Claro que já a vi com raiva antes, mas as conversas que tivemos quase parecem superficiais agora, comparadas a isto. Isto é uma raiva verdadeira. Está vindo das profundezas de seu ser.

E posso vê-la pronta para pular no pescoço de Angela, o que não irá ajudá-la em nada, então impeço antes que isso possa acontecer.

— Na verdade, estamos atrasados para uma reunião, querida. — Tiro o braço de seu ombro e seguro sua mão. — Tenho certeza de que Angela não se importa em colocar o papo em dia com você em outro momento. — Lanço um olhar para Angela.

— Oh, claro que não — ela diz facilmente. — Não deixe que eu os atrase. Mas eu adoraria conversar em algum momento, Lottie. Sinto sua falta. E você sabe o quanto sou ocupada. Pense um pouco sobre a reunião. Ela precisa do seu toque especial. — Ela balança os dedos na direção de Lottie e, então, entra na sorveteria.

Lottie permanece em silêncio enquanto continua sentada, segurando o sorvete, mas sem dizer uma palavra. Ela nem ao menos se mexe.

Incerto sobre o que fazer, pergunto:

— Então, aquela é a Angela?

Lottie se levanta e me entrega o sorvete.

— Podemos ir embora agora?

— Sim, se é isso que você quer.

— É, sim — ela diz e, pela primeira vez desde que a conheci, seguro sua mão não porque estou atuando, mas porque acho que ela precisa disso.

O tilintar das colheres em nossas tigelas de sopa é o único som na sala de jantar. O silêncio é tão ensurdecedor que, se alguém entrasse, acharia que estava chegando em um funeral.

O funeral da minha dignidade.

Lottie não disse muita coisa para mim desde que saímos da sorveteria. Ela não parece brava, está mais... contemplativa. Provavelmente arrependendo-se de suas decisões, como eu estou.

Ainda não sei que tipo de aula foi aquela. Eu sei que Los Angeles é levemente diferente de outras cidades, mas fazer sexo a seco na frente de estranhos enquanto se visualiza que está enterrando as suas sementes... aí já é demais.

E como foi tão estranho, tão inadequado, eu não faço ideia do que dizer para Lottie. Devo pedir desculpas? Devo perguntar se ela gostou? Devo nos inscrever para mais uma aula? Devo tocar no assunto Angela novamente?

— Como está a sopa? — Reign pergunta, aproximando-se com uma cesta de *biscuits*.

— Deliciosa — elogio.

— Muito boa — Lottie acrescenta. — São *biscuits* caseiros?

— Sim — Reign responde. — De cebolinha e cheddar.

— Vou aceitar. — Lottie pega um da cesta, sorrindo. *Ok*. Ela está com um humor melhor do que quando saímos da sorveteria.

Então, decido testar minha sorte.

— Você quer falar sobre o que aconteceu com Angela?

Seus olhos encontram os meus.

— Não.

— Porque pareceu que...

— Eu disse *não*, Huxley — ela vocifera.

Ok, anotado. Não gosta de falar sobre Angela. Entendi. Tento uma abordagem diferente.

— Dave me disse que Ellie queria saber se você gostaria de ir fazer compras com ela, qualquer dia desses. Coisas para o bebê.

Ela não olha para mim, nem uma olhadinha sequer.

— Ela disse que quer ir testar bombas de leite materno.

— Oh. — Merda, isso não parece nada divertido. Eu não faço ideia do que isso implica, mas já posso sentir que não seria algo em que Lottie estaria interessada. — Ela disse quando?

— Semana que vem. — Ela pega um pedaço de *biscuit* e põe na boca.

— Você vai?

— E eu tenho escolha? Depois do que aconteceu hoje à tarde, tenho quase certeza de que estamos ligados a Ellie e Dave para sempre. — Ela coloca mais um pedaço de *biscuit* na boca. — Quando estávamos guardando os tapetes de yoga, Ellie me disse que teve um orgasmo enquanto Dave estava se esfregando nela. — Casualmente, ela limpa a boca com o guardanapo. — Você tem noção do tipo de estrago que isso faz com uma pessoa? Saber que alguém a meros metros de distância de você teve um orgasmo enquanto o noivo se esfregava nela em um curso para gestante? — Seus olhos finalmente encontram os meus. — Eu não estou bem, Huxley.

— Bem, você não está sozinha, porque eu nunca mais vou conseguir olhar para Dave da mesma maneira depois que ele ficou lá de pé todo orgulhoso com sua ereção para todos verem.

— Fiquei surpresa por você não ter se juntado a ele. — Ela toma mais uma colherada de sopa. — Sabe, já que você parece querer ser o melhor em tudo, seria legal comparar quem era maior.

— O que aconteceu hoje foi completamente antiprofissional e não tenho a mínima intenção de repetir.

— Eu sabia. — Ela balança a cabeça.

— Sabia o quê?

— Que você estava ficando mais e mais ranzinza e careta enquanto estávamos lá.

— Está me dizendo que gostaria de ir a outra aula daquelas?

— De jeito nenhum, mas considere ao menos uma experiência de vida. Você não tem que ser tão tenso o tempo todo.

— Eu não sou tenso o tempo todo — me defendo. — Só não gosto de ser encoxado na frente de um parceiro de negócios e depois ter que ver a ereção dele.

— Ele não ficou excitado por causa do jeito que você estava sendo encoxado.

Aperto o alto do nariz.

— Eu sei disso. Só estava acrescentando esse fato à "experiência" do dia — digo, fazendo aspas no ar. — Você mesma disse que não estava bem. Então, por que está me recriminando?

— Eu não estou te recriminando — ela retruca e, então, respira fundo ao recostar-se na cadeira. — Sabe, não acho que isto está dando certo.

— Como é? — reajo, com pânico na voz.

— Isto. — Ela gesticula entre nós dois. — Nós nunca concordamos em nada e, francamente, estou cansada de brigar com você o tempo todo.

— Você acha que eu gosto de brigar com você?

— Acho que você sente prazer em me deixar com raiva. Deu para perceber ontem à noite.

— Eu sinto prazer com outras coisas — digo, erguendo uma sobrancelha, porque eu gostei pra caralho de enfiar os dedos nela.

Ela revira os olhos e apoia as mãos sobre a mesa.

— Acho que isso de jantarmos juntos é demais. Estamos forçando algo que não deveríamos estar forçando.

Inclino-me para ela e falo baixinho:

— Não estamos forçando nada. Estamos atuando, cacete. — Mantendo minha voz em um sussurro, continuo: — O objetivo dos jantares não é passar tempo com você, e sim manter a ilusão viva.

— Você acha mesmo que Reign diria alguma coisa? Tipo, falaria por aí que não estamos comendo juntos? Ele parece ser um cara legal e confiável. Ele ainda não te envenenou, infelizmente.

Tão querida.

— Não é que eu ache que ele diria algo deliberadamente. Ele pode comentar casualmente com alguém que não estamos jantando juntos, e isso pode ser passado para outra pessoa, que irá distorcer tudo para vender um artigo para os sites de fofoca. Quando se está na posição em que estou, é preciso ter ciência sobre quais informações estão sendo passadas por aí, mesmo que seja de maneira inocente.

— Aff — ela resmunga e cruza os braços sobre o peito. — Não sei por quanto tempo mais conseguirei fazer isso, Huxley.

Seus olhos parecem exaustos quando se conectam com os meus e percebo que, talvez, ela esteja certa. É realmente exaustivo ficar fazendo de conta, prestando atenção se está dizendo a coisa certa o tempo todo. Estou acostumado a agir como outra pessoa, foi assim que sempre agi perto de todos os meus parceiros de negócios. Profissional, organizado, sério, focado. Mas, na realidade, eu sou como qualquer outro cara que quer simplesmente relaxar, que faz piadas, provocações, se diverte. Para alguém que pode não estar acostumado a atuar, isso é cansativo, especialmente quando não somente o seu sustento está em jogo, mas também o de outra pessoa.

— Por quanto tempo mais você pode fazer isso? — pergunto a ela, ficando sério.

Ela vira o olhar para mim.

— Como assim?

— Me dê um prazo. Posso ligar para o Dave amanhã, ver se ele quer marcar uma reunião para falarmos sobre o acordo. Eu queria cultivar a amizade um pouco mais antes de tocar nesse assunto, mas entendo a sua necessidade de acabar logo com isso.

— Bem, eu não sei. — Seus olhos estão confusos.

Assinto.

— Vou falar com os meus irmãos amanhã. — Tomo uma colherada de sopa, retraindo-me novamente.

Ela não se move, fica apenas sentada ali encarando sua sopa.

Após alguns minutos de silêncio, ela diz:

— Quer saber o que ajudaria?

— O quê? — pergunto, virando minha atenção de volta para ela.

— Um dos motivos pelos quais aceitei fazer isso foi porque, quando nós estávamos comendo no Chipotle, você pareceu ser uma pessoa com a qual eu poderia me dar bem, mas, em algum momento no caminho, isso mudou.

— Não posso evitar quem eu sou.

— Esse é o problema. Eu não sei quem você é. E você não sabe quem sou.

— Não achei que você estivesse interessada em me conhecer em um nível pessoal, já que o nosso relacionamento é estritamente profissional.

Ela grunhe.

— Deus, você e essa droga de relacionamento profissional. Que tal deixar essa mentalidade *profissional* de lado por um tempinho e se dar a chance de me conhecer? Talvez isso faça com que sair com você seja mais fácil. Para fingir, no caso, porque não vai parecer que estou me esfregando em um estranho em um curso para gestante.

Pondero o que ela está me pedindo, e não é muita coisa. Mas sei que ergui um muro em volta dela. Se eu conhecê-la mais, vou gostar mais dela. Posso sentir isso. Ela é o tipo de garota que capturaria facilmente a minha atenção e me deixaria enfeitiçado. Não estou procurando isso, ser capturado, começar qualquer tipo de relacionamento. Não tenho paciência para focar em algo assim, nem estou pronto para doar meu tempo a alguém. Estou muito egoísta, no momento. Muito focado na minha carreira, nos meus objetivos.

Mas eu preciso dela.

Porra, como eu preciso dela.

Preciso de sua ajuda para garantir esse acordo, e se para isso for preciso mudar de comportamento e deixá-la me conhecer melhor, então foda-se, é o que terei que fazer.

— Está bem — eu digo. — Duas perguntas durante o dia. Duas perguntas no jantar. Isso deve ser suficiente.

— Suficiente? Você parece a Mary Poppins falando, todo formal.

— Vai aceitar esse acordo? — Ergo as sobrancelhas.

— Você está dizendo que essas perguntas podem acontecer todos os dias?

— Sim. Está bom para você?

Ela balança a cabeça, divertindo-se.

— Eu não estava esperando que fosse tão formal, mas acho que isso vai ter que servir. Quem começa?

Limpo a boca com o guardanapo.

— Você.

— Agora?

— Não era o que você queria? — pergunto, tentando esconder minha irritação.

— Bom, sim. Acho que eu não estava esperando que você fosse ser tão aberto a isso.

— Não sou tão babaca assim, Lottie.

Seus lábios se retorcem para o lado, me dizendo que ela acredita no contrário.

— Ok, certo, acho que vou começar com as perguntas, então. — Seus olhos se fixam em mim. — Por que o acordo com Dave é tão importante para você a ponto de te fazer ir tão longe para consegui-lo?

Eu deveria saber que suas perguntas não seriam fáceis.

Remexendo-me no assento, viro-me para ela casualmente e pouso meu braço sobre o encosto da cadeira.

— É bem simples, na verdade. Quando decido que quero alguma coisa, eu vou atrás, não importam as circunstâncias. Dave tem três propriedades que seriam extremamente vantajosas para a nossa empresa. Ele não quer vendê-las apenas para ganhar dinheiro, ele quer ter certeza de que elas sejam adquiridas pela pessoa certa. Eu quero ser essa pessoa.

— Isso me parece tão... agressivo.

— Quando se está no ramo de exploração de propriedades comerciais, você tem que ser agressivo. Não pode dormir no ponto. Tem que saber o que está à venda, onde está sendo vendido e o potencial que o local oferece. Breaker, JP e eu sempre mantemos olhos e ouvidos abertos, enquanto exploramos as propriedades que já possuímos para que continuem a nos dar lucro. As propriedades de Dave seriam uma oportunidade enorme que eu simplesmente não posso deixar escapar só porque ele não me conhece como pessoa. Isso não me agrada nem um pouco.

Ela assente.

— Posso ver o sentido. Eu não iria tão longe quanto você, mas entendo.

A hostilidade em sua voz desvaneceu e a ruga em seu cenho relaxou. Odeio admitir, mas talvez essas perguntas não tenham sido uma má ideia.

— Você quer que eu te faça uma pergunta agora?

Ela confirma com a cabeça.

— Sim, manda ver.

Ok, se ela veio com uma pergunta difícil, eu também vou.

— Por que tem tanta vergonha de contar à sua mãe e ao Jeff que foi demitida?

— Eu já estava esperando por essa pergunta, depois do que te perguntei. — Ela suspira. — Eu cresci com Angela, a proprietária do Angeloop, o blog de estilo de vida. Gwyneth Paltrow e sua marca Goop que se cuidem, segundo ela. Nossa amizade era cheia de idas e vindas.

— Como assim? Até onde sei, ou você é amigo de alguém, ou não é.

Lottie balança a cabeça.

— Não com Angela. Ela sempre tinha a melhor amiga da semana, tipo um sabor favorito da semana. Ela nunca teve problema em ficar trocando de amiga. Quando se cansava de uma, partia para a próxima, que então se tornava sua melhor amiga. Como fui uma garota que cresceu em uma cidade rica com renda de classe operária, Angela me empolgava. Eu sei que isso soa ridículo, mas, quando você é jovem, coisas chamativas são o máximo. Angela tinha todas as coisas chamativas possíveis, e nós nos divertíamos tanto juntas. Íamos para a escola em sua BMW, passávamos fins de semana em sua casa fazendo festas na piscina, e então, em um dia aleatório, eu era descartada. Era torturante, tóxico, e ainda assim, eu continuava a aceitá-la de volta por causa dos bons momentos que tínhamos juntas.

— Entendo. Essa é a definição de pessoa tóxica.

— Eu sei, e foi isso que a minha mãe me disse. Ela odeia Angela, na verdade. Então, quando me formei na faculdade em Administração e Angela me ofereceu um emprego em sua startup promissora, minha mãe não concordou nem um pouco que eu juntasse forças com alguém tão volátil.

— Um sentimento natural.

— É, eu acho. A mamãe estava tão certa. Uma vez, ela me disse algo que está fazendo mais sentido para mim agora do que naquele tempo. *"Ela tratou você com desdém e uma crueldade incansável* como amiga *durante toda a amizade de vocês, Lottie, então como você acha que ela vai te tratar no trabalho?"*

— Do mesmo jeito, não foi?

— Sim. Mas as minhas opções eram mínimas. Eu poderia ir trabalhar em algum lugar que tivesse uma pontinha do ramo no qual eu queria atuar, ou poderia ir trabalhar para Angela, fazer um negócio crescer e, um dia, assumir uma liderança. Ela me ofereceu um salário inicial baixo e disse que, após um ano, se eu ajudasse a fazer o negócio crescer, ela me daria o aumento que eu merecia. Pensei que era uma situação segura. Minha mãe, Jeff e minha irmã me disseram para não aceitar, que eu não podia confiar em Angela. Mas o fiz mesmo assim, e fui excelente no meu trabalho. Tive uma participação enorme no que fez Angela ficar superconhecida. E quando chegou o tempo de ganhar o meu aumento...

— Ela te demitiu. — Balanço a cabeça. — Eu sou bem implacável quando se trata de negócios, mas de jeito nenhum eu faria algo assim. Reconheço um bom funcionário, e ao invés de cortá-los, procuro ajudá-los a evoluir. Eles terão um desempenho muito melhor debaixo da minha asa do que em alguma concorrência. Meu palpite é que Angela se sentiu ameaçada e quis se livrar de você antes que todos os demais na empresa percebessem o quanto você era valiosa.

— Provavelmente. — Ela baixa o olhar para suas mãos entrelaçadas. — De qualquer forma, fiquei com muita vergonha de contar para a mamãe e o Jeff. Não queria ouvir "eu te avisei", e foi assim que vim parar aqui, com você. Por desespero para me salvar.

— Eu compreendo a necessidade de proteger uma reputação. Acho que é um dos motivos pelos quais estou sendo tão agressivo em minha abordagem com Dave. Todos nesse ramo sabem que estou atrás dessas propriedades, e todos sabem que eu consigo o que quero, mas Dave está me fazendo suar, e isso mancha a minha reputação.

— Você não pode ganhar todas.

— Posso sim. Eu sempre ganho.

— Que bom que a sua perspectiva é cheia de indulgência.

Solto uma risada leve.

— Qual é a sua segunda pergunta?

Inclinando a cabeça para o lado, analisando-me, ela indaga:

— Você parece estar sempre tão tenso que, para mim, é difícil imaginar você realmente se divertindo, então acho que a minha pergunta é: o que gosta de fazer para se divertir?

Passo a mão pela mandíbula.

— Quando consigo um segundo para respirar, gosto de ir a jogos de beisebol.

— Me deixe adivinhar: você pega os assentos mais caros.

— Eu não me conformaria com menos.

— Sei que é outra pergunta, mas vamos chamá-la de pergunta 2a.

— Vou deixar passar — respondo.

— Você tem um time favorito?

Balanço a cabeça.

— Não exatamente, o que parece estranho, eu sei. Gosto de alguns times da Califórnia, gosto de ir a estádios diversos e ver o que os diferem de outros, e acompanho meu amigo da faculdade. Ele vai se aposentar este ano, após sua turnê de despedida.

— Hum, pergunta 2b, quem é o seu amigo?

Dou risada.

— Penn Cutler. Ele é lançador no Chicago Bobbies, mas fizemos faculdade juntos. A jornada dele na liga teve alguns obstáculos, mas ele está firme e forte nessa última temporada.

— Vou ter que pesquisar sobre ele. Mas... é só beisebol e pronto? Essa é a única coisa divertida que você curte fazer?

— Que nada, eu também gosto de passar tempo com os meus irmãos. Dias de piscina. Jogos simples, como lançar argolas e *cornhole*[1], ir à praia. Não curto surfar, mas os caras e eu jogamos futebol americano na praia com frequência. — Dou de ombros. — Nós relaxamos assim sempre que temos uma oportunidade.

Ela pisca algumas vezes e, em seguida, começa a rir, balançando a cabeça.

— Eu nunca imaginaria que você gostava de jogar futebol americano na praia. Pensei que fosse o tipo de homem que gosta de frequentar salões antigos, usando um casaco escuro com um logotipo, com um charuto na mão e conversando sobre o mercado de ações e como o índice Dow Jones está te sacaneando. Você parece ser o tipo de cara que vai à ópera e gosta. O tipo de homem que faz aulas de piano no tempo livre porque precisa ser bom em tudo.

— Eu aprendi a tocar quando era mais novo.

— Claro que aprendeu. Mas futebol americano na praia, isso é uma atividade de pessoas normais. Só falta você me dizer que gosta de ir a shows de música.

— Gosto. Mas tem que ser o tipo certo de música para mim. Eu não iria a um show do Bruno Mars, mas se, por exemplo, Foreigner estiver na cidade, eu com certeza comprarei um ingresso.

— Não, não é possível, eu não te vejo fazendo isso. Não imagino você em um show. E se você vai mesmo, aposto que é o cara engessado com uma cerveja na mão que nunca se mexe, não canta junto, não abre um sorrisinho sequer.

— Você ficaria surpresa. — Ela está relaxando mais com essas perguntas, e não estou me sentindo muito confortável com isso. Eu sou... cauteloso por natureza, intransigente quando necessário. Mas por ter dois

---

1 Jogo em que cada participante tem que arremessar pequenos sacos de milho em um buraco em uma plataforma de madeira. (N.T.)

irmãos como melhores amigos, me tornei reticente com outras pessoas. E aqui está Lottie, determinada a me conhecer mais do que estou disposto a permitir.

— Muito interessante. — Ela tem um sorriso no rosto, uma expressão tão genuína que fico surpreso por ver que isso é tudo que ela precisa. Uma conversa, algo tão simples. — Ok, sua vez. Faça a sua pergunta final.

Pensando um pouco, finalmente pergunto:

— A qual show você sonha em ir?

— Artista vivo ou morto?

— Os dois — respondo.

— Se eu pudesse ressuscitar Freddie Mercury, daria até a minha alma para ir a um show dele. Vê-lo ao vivo, assisti-lo se apresentar... meu Deus, isso seria o sonho supremo. Mas algum show de quem está vivo... hum, nesse momento... provavelmente Fleetwood Mac.

Surpreso, eu digo:

— Eu não estava esperando essa resposta. De tudo que você disse, pensei que você ia dizer Foreigner.

— Bem, eles estão no topo da minha lista, mas sou obcecada por Stevie Nicks, e as novas parcerias que ela fez com a Miley Cyrus... nossa, muito boas. E o estilo musical dessa banda é bem relaxante, sabe? Você pode ouvi-la em um dia chuvoso ou quando estiver na praia. E a música *Dreams...* — Um sorriso se espalha em seu rosto. — Acho que é a música perfeita para se ouvir quando beijamos alguém. A batida, a sensação. É tão boa. Você gosta de Fleetwood Mac?

Confirmo com a cabeça.

— Sim. Coloco as músicas para tocar enquanto trabalho, às vezes.

Ela ergue uma mão, surpresa.

— Você ouve música enquanto trabalha?

— Todo dia.

— Uau. — Ela empurra meu ombro. — Está vendo? Era disso que eu precisava. Vê-lo agindo como um ser humano. — Ela solta uma respiração profunda. — Me sinto melhor. — Ela pega sua colher e volta a tomar a sopa.

— Você se sente melhor? Simples assim?

— Aham. Se quer saber, Huxley, eu sou muito fácil.

— É... descobri isso ontem à noite.

— E olhe só isso... ele também faz piadas. Fascinante.

CAPÍTULO CATORZE

LOTTIE

Confiro meu relógio para ver que horas são. Pouco depois de uma da tarde. Almoçamos mais cedo hoje, porque Kelsey tinha uma reunião com um cliente em potencial às 13:30. Passei a última hora e meia trabalhando no site e preciso de um intervalo.

Recostando-me na cadeira desconfortável da pequena mesa da minha irmã — nós vamos precisar de um escritório para trabalhar em algum momento, em vez de usarmos o apartamento de Kelsey —, pego meu celular e abro a conversa por mensagens com Huxley.

Ontem foi uma montanha-russa. Em um minuto, estava impressionada com ele por ver que cumpriu sua promessa e marcou outra reunião para Kelsey, além de descobrir o cuidado que ele teve com seus funcionários, desafiando a imagem negativa que eu tinha dele na minha cabeça. No seguinte, ele me fez ir a um curso para gestante sinistro que me empurrou para muito longe da minha zona de conforto. O fato de que ele não pôde simplesmente ser mais divertido no momento não ajudou. Essa foi a pior parte de tudo — se ele estivesse rindo comigo durante aquele momento desconfortável, aquilo teria se transformado em uma lembrança divertida, mas ele ficou feito um robô, e isso piorou tudo ainda mais. E então, acabamos encontrando Angela.

Meu Deus, será que tinha como ela ser mais cretina?

Eu a detesto.

Foi muita cara de pau ela dizer *talvez possamos pensar em alguma coisa para que você retorne* quando viu que eu estava namorando Huxley

Cane — namorando de mentirinha, eu sei, mas ainda assim. Ultimamente, ela vem mostrando quem realmente é. Mas ainda pior do que me deparar com ela foi o jeito como Huxley reagiu.

Ele foi protetor.

Ele me defendeu.

Ele tomou as rédeas da situação.

Esse homem que eu vinha desprezando durante a última semana, mais ou menos, de repente veio ao meu resgate, sem que eu tivesse que pedir. Acho que nunca estive tão confusa.

Ele estava simplesmente... lá. Segurando minha mão, certificando-se de que eu estava bem.

Mas depois que entramos no carro, ele voltou a ser um robô.

Ombros rígidos e tensos, aperto forte ao segurar o volante. Ele se fechou e me deixou de fora em um piscar de olhos.

E eu não faço ideia do porquê.

E então, aquela postura robótica continuou presente durante o jantar. Eu não aguentava mais; estava de saco cheio e quase saí dali.

Como o homem volátil que é, ele mudou para a personalidade generosa novamente, aquela que vi quando estávamos no Chipotle.

E me ofereceu a chance de fazer duas perguntas de dia e duas à noite, algo que eu também não estava esperando. Não sei se ele achou que eu estava falando sério sobre usá-las, mas estou. As coisas ficarão muito mais fáceis se eu realmente conhecer esse homem. Vou me sentir mais confortável e, como Kelsey disse, talvez eu possa deixar as coisas mais críveis entre nós.

Envio uma mensagem para ele.

> **Lottie:** *O que você está ouvindo agora?*

Quando vejo os pontinhos ao lado do nome dele, indicando que uma mensagem está sendo digitada, fico surpresa.

> *Huxley:* The Chain, *de Fleetwood Mac. Você me deixou no clima ontem. Estou ouvindo músicas da banda o dia todo.*

Sorrio comigo mesma e respondo.

> *Lottie: Eu também. Acabei de cantar* Rhiannon *a plenos pulmões. O mouse do meu computador serviu como microfone e usei a lanterna do celular para completar o clima. Você fez o mesmo?*
>
> *Huxley: Não.*
>
> *Lottie: Passinhos de bebê, eu acho. Vai, me faça uma das suas perguntas do dia.*
>
> *Huxley: É isso que está acontecendo agora?*
>
> *Lottie: Sim, e você disse que posso fazer duas perguntas durante o dia e duas à noite. Então... vá em frente.*
>
> *Huxley: Qual foi a coisa mais louca que você fez quando estava na faculdade?*
>
> *Lottie: Pergunta sobre os velhos tempos. Ok, hum... bem, eu não fazia muitas loucuras na faculdade. Sei que parece que tenho histórias, mas não tenho muitas, na verdade, só mesmo uma digna de ser contada.*
>
> *Huxley: E qual é?*
>
> *Lottie: Tinha um bar que eu frequentava bastante, o Chicken Leg. Era uma espelunca. Eles aceitavam qualquer forma de identificação e tinham as melhores seleções de músicas, e quando eu digo as melhores, acho que você deve saber do que estou falando. Rock das antigas. Certa noite, teve uma competição que consistia em fazer dublagem usando uma camiseta molhada. O prêmio era de mil dólares.*
>
> *Huxley: Acho que sei no que essa história vai dar.*

Lottie: Não sou muito bem-dotada aqui na parte de cima, mas usei a camiseta mais fina que eu tinha, sem sutiã, e quando foi a minha vez de dublar Don't Stop Believin', eu ensopei os peitos com água e mandei ver. Fiquei mil dólares mais rica naquela noite.

Huxley: O que você fez com o dinheiro?

Lottie: Paguei multas de estacionamento que tinha acumulado por ser preguiçosa e estacionar nos locais errados no campus.

Huxley: Foi um jeito infeliz de gastá-lo.

Lottie: Ele iria para as contas, de qualquer forma.

Huxley: Você trabalhava durante a faculdade?

Lottie: Esta é a sua segunda pergunta?

Huxley: Sim.

Lottie: Então, sim. Eu era garçonete em uma churrascaria. Eu ganhava bem, mas os horários eram puxados, os clientes eram brutais, e eu levava bifes de volta para a cozinha pelo menos uma vez por semana por estarem muito malpassados. Mas eu servia jantar para pessoas ricas e elas pagavam bem. É por isso que não estou afogada em dívidas. Bem, por isso e por causa de você...

Huxley: Ter somente trinta mil dólares em dívidas estudantis depois de se formar um ano atrás é muito bom, na verdade.

Lottie: Mas quando você não tem nada, trinta mil é muito.

Huxley: Entendo. Qual é a sua segunda pergunta?

Lottie: Qual é o seu jogo de tabuleiro favorito?

Huxley: Não tenho um.

Lottie: Que resposta mais tediosa. Tem que ter algum tipo de jogo de tabuleiro que você goste.

Huxley: Eu não curto jogos de tabuleiro.

> *Lottie: Jogos de cartas?*
>
> **Huxley:** *UNO?*
>
> *Lottie: Isso é uma pergunta ou uma resposta?*
>
> **Huxley:** *Resposta. Foi a única coisa em que consegui pensar. Breaker nos faz jogar UNO Attack de vez em quando. É legal.*
>
> *Lottie: Hum, eu adoro UNO Attack. Quando as cartas são distribuídas, as portas do inferno se abrem. Boa resposta, Huxley. Eu aceito.*
>
> **Huxley:** *Que bom saber disso. Agora, vou voltar ao trabalho.*
>
> *Lottie: Te vejo no jantar.*

— Você pediu isso de propósito? — pergunto quando Reign se retira da sala de jantar.

Huxley, que está particularmente lindo usando uma camisa de botões preta, pousa seu guardanapo no colo antes de estender a mão para pegar o molho caseiro de raiz forte.

— Você me deixou com vontade de comer bife. Espero que você não tenha que devolver o seu.

— Engraçadinho — digo. Ele coloca um pouco de molho em seu bife e, em seguida, me entrega o frasco. Nossos dedos roçam um no outro, e por alguma razão, o toque quente envia uma faísca de luxúria que sobe pelo meu braço e vai direto ao meu coração. De onde raios veio essa sensação?

Limpando a garganta, eu falo:

— Mas isso parece estar bom. Batatas gratinadas e... o que é esse negócio verde, mesmo? — pergunto.

— Brócolis.

Ele está me dando respostas curtas, rápidas, o que só me leva a acreditar em uma coisa: ele precisa ser convencido novamente para que eu possa fazê-lo interagir como mais cedo. Ele pareceu bem aberto na nossa troca de mensagens, mas, pessoalmente, sua guarda está erguida. Mas o bom é que sei que posso derrubá-la com um pouco de persuasão.

— Brócolis. Parece coisa que a gente vê em livros do Dr. Seuss.

— É bom.

— O que é isso por cima? — continuo, para ver se ele vai dar respostas mais completas.

— Vinagrete de mostarda. — Huxley corta um pedaço de seu bife.

Ok...

Estou vasculhando meu cérebro em busca do que mais posso perguntar, quando ele diz:

— Entrei em contato com Dave, como prometi. Pedi que marcássemos uma reunião para falar sobre os negócios.

Oh, merda, esqueci que ele tinha dito que ia fazer isso, mesmo depois de admitir que gostaria de trabalhar melhor a amizade com Dave. Sinto-me culpada. Tive um momento de fraqueza ontem à noite quando disse a ele que queria acabar logo com isso. Eu estava frustrada, e com razão, visto o indivíduo tão fechado com o qual eu vinha interagindo. Mas aquela frustração se transformou em outra coisa ontem à noite: apreciação.

Apreciação por ele se soltar um pouco e dar uma chance à minha ideia sem um olhar enfadado.

— Você não precisava ligar para o Dave. Eu só estava em um estado de espírito ruim ontem à noite. Não deveria ter dito que estava pronta para acabar logo com isso. — Ergo o olhar para ele. — Me desculpe.

— Tudo bem. Preciso cuidar dos negócios — Huxley diz friamente. — Ele vai tentar arranjar um tempinho para mim esta semana. Quando fizer isso, direi que você está ocupada e não poderá ir fazer compras com Ellie.

— Huxley, não precisa fazer isso. Eu assinei um contrato. Posso ir fazer compras com Ellie.

Seus olhos pousam em mim e, rispidamente, ele diz:

— Está tudo bem.

Não parece estar *tudo bem*.

Mas, simples assim, a conversa acaba. Justo quando pensei que ele estava começando a se afeiçoar a mim, ele se transforma naquele homem taciturno novamente. Acho que nunca vou entender essas mudanças de humor ou por que ele as tem, provavelmente porque ele não vai permitir que eu me aproxime o suficiente para desvendar por que ele age como age.

Mas acho que fazer "negócios" é assim mesmo... não é?

Estou tão farta disso. Desse termo. Desde quando fazer negócios tem que ser algo tão impessoal? Quando a minha mãe começou seu negócio de limpeza, antes de conseguir seu cargo de gerente sênior atual, ela nunca demonstrava tanta frieza. Era calorosa, amigável. Essa era uma das razões pelas quais seus clientes a amavam tanto, porque ela cuidava bem deles, porque ela era, de fato... nada indiferente. Entretanto, para ser justa, o negócio da minha mãe envolvia *oferecer* algo para seus clientes, enquanto o de Huxley consiste em aquisições.

Mas isso não explica por que Huxley tem a necessidade de agir assim.

Vamos ver se consigo fazê-lo relaxar como fiz ontem à noite.

— Hora das perguntas. Está pronto?

Ele ergue as sobrancelhas ao olhar para mim. Durante um nanossegundo, penso que ele vai me negar a satisfação de derrubar suas barreiras mais uma vez, mas então, sua atenção retorna para seu bife, do qual ele corta mais um pedaço.

— Pronto.

Cara, vai ser difícil arrancá-lo de sua casca esta noite. Tem que ser uma pergunta muito boa, algo que vai fazê-lo falar bastante.

Hummm...

Algo que o faça falar bastante.

Algo que o atraia.

Já sei.

— Se você tivesse um barco, para onde iria? — Uma pergunta simples, com espaço para uma resposta elaborada.

— Eu tenho um barco. Um iate, se preferir a terminologia correta.

Oh, nossa.

— Você tem? — reajo, surpresa. Quero dizer, é claro que ele teria um iate, ele é um bilionário que mora perto do oceano. Por que não teria um *iate*? Isso seria como... hã... como um cavaleiro sem um cavalo. Sim, tipo isso. *Bem, e sem uma espada, é claro.*

— Sim, meus irmãos e eu o compartilhamos porque achamos que seria burrice cada um ter seu próprio iate, especialmente quando não o usamos com frequência.

Senso comum.

— Ok... então, se você pudesse ir a qualquer lugar no seu iate, para onde iria?

— Para o Alasca.

— Alasca? — pergunto, sentindo-me ainda mais chocada com essa resposta. — Por que o Alasca? Eu pensei que você fosse dizer algo como o Mediterrâneo, sabe, porque, na minha cabeça, é para lá que todas as pessoas ricas vão.

— O Alasca é espetacular. As montanhas em cascata cobertas de neve, as águas azuis, os pinheiros altos e a vida selvagem. — Ele assente. — Eu passaria um tempo lá, explorando.

— Espere aí, você está me dizendo que é o tipo de homem que tira o terno e coloca um par de botas para fazer trilhas?

— Essa é a sua segunda pergunta?

— Considere como a pergunta 1a — digo com um sorriso largo.

Um sorriso minúsculo repuxa o canto esquerdo de sua boca antes de ele responder:

— Eu gosto de fazer trilhas.

— Isso não estava na lista de coisas que você gosta de fazer por diversão.

Ele dá de ombros.

— Bem, é uma das coisas que eu gosto de fazer. Há algumas trilhas muito boas por aqui, especialmente na direção das colinas. Meus irmãos e eu sempre tentamos fazer caminhadas por essas trilhas aos fins de semana durante o mês. Faz um tempo que não vamos, porque a vida nos mantém ocupados. Mas, é, eu iria de iate para o Alasca e faria trilhas, observaria baleias, acamparia.

— Por que não faz isso?

— Tempo — ele diz. — Tempo é sempre o fator.

— Mas você poderia se aposentar agora mesmo. Tem dinheiro suficiente para durar mais que uma vida inteira, então por que continuar trabalhando?

Ele corta um pedaço do bife e o espeta com o garfo. Quando seus olhos escuros encontram os meus, sinto minha respiração ficar presa no peito. A intensidade de seu olhar me faz perder o prumo.

— Nós não podemos simplesmente parar de fazer o que estamos fazendo. Muitas pessoas dependem de nós para terem um sustento, para terem *sua* fonte de renda. Até que eu possa me sentir confortável o suficiente para encontrar alguém que possa tomar conta dos negócios enquanto estivermos fora, vou trabalhar pelas pessoas que trabalham para mim.

Uma pessoa vendo isso de fora, ouvindo Huxley e seu tom afiado e respostas curtas, pensaria que esse homem não tem coração, mas então, ele vem e dá uma resposta dessas. Ele tem todo o dinheiro que uma pessoa poderia precisar na vida, poderia simplesmente ir embora para onde quisesse e parar de trabalhar para sempre, mas reconhece que deve seu tempo a outras pessoas, porque elas lhe deram os seus.

Isso me atinge com mais força do que eu esperava.

— Essa é uma resposta muito bondosa, Huxley. Você está me fazendo pensar que existe um coração debaixo dessa sua camisa justa, afinal.

— Ele está lá quando é preciso. — Ele bebe um pouco de água e pergunta: — Melhor lugar que você já visitou nas férias?

— Hum, você vai ficar bem decepcionado. Nós não costumávamos viajar de férias quando eu era pequena. Minha mãe não tinha dinheiro, mas, quando ela conseguia economizar ocasionalmente, passávamos um dia maravilhoso na Disneylândia. A mamãe nos mimava. Chegávamos lá bem cedinho, antes do parque abrir, comíamos tudo que queríamos, andávamos nos brinquedos duas vezes, às vezes três, e ficávamos por lá até o parque fechar. Algumas das minhas melhores lembranças são dos momentos que passamos na Disneylândia. O único lugar que já visitei nas férias foi o Parque Nacional de Redwood. Fomos acampar. Não curtimos muito a vida selvagem, mas foi divertido. Tentamos cozinhar usando uma fogueira, comíamos *s'mores* dia e noite e jogamos cartas durante o fim de semana inteiro, quando não estávamos admirando as árvores. Foi muito divertido.

— Parece que foi mesmo. Eu sempre gostei de acampar.

— Me deixe adivinhar: com os seus irmãos.

Ele confirma com a cabeça.

— Sim, nós fazemos tudo juntos.

— Estou percebendo isso. Sabe, eu nunca fui apresentada formalmente a eles, mas acho que eles devem saber tudo sobre mim.

— Eles sabem.

— Bem, talvez eu possa ser apresentada a eles adequadamente na sexta-feira.

— Posso providenciar isso. — Ele come a carne e observo sua mandíbula firme mover-se para cima e para baixo. Ok, por alguma razão, acho isso sexy. Pois é, acho que devo estar enlouquecendo. — Sua vez de fazer uma pergunta.

— Certo — digo, voltando a atenção para meu prato. — Hã... quem é o seu irmão favorito?

Ele dá risada.

— Você tinha que perguntar isso, não é?

— Claro. Preciso estar preparada para quando conhecê-los.

— Se eu tivesse que escolher, diria que sou mais próximo de JP. Temos idades mais próximas, já nos metemos em mais problemas juntos e trabalhamos mais na construção do nosso negócio. Ele também é a pessoa para quem eu provavelmente pediria que fosse pagar a minha fiança na cadeia.

— Cadeia? Por que você iria para a cadeia?

— Nós fizemos merdas bem idiotas quando mais jovens.

— Tipo o quê?

Ele balança a cabeça.

— Essa pergunta terá que ficar para outro dia. A sua cota acabou. E não tente essa bobagem de 2a, 2b comigo, porque já usou isso.

— Nossa, como você é estraga-prazeres.

— Estou apenas jogando de acordo com as regras. Minha vez. — Ele pega seu copo d'água e toma um gole. Quando pousa o copo, parece incerto. — Não sei bem como perguntar isso sem soar grosseiro, mas o que aconteceu com o seu pai?

— Não foi grosseiro. Ele deixou a minha mãe há muito tempo. Ele era motorista de caminhão. Não queria ficar em um lugar só. Nunca tive um relacionamento com ele, mas ele sempre mandava a pensão alimentícia para a minha mãe. Foi por isso que ela pôde comprar a casa na qual moramos. Lembro-me de ouvir a mamãe conversando com a minha avó certa noite, logo depois que o meu pai foi embora. Mamãe estava dizendo que não se sentia bem por receber dinheiro dele, mas a minha avó a cortou rapidamente. Foi a primeira vez que ouvi a minha avó falar em um tom tão sério. Ela disse que a minha mãe não teve as filhas sozinha. Que o dinheiro que ele mandava não era uma caridade, era seu dever. E daquele momento em diante, mamãe aceitou os cheques dele todo mês. Nós enviamos alguns cartões em datas comemorativas e no aniversário dele, mas nunca passou disso. Agora, eu sinceramente não faço ideia do que ele está fazendo ou de onde está. E nós estamos bem com isso, porque temos Jeff, e Jeff é tudo de que precisamos.

Huxley fica em silêncio por um momento antes de dizer:

— Eu não consigo me imaginar abandonando a minha família desse jeito, mas pelo menos ele teve consideração para dar um apoio de certa forma.

— Ele ajudou a termos um lar pelo qual, de outra forma, a mamãe não conseguiria pagar. E é um lar tão maravilhoso, cheio de lembranças.

— Senti isso quando estive lá. Muito aconchegante. — Ele coloca mais um pedaço de bife na boca e, então, fica quieto.

Ele permanece assim pelo resto da noite. E, é claro, sendo a pessoa que sou, repasso a nossa conversa na minha cabeça, tentando determinar o momento ou a coisa que eu disse que o fez se fechar tão rapidamente.

Se eu ao menos pudesse perguntar...

— O que você está fazendo? — Kelsey pergunta quando puxo meus pés para cima da cadeira e apoio o celular nos joelhos.

— Me preparando para fazer algumas perguntas para o Huxley.

— Sobre o quê?

— Sobre ele. Isso faz parte do acordo, para que eu não enlouqueça por ter que morar e interagir com um robô. Posso fazer perguntas a ele. Duas durante o dia e duas à noite. Ele pode fazer o mesmo.

— Nossa, isso parece muito... calculado.

— O Huxley é assim. Aquele homem precisa de ordem.

Kelsey me analisa e puxa sua cadeira para mais perto de mim, de modo que possa estender a mão e me cutucar no braço.

— Você gosta dele, não é?

— O quê? — pergunto, com o cenho franzido. — Você ficou doida? Não, eu não gosto dele. Ele... ele é um sociopata. Não é o tipo de cara que me atrai. Mas é legal conhecê-lo um pouco melhor, porque ter que jantar com alguém que passa todo o tempo me irritando ou completamente em silêncio não é algo que eu chamaria de divertido. Isso deixa o acordo mais fácil.

— Aham... — ela diz com um sorriso e, em seguida, levanta-se. — Vou àquele restaurante de saladas que fica virando a esquina. Vai querer alguma coisa?

— Por favor. — Sorrio para ela, sem ceder à sua descrença. — Salada verde com tudo cortadinho, sem tomates. Valeu, maninha.

Com seu sorriso largo, ela pega sua bolsa e sai pela porta. Quando a ouço fechar, abro minha conversa com Huxley e faço a ele a pergunta que eu queria fazer ontem à noite. Talvez ele possa ser mais receptivo a me responder por mensagem, quando não tem que olhar na minha cara.

> **Lottie:** *Que merdas idiotas você fez quando era mais novo?*

Sorrio comigo mesma quando vejo os pontinhos aparecerem na tela.

> **Huxley:** *Eu sabia que você perguntaria isso.*
> **Lottie:** *Então, você deve ter uma boa resposta para mim, não é?*
> **Huxley:** *Depende do que você considera bom.*

Ele é sempre mais brincalhão por mensagem. Fico me perguntando: ele sente que não precisa manter sua fachada quando manda mensagens, como faz quando conversamos pessoalmente? É provável que ele se sinta mais confortável para ser ele mesmo dessa maneira. Escondendo-se por trás do conforto de seu celular como um escudo protetor.

> **Lottie:** *Pare de evitar. Me conte as coisas obscenas que já fez.*
> **Huxley:** *Você quer saber as coisas obscenas?*
> **Lottie:** *Não esse tipo de obscenidade... bem, hã, agora estou curiosa. Você é um cara obsceno?*
> **Huxley:** *Essas são as suas duas perguntas do dia?*
> **Lottie:** *Você barganha muito bem, mas eu meio que quero saber as respostas delas, então, sim, essas são as minhas duas perguntas. Eu gostaria que você respondesse primeiro sobre a vez em que esteve na cadeia.*
> **Huxley:** *Só para constar, nós nunca estivemos na cadeia, porque nunca fomos pegos. Mas éramos uns idiotas entediados e sacaneávamos nosso vizinhos, roubando coisas bobas do jardim de uma pessoa e colocando no de outra. Assim, o Sr. Galstone da esquina acabava ficando com as plantas da Sra. Dreerie, mas nós sempre alterávamos essas coisas de alguma forma, tipo pintando os vasos e tal. Coisas bobas, mas isso fazia os vizinhos discutirem. Era divertido.*

> **Lottie:** *Seus pestinhas. Cara, se algo assim acontecesse com Jeff, ele surtaria. Ele é muito protetor com seu jardim. Ele queria poder ser reconhecido pelo comitê de beleza do The Flats, mas ficamos uma rua depois da área que é considerada na competição. Jeff acredita que merece reconhecimento. Todos nós acreditamos.*
>
> **Huxley:** *Notei que o jardim era muito bem-cuidado. Ele faz um ótimo trabalho.*
>
> **Lottie:** *Ele ficaria muito grato pelo elogio. Agora... me faça uma pergunta.*
>
> **Huxley:** *Você não quer que eu responda à outra pergunta agora?*
>
> **Lottie:** *Vou esperar. Me mande uma bem difícil.*
>
> **Huxley:** *Ok... você já se apaixonou?*

Ok... você já se apaixonou?

Fico encarando a tela do celular, lendo e relendo sua mensagem. Para um homem tão robótico, nunca pensei que ele faria uma pergunta dessas. Quando eu disse difícil, quis dizer algo do tipo "Por quem você daria a vida? Time Jacob ou Time Edward?".

Só para constar... prefiro mil vezes o pau brilhante.

Mas se eu já me apaixonei? É uma pergunta pesada.

> *Huxley: Estou esperando...*

E ele é persistente. Acho que é justo eu responder.

> *Lottie: Se eu já me apaixonei? Hum, a resposta é não. Um não com certeza. Já estive com alguns caras, mas nenhum realmente me cativou. Tenho certeza de que o meu coração vai esperar para se apaixonar por alguém quando eu menos esperar.*
>
> *Huxley: Com quantos caras você já esteve?*
>
> *Lottie: Essa é a sua segunda pergunta?*
>
> *Huxley: Sim.*
>
> *Lottie: Fazendo uma segunda pergunta sobre um assunto tão sem graça. Já estive com cinco caras, e aqui vai um bônus: somente um deles me fez gozar. E esse cara... foi você.*

Meu rosto esquenta quando clico em *Enviar*. Meu Jesus, por que eu disse isso? Não foi um flerte, foi? Não, eu não estou flertando com ele. Simplesmente falei a verdade, e sabendo o tipo de homem que Huxley é, ele vai ficar orgulhoso por ser o único, porque ele é um alfa e sente prazer com informações como essa. Isso irá ajudá-lo a se abrir mais... eu espero.

> *Huxley: Claramente, você esteve com um bando de imbecis. Fico feliz por ter feito você gozar nos meus dedos.*

Nossa... ok, as coisas estão ficando bem suadas por aqui.

Sinto umidade em minha nuca, e a pele acima do meu lábio superior também parece estar com uma leve camada de suor. Que reação "atraente" a uma mensagem sacana.

Lottie: Você foi o único, além de mim mesma.

Huxley: Se eu te der mais uma pergunta, você me dá mais uma também?

Lottie: Estou intrigada. Então... sim.

Huxley: Me faça outra pergunta primeiro. Aquela sobre obscenidades?

Lottie: Não. Estou guardando essa para o final. Eu quero saber se você já se apaixonou.

Huxley: Nunca. Nunca uma pessoa me fez sentir como se eu pudesse passar o resto da minha vida com ela, como se eu não pudesse passar um dia sem vê-la, como se eu precisasse dela nos meus braços para poder ter uma boa noite de sono. Tive somente relacionamentos superficiais com as mulheres com quem estive.

Lottie: Não achei que a sua resposta seria essa. Pelo jeito como você age, o seu tom cortado, o seu comportamento retraído, eu poderia jurar que alguém partiu o seu coração.

Huxley: Teve uma pessoa que ferrou a minha cabeça, mas eu não estava apaixonado. Estava mais... apegado pelos motivos errados. Por negócios.

Lottie: Hum, entendi. Bem, isso explica a sua necessidade de manter tudo estritamente profissional entre nós.

Huxley: Existe uma razão para tudo.

Lottie: Qual é a sua terceira pergunta para mim?

Huxley: Você disse que eu fui o único a te fazer gozar, além de você mesma. Me conte como foi o melhor orgasmo que já deu a si mesma.

Mais suor acima do lábio. Porque eu sei precisamente, sem dúvida alguma, como e quando foi. Mas a minha resposta vai somente fazê-lo inflar ainda mais o peito.

> **Lottie:** *Foi na noite em que você me fez gozar. Quando voltei para o meu quarto, eu me fodi com o meu vibrador roxo e gozei muito forte, pensando em como você dominou o meu corpo apenas momentos antes. E tenho noção do quanto essa resposta é inapropriada, mas é a verdade. Você me deixou muito excitada naquela noite. Não tive como evitar.*
>
> **Huxley:** *O seu corpo foi fácil de dominar.*

Solto o celular por um segundo e respiro fundo. Tudo bem, sim, esse homem é atraente, leva jeito com as palavras, e quando ele demonstra, sua personalidade é do tipo que eu gosto, mas preciso ter cuidado. Mesmo que isso seja estritamente profissional, parte de mim acredita que, se eu permitisse, se eu o deixasse entrar no meu quarto, ele não pensaria duas vezes.

> **Lottie:** *É um corpo amigável, quer sempre incluir todo mundo.*

Meu Deus, o que isso quer dizer?

Antes que ele possa responder isso, mando rapidamente outra mensagem.

> **Lottie:** *Ok, então qual foi a coisa mais obscena que você já fez?*
>
> **Huxley:** *O que é obsceno na minha concepção pode não ser considerado obsceno para outra pessoa. Já transei em lugares bem esquisitos, mas foi só sexo. Fazer algo obsceno significa ultrapassar um limite, um limite que provavelmente não deveria ser ultrapassado. Algo proibido.*
>
> **Lottie:** *Concordo com isso.*
>
> **Huxley:** *Então, a coisa mais obscena que já fiz foi abrir o seu robe e enfiar os dedos na sua boceta.*

Pisca.

Engole em seco.

Quase engasga com a própria saliva.

Ok, o que está acontecendo? O que está realmente acontecendo? Ele está flertando? Ou está apenas sendo direto? O que está se passando em sua cabeça? Quero muito saber, porque sua resposta me deixou abismada.

> **Lottie:** *Você tem que ter feito algo mais obsceno que isso. Tipo, você sabe, foder alguém na mesa do seu escritório, talvez chicotes e correntes? Sei lá, não pode ter sido só o que fez comigo.*
>
> **Huxley:** *Eu ultrapassei um limite naquela noite. Você é proibida, fora dos limites, parte de um acordo de negócios, e perdi o controle. Me permiti ceder à tentação. Fique feliz por eu ter somente tocado a sua boceta, porque se eu pudesse fazer o que queria, você não teria ficado de robe. Tenho uma reunião. Vejo você no jantar.*

Solto meu celular e, lentamente, olho para cima. Como raios eu vou conseguir jantar com ele agora?

— Bife e salada de rúcula com nozes cristalizadas, batatas gratinadas, pimentão, queijo gorgonzola e molho balsâmico. Aproveitem — Reign anuncia antes de nos deixar com nossas ricas saladas. Comemos bife ontem à noite, mas isso parece diferente. Bife cortado e batatas em uma salada... nunca ouvi falar nisso, mas, sendo sincera, estou bem empolgada para experimentar.

Quando voltei para a casa de Huxley, fui direto para a banheira, onde tomei um banho longo e delicioso e usei um dos meus vibradores para aliviar a tensão que se acumulou com nossas mensagens. De jeito nenhum eu podia descer para jantar cheia de tesão. Não, eu me aliviei e depois deixei que a água quente massageasse meus músculos tensos até eu estar completamente relaxada.

Quando saí, Huxley estava me apressando com uma mensagem dizendo que o jantar estava pronto.

Vesti um robe — e uma calcinha fio-dental, por motivos óbvios — e desci rapidamente as escadas para chegar à sala de jantar, onde Huxley estava sentado à mesa usando uma camisa de botões azul-escura, com as mangas enroladas até os cotovelos e os dois primeiros botões abertos. Roupas de trabalho caem tão bem nele.

— Isso parece estar tão bom — digo enquanto remexo a comida em meu prato, misturando tudo.

Quando olho para Huxley, ele parece estar tenso novamente, rijo como uma tábua.

— Hã, está tudo bem aí? — pergunto. Do que esse homem pode estar com raiva? Isso nunca acaba. Pensei que estivéssemos em bons termos, que estivéssemos nos dando bem. Mas a cada jantar, parece que damos dois passos para trás.

— Por que você está usando isso? — Huxley indaga, seus olhos descendo para o robe.

— Hã, eu estava na banheira de novo quando você mandou mensagem. Me vesti rapidamente com o que estava mais perto. Não se preocupe, vesti uma calcinha, desta vez. — Pisco, como se isso fosse ajudar.

Reign volta para a sala de jantar e avisa:

— A cozinha está limpa e com tudo pronto. Se deixarem seus pratos na pia, os funcionários da manhã cuidarão deles. Estou indo ao recital da minha filha.

— Há flores na despensa para ela — Huxley diz. — Aproveite a noite com a sua família.

— Obrigado — Reign fala com um sorriso e, então, vai embora.

— Ele tem uma filha? Eu não sabia que ele tinha família.

— Tem, sim. É por isso que janto cedo, para que ele possa voltar para ela.

Está vendo? Aí está ele novamente, sendo atencioso. Isso não é irritante? Eu acho que sim.

Após alguns momentos de silêncio, Huxley questiona:

— Você vai fazer as suas perguntas?

— Oh, sim... claro. Hum, deixe-me ver. Uma pergunta, uma pergunta. — Toco meu queixo com um dedo, nada vindo à mente. Nem uma coisinha sequer. Tudo em que consigo pensar é na maneira como seu olhar de aço desceu para o meu robe quando ele perguntou por que eu estava usando-o. Sombrio, ameaçador, como se estivesse prestes a arrancar a maldita peça do meu corpo com os dentes.

— Podemos pular as partes das perguntas hoje — ele oferece com um tom firme.

— Não, não, me dê apenas um segundo. Hã, o que... hum, o que você sabe cozinhar?

— Cozinhar? — Ele ergue as sobrancelhas.

— Sim, você sabe cozinhar alguma coisa? Tem algum prato que seja sua especialidade? Algo de que se orgulha pra caramba? Tipo, digamos que JP fará um churrasco no quintal e todos os convidados precisam levar alguma coisa caseira. O que você levaria?

— JP pediria comida em algum serviço de bufê — ele responde.

— Colabore.

— Não sei cozinhar bem, mas se eu tivesse que fazer alguma coisa, seria algo para grelhar, porque é a única coisa que sei fazer decentemente. Então, se eu tivesse que levar alguma coisa, provavelmente levaria hambúrgueres que Reign preparou para mim e os grelharia.

— Nossa — digo com uma risada. — Essa foi uma resposta muito rica.

Ele mal sorri ao falar:

— Eu perdi o jeito com algumas coisas depois de me dedicar somente à empresa por tanto tempo. Cozinhar é uma delas.

— Com que outra coisa você perdeu o jeito? — indago.

— Essa é a sua segunda pergunta?

Assinto.

— Sim, é uma boa segunda pergunta.

Ele leva seu copo de água aos lábios e diz:

— Com o que perdi o jeito? Provavelmente com tudo que um homem de 35 anos normalmente perde. Namorar, cozinhar, hobbies.

— Então, tudo que você faz é trabalhar?

— É o que acontece quando se está na posição em que me encontro. Isso consome uma pessoa. — Ele olha para mim, com uma expressão intrigada. — Você já sentiu algo te consumir assim?

Estou presumindo que essa é uma de suas perguntas, então penso um pouco.

— Você quer dizer algo que consumiu meu tempo, ou me consumiu por inteiro, como o trabalho te consumiu?

— Te consumiu por inteiro.

— Hum... odeio saber qual é a minha resposta, porque eu queria que outra coisa me consumisse.

— O que é?

— Angela. Ela me consumiu, mas não de uma maneira saudável. O relacionamento que tive com ela sempre foi tóxico. Às vezes, ela me fazia sentir importante, especial, somente para depois me jogar fora como se eu não tivesse importância. — Balanço a cabeça. — Eu permiti que ela ocupasse espaço demais na minha cabeça, e queria poder encontrar outra coisa que me consumisse, algo que me fizesse esquecer de tudo que aconteceu entre mim e ela.

— Você ainda pensa em como ela te demitiu? — ele pergunta.

— Sim, o tempo todo, porque esse é o motivo pelo qual estou aqui agora. E não quero que pareça ofensivo a você, mas isso é muito não convencional. Então, sim, eu queria poder me livrar disso, não me importar mais de jeito nenhum com ela, ou pensar nisso. Eu só preciso encontrar algo que possa ocupar esse espaço na minha mente, sabe?

Ele assente lentamente.

— E mesmo que eu ame trabalhar com Kelsey, não quero que a minha mente seja completamente tomada pelo trabalho. Quero que seja algo saudável. Algo que me traga alegria. Acho que ainda estou tentando entender tudo isso.

Huxley arrasta a língua pelos dentes e empurra sua salada de lado. O que ele está fazendo? Ele empurra sua cadeira para trás, colocando espaço entre ele e a mesa. Em um tom autoritário, demanda:

— Venha aqui.

— Hã... o quê? — pergunto.

Seus olhos penetrantes encontram os meus.

— Eu disse *venha aqui.*

— Por quê?

— Eu vou te mostrar uma coisa, algo para ajudar com esse espaço que você está tentando preencher.

— Oh — digo. Algo simples. Levanto-me, mas antes que eu possa ao menos soltar meu guardanapo, ele segura minha mão e me puxa para o meio de suas pernas, colocando-me contra a madeira grossa da mesa de jantar. — Mas o que é isso? — pergunto enquanto ele me senta sobre a mesa diante dele. Fecho as pernas com força e ajusto meu robe para não deixar nada à mostra. — O que você está fazendo?

— Você quer algo que te consuma? Quer tirar esses pensamentos da cabeça? É assim que se faz. — Suas mãos pousam em minhas coxas, e a ficha finalmente cai. Seus olhos permanecem nos meus conforme ele fala: — Diga agora que não quer e eu voltarei a comer a minha salada. Caso contrário, vou comer você.

Ai.

Meu.

Deus.

Misturar negócios com prazer é sempre uma má ideia. Huxley disse isso tantas vezes, mas como eu posso negar a satisfação de senti-lo me fazer gozar novamente? Depois das mensagens, as conversas cheias de tensão, as perguntas reveladoras... como posso dizer não?

Sem chance.

Eu quero ser consumida.

Eu quero esquecer.

— Diga agora que não quer e eu voltarei
a comer a minha salada.
Caso contrário, vou comer você.

Eu quero seguir em frente para algo que não vá me fazer sentir mal, e sim que me faça sentir completamente satisfeita.

— Por que você quer fazer isso? — pergunto a ele, querendo desvendar sua mente.

— Eu sou um homem generoso, Lottie, mas a minha oferta não dura para sempre. Há um prazo. É sim ou não.

Mordo meu lábio inferior enquanto encaro esse homem. Já estou praticamente sentindo-o entre minhas pernas, a aspereza de sua barba por fazer arranhando a parte interna das minhas coxas, enquanto sua boca deliciosa pousa em minha excitação.

Eu quero.

Eu preciso.

Não o quero em nenhum outro lugar.

Confirmo com a cabeça, dando-lhe sinal verde, mas ele não se mexe. Em vez disso, ele diz:

— Da sua boca. Quero ouvir você dizer que me quer entre as suas pernas.

Umedeço os lábios, meu coração batendo a um quilômetro por minuto.

— Eu quero você, Huxley, entre as minhas pernas. A sua língua no meu clitóris. Quero gozar na sua boca.

Seus olhos escurecem e suas mãos deslizam para cima, entrando pelo meu robe e encontrando o cós da minha calcinha. Ele a arrasta para baixo e eu ergo um pouco os quadris para ajudá-lo a tirá-la de mim. Ele a joga de lado, parecendo quase ofendido por eu ter ousado vestir uma coisa dessas para o jantar.

Exposta, apoio as mãos atrás de mim na superfície da mesa, meu robe ainda fechado com força em minha cintura, e observo-o subir as mãos lentamente pela parte interna das minhas coxas. Ele não diz nada, nem ao menos olha para mim; em vez disso, está focado no meio das minhas pernas, separando-as devagar cada vez mais até que eu esteja completamente aberta para ele.

Não preciso passar a mão em minha boceta para saber que já estou molhada. Só de saber que ele está assim, perto de mim, nessa posição, já fico excitada.

Suas mãos deslizam mais para cima até que seu polegar se conecta com o meu clitóris. Ele acaricia o pontinho algumas vezes, com um sorriso satisfeito repuxando os lábios.

— Molhada, exatamente como espero que você esteja quando está perto de mim — ele diz, fazendo círculos com o polegar. — Você ficou molhada no curso para gestante quando estava se esfregando no meu pau excitado?

Jesus Cristo, nunca um homem falou comigo assim.

— Sim — respondo honestamente. — Fiquei.

— Você se masturbou quando chegou em casa?

Inspiro profundamente quando ele planta um beijo na parte interna da minha coxa.

— Eu me masturbo toda noite desde que cheguei à sua casa.

Seus olhos encontram os meus.

— Eu não ouço você à noite.

— Eu evito fazer barulho — revelo.

— Não faça isso. — Ele para o movimento dos dedos. — Se você se masturba à noite, eu quero ouvir, porra. Quero ouvir os seus gemidos. Quero saber que você está satisfeita.

— Você gostaria de assistir?

Ele pressiona mais um beijo em minha pele, e então mais um.

— Sim. Eu assistiria.

— Você se masturbaria enquanto me assiste?

— Seria difícil, mas não.

— Por que não?

Sua boca está tão perto que quero gritar, mas ele vai para a outra perna, sua língua se arrastando levemente em minha boceta por um breve segundo antes de encontrar minha outra coxa. Rosno de frustração. Ele me deixou completamente excitada em questão de segundos. Geralmente, eu levo alguns minutos, mas não com Huxley, não com o jeito que ele domina o meu corpo. Bom, isso e as mensagens que trocamos mais cedo. Só de pensar em como o fiz querer abrir o laço do meu robe... fico cheia de tesão.

— Eu não me tocaria, porque o único jeito que quero gozar é dentro de você.

E então, sua boca desce para o meu clitóris e eu arqueio as costas, em um movimento tão abrupto que o laço do meu robe fica perigosamente perto de se desfazer.

— Oh, Deus, Huxley... isso.

Sua língua se move em meu clitóris, circulando-o, aplicando pressão suficiente para me deixar louca.

— Você tem gosto de mel. — Ele chupa meu clitóris, puxando-o em sua boca, me provocando, fazendo cada osso do meu corpo parecer geleia.

— Minha nossa. — Antes que eu possa recuperar o fôlego, ele desliza dois dedos dentro de mim. — Porra — grito, torcendo para que Reign tenha sido a última pessoa a ir embora esta noite. Conhecendo Huxley, ele não faria isso se tivesse mais alguém na casa.

Simultaneamente, ele curva os dedos dentro de mim, atingindo um ponto que deixa minha vista escura enquanto sua língua rotaciona repetidamente em meu ponto sensível.

Há um ritmo em seus movimentos, uma sincronização precisa que está formando o meu orgasmo rápido e com força.

Minhas pernas ficam dormentes, e meus braços trêmulos mal conseguem suportar meu peso. Huxley percebe isso e, delicadamente, me empurra para trás com sua mão até que eu esteja deitada, minha boceta na beira da mesa, bem na frente de seu rosto. E ele se aproveita dessa posição, porque separa ainda mais as minhas pernas, as segura no lugar e me ataca com sua boca novamente.

De novo e de novo e de novo.

Ele não toma fôlego.

Ele não tenta me beijar em qualquer outro lugar.

Ele está focado no meu clitóris, e somente nele.

É a minha ruína.

A pressão começa a se formar na base da minha espinha, um prazer rodopiante e delicioso. Minha visão fica totalmente escura, forçando-me a fechar os olhos e sentir o que esse homem convencido, mas dominador, faz com o meu corpo. Sinto-me atônita, como se tivesse sido transportada para outro mundo, onde não consigo sentir mais nada além do prazer distinto de ter Huxley entre minhas pernas.

— Oh, isso, Hux. Por favor, não pare. Por favor.

Ele não para.

Ele nem ao menos vacila.

Em vez disso, adiciona mais pressão ao meu clitóris antes de subir as mãos pela parte interna das minhas coxas e abrir mais meus lábios com os polegares, garantindo-lhe acesso total.

E nessa posição, ele tira proveito.

Sua língua gira.

— Isso, porra — grito, jogando um braço sobre os olhos.

Sua língua pulsa.

— Oh, meu Deus. — Agarro meus cabelos.

Seus lábios me chupam.

— Puta que pariu. Isso, Huxley, isso.

A pressão fica cada vez maior, e maior, e maior, até que...

— Eu vou gozar. Oh, porra, Huxley, eu vou gozar.

Meu corpo espasma, meu clitóris pulsa em sua boca e meu grito de êxtase é recebido pelas paredes brancas e imaculadas da sala de jantar enquanto gozo em sua língua.

Delicioso. Viciante. Um prazer transformador.

Sentindo o relaxamento do orgasmo, meus quadris pulsam sob ele conforme eu lentamente volto à Terra e tento recuperar o fôlego.

— Jesus — solto, minha voz rouca.

Huxley dá um último beijo em minha boceta e, então, ergue o torso para sentar-se na cadeira. Ele pega minha mão e, gentilmente, me ajuda a levantar para que eu fique sentada diante dele. Ele ajusta meu robe sobre minhas pernas e diz:

— Deixe que somente isso te consuma esta noite, e nada mais.

Com isso, ele se levanta e dá um passo para o lado, como se estivesse indo embora. Seguro sua mão rapidamente e pergunto:

— Aonde você vai?

— Já comi o meu jantar. — Seus olhos sedutores se fixam em mim. — Agora, é hora de ir para a cama.

Com o olhar ainda em mim, ele leva minha mão até sua boca, dá um beijo suave nos nós dos meus dedos, e em seguida quebra nossa conexão, afastando-se. Antes que ele vire e se retire da sala de jantar, percebo sua ereção rígida, pressionando e arqueando contra o zíper de sua calça social.

Meu Deus, ele é tão sexy, tão tentador.

Eu quero ter seu pau em minha boca.

Esse é o meu pensamento inicial, e então, o desejo de tê-lo na minha boca fica imensamente maior a cada respiração que dou. Devo ir atrás dele? O que eu faria, se fosse? Porra, acho que todos sabemos o que eu faria. Puxaria sua calça para baixo e o chuparia. Eu me deleitaria na sensação de ter seu pau grosso na minha boca.

Mas se tem uma coisa que sei sobre Huxley é que, se ele quisesse seu pau em minha boca, pediria. Esse é o tipo de homem que ele é.

E diante da maneira que ele recuou rápido? Ele não quer isso de mim.

Ainda.

CAPÍTULO QUINZE

HUXLEY

Ainda consigo sentir seu sabor em minha língua.

Ainda consigo sentir o ritmo de seu clitóris pulsando de prazer.

Ainda consigo ouvir seus gemidos de êxtase conforme ela gozava em meu rosto.

E, porra, não consigo pensar em mais nada.

É exatamente por isso que eu não queria me envolver. É por isso que eu sabia que ultrapassar esse limite com ela seria uma má ideia, porque ela é muito viciante. Porque ela não é o tipo de mulher que você prova uma vez e segue em frente.

Não, ela deixa uma impressão duradoura. Uma marca. Ela não desaparece.

Pego-me checando o relógio, conferindo que horas são, contando os malditos minutos até ela me mandar uma mensagem com uma pergunta, esperando desesperadamente vê-la hoje na reunião com sua irmã.

E bastou prová-la apenas uma vez. Agora, estou completamente ferrado.

Eu a quero.

Não a vi esta manhã. Saí de fininho bem cedo com a minha mochila da academia, vim para o escritório, fiz meus exercícios e tomei banho aqui, com receio demais porque, se a visse, eu provavelmente me enterraria entre suas pernas mais uma vez, buscando seu sabor delicioso, querendo ouvi-la choramingar meu nome novamente.

Merda.

O que há de errado comigo?

Eu nunca deveria ter ultrapassado esse limite. Eu nunca deveria nem ao menos considerá-la como uma opção, e o maior motivo para isso é porque acho que estou desenvolvendo sentimentos por essa mulher, e sei que é muito provável que esses sentimentos não sejam recíprocos.

Sim, ela está me conhecendo melhor, embora não seja porque gosta de mim — porra, eu pareço um adolescente —, mas sim porque não quer fazer negócios com um babaca que não sabe como agir perto de mulheres.

E se ela realmente gostasse de mim, teria vindo atrás de mim depois que subi as escadas ontem à noite. Eu não esperava que ela fizesse isso e nunca esperaria que uma mulher me retribuísse o favor, mas se ela sentisse qualquer atração, teria ido até a porta do meu quarto e ao menos ouvido enquanto eu gozava por toda a minha barriga, com minha mão batendo com força enquanto minha mente focava em seus sons e no sabor de seu orgasmo.

Mas ela não o fez, e eu precisava ter consciência disso. Precisava me lembrar exatamente do que estava fazendo: tentando fechar um negócio.

Viro minha atenção para o computador no instante em que meu celular apita com a chegada de uma mensagem. Fecho os olhos com força, tentando reunir um pouco de autocontrole, mas falho miseravelmente ao pegar o celular e abrir a mensagem de Lottie.

> **Lottie:** *O que vai almoçar hoje?*

Recosto-me na cadeira e respondo.

> **Huxley:** *Esta é uma das suas perguntas?*
> **Lottie:** *Considere como um brinde. Estou curiosa.*
> **Huxley:** *Não sei. Provavelmente nada. Estou trabalhando bastante.*

Ela não precisa saber que o que eu realmente quero para o almoço é sua boceta, e que se ela estivesse aqui agora, eu a estaria devorando antes que ela ao menos pudesse recuperar o fôlego.

> *Lottie: Como você vai ficar sem almoçar? Eu comi um donut há uma hora, um burrito enorme no café da manhã e estou faminta, pronta para começar a roer meu próprio braço. E você pulou o jantar ontem.*
>
> *Huxley: Não é disso que me lembro. Eu matei minha vontade no jantar.*

Porra, não consigo evitar. Não consigo me impedir de lembrá-la de como a fiz se sentir, de como ela me fez sentir.

Satisfeito.

> *Lottie: Pergunta: você sempre foi safado assim?*
>
> *Huxley: Quando você sabe o que quer, tem que ir atrás. Não há safadeza envolvida, somente a verdade.*
>
> *Lottie: Bem, essa resposta foi um bode expiatório que funcionou muito bem para você. Agora, me faça uma pergunta. Me distraia enquanto Kelsey volta com o almoço.*
>
> *Huxley: Você está sentindo que me conhece um pouco melhor?*
>
> *Lottie: Sim, mas não sei se esse seria o caso sem essas perguntas. Estou feliz por você estar aberto a elas.*
>
> *Huxley: Sua vez.*
>
> *Lottie: Isso é tudo que você vai dizer a respeito disso?*
>
> *Huxley: Sim.*
>
> *Lottie: Ok, estou vendo que hoje é dia do Huxley fechado, tudo bem, então. Hum, pergunta: quando foi a última vez que você transou, e com quem?*
>
> *Huxley: São duas perguntas.*
>
> *Lottie: É uma pergunta em duas partes, conectadas. Está valendo.*

Huxley: Por que você quer saber?

Lottie: Essa é a sua pergunta?

Huxley: Considere-a conectada também.

Lottie: Só estou interessada em saber como era a sua vida antes de eu chegar.

Huxley: A última vez que transei foi provavelmente há três meses, com uma mulher que conheço há alguns anos. Nós ficamos juntos ocasionalmente só para nos divertirmos, sem compromisso. Não tenho tempo para outra coisa.

Lottie: Um encontro sexual. Eu não esperava nada menos que isso. Mas três meses parece ser muito tempo. Eu imaginava que você fazia uma vez por semana.

Huxley: Não tenho tempo. Além disso, eu já te disse, enquanto estivermos sob contrato, não estou interessado em mais ninguém além de você.

Lottie: Não sei como responder a isso.

Huxley: Não precisa. Minha última pergunta antes de ir: você está nervosa com a apresentação de hoje?

Lottie: Honestamente?

Huxley: Sempre.

Lottie: Estou. Estou nervosa porque estamos trabalhando duro nisso. Eu sei que oferecemos um ótimo serviço, sei que há muitas coisas em jogo, e sei que você não vai nos dar algo somente por dar, você vai fazer com que mereçamos.

Huxley: Correto.

Lottie: Isso significa muito para nós. Até mesmo somente a oportunidade de apresentar o nosso trabalho significa muito. Estamos praticando muito, nos certificando de que tudo está perfeito, e quando o momento chegar, espero muito que possamos mostrar todas as vantagens que podemos oferecer a Cane Enterprises.

Eu já sei que elas são perfeitas para o trabalho. Fiz minhas pesquisas sobre Kelsey, mas vou fazê-las se apresentarem mesmo assim, porque não sou o único que toma essas decisões. Breaker e JP também precisam votar. Além do mais, isso servirá de prática para Kelsey e um excelente aumento de autoconfiança para Lottie. Ela precisa encontrar seu nicho nos negócios, dado o que estudou na faculdade. Posso ver seu potencial. Ela precisa provar isso para si mesma mais do que para mim.

> **Huxley:** *Estamos ansiosos pela apresentação de vocês. Nos veremos depois.*

Apoio o celular na minha mesa e viro-me novamente para o computador. Dou uma olhada nos e-mails, mas as letras começam a ficar embaralhadas e sem sentido. Nada mais faz sentido.

Minha mente está sem foco.

Porque mesmo que eu não queira admitir, a única coisa em que consigo pensar é se vou ter a chance de chupar Lottie novamente... e quando.

— Elas devem chegar a qualquer momento, não é? — JP pergunta, ajustando seu terno.

— Sim — confirmo. Posso ver um dos elevadores subindo até o nosso andar. Tem que ser elas.

— Sabemos se a irmã é solteira? — JP indaga. — Ela é muito gata.

— Não faço ideia, mas se assinarmos um contrato, não seria uma boa ideia se envolver com ela — respondo.

— Hã, diz o cara que chupou a Lottie na mesa de jantar ontem à noite.

— O quê? — Breaker se aproxima. — Por que diabos eu não sabia sobre isso?

— Eu o pressionei para fazê-lo confessar — JP explica. — Dava para ver que ele estava de bom humor quando chegou hoje de manhã, então enchi o saco até ele me contar.

— Cara, que droga você está fazendo? — Breaker pergunta.

— Não é hora nem lugar para discutir isso — digo para Breaker quando o elevador anuncia sua chegada. Endireito os ombros e me preparo para pousar os olhos em Lottie e em qualquer que tenha sido o vestido que ela escolheu usar hoje.

Mas quando as portas do elevador se abrem, quem eu vejo não são Lottie e Kelsey, mas sim Dave.

— Nossa, que recepção — Dave diz ao sair do elevador, assimilando nós três. — Não estava esperando ver os três irmãos Cane esperando do lado de fora do elevador.

O que ele está fazendo aqui?

Melhor ainda, onde estão Lottie e Kelsey...

O elevador mais distante à esquerda faz *ding* e as portas se abrem, revelando Kelsey e Lottie, cada uma com maletas femininas nas mãos. Kelsey está usando um vestido roxo-escuro que é justo em seu torso e levemente rodado a partir do quadril, enquanto Lottie... inferno, ela está tentando me distrair? Ela está usando um vestido azul-escuro que vai até o meio de sua coxa, delineia seu corpo como uma luva e tem decote suficiente para me fazer querer rasgá-lo de seu corpo usando somente as mãos. E aqueles sapatos de salto alto...

Meus dentes roçam meu lábio inferior enquanto meus olhos permanecem focados nela. Em seu... rosto confuso.

— Olhe só isso! Lottie, como é bom vê-la — Dave diz, arrancando-me do meu transe. — Você está fantástica.

Merda, sua barriga deveria estar aparecendo?

Espero que não.

Eu não fazia ideia de que Dave viria ao escritório hoje. Pensei que ele não tivesse arranjado tempo em sua agenda e por isso não tive notícias suas. Acho que eu estava errado.

— Obrigada — Lottie diz. — Bela gravata, Dave. — Suavemente, ela caminha em minha direção, e observo cada passo seu naqueles saltos conforme ela marcha até mim, pousa sua mão na minha nuca e fala: — Oi, bonitão. — E então, antes que eu possa buscar fôlego, ela puxa minha boca para a sua. Parece demorar horas até ela finalmente fechar o espaço entre nós, mas, quando seus lábios encontram os meus, sinto algo possessivo correr intensamente por minhas veias.

— Oi, bonitão.

Vida.

Seus lábios nos meus estão me dando vida.

Minha mão sobe para suas costas e eu a puxo mais para ancorá-la contra mim. Sua outra mão, que segura sua maleta feminina moderna, pousa em meu peito para se equilibrar. Meus lábios se perdem nos seus.

O fato de que estamos no escritório desaparece da minha mente.

Os olhares curiosos deixam de existir.

E a reunião que temos marcada fica em segundo plano enquanto eu provo os lábios de Lottie pela primeira vez.

Macios.

Envolventes.

Apaixonados.

Eu sabia, somente pela maneira como se perde em meu toque, que ela beijava bem, mas essa reação, o jeito como seu corpo se pressiona ao meu, porra... é tão melhor do que eu poderia esperar.

Quando finalmente se afasta e me encara com olhos surpresos, ela engole em seco lentamente e diz:

— Oi.

Seguro seu queixo entre meu polegar e o indicador.

— Oi.

Quando eu finalmente desvio o olhar dela, deparo-me com a expressão completamente chocada de Kelsey seguida da reação animada de Dave.

— Eu adoro vocês dois juntos — Dave fala, como se nos conhecesse há anos e tivesse finalmente conseguido nos juntar. Esse cara é meio estranho, e é isso que tenho descoberto ao passar mais tempo com ele. Ele bate as palmas uma na outra. — Sinto muito por interromper. Huxley, você está pronto para a nossa reunião?

— Reunião? — Lottie pergunta baixinho. Viro minha atenção para ela. Há uma expressão confusa em seus olhos e eu sei o que isso pode parecer.

Como se, mais uma vez, eu estivesse furando com ela e sua irmã.

— Eu não sabia que você tinha marcado uma reunião com Dave também — Lottie fala, e há derrota em seus ombros. Ela sabe o quanto eu tenho me esforçado para tentar convencer Dave a conversar comigo sobre as propriedades.

— Não marcamos — Dave responde. — Eu estava esperando podermos arranjar um tempinho antes do fim de semana. Você sabe que não gosto de falar sobre negócios fora do horário de trabalho.

Não sabia disso, mas agora sei.

— Oh. — Lottie me dá tapinhas leves no peito. — Então, não vou fazê-lo esperar, Dave. — Ela se afasta de mim. Vejo o protesto pronto para sair da boca de Kelsey, mas Lottie balança a cabeça lentamente e conduz sua irmã em direção ao elevador. — Foi muito bom te ver, Dave. — Ela dá um aceno leve para ele e aperta o botão de descer no elevador. As portas se abrem no mesmo instante.

Antes que elas possam entrar, eu peço:

— Lottie, Kelsey, encontrem-nos na sala de reuniões. Estaremos lá em breve.

A expressão surpresa de Lottie me dá toda a confirmação de que preciso. *Acabei de fazer a coisa certa, porra.*

— Huxley?

— Já estamos indo. Podem ir se organizando. — Deixo claro para ela em meu olhar que estou falando sério.

Sem discutir, ela conduz Kelsey para a sala de reuniões, mas posso sentir seus olhos em mim o tempo todo.

Viro para Dave e digo:

— Cara, você sabe que eu adoraria ter essa conversa mais do que qualquer coisa, mas prometi a Kelsey e Lottie que ouviria a apresentação delas.

— Apresentação? — Dave pergunta. — Você faz a sua noiva fazer uma apresentação de negócios para você?

Sorrio.

— Ela quer que seja assim.

— Perdoe a minha intrusão, mas posso perguntar que tipo de negócio elas irão apresentar?

Enfio as mãos nos bolsos do meu terno e respondo:

— Elas têm um negócio de organização que foca em usar produtos sustentáveis e ecológicos. Estamos pensando em utilizar seus serviços nas nossas propriedades, especialmente neste escritório, para deixar nossos espaços mais eficientes.

— Uau. — Dave pisca algumas vezes e lança um olhar rápido em direção à sala de reuniões. — Eu não fazia ideia de que Lottie era empreendedora. — Ele assente devagar. — Com todo o dinheiro que você tem, ela não quer simplesmente ficar parada e aproveitá-lo, ela quer fazer algo para si mesma. Respeito muito isso. — Ele mantém os olhos nela e uma pontada de ciúmes... possessividade... toma conta de mim.

— Sou um homem de sorte. É muito sexy vê-la trabalhando tão duro.

— Posso imaginar. — Dave se balança nos calcanhares e diz: — Bem, que tal eu marcar um horário com Karla para conversarmos para que isso não se repita?

— Ótimo. E me desculpe por hoje.

Dave faz um gesto com a mão.

— Na verdade, isso me faz respeitá-lo ainda mais. Cumprir seus compromissos já marcados, saber quando algo é importante. — Dave assente. — Você é um homem do bem, Huxley Cane.

Caramba, se ele soubesse...

Viro-me para Breaker e peço:

— Você pode ajudar Dave a encontrar Karla para marcar a reunião?

— Será um prazer — Breaker responde ao guiar Dave até os fundos do escritório. Quando eles estão longe o suficiente para nos ouvirem, JP vira-se para mim, imitando minha postura.

— Você está fodido.

— O que você quer dizer? Dave disse que agora me respeita ainda mais.

JP balança a cabeça.

— Não, cara, não com Dave. Você está fodido porque aquela garota ali, aquela de vestido azul? Pois é, ela te tem na palma da mão. O Huxley Cane que eu conheço nunca deixaria passar a oportunidade de se reunir com o cara com que ele está tentando fechar um negócio. Na verdade, ele largaria basicamente qualquer coisa para fazer isso. — Ele dá uma olhada rápida para trás. — Quem diria que uma garota de vestido azul seria a sua kryptonita?

— Eu fiz uma promessa a ela — rebato, com a mandíbula cerrada. — Não vou quebrar essa promessa.

JP me dá tapinhas no ombro.

— Continue tentando se convencer disso, cara.

Ele segue em direção à sala de reuniões, e quando abre a porta, as duas mulheres erguem o olhar, mas Lottie não diz nada para JP. Seus olhos viajam até os meus através das janelas de vidro. Ali está, claro como o dia: ela está grata.

A onda de orgulho que me atinge no peito por causa daquele simples olhar é assustadora.

Apavorante.

Exausto, caio na cama e solto um suspiro profundo. Com as poucas horas de sono que tive essa semana e os momentos cheios de tensão que compartilhei com Lottie, nunca me senti tão cansado em toda a minha vida.

Quando cheguei em casa, sentei-me à bancada da cozinha e devorei o sanduíche que Reign fez para mim. Depois, passei uns bons dez minutos no chuveiro, lavando toda a semana do meu corpo, vesti uma cueca boxer e deitei na cama.

Lottie e Kelsey fizeram uma apresentação e tanto hoje. Elas não pareceram nem um pouco nervosas enquanto a faziam. Estavam confiantes, bem-informadas, e quando as enchemos de perguntas, elas tiveram resposta para todas. Mas não somente respostas; respostas muito bem-pensadas e informativas.

Não houve dúvida. Depois que elas terminaram, olhei para os caras, eles assentiram para mim e nós dissemos a elas que estavam contratadas. Começaremos pelo escritório principal e, então, expandiremos a partir daí. É um contrato enorme para elas. Um contrato que as levará ao próximo nível.

Elas mantiveram a compostura ao guardarem suas coisas e nos agradecer, mas, depois que saímos, Lottie me mandou uma mensagem cheia de emojis e disse que ela e Kelsey iam sair para comemorar. Ela perguntou se não teria problema perder o jantar.

Como se ela precisasse pedir a minha permissão. Eu desejei que elas se divertissem.

O que me deixou aqui, sozinho em meu quarto, contemplando minhas decisões.

Toc. Toc.

Minha atenção vai para a porta.

Sento-me na cama, com as mãos apertando a beirada quando digo:

— Está aberta.

A porta se abre devagar, e Lottie coloca a cabeça para dentro.

— Posso entrar?

— Sim — respondo, enquanto meus olhos viajam por seu corpo naquele vestido. O que eu não daria para arrancá-lo agora mesmo e comemorar sua vitória com ela, do único jeito que sei: venerando seu corpo.

— Oi. — Ela dá um aceno tímido.

— Oi — digo, umedecendo os lábios. Lottie parece um pedaço de carne suculento, ali na minha frente, querendo ser devorado.

— Pensei em passar aqui antes de ir tomar banho. Queria te agradecer pessoalmente, desta vez.

— Não precisa me agradecer, Lottie. Você e Kelsey fizeram uma apresentação e tanto. Foi um sim fácil de todos nós.

Ela balança a cabeça.

— Não, eu me refiro ao sacrifício que você fez. Não precisava ter feito aquilo.

— O quê? — pergunto, confuso.

Sua cabeça se inclina levemente para o lado.

— Huxley, eu sei que já faz um bom tempo que você está esperando para conversar com Dave sobre negócios, mas, quando a oportunidade surgiu hoje, você não descumpriu a promessa que nos fez.

— Eu te disse que posso ser um homem honesto. Dave podia esperar.

— Bem, eu sei o sacrifício que foi, e estou muito grata mesmo.

— Por nada — digo simplesmente. E quando ela não sai do quarto, pergunto: — Você se divertiu com a sua irmã? Chegou em casa cedo.

— Nós fomos beber para comemorar. Alguns caras compraram bebidas para nós. — Meus ciúmes vêm à tona, minha raiva se enraizando. — Kelsey estava se dando bem com um deles, e o outro estava tentando conseguir o meu número.

Minha mandíbula fica tensa, e meus dedos agarram as laterais do colchão com mais força.

— Mas eu disse a ele que estou noiva. — Lottie abre um sorriso sugestivo e ergue a mão, exibindo seu anel. — Quando ele viu o tamanho do diamante, soube que não tinha como competir com isso.

Pode apostar, porra.

— Ele não precisa ver o tamanho do anel para se dar conta de que não tem como competir. Especialmente quando eu fui o homem que colocou esse anel no seu dedo.

Ela cruza dos braços sobre o peito.

— Estou sentindo uma pontada de ciúmes, Huxley?

— Não é ciúmes, só estou protegendo o que é meu.

— Agora eu sou sua?

— Até cumprirmos nossos deveres que estão no contrato — falo, meus dedos coçando para soltar esse colchão e enterrarem-se nos cabelos escuros e compridos de Lottie.

— Bem, você não tem com o que se preocupar. A minha lealdade é toda sua. — Ela vem em minha direção, com aqueles saltos altos clicando no piso a cada passo. Meus olhos se fixam em suas pernas torneadas, e quando ela para diante de mim, seu peito fica na altura dos meus olhos. Em seguida, ela se agacha, bem no meio das minhas pernas.

— O que você está fazendo? — pergunto, meu corpo enchendo-se de empolgação diante de sua posição.

Suas mãos pousam em minhas coxas.

— Te agradecendo.

Suas mãos deslizam para cima em direção ao meu pau já duro, mas eu a detenho antes que ela possa me tocar.

— Não preciso do seu agradecimento. Eu já te disse, você conquistou e mereceu tudo que conseguiu hoje. Não tem nada a ver com a nossa situação e tudo a ver com as suas ideias e o seu mérito.

Seus olhos encontram os meus.

— Você não quer que eu te chupe?

— Não assim — digo, ofendido. — Não com você pensando que, com isso, está me agradecendo por tê-la contratado. Não quero a sua boca assim.

Levo minha mão para sua bochecha e acaricio seus lábios com meu polegar. Ela abre a boca, capturando meu dedo, e o chupa, com força. Suas bochechas afundam e, porra, o que eu não daria para que meu pau substituísse meu polegar.

Mas não desse jeito.

Não quando existe a possibilidade de ela achar que está me dando algo em troca.

Nem pensar.

Quando solta meu polegar, ela corre as mãos por minhas coxas e se levanta. Empurra meu peito até que eu esteja deitado e, então, sobe em mim, com as pernas abertas, seu calor conectando-se diretamente com meu pau dolorido.

Eu adoraria comer essa mulher, tirar esse vestido de seu corpo e mostrar a ela o tipo de amante que sou.

E não quero fodê-la só porque ela é linda, ou porque sua boca espertinha me deixa excitado, mas porque vi um lado seu que não tinha visto antes. Um lado profissional, uma faísca de empolgação por seus objetivos, por suas conquistas. Foi sexy pra caralho. Isso está me fazendo enxergá-la sob uma nova perspectiva, o que é perigoso pra cacete, porque já estou pisando fora do limite. Já estou entrando em um território prejudicial.

— Lottie, o que você está fazendo?

Ela rebola os quadris no meu pau e sorri.

— Você está duro.

— O que você quer?

Seu rosto murcha e sua mão se apoia em meu peito.

— Por que você está zangado?

— Não estou zangado.

— Você está se retraindo. Eu sei reconhecer quando você está se fechando, e é o que está fazendo agora. Você está se fechando. Por que, Huxley?

— Você já fez as suas perguntas de hoje.

Ela balança a cabeça.

— Não fiz as perguntas do jantar.

— Você não jantou comigo hoje, então abriu mão desse direito.

Ficando brava, ela sai de cima de mim, e eu sento na cama enquanto ela arruma o vestido.

— Justo quando penso que talvez não seja mais um babaca, você me prova o contrário. Você é o homem mais irritante que já conheci.

É, eu também estou muito irritado comigo mesmo. Mas quando permaneço em silêncio, ela bufa e segue para a porta.

Antes de sair do meu quarto, ela diz:

— Vou encontrar Ellie na terça-feira às dez para olharmos bombas de leite materno. Achei que você deveria saber. Ainda estou cumprindo a minha parte.

— Eu te disse que não precisa fazer isso.

— Aparentemente, é o mínimo que posso fazer — ela responde com tanto veneno que começo a ficar com raiva.

— Você não me deve nada, já falei — rebato quando ela coloca a mão na maçaneta da minha porta.

— Considere parte do contrato. — Ela dá um passo para sair, mas então faz uma pausa. Ela olha para trás por cima do ombro, com seu pequeno corpo tenso, fazendo com que seus movimentos fiquem irregulares. Expirando profundamente, ela baixa um pouco a cabeça e em um tom baixinho de sussurro, pergunta: — Você poderia ao menos me fazer um favor e abrir o zíper do meu vestido?

— Você não consegue alcançar?

Ela balança a cabeça.

— Não, Kelsey me ajudou mais cedo.

Levanto-me da cama e fecho a distância entre nós, meu pau duro na cueca conforme me aproximo. Quando somente alguns centímetros nos separam, passo uma mão por seus cabelos compridos e os afasto para o lado, colocando-os por cima de seu ombro, expondo suas costas. Seguro o pequeno zíper e o puxo lentamente para baixo, revelando que ela não está usando sutiã. Quando chego ao fim do zíper, mantenho os olhos fixos em suas costas enquanto ela empurra o vestido para baixo até que fique em volta de seus pés, revelando sua calcinha fio-dental branca de renda e sua bunda redondinha e empinada.

Caralho.

Com um braço sobre os seios, ela vira de frente para mim e se agacha para recolher o vestido. Ao levantar-se novamente, seu ombro roça em meu pau e eu quase pulo para trás diante de seu toque. Seus olhos encontram os meus e ela pisca com aqueles cílios longos antes de sedutoramente dizer:

— Obrigada.

Umedeço meus lábios.

Minhas mãos coçam para agarrá-la.

Meu pau implora por alívio.

Mas não me movo. Nem ao menos titubeio.

Com uma expressão desapontada, ela sai do meu quarto, mas não fecha a porta. Ela entra em seu quarto e também deixa a porta dele aberta ao jogar o vestido em cima da cama e seguir rebolando para o banheiro.

Porra. Uma porta aberta. É um convite.

Ela está me tentando, recusando-se a desistir do que quer. Não consigo mais me conter.

Não depois de ver sua bunda perfeita.

Não depois de tirar sua roupa.

Não depois daquele beijo que trocamos mais cedo.

Não depois de vê-la de joelhos e com as bochechas fundas chupando meu dedo.

Não depois de saber que ela queria meu pau em sua boca.

Minha força de vontade está se esgotando, minhas forças então vacilando, e todas as minhas regras estão embaralhadas em minha mente; nenhuma delas faz sentido mais.

Ouço o chuveiro ser ligado no banheiro. Inferno. Meu pau fica ainda mais duro enquanto permaneço parado, encarando o outro quarto, implorando a mim mesmo para fazer alguma coisa, mas também para me segurar.

Mas, então... ela atravessa o quarto... completamente nua.

Peitos do tamanho perfeito para caber em minhas mãos.

Quadris de tamanho suficiente para agarrar.

Boceta lisinha e tentadora pra caralho. Prová-la apenas uma vez não foi suficiente.

Puta.

Que.

Pariu.

Ela olha para mim, joga o cabelo por cima do ombro e, então, vai até sua mesa de cabeceira. Ela abre uma gaveta e tira de lá seu dildo que tem uma ventosa na extremidade. Virando-se para mim, ela me oferece uma visão frontal completa, e minha boca fica seca conforme meus olhos absorvem seus mamilos durinhos, excitados e desejando minha boca. Ciente do meu olhar, Lottie esfrega a ponta do dildo em seu peito, deixando sua cabeça cair para trás e trazê-lo para sua boca.

Sua língua se esgueira para fora e...

Ela lambe a maldita ponta.

Porra, para mim, já era.

Meu pau salta dentro da cueca.

Suor começa a brotar na parte baixa das minhas costas.

E, simples assim, minha força de vontade se rompe.

Satisfeita consigo mesma, ela vai para o banheiro, com o dildo na mão, e eu atravesso a barreira entre nossos quartos e a sigo até o cômodo.

No instante em que entro em seu banheiro, ela fecha a porta do box do chuveiro, e a vejo molhando o dildo antes de prendê-lo na parede. Quando construí esta casa, pedi que todos os banheiros tivessem um box que coubesse duas pessoas, então há bastante espaço. *Especialmente se eu quiser me juntar a ela.* Ela dá um passo e se molha no chuveiro também, mas, ao invés de deixar a água simplesmente molhá-la, ela faz um showzinho.

Sedutoramente, de propósito, suas mãos descem para seus seios, onde ela pausa e belisca os mamilos. Um gemido baixo escapa por seus lábios conforme suas mãos continuam a descer. A água escorre por seu peito, pelas pontinhas de seus mamilos, por sua barriga plana até sua boceta macia.

Minha boca se enche d'água.

Minhas mãos coçam para tocá-la. Senti-la.

Meu corpo anseia por estar naquele chuveiro com ela.

Assim que está encharcada, ela vira de costas para seu dildo e curva-se para frente, posicionando-se no ângulo perfeito para... oh... caralho.

Meus dentes capturam meu lábio inferior conforme ela recua contra o dildo, inserindo-o em sua abertura apertada.

— Isso! — ela geme suavemente ao puxar seus cabelos molhados para um lado.

Fissurado no que ela está fazendo, observo sua pélvis se mover em círculos suaves.

Porra, meu pau fica tão rígido que dói. Eu jurei que não me masturbaria na frente dela, que, se eu fosse gozar, seria dentro dela.

Mas vê-la desse jeito, querendo tanto tocar seus mamilos e chupá-los... isso me deixa louco.

Me faz perder o controle.

Me faz querer ir contra tudo que eu disse.

— Meu Deus, Huxley — ela diz em um tom tão satisfeito que minhas orelhas ficam atentas diante da menção ao meu nome. — Isso, Hux — ela continua, impulsionando os quadris com um pouco mais de força. — Tão gostoso. Isso é... tão... gostoso.

Meu pau salta.

Meu corpo tensiona.

Meus braços tremem quando a vejo serpentear uma das mãos até o meio de suas pernas e começar a massagear seu clitóris.

— Isso, bem aí. Bem aí, Hux. Nossa, como eu amo as suas mãos. Eu amo o que elas me fazem sentir.

Merda.

Seus olhos se abrem e sua cabeça inclina-se para o lado enquanto seu olhar se conecta ao meu.

Inebriado.

Luxurioso.

Cheio de paixão.

— Hummm, isso — ela geme, sem desviar os olhos dos meus.

Dou um passo à frente, sentindo meu desejo me possuir.

— A sua língua. Eu adoro gozar na sua boca. — Ela enfia um dedo entre os lábios e o chupa. — Eu adoro quando você me saboreia. Me lambe. Me chupa. — Sua outra mão toca seu seio, onde ela belisca o mamilo com força. — Você é tão bom em me fazer gozar, diferente de qualquer homem com quem já estive — ela geme.

Seus quadris se impulsionam para frente e para trás.

O dedo que esteve em sua boca desce deslizando por seu peito.

Puta que pariu...

Mais dois passos adiante.

— Ahh, ahhh, isso. Oh, Deus... você é tão grande. Eu sabia que seria, eu sabia que o seu pau seria exatamente do que eu precisava.

Sua cabeça cai para frente.

Seus quadris se movem mais rápido.

Seus dedos beliscam seus mamilos, fazendo-a sibilar.

Filha da puta.

Eu quero fazer isso.

Eu *preciso* fazer isso.

Eu preciso fazer isso.

O último fio de resistência se quebra, e antes que eu possa me impedir, tiro minha cueca boxer e abro a porta do box bruscamente. A água me atinge nas costas, e Lottie ergue o rosto e sorri para mim logo antes de estender a mão e segurar meu pau, que está completamente ereto.

— Exatamente o que eu queria de sobremesa — ela diz antes de colocar meu pau na boca.

Porra.

Seguro seu cabelo e o empurro para o lado para poder ver sua boca tomar meu pau excitado. Seus lábios carnudos me chupam e sua mão acaricia a base do meu membro. Mas é sua boca que está me fazendo impulsionar os quadris para frente, implorando por mais.

Quente.

Molhada.

Perfeita.

Ela me empurra fundo em sua garganta. Meus olhos reviram e eu me aproximo mais um pouco para que ela possa continuar a se dar prazer.

Exatamente como pensei, permitir que ela me toque, me chupe, é tudo que sonhei. Bom pra caralho. Coloco a mão em sua bochecha e acaricio sua pele macia com meu polegar.

— Chupe o meu pau com força com essa sua boca gostosa. — Ela me chupa com mais força. — Bem assim. Isso, Lottie. Porra. — Minha mão pousa na parte de trás de sua cabeça para ajudá-la a manter o ritmo, movendo-a em minha ereção de novo e de novo, aumentando o prazer dentro de mim.

— Oh, Deus — ela murmura contra meu pau enquanto gira os quadris no dildo.

Não posso dizer que gosto de vê-la sentindo prazer com outra coisa que não seja minha mão ou minha boca, mas é sexy pra caralho vê-la se fodendo enquanto me fode com sua boca. Vou permitir, desta vez. *Mas é o meu nome que ela vai gritar. São as minhas mãos que ela está imaginando por todo o seu corpo. Minha língua em sua boceta, em seu clitóris.*

Sua boca se arrasta até a ponta do meu pau e suas mãos tocam minhas bolas, rolando-as entre os dedos. Abro mais as pernas para que ela tenha um melhor acesso, porque eu quero que ela brinque comigo. Quero que ela possa fazer a porra que quiser comigo. E é o que ela faz. Ela espalma a mão em minhas bolas e brinca com minha glande, chupando somente a pontinha, girando a língua por ali.

Me provocando pra caralho.

E eu adoro isso.

Adoro a expectativa.

O jeito como ela foca em um ponto em particular, para depois me colocar na boca de novo, enfiando até a garganta...

— Porra — murmuro quando meu pau se contorce contra seus lábios carnudos.

— Eu adoro o seu pau — ela diz quando me tira da boca e lambe o comprimento. — É tão grande, Huxley. Tão grosso. — Sua língua provoca o lado inferior da minha glande, provocando aquele ponto sensível, e eu juro que fico dois centímetros maior diante da maneira como ela está segurando as minhas bolas, puxando-as delicadamente, delicadamente mesmo. Somente o suficiente para me enlouquecer, para enviar um arrepio de prazer pela minha espinha.

— Eu quero gozar na sua boca — declaro ao agarrar a base do meu pau, mas ela dá um tapa em minha mão para afastá-la.

— Isso é meu. Não toque.

Ergo as sobrancelhas diante de sua exigência, e se eu não estivesse tão desesperado para que ela me faça gozar, eu lhe diria exatamente o que é seu, mas eu preciso de sua boca perfeita no meu pau. E preciso agora mesmo.

— Então, me fode com a sua boca — respondo entre dentes.

Ela para de estocar em seu dildo e foca somente em meu pau, tomando-me fundo em sua garganta.

Ela chupa.

Ela engasga.

Ela repete o processo até que eu não sinta mais nada além de sua boca gostosa.

Apoio-me na parede conforme o prazer sobe bruscamente por minhas pernas e se acumula na base do meu pau.

— Merda, eu vou gozar. — Roço a mão em sua bochecha. — Engula até a última gota.

Seus olhos ficam enevoados e, naquele momento, ela me leva ao ápice, bombeando, chupando, me dando o melhor boquete da minha vida. Minhas bolas tensionam, meu pau incha e eu explodo com um rugido que irrompe por meu peito conforme gozo em sua boca.

E ela engole tudo.

Até a última gota, como eu disse, até eu estar completamente relaxado e tentando recuperar o fôlego.

Ela me solta e me lança um sorriso sacana.

Levo três segundos para agarrá-la, desligar o chuveiro e deitá-la sobre o banco embutido que há ali. Abro bem suas pernas, ajoelho-me e desço a boca para sua boceta.

— Issooo — ela diz, pousando a mão em meus cabelos. Ela agarra as mechas com firmeza e geme enquanto lambo sua boceta excitada.

Ela já está tão perto. Suas pernas apertam meus ombros e suas mãos estão tremendo, diminuindo a força com que segura meus cabelos.

— Nunca vou me cansar do seu sabor — digo enquanto dou longas lambidas e insiro dois dedos nela. — Eu poderia te chupar o dia inteiro. — Lambida após lambida, a tensão em seu centro fica cada vez mais densa até que seus dedos se enfiam com força entre meus cabelos e seus quadris se contorcem.

— Huxley, eu vou... oh, porra, eu vou gozar — ela grita, e eu seguro sua pélvis no lugar, fazendo com que seja impossível que ela se mexa enquanto eu a chupo, e lhe dou prazer da maneira que quero que ela sinta prazer.

Ela geme, sua voz ecoando contra os azulejos.

Ela grita meu nome quando não paro, tomando cada segundo de seu orgasmo.

E quando ela relaxa lentamente, dou mais algumas lambidas antes de me afastar levemente, dando um beijo em sua boceta.

Quando fico de pé, ela olha para mim, com descrença nos olhos. Sua mão sobe por seu corpo até seu pescoço, trêmula. Ela me observa enquanto recupera o fôlego, e não sei o que está se passando em sua mente, então decido falar primeiro.

— Tenha uma boa noite — digo antes de sair do chuveiro. Preciso interromper aqui. Preciso me afastar, ou então a levarei para sua cama para fodê-la a noite inteira até ela não aguentar mais.

Sinto o arrependimento por deixá-la, mas deixo-o de lado e pego uma de suas toalhas extras, enrolo em minha cintura e sigo para o meu quarto, fechando a porta atrás de mim.

Atordoado, confuso e incerto sobre o que deu em mim, entro no banheiro, ligo o chuveiro e fico debaixo da água quente, tentando me recompor.

Mas que porra eu estou fazendo?

Estou misturando e confundindo tudo, e agora que senti como é ter sua boca em mim, acho que nunca mais serei o mesmo. Não depois de vê-la me tomando tão fundo, depois de como ela engoliu até a última gota do meu gozo.

Não vou conseguir tirar essa imagem da cabeça. E assim será por muito tempo.

E ao sair do chuveiro, tudo que consigo pensar é no quanto quero atravessar o corredor e explorar o corpo de Lottie. O quanto quero agradecê-la por aguentar as minhas merdas. Por fazer eu me abrir, mesmo quando não quero fazer isso.

Encaro minha imagem no espelho e passo a mão lentamente por minha barba, a mesma barba que marcou a parte interna das coxas de Lottie, fazendo-a minha. *Mas que droga você está fazendo, cara?*

E por que você parece... feliz?

Feliz em um momento em que eu não deveria estar feliz, porque o caos está me engolindo inteiro. O acordo, as mentiras, os limites sendo ultrapassados... está tudo incerto — algo que eu geralmente não tolero —, mas aqui estou eu... tendo que encarar.

Jesus.

Meu celular apita na minha mesa de cabeceira e eu olho para ele, me perguntando que horas são.

De toalha, sento na cama e leio a mensagem.

> **Lottie:** *A sua boca é absolutamente deliciosa. Eu adoro gozar na sua língua.*

Porra.

Ela está tentando me deixar duro de novo?

> **Huxley:** *Não me canso da sua boceta ou do seu clitóris pulsante.*

Arrasto minha mão sobre a boca, tentando impedir que meu corpo se excite novamente. Uma vez esta noite já bastou. Ultrapassar ainda mais esse limite é pedir por encrenca.

> **Lottie:** *Só você me faz gozar assim. Ninguém mais. Só. Você.*

Aham, ela está tentando me deixar com uma ereção de novo, está me atiçando. Ela quer mais. Posso sentir isso até nos ossos.

> **Huxley:** *Você está nua na sua cama agora?*
>
> **Lottie:** *Como você sabia?*
>
> **Huxley:** *Está tentando me fazer voltar para o seu quarto.*
>
> **Lottie:** *Eu quero o seu pau dentro de mim, Huxley. Minhas pernas estão abertas, meus mamilos estão duros e meu corpo está quente só em pensar nisso.*

Meu pau se contorce, e eu cerro os dentes, tentando me controlar.

> **Huxley:** *Não vou voltar para o seu quarto.*

Mesmo que eu queira. Porra, como eu quero me enterrar entre suas pernas. Mas estou ficando viciado, e isso precisa parar. Não faço ideia do que está se passando em sua cabeça, se isso é somente uma diversão para ela para passar o tempo, mas posso ver que, para mim, significaria mais, e não estou disposto a arriscar. Solto meu celular, pensando que Lottie não vai mais responder depois da minha última mensagem. Ela está brava? Frustrada? Confusa? *Sentindo tudo que eu também sinto?*

> **Lottie:** *Se não vai voltar para cá, então pode reconsiderar responder as minhas duas perguntas?*

Solto um suspiro profundo e passo a mão pelos cabelos. Ela ainda quer me conhecer melhor...

Mas eu ainda preciso manter os limites.

> **Huxley:** *São perguntas para serem feitas somente durante o jantar.*
>
> **Lottie:** *Por favor, Huxley?*

E simples assim, a conversa muda de sexualmente carregada para inocente. Posso ouvir sua voz dizendo essas três palavras, pedindo, implorando que eu participe.

Aparentemente, eu não tenho mais força de vontade alguma, porque assinto mesmo que ela não possa me ver e respondo sua mensagem.

> **Huxley:** *Quais são as suas perguntas?*
>
> **Lottie:** *Obrigada. Que tal eu fazer as duas perguntas e nós dois respondermos?*
>
> **Huxley:** *Tudo bem.*
>
> **Lottie:** *O seu entusiasmo é contagiante.*
>
> **Huxley:** *O seu tempo é limitado...*
>
> **Lottie:** *Ok, pergunta número um: o que você diria que é a sua qualidade favorita em si mesmo?*
>
> **Huxley:** *Não sei aonde você quer chegar com isso, mas acho que eu responderia a minha determinação.*
>
> **Lottie:** *Imaginei.*
>
> **Huxley:** *Qual é a sua qualidade favorita em si mesma?*
>
> **Lottie:** *Minha lealdade, mesmo que isso tenha me metido em problemas com Angela. Acho que ter lealdade é muito importante. Outro motivo pelo qual cumprirei minha palavra e vou comprar bombas de leite materno com Ellie.*
>
> **Huxley:** *Ser leal é uma qualidade muito admirável.*

> *Lottie:* Ok, segunda pergunta: o que você mais gosta em mim? E eu vou responder o que mais gosto em você.
>
> *Huxley:* Está querendo ouvir elogios?
>
> *Lottie:* Já que estamos trabalhando juntos e temos a tendência de nos repelir bastante, achei que seria benéfico dizermos o que gostamos um no outro. Como um lembrete.
>
> *Huxley:* Ok. Eu gosto da sua lealdade.
>
> *Lottie:* Ah, não, não pode usar o mesmo que eu disse. Qual é, Huxley. Eu sei que pode ser doloroso você me fazer um elogio, mas você poderia ao menos tentar.

Pressiono os lábios contra os dentes em frustração ao cair de costas na cama. Ok, se ela quer saber do que gosto nela, é melhor eu dizer.

> *Huxley:* Você é destemida. Pode não tomar as melhores decisões o tempo todo, mas não importa o que aconteça, você se joga na situação sem medo e não se detém. É uma característica que não se encontra em muitas pessoas. Unindo isso à lealdade, você se torna uma pessoa com a qual eu gostaria de passar meu tempo.

Ela não responde imediatamente e fico preocupado, pensando se passei do ponto, se falei demais, mas então, há uma batida na minha porta. Sento-me e vejo Lottie ali de pé, usando um dos inúmeros conjuntos de baby-doll que comprei para ela.

Esse é vermelho. O short é folgado, feito todo de renda e transparente. A blusa é curta, logo acima do umbigo, e sem bojo. Portanto, seus seios balançam livres.

Sim, ela é facilmente a mulher mais sexy que já vi na vida.

— O que foi? — pergunto, sentindo-me desconfortável devido à minha mensagem honesta e, além disso, por estar com tesão de novo.

— Queria ver se o que você disse era verdade.

— Por que eu mentiria para você? Eu já menti para você alguma vez?

— Não — ela diz. — Mas... não sei, eu só senti que precisava ver o seu rosto.

— É a verdade. Pode acreditar.

Ela cutuca o chão com os dedos do pé, encarando o tapete.

— Obrigada.

— Era só isso?

— Não. Eu preciso te dizer o que gosto em você.

Balanço a cabeça e levanto da cama.

— Não é necessário.

— O seu coração generoso — ela fala, encontrando meus olhos com os seus. — Você não deixa que as pessoas o vejam; você o esconde dos demais olhares. Mas, como espectadora e tendo prestado bastante atenção, eu o vi, e é lindo.

Eu não sei aceitar elogios muito bem.

Não ligo para isso, na verdade.

Então, ouvi-la expressar sua admiração não me deixa nada confortável, e não sei como lidar com isso.

— Você não precisa dizer nada — ela continua, sentindo o quanto estou sem jeito. — Mas eu queria que você soubesse. — Ela me oferece um sorriso suave. — Boa noite, Huxley.

— Boa noite — respondo baixinho, e ela volta para seu quarto.

Minha mente parece ter sido eclipsada por uma noite difícil e nublada. Não consigo pensar direito. Não consigo organizar pensamento algum sobre o que eu deveria fazer. Como faço para lidar com a observação de Lottie em relação a mim... sua coisa favorita sobre mim? *O seu coração generoso. Você não deixa que as pessoas o vejam; você o esconde dos demais olhares. Mas, como espectadora e tendo prestado bastante atenção, eu o vi, e é lindo.* Ninguém nunca falou comigo — ou discutiu comigo — como Lottie faz. Ninguém nunca me enxergou como ela me enxerga. É claro que os meus irmãos conhecem a pessoa que eu sou, mas qualquer pessoa que já entrou na minha vida enxerga somente Huxley Cane, o bilionário, o magnata. Nunca me viram como Huxley, um homem com coração. Porque eu sei que ele está aqui no meu peito. Tenho orgulho por saber ter compaixão e empatia quando o momento pede por isso. Mas ninguém nunca percebeu isso.

Até Lottie.

Sabendo que estou com a mente em conflito, volto para minha mesa de cabeceira, pego o celular e mando mensagem para os meus irmãos.

> **Huxley:** *Estou fodido.*

Eles respondem imediatamente.

> **JP:** *Me deixe adivinhar. Você se deu conta de que gosta da sua noiva falsa?*
>
> **Huxley:** *Eu gosto dela. Não deveria, mas gosto.*
>
> **JP:** *Eu sabia.*
>
> **Breaker:** *Todo mundo que visse essa situação teria percebido.*
>
> **Huxley:** *Porra, não sei o que fazer.*
>
> **JP:** *O que qualquer outra pessoa faria se gostasse de alguém. Chamá-la para sair.*
>
> **Huxley:** *Chamá-la para sair? Mas nós temos um acordo de negócios. E eu não acho que ela gosta de mim dessa forma.*
>
> **Breaker:** *Olhe só o nosso irmão mais velho todo inseguro. Que fofo.*
>
> **JP:** *Posso comentar o quanto estou curtindo esse momento de humildade?*
>
> **Huxley:** *Não sejam cuzões. Eu preciso de ajuda, caralho.*
>
> **JP:** *Você não precisa de ajuda. Você sabe exatamente o que fazer, só está com medo demais de puxar o gatilho.*
>
> **Breaker:** *^^^ Fato.*
>
> **Huxley:** *É complicado. E o acordo com Dave?*

JP: *Não acho que você tenha que se preocupar com isso agora. É melhor focar no que você quer, algo que não tem relação com negócios. Breaker e eu concordamos nisso: você precisa de algo na sua vida além dessa empresa.*

Breaker: *Você precisa aprender a viver, cara. Você não está vivendo. Tem todo esse dinheiro e não faz nada com ele. Agora, tem um motivo para fazer alguma coisa. Leve-a para sair. Namorem. Se gosta dela, vá fundo.*

Huxley: *Não acha que isso vai ferrar as coisas entre nós?*

JP: *Na verdade, vai melhorar.*

Breaker: *Ele tem razão. O que poderia dar errado? Fala sério.*

Huxley: *Famosas últimas palavras.*

CAPÍTULO DEZESSEIS

LOTTIE

Encaro o teto do meu quarto, enquanto minha mente vai para a noite anterior.

Eu teria dado qualquer coisa para que Huxley voltasse para o meu quarto, para provar seus lábios mais uma vez, para senti-lo entre minhas pernas e me penetrando com seu pau magnífico.

Grunho, frustrada, e sento-me, sem me dar ao trabalho de ajustar a saída de banho que vesti antes de cair na cama. Se Huxley não já tivesse me visto nua, eu consideraria não usar a saída de banho, porque o biquíni que ele me deu mal cobre meus mamilos.

Hoje de manhã, ele havia saído para correr quando desci para a cozinha para tomar café da manhã. Pelo menos, era isso que dizia no bilhete que estava sobre a bancada. Era um bilhete direto e sem graça, sem nada especial. Só dizia "saí para correr". Sua equipe de funcionários não trabalha mais aos fins de semana, então fiquei com a casa inteira só para mim. Peguei um iogurte com frutas que Reign preparou ontem, devorei-o e depois trabalhei um pouco no site antes de gastar um bom tempo fazendo tranças francesas em meus cabelos e vestir um biquíni. Escolhi um preto simples.

Eu precisava pegar um pouco de sol. Clarear a mente. Sair desse cômodo onde eu só me lembrava do quanto foi incrível sentir a barba por fazer de Huxley roçando a parte interna das minhas coxas.

As laterais da saída de banho abrem um pouco enquanto pego meus óculos de sol da cômoda e sigo para as escadas. Deixo meu celular para trás, porque não quero distrações. Quero que sejamos somente eu e o sol.

Desço as escadas até o andar principal e dou uma olhada em volta, notando que o espaço parece imaculado, e sigo para os fundos da casa, onde abro uma das portas de vidro deslizantes enormes. É claro que há toalhas cuidadosamente dobradas e empilhadas em um armário externo, junto com qualquer outra coisa que você possa precisar para nadar — óculos de mergulho, protetor solar, e até mesmo aqueles pequenos plugs para o nariz.

Do armário, pego uma toalha e a levo para uma das espreguiçadeiras listradas em preto e branco que ficam à beira da piscina. Desfazendo os nós da saída de banho, deixo o tecido cair no chão e coloco meus óculos escuros. O sol da Califórnia está impiedoso, com o tempo perfeito para pegar um bronze, o que me faz pensar... olho em volta, sabendo muito bem que estou sozinha nessa casa incrivelmente grande, então coloco as mãos nas costas e desfaço o nó da parte de cima do meu biquíni. Ops, olhe só isso, estou com os seios de fora. Assim é melhor. Deleito-me com a maneira como o calor do sol imediatamente aquece meus mamilos.

Será que eu deveria ficar completamente nua?

Olho em volta mais uma vez e, então, penso: porra, por que não?

Assim que desço a calcinha do biquíni até meus pés, retiro-a e a coloco no mesmo lugar em que coloquei a parte de cima.

Nua.

E é tão bom.

Há uma espreguiçadeira inflável branca dentro da piscina chamando meu nome, então me aproximo da beira e a puxo em direção às escadas para subir nela com cuidado. A água fria na minha pele aquecida é um contraste maravilhoso que meu corpo aprecia bastante. Assim que me posiciono direitinho sobre a espreguiçadeira, ajusto meus óculos e afundo-me no conforto de flutuar na água enquanto o sol aquece minha pele nua.

Não seria a minha primeira vez nadando pelada.

Fecho os olhos e ouço a brisa sutil balançando as folhas das palmeiras, oferecendo uma trilha sonora relaxante para meu mergulho matinal. Sim, isso é exatamente do que eu estava precisando.

De olhos fechados, estou prestes a cochilar...

— O que diabos você está fazendo?

Huxley.

E pelo tom de sua voz, ele não está feliz.

Abro os olhos e ergo meus óculos de sol para vê-lo na beira da piscina, usando nada além de uma bermuda e tênis de corrida. Seu peito nu e musculoso está coberto de suor e seus cabelos estão ensopados, mechas molhadas se amontoando.

Nossa, ele está uma delícia.

Remexo-me na espreguiçadeira — não fico tímida, esse homem já viu tudo, mesmo — e digo:

— Flutuando.

— Você está nua.

— Estou? — pergunto, olhando para baixo. — Bem, olhe só para isso, estou mesmo. — E só por diversão, abro minhas pernas e as deixo penduradas nas laterais da espreguiçadeira, enfiando os pés na água.

— Por quê?

Ajusto meus óculos de sol no rosto.

— Porque eu quis. Porque você já me viu nua. E porque os seus funcionários não trabalham mais aos fins de semana. — Inclino a cabeça em direção ao sol. — Deus, eu amo nadar pelada. Você já experimentou?

— Não.

— Sério? Você tem uma piscina. Deveria experimentar ao menos uma vez. — Gesticulo para ele. — Venha, junte-se a mim.

Ele não diz nada, então entreabro os olhos para ver o que ele está fazendo. Eu o encontro de pé na beira da piscina, mas agora suas mãos estão fechadas em punhos ao lado do corpo.

Alguém está precisando relaxar.

O homem é uma bola de estresse acumulado, pronto para explodir a qualquer momento. Houve momentos aqui e ali em que ele se permitiu relaxar, mas não se libertou completamente ainda. Talvez aos poucos, mas efetivamente, eu possa ajudá-lo a fazer isso.

— Eu não vou te morder. Prometo. — Mergulho os dedos na água e os balanço para lá e para cá antes de trazê-los para meu peito, onde deixo a água pingar em meus seios. Fico tentada a circular o mamilo, mas a intenção não é fazê-lo entrar aqui cheio de tesão. Eu só quero que ele relaxe.

Quando ele permanece sem se mexer, suspiro de frustração e desço da espreguiçadeira para a água fria. Meus mamilos endurecem imediatamente com o choque da mudança de temperatura, mas nado rapidamente e chego às escadas.

Os olhos de Huxley permanecem fixos em mim, pulsando em mim com tanta intensidade que meu estômago dá uma cambalhota momentaneamente conforme me aproximo dele.

Com a mão trêmula, seguro a sua, conduzo-o a uma espreguiçadeira à beira da piscina e o forço a se sentar. Quando ele não protesta, ajoelho-me diante dele e removo seus tênis e meias. Posso sentir seu olhar em mim o tempo todo, observando cada movimento meu. Quando termino, me levanto e seguro sua mão novamente. Deixo que ele fique de bermuda, porque é fácil nadar com ela, e depois de conferir seus bolsos para ver se ele estava com a carteira e o celular, eu o guio até as escadas da piscina.

Estranhamente, embora eu esteja nua, não me sinto desconfortável na frente dele. Nem sinto como se estivesse nua. *Ele me faz sentir confortável com meu corpo.* Ele não vocalizou sua apreciação pelo meu corpo tanto quanto seria de imaginar, dada a autoconfiança que tenho quando estou perto dele, mas o que importa não é o que ele diz, é como age quando estou exposta para ele. O jeito como seus olhos me percorrem inteira com uma gratidão desesperada. O aperto firme quando ele põe a mão na minha. Os comandos dominadores quando estamos imersos no momento.

Sem mencionar o quanto ele fica incrivelmente duro sempre que temos intimidade.

Entro na água e o puxo comigo. Ele não protesta, então continuo avançando até alcançar a espreguiçadeira inflável, que é grande o suficiente para nós dois. Eu a puxo para mais perto e digo:

— Suba.

Ele analisa a espreguiçadeira e olha para mim.

— Você vai se juntar a mim?

— Sim — respondo.

Com isso, ele sobe na espreguiçadeira e em seguida me ajuda a fazer o mesmo. Com o peso adicional, nós afundamos um pouco mais na água, mas ainda estamos flutuando, com água salpicando pelas beiradas ocasionalmente. Posiciono-me de modo a ficar de frente para ele, que está deitado de costas e com uma mão atrás da cabeça.

— Viu? Não precisava ficar todo nervosinho. Isso não é gostoso?

Em uma voz áspera, ele diz:

— Eu não estava nervosinho.

Pressiono meu dedo entre suas sobrancelhas e falo:

— Isso aqui estava todo franzido.

— Você está nua.

— Você não pareceu ver problema nisso ontem à noite.

Seus olhos encontram os meus.

— Você não estava do lado de fora da casa.

Não consigo esconder o sorrisinho que repuxa meus lábios.

— Está com medo de que alguém me veja?

— Sim.

— Você age como se ligasse para isso.

Seu olhar encontra o meu novamente, e ele me encara por alguns instantes antes de virar e ficar de frente para mim sobre a espreguiçadeira. Sua mão pousa em meu quadril, e somente com esse pequeno toque possessivo meu corpo inteiro esquenta de dentro para fora.

— Eu ligo, sim, porra. — Seu polegar acaricia minha pele. — Isto é somente para os meus olhos.

Retorço os lábios para o lado, tomando cuidado ao perguntar:

— Meu corpo também foi entregue a você sob contrato? Não me lembro bem dessa parte.

Ele umedece os lábios e arrasta sua mão para cima na lateral do meu corpo, desce por meu braço e, então, direto para meu seio. Seus dedos se conectam com meu mamilo, e casualmente, como se fosse isso que ele costuma fazer aos sábados, ele o rola entre os dedos.

Mas a sensação pulsando em mim devido ao seu toque é tudo, menos casual.

— Eu estava ou não com a boca na sua bocetinha ontem à noite? — Ele torce meu mamilo, e eu fecho os olhos com força, sentindo o ar fugir de mim momentaneamente.

— Você... estava.

— Então, isso significa que reivindiquei esse corpo como meu. — Ele me belisca. — Entendido?

Um sibilo escapa dos meus lábios.

— Sim.

— Ótimo. — Ele solta meu mamilo e, sem conseguir evitar, emito um som de protesto. O rastro de um sorriso presunçoso surge em seus lábios, e eu o encaro, irritada.

— Você acha que isso é engraçado? Me provocar desse jeito?

— Não engraçado... está mais para tentador. Me faz querer fazer mais. Ver você assim, nua na minha piscina, me faz querer fazer muito mais.

— Tipo o quê? — pergunto, intrigada. Após nossos últimos encontros e os orgasmos arrebatadores que ele me deu, eu o deixaria fazer praticamente qualquer coisa comigo. E quando digo qualquer coisa, é qualquer coisa mesmo.

— Te curvar na beira dessa piscina, abrir a sua bunda e te chupar por trás.

Ai. Meu Deus.

Aperto as pernas uma na outra ao sentir meu centro latejar. Não faço ideia de qual seria a sensação de fazer isso, mas agora estou imaginando o quão gostoso seria.

— Você já fez isso antes? Já fez alguma coisa com alguém na sua piscina?

Ele olha para o lado, evitando contato visual comigo.

— Sim.

Por alguma razão, isso me decepciona. Sei que não deveria me importar e não tenho direito algum de fazer isso, mas uma pequena parte de mim queria que eu fosse a primeira mulher com quem ele faria coisas nessa piscina.

Mas, agindo naturalmente, pergunto:

— Ah, é mesmo? E foi bom?

Desta vez, seus olhos vêm para os meus rapidamente.

— Não.

Bem... isso, hã, isso me faz querer sorrir.

— Interessante — digo, guardando meu sorriso para mim mesma. — Por que não foi bom com ela?

Ele roça os dedos em meu seio novamente e passa o polegar sobre o mamilo.

— Ela era agressiva. Exagerada. Era como se estivesse tentando me impressionar.

— E acabou fazendo exatamente o contrário.

Ele confirma com a cabeça enquanto rola meu mamilo entre o polegar e o indicador. Um pequeno gemido irrompe por meus lábios. Sou incapaz de controlá-lo, incapaz de controlar o que ele me faz sentir. Essa é a primeira vez em toda a minha vida que posso dizer que, toda vez que olho para certo homem, tudo que quero é sua boca na minha, sua mão entre minhas pernas, seu corpo dominando o meu.

Toda.

Vez.

— Eu não gosto de teatralidade — ele diz suavemente, seus olhos focados nos meus seios. — Quando levo uma mulher para a cama, quero que ela seja real.

— Você acha que estou sendo real? — pergunto.

Seu polegar solta meu mamilo e ele move a mão novamente até meu quadril, acariciando-me com delicadeza. Estou excitada e quero muito mais. E ainda assim, também quero que ele relaxe, e é isso que ele parece estar fazendo.

— Sim, eu acho que você está sendo real. Você me odeia demais para fingir que estou te dando prazer. Se eu não estivesse te excitando, você me diria.

Ele está totalmente certo, mas tem uma coisa sobre a qual ele não tem razão.

— Eu não te odeio, Huxley.

— Poderia ter me enganado — ele fala suavemente. O tom de sua voz é mais brincalhão do que acusatório.

— Quero dizer, tem momentos em que te odeio, não vou mentir. Mas não sinto um ódio geral por você. Na verdade, aprecio muito tudo que você fez por mim.

— É uma apreciação mútua — ele declara antes de fechar os olhos.

Sua respiração fica mais cadenciada e seu aperto em mim relaxa. Ele está... tirando uma soneca. Comigo aqui, nua desse jeito?

Quando ele não se move, mas continua deitado quieto, com os olhos fechados, a mão em mim, percebo que é exatamente isso que ele está fazendo.

E talvez, em outras circunstâncias, eu me ofenderia. Sou uma mulher que está nua bem ao lado dele. Eu esperava que ele tirasse proveito da situação, mas Huxley não precisa disso. Ele pode deitar, tranquilo, sabendo que eu provavelmente deitarei ao lado dele. O que eu vou mesmo fazer, porque esse momento parece muito confortável. Parece normal.

Fecho os olhos também e solto um suspiro profundo enquanto permito que a espreguiçadeira inflável nos flutue pela água. As nuvens se formando no céu impedem o sol de torrar a nossa pele, dando-nos a oportunidade de simplesmente curtir o calor.

Não sei por quanto tempo ficamos assim.

Não posso ter certeza de quanto tempo cochilamos, mas só percebo que não estou mais na espreguiçadeira quando estou sendo carregada pelas escadas da casa de Huxley.

Confusa, abro os olhos e pisco algumas vezes.

— O que está acontecendo? — pergunto, confusa.

— Eu não queria que você se queimasse. O sol saiu de novo — ele sussurra suavemente.

Ele me carrega pelo corredor que leva até nossos quartos, e eu meio que espero que ele chute a porta do seu quarto para abri-la, mas ele não faz isso. Ele abre a porta do meu quarto e me pousa suavemente na cama, puxando as cobertas e colocando-as sobre o meu corpo nu. Quando endireita as costas, agarra a nuca e indaga:

— Você quer alguma coisa?

Pega desprevenida por sua atitude completamente diferente, balanço a cabeça.

— Não, eu... hã, estou bem.

Ele assente e dá um passo para trás.

— Me desculpe pelo que aconteceu na piscina — pede.

— Te desculpar pelo quê?

— Por te tocar. Eu não deveria ter feito isso. Estou tendo dificuldades em manter nosso relacionamento de forma profissional, especialmente quando me deparo com você nua. É difícil pra caramba resistir a você, Lottie.

Inclino a cabeça para o lado, tentando compreendê-lo.

— Quando isso te impediu antes?

— Estou tentando respeitar o que temos, não foder com tudo.

— Sabe como você pode foder com tudo? — pergunto.

— Como?

— Se fechando.

Ele aperta ainda mais a nuca.

— Estou tentando, Lottie.

— Eu percebi. E aprecio você ter se disposto mais a conversar comigo. Responder as minhas perguntas. Isso significa muito para mim.

Facilita a situação e, sinceramente, estou gostando de te conhecer melhor, Huxley. Você é um... cara legal.

Ele arqueia uma sobrancelha enquanto um pequeno sorriso surge em seus lábios.

— Legal?

Sorrio.

— Sim. Legal.

— Tenho quase certeza de que nunca me chamaram de *cara legal*.

— Bom, é uma pena. — Retiro as cobertas que ele colocou sobre mim e me levanto da cama. Enquanto caminho para o banheiro, sinto seus olhos acompanhando cada movimento meu. Entro no closet e pego uma calcinha limpa, se é que dá para chamar assim. O tecido mal cobre a minha bunda. Procuro uma camiseta grande, mas lembro-me de que todas as minhas roupas estão em um depósito. Resmungando, volto para o quarto. Os olhos de Huxley imediatamente me percorrem, da cabeça aos pés. É um olhar cheio de calor, lembrando-me de que ele pode não ter feito nada comigo esta manhã, mas não me deixa dúvidas de que quer. — Você pode me emprestar uma camiseta? — pergunto. — Eu quero muito usar algo maior e confortável.

— Você quer pegar uma camiseta minha emprestada?

— Sim, você se importa?

Seus olhos escurecem, e ele hesita antes de responder. Qual é o problema? É só uma camiseta.

Estou prestes a provocá-lo quando ele diz:

— Claro.

Ele desvia o olhar de mim e segue para seu quarto. Vou logo atrás, sem me importar com o fato de estar com os seios de fora. Qual é o sentido em me cobrir agora?

Ele vai até sua cômoda e retira de lá uma camiseta preta desbotada.

— Não a perca. É uma das minhas favoritas — ele avisa antes de entregá-la.

Pego a camiseta surrada de sua mão e a desdobro, revelando uma imagem da banda Creedence Clearwater Revival. Ergo o olhar rapidamente para ele.

— CCR? Você tem uma camiseta da CCR?

Ele assente.

— Era uma das bandas favoritas do meu pai. Tenho apenas algumas lembranças, porque ele se divorciou da minha mãe quando éramos muito novos, mas as lembranças que tenho com ele sempre envolviam CCR tocando ao fundo.

Visto a camiseta, amando sentir seu cheiro nela.

Ele dá alguns passos para se aproximar e dá um leve puxão na manga.

— Está gigante em você.

— Do jeito que eu gosto.

Ele assente novamente.

— É, você fica muito bem nela.

— É, você fica muito bem nela.

Abraço-me.

— É muito confortável. Talvez eu a roube de você.

Sua sobrancelha se ergue de maneira brincalhona novamente.

— É melhor não fazer isso.

Provocando-o, eu digo:

— Você não deveria ter me oferecido a camiseta se não queria que eu a roubasse. — Passo por ele, que agarra meu pulso e me puxa contra seu peito.

Ele ergue meu queixo e fala:

— Não me faça arrancar essa camiseta de você agora mesmo.

— Isso deveria ser uma ameaça? Parece mais uma recompensa, para mim.

Ele pressiona os lábios em uma linha fina. Seus olhos exploram os meus, movendo-se de um lado para o outro, e espero sua próxima jogada. Sua represália. Mas ele não diz nada. Ele simplesmente... balança a cabeça e entrelaça seus dedos nos meus para me levar pelas escadas para a cozinha, onde ele me conduz até a bancada e me põe sentada sobre ela. A superfície fria me faz dar um gritinho por um segundo até minha pele se acostumar com a sensação.

— O que você quer almoçar? — ele pergunta.

— Pensei que você não soubesse cozinhar.

— Não sei. Mas um sanduíche eu consigo.

— É mesmo? — Cruzo uma perna sobre a outra e apoio as mãos atrás de mim na bancada. — Que tipo de sanduíche? Queijo quente? Ou isso é pedir demais?

Ele olha para mim por cima do ombro.

— Isso é pedir demais.

Solto uma risada pelo nariz e o cubro ao mesmo tempo.

— Pobre homem rico. Não sabe nem fazer um queijo quente. Deixe-me te mostrar como se faz.

Desço da bancada e vou até a geladeira para pegar queijo. A manteiga está na bancada em um pote, e viro-me para ver Huxley me entregando o pão.

Eu sei que as frigideiras e panelas ficam nos armários da bancada, então abro uma das portas e encontro exatamente o que estou procurando.

Quando viro-me para o fogão, sinto Huxley muito perto de mim.

— Não se preocupe, não vou quebrar nada.

— Não estou preocupado com isso. Queria que você me ensinasse.

Faço uma pausa.

— Você realmente não sabe como fazer um queijo quente?

— Nunca fiz um antes.

— Ai, Deus, por que estou achando isso tão fofo? — pergunto.

Sua mão pousa na parte baixa das minhas costas conforme ele se move para o outro lado.

— Talvez seja porque é uma fraqueza minha e você goste de me ver penar.

Dou risada.

— Eu gosto mesmo de ver o todo poderoso Huxley Cane tendo que colocar os pezinhos no chão. — Acerto-o com o cotovelo, mostrando que estou brincando. E quando ele me olha com um sorriso, posso sentir toda a minha ansiedade indo embora.

Com um simples olhar.

É tudo que precisa.

— Então, como se faz essas coisas? — Ele ergue duas fatias de pão.

— Você está realmente perdido. — Ligo a boca do fogão, aqueço a frigideira e pego um prato e uma faca, que entrego para ele. — Você sabe passar manteiga no pão?

Ele me dá um olhar debochado.

— Não sou completamente inútil.

— Só conferindo. — Abro um sorriso largo. — Passe manteiga em um dos lados de cada fatia.

Ele retira a tampa do pote de manteiga e passa um pouco no pão. Ele não é nem um pouco gracioso com isso. Na verdade, é bem desajeitado, o que acho adorável, e em determinado momento, ele fura o pão com a faca, fazendo com que eu sinta que estou assistindo na primeira fila a um comercial péssimo em que a pessoa não sabe fazer coisas simples como cortar uma fatia de queijo.

Quando ele termina de passar a manteiga, entrego-lhe o queijo.

— Coloque isto no sanduíche e, com o lado do pão que tem manteiga para fora, ponha o sanduíche na frigideira.

— Até que é fácil — ele diz, embora suje os dedos de manteiga ao colocar o sanduíche na frigideira. Eu lhe entrego um pano de prato, que ele usa para limpar as mãos. — Agora esperamos?

— Sim. Coloquei em fogo médio, vamos cobrir a frigideira com a tampa para que o queijo derreta e daremos uma olhada daqui a um minuto, mais ou menos.

Ele fita a frigideira e passa a mão pelos cabelos.

— Isso parece fácil demais. Estou me sentindo um idiota agora.

Solto uma gargalhada.

— Não, na verdade, é... interessante. Se ninguém te mostrasse, como você saberia?

— Eu poderia pedir a alguém.

— E foi o que você fez. — Dou tapinhas em seu peito nu. — Você me pediu. É tão sortudo por me ter como sua professora, não é?

— Muito — ele concorda, com o olhar sério.

Bem... ok, então.

Há, me deixe ir ali, hum, pegar uma coisa, para não ter que me sentir como uma flor murchando sob o olhar intenso desse homem.

Sorrio sem jeito e vou à dispensa para pegar algumas batatinhas que vi por lá outro dia, assim como duas bananas.

Não sei o que o fez mudar de humor assim, mas por mim tudo bem, porque esse é um Huxley Cane com o qual eu poderia me dar muito bem. E diante do fato de que ele adormeceu comigo em uma espreguiçadeira inflável na piscina e depois me carregou nos braços para me colocar em meu quarto, acho que sou a Lottie Gardner com a qual ele também poderia se dar muito bem.

— Não fica tão ruim depois que você retira as partes queimadas — digo, examinando o sanduíche.

— Você sabe que isso é culpa sua, não é? — Ele dá uma mordida em seu queijo quente parcialmente queimado.

— Por que a culpa é minha? — pergunto.

Estamos sentados à mesa externa, com uma pequena tigela de batatinhas entre nós e outra de legumes pré-cortados por Reign. Preciso admitir, essa parte de ter um chef particular é o máximo, um luxo do qual sentirei falta quando tudo isso acabar.

— Você me deixou encarregado quando foi ao banheiro.

— Eu te disse para dar uma olhada em alguns segundos para ver se estava pronto e desligar o fogo. Você aumentou a chama.

— Algo que a supervisora deveria estar presente para vigiar.

Reviro os olhos e recosto-me na cadeira.

— Continue acreditando nisso, Hux.

Ele pousa seu sanduíche e pega a água. Casualmente, se recosta na cadeira também e olha em direção à piscina.

— Você tem alguma pergunta para mim hoje?

— Eu sempre tenho perguntas.

— Manda ver — ele diz, parecendo mais relaxado do que nunca. O que significa que ele deve estar muito mais aberto a responder algumas mais difíceis.

Vou aproveitar.

Esfrego as mãos e pergunto:

— Qual foi a sua primeira impressão sobre mim?

Ele toma um gole de água e mantém o olhar à frente ao responder.

— Primeira impressão. Bom, você estava usando uma calça legging e um top que deixava os seus peitos incríveis. Foi difícil não pensar de cara no quanto você era gostosa. — Ele me deixa embasbacada com seu olhar. — Mas percebi bem rápido que você era uma lunática.

Fico boquiaberta, divertida. Cutuco seu braço e digo:

— E ainda assim, você me pediu para ser sua noiva falsa.

Ele coça a lateral da bochecha.

— O desespero faz coisas insanas com as pessoas.

— Como você está encantador hoje. — Puxo os pés para a cadeira e abraço meus joelhos, ficando mais confortável. — Vá em frente, me faça uma pergunta.

Analisando-me, ele inclina a cabeça para o lado e pergunta:

— Como é o seu homem dos sonhos?

Estou chocada. Não esperava esse tipo de pergunta.

— Você parece surpresa — Huxley diz.

— É, eu não estava esperando por isso. Quase pensei que você ia me perguntar qual foi a minha primeira impressão sobre você.

— Eu já sei disso. Você deixou bem claro como pareci ser um homem diferente na calçada e no Chipotle.

Sim, eu deixei.

— Ok, então. Meu homem dos sonhos? Hum... nunca pensei bem sobre isso antes. Sei que quero alguém que cuide de mim, como Jeff cuida da minha mãe. Ele acha que ela é uma rainha e a trata como tal. Também gostaria que ele se divertisse comigo. Não precisamos ter tudo em comum, mas eu adoraria poder simplesmente me soltar, me divertir com ele. Mas também gostaria que fosse um homem com a cabeça no lugar. Eu mal consigo me virar, então não quero ser babá de ninguém, se é que faz sentido.

Ele assente.

— E, é claro, o óbvio: ele tem que ser sensacional na cama. Já tive minha parcela de transas ruins. Já paguei minhas dívidas. Quero uma pessoa que seja capaz de me dar prazer sem ter que se esforçar demais.

— Só isso?

— Acho que sim. Você me pegou desprevenida. Tenho certeza de que há outras coisas, sabe... tipo comemorar minhas vitórias assim como comemoramos as dele. Respeito. Coisas normais.

— Acha que um dia irá encontrá-lo?

— Essa é a sua segunda pergunta?

— Sim, é. — Ele apoia o queixo na mão ao recostar-se mais na cadeira.

— Se um dia irei encontrá-lo? — Dou de ombros. — Não sei. Talvez, se eu tiver sorte. Nunca fui uma pessoa muito romântica, então não penso muito sobre isso, mas se eu gostaria de ter o homem dos meus sonhos ao meu lado, um dia? Claro que sim. Vi a minha mãe sozinha e a vi com alguém que a adora de verdade. Ela é tão mais feliz assim, livre de estresses. Eu quero isso para mim. Não estou dizendo que preciso agora, mas um dia. — Quando nossos olhares se conectam, pergunto: — E você? Acha que vai encontrar a sua garota dos sonhos e sossegar?

Ele não hesita ao dizer:

— Sim, acho que vou.

— Gostaria de elaborar essa resposta?

Ele balança a cabeça.

— Não, está bom assim.

Reviro os olhos.

— Nossa, como você é irritante.

Ele dá risada.

— Não sei o que você quer que eu elabore. Acho que vou encontrá-la? Sim, acho. Acho que estou preparado para ela? Não. Mas a vida não funciona assim, não espera até você estiver pronto. Então, no momento em que ela chegar, eu sei que vou me esforçar para descobrir como fazê-la feliz, para tentar mantê-la comigo.

— Aqui vai uma dica: não seja um babaca com ela. — Pisco para ele. — Isso vai aumentar bastante as suas chances.

— Vou levar isso em consideração.

Cansada, fecho o laptop de Kelsey e caio de costas na cama. Como passei uma boa parte do dia ontem não fazendo absolutamente nada, pensei em tentar fazer algumas coisas hoje antes de ir para a casa de Kelsey amanhã de manhã.

Mas estive trabalhando no site por umas três horas e agora cansei. Preciso de um intervalo.

Nossa, ficou escuro aqui. Que horas são?

Toco na tela do meu celular e descubro que ainda são quatro da tarde, então olho pela janela e vejo as nuvens escuras e os primeiros sinais de chuva.

Um dia com chuva, raridade na Califórnia.

Meu celular vibra e olho para a tela.

Angela.

Minhas narinas inflam conforme, irritada, pego meu celular e desbloqueio a tela para poder ver o que ela disse. Sinceramente, ela delira tanto que acha que pode me mandar mensagem como se não tivesse me ferrado. Não sei por que ainda não bloqueei seu número.

> **Angela:** *Oi, garota. Não recebi a confirmação de que você vai à reunião. Devo contar somente com você?*

Por que ela deduziria isso, quando eu estava com o anel de diamante enorme que Huxley colocou no meu dedo?

Provavelmente porque ela acha que Huxley é bom demais para mim.

O que, sim, talvez ela até esteja certa sobre isso. Não sou necessariamente a garota dos sonhos que ele está procurando, embora não a tenha descrito. Eu sei que não me encaixo bem em sua vida importante. Não sou idiota, mas Angela presumir isso...

Que vaca desgraçada.

Será que devo me dar ao trabalho de responder sua mensagem?

Se eu não fizer isso, ela vai deduzir que me atingiu, e eu não quero isso, então, por pura raiva, respondo sua mensagem.

> **Lottie:** *Desculpe, tenho andado muito ocupada com Huxley ultimamente. Pode contar com a nossa presença.*

Pronto, isso deve fazer suas raízes louras falsas pegarem fogo.

Sorrindo comigo mesma, saio da cama — ainda de robe depois do meu banho mais cedo — e vou ao closet. Visto um pijama de renda, que consiste em um short e uma blusa curta combinando. É, na verdade, um dos conjuntos mais confortáveis, e já usei todas as outras cores além desse branco.

Meu celular vibra e eu o pego rapidamente para ler a mensagem, querendo ver que tipo de resposta sarcástica Angela tem para mim.

> **Angela:** *Oh, vocês ainda estão juntos? Hum, pensei tê-lo visto com outra pessoa, uma noite dessas.*

Que mentirosa do caralho!

Não sou burra a ponto de cair nessa merda, nem sou insegura para questionar as intenções de Huxley. Ele me disse, diretamente, que só se interessa por mim enquanto estamos sob contrato. E se tem uma coisa que sei é que, quando Huxley fala sobre negócios, ele leva muito a sério.

Volto para o quarto e começo a andar de um lado para o outro enquanto respondo sua mensagem furiosamente.

> **Lottie:** *Engraçado... ele esteve comigo toda noite. Está tentando causar confusão, Angela?*

Pronto, coloquei-a contra a parede. Não tenho nada a perder.

> **Angela:** *Por que eu iria querer fazer isso?*

Gargalho alto. Ela deve achar que sou muito burra.

E talvez eu seja mesmo, em sua concepção, já que sou a idiota que a seguiu para todos os lados e esteve à sua disposição, só para, no fim, ela virar as costas para mim.

Não mais.

> **Lottie:** *Porque você está com inveja.*
>
> **Angela:** *Com inveja? De você? Oh, querida, não me faça rir.*

Acho que nunca desprezei alguém tanto quanto a desprezo.

Estou prestes a responder sua mensagem quando há uma batida na minha porta e, em seguida, Huxley a abre. Quando ele me vê, seus olhos se enchem de calor, e ele me faz uma inspeção intensa antes de abrir a porta por completo.

— O que você está fazendo? — ele pergunta. Não sei se já o vi vestido tão casualmente. Bermuda e camiseta, cabelos desgrenhados, e uma barba que demonstra que ele não se deu ao trabalho de se barbear. Ele está... delicioso.

— Trocando mensagens com Angela. Sabia que eu a odeio?

— Sim, eu sabia. — Ele se aproxima de mim, tira o celular da minha mão e o joga na cama. Em seguida, ele entrelaça os dedos nos meus e me guia em direção ao corredor.

— O que você está fazendo?

— Está chovendo.

— Percebi.

Ele faz uma pausa e diz:

— Quando eu te perguntei como seria o seu mundo perfeito, você disse que seria trabalhar com a sua irmã, não morar mais na casa da sua mãe, esfregar a sua volta por cima na cara de Angela, quitar seus empréstimos estudantis e ter um lugar onde deitar na chuva sem julgamentos.

Ele se lembrou disso?

Ele puxa minha mão.

— Eu te disse que cuidaria de tudo. Já cumpri todo o resto. Esta é a única coisa que falta.

Ele me puxa pelo corredor até o lado oposto da casa, chegando a uma porta que nunca explorei antes. Quando ele a abre, nos deparamos com mais um lance de escadas.

— Para onde está me levando? — pergunto ao subirmos as escadas.

Ele não responde. Quando chegamos ao topo, ele abre a porta e revela um deque no telhado.

Mas o quê?

Não é muito grande, e ele não fez nada com o espaço. Apenas quatro paredes baixas para evitar que quem pise ali caia pelas laterais.

— Aqui está — ele anuncia. — O lugar perfeito para deitar na chuva sem julgamento, sem ser incomodada. — Ele acena com a cabeça para o piso de madeira teca. — Isto vai servir?

— Vai servir até demais. — Ergo o olhar para ele. — Obrigada. Isso significa muito para mim.

— De nada — ele diz suavemente e dá um passo para o lado para que eu possa ficar na chuva, assim que começa a ficar mais forte.

Quando fico no meio do deque, abro os braços, inclino a cabeça para trás e deixo a chuva ensopar as minhas roupas e a minha pele. Quando abro os olhos, sorrio para Huxley, que está me observando atentamente. Gesticulo para que ele se junte a mim.

Ele não hesita e vem para a chuva comigo. Seguro sua mão e o giro. Ele ri levemente, me deixando ser toda boba com ele.

— Você ama chuva? — pergunto.

— Não tanto quanto você.

— Você claramente não sabe como apreciá-la. — Eu o conduzo até o chão e o deito ao meu lado, mantendo a mão na sua enquanto a chuva cai sobre nós. Com os olhos fechados, digo: — O som, o cheiro, a sensação de não se importar em se molhar... não é a melhor sensação do mundo?

Ele não responde imediatamente, mas o sinto respirar fundo algumas vezes.

— Eu nunca parei para sentir a chuva. — Viro o rosto para ele, abro os olhos e o vejo me encarando de volta. — Obrigado.

Ele está tão genuíno nesse momento. Tão real.

Não há um babaca dominador tentando me controlar.

Não há sinal do homem que vem sendo ora o Dr. Jekyll, ora o Sr. Hyde.

Este é o Huxley. O verdadeiro Huxley.

E sinto como se tivesse levado uma bala no peito. Eu gosto desse lado dele. Eu gosto dele assim mais do que eu provavelmente deveria.

Juntos, nos deitamos na chuva, deixando-a nos encharcar totalmente e se acumular sobre o piso do deque. As gotas de água batendo com força na superfície rígida preenchem o silêncio à nossa volta, enquanto o cheiro de asfalto molhado flutua ao nosso redor.

Pura perfeição.

— Quando você começou a fazer isso? — ele indaga, virando-se para mim.

Viro-me para ele também. A chuva diminuiu, então está apenas garoando.

— Quando eu estava no Ensino Médio. Sempre amei a chuva, em especial porque raramente chove aqui na Califórnia. Eu amava a sensação de fazer algo espontâneo para quebrar a rotina. Principalmente quando estava com Angela. Eu me sentia fora de controle, às vezes. A chuva me ajudava a desacelerar.

Muitas vezes, estar com Angela era como estar em uma tempestade escura e indesejada. *Mas a chuva, por outro lado, era suave. Segura. Limpa.*

Ele coloca a mão em minha bochecha antes de limpar algumas gotículas de água com o polegar. É um gesto doce e íntimo, e em vez de me afastar, tímida, eu me deleito nele.

— Com que frequência você vem aqui?

— Não com frequência suficiente — ele diz. — Devo ter subido aqui uma ou duas vezes. Mas quando você disse que queria um lugar para deitar na chuva, eu soube exatamente para onde te levar. — Parecendo inseguro, ele pergunta: — Você gostou?

Confirmo com a cabeça.

— Sim, gostei muito. Poderia ter algum tipo de mobília. — Dou risada. — Mas achei perfeito. Obrigada.

Quando ele não diz nada, mas continua a me fitar, aproveito o momento para me aproximar mais dele. A chuva acaba levando embora o calor do dia, então meu corpo está com um pouco de frio, mas não o suficiente para me forçar a sair. Eu só preciso de um pouquinho de calor.

Percebendo minha intenção, ele ergue o braço e eu me aproximo um pouco mais até ele me envolver pela cintura e me puxar contra seu corpo. E, oh, Deus, como ele cheira bem. Um cheiro de roupa masculina recém-lavada, se é que isso faz sentido.

— Você deveria ter vestido algo mais quente.

— Eu não sabia que viria para a chuva, e essas são as roupas que você comprou para mim. — Olho para ele. — Me dei conta de que você é pervertido.

Ele ri levemente.

— Eu não sou pervertido.

— Tudo que tem naquele closet é escandaloso. Vou começar a explorar as gavetas da sua cômoda e pegar todas as suas camisetas.

— Pode pegar o que quiser. Você fica sexy usando qualquer coisa.

Ergo o tronco, apoiando a mão em seu peito, e o fito.

— Isso foi um elogio, Huxley?

— Quer que eu retire?

— Não. — Balanço a cabeça e coloco a mão no peito. — Eu preciso curtir esse momento. Huxley Cane me elogiou. Não sei se esse momento pode ficar melhor.

— Pode, sim — ele diz e me puxa para cima de seu corpo. Comparado à sua estatura alta e musculosa, eu me sinto tão minúscula, tão pequenina. Suas duas mãos pousam na parte baixa das minhas costas e deslizam um pouquinho para debaixo do cós do meu short.

— Isso é confortável para você? — pergunto a ele.

— Muito.

— E eu aqui pensando que você não gostaria de ter uma víbora deitada em cima de você.

Ele ri, e é um som tão lindo.

— Acho que gosto da víbora mais do que pensei.

Isso me faz erguer o tronco até estar sentada em seu colo.

— Você está dizendo que gosta da minha companhia, ao invés de desprezá-la?

Suas mãos descem para minhas coxas e, então, ele as desliza para cima até se conectarem com a parte interna dos meus quadris. É um toque leve, mas carrega um grande impacto por enviar uma onda de luxúria por minha espinha.

— Eu nunca te desprezei. Você tem que parar de pensar assim. Eu te achei levemente irritante às vezes? Claro que sim.

Dou risada.

— Tão encantador.

— Não sabia que eu precisava encantar você. — Seus olhos estão cheios de diversão. — Você precisa de encanto?

Finjo que estou afofando os cabelos.

— Não doeria tentar me encantar de vez em quando.

Ele umedece os lábios mesmo que não seja necessário por causa da chuva.

— O que você considera *encanto*? Palavras ou ações?

— Pode ser as duas coisas.

Ele baixa o olhar para o meu peito e depois volta para o meu rosto.

— Então, se eu dissesse que os seus peitos estão uma delícia nessa blusa de renda transparente, isso te encantaria?

É transparente?

Olho para baixo e vejo meus mamilos delineados e completamente expostos sob o tecido. Bem, acho que a blusa é transparente quando está molhada.

— Acho que isso me encantaria um pouco, mas acredito que você pode fazer melhor que isso.

— Ah, é? — Suas mãos sobem, serpenteando pelas laterais do meu corpo até se prenderem sob minha blusa e puxá-la por minha cabeça. Ele joga o tecido ensopado para o lado e coloca as mãos nas minhas coxas novamente. — E agora? Encantador?

Fico ali sentada, em seu colo, sem blusa, na chuva, e para qualquer outra pessoa, essa ação poderia ser definida como "homem com tesão".

Mas, Deus, com apenas um piscar de seus olhos, ele poderia me encantar a ponto de fazer meu short desaparecer em um instante.

— Diante do seu silêncio e respiração ofegante, vou considerar isso como um sim.

Ele é tão convencido, tão seguro de si. Isso é sexy e vagamente irritante. A parte irritante é a causa da minha ação seguinte.

Apoio as mãos em seu abdômen e remexo a pélvis em seu colo. Seus olhos divertidos ficam imediatamente sombrios, sedutores.

— O que você está fazendo?

— Te mostrando o que encanto realmente é. — Rotaciono os quadris novamente e, desta vez, sou recompensada com sua ereção começando a se formar sob mim.

Estaria mentindo se dissesse que não quero seu pau. Depois de chupá-lo no chuveiro, não há nada que eu queira mais do que senti-lo me penetrando repetidamente. Mas ele ainda é um pouco imprevisível e pode mudar de humor a qualquer momento, e por mais que tenhamos feito progresso neste fim de semana — progresso em direção a quê, eu não sei, mas pelo menos ele está interagindo comigo —, não quero forçá-lo demais, só o suficiente.

Água escorre pelo meu rosto enquanto sorrio para ele.

— Sabe, Huxley... — Esfrego meu centro em sua ereção em um movimento contínuo, encontrando o ponto perfeito para nós dois. — Encanto pode facilmente se mostrar em forma de um esfrega-esfrega.

Ele solta uma gargalhada alta antes de exibir o sorriso mais lindo que já vi iluminar seu rosto. *Deus, como ele é lindo.* Sexy e gostoso, sim, mas, nesse momento, vejo uma beleza de menino em sua expressão.

— Eu não fazia ideia de que encanto poderia ser demonstrado através de um esfrega-esfrega. Sempre achei que a tradução universal de um esfrega-esfrega era "ei, estou com tesão".

Equilibro minhas mãos em sua barriga, o que faz meus seios se juntarem.

— Pode significar as duas coisas.

Ainda sorrindo, ele estende as mãos até meus seios e rola meus mamilos entre dos dedos.

— Bom saber. — Ele, então, envolve meu seio direito com a mão, apertando, massageando. — Já te falei o quanto os seus peitos são sexy pra caralho?

— Hummm — gemo, acelerando um pouquinho meu ritmo. — Não me lembro. Talvez. Me conte mais.

— Eles são sexy pra caralho, Lottie. Nem muito grandes, nem muito pequenos, mamilos durinhos que imploram pelo meu toque. Eu poderia passar horas somente brincando com os seus peitos.

— Horas parece um exagero. — Jogo a cabeça para trás quando ele senta e coloca a boca em meu seio. Ele chupa meu mamilo com força e... pronto. A barba áspera em sua mandíbula roçando em minha pele sensível combinada à sensação íntima de seus lábios no meu mamilo envia uma onda insana de prazer por minha espinha, percorrendo-me inteira até os dedos dos pés.

— Horas são necessárias. — Ele leva a boca para meu outro seio e dá a esse mamilo a mesma atenção que deu ao outro.

Minha mão sobe para a parte de trás de sua cabeça e eu o seguro no lugar, querendo que ele não pare o que está fazendo, porque está me acendendo toda, me fazendo sentir viva.

O barulho da chuva à nossa volta deixa o clima ainda mais intenso, assim como a maneira como a água corre por nossos corpos, encharcando nossas roupas, nossos cabelos, nossas peles. É erótico. A única coisa que poderia deixar isso ainda melhor seria nós dois estarmos pelados.

— Meu Deus, Huxley. — Gemo quando ele puxa meu mamilo entre os dentes. — Eu quero mais.

Ele interpreta isso como um sinal para me virar e me deitar de costas sobre a superfície fria e molhada do chão de madeira teca. Seu corpo magnífico paira sobre o meu, impedindo que a chuva caia no meu rosto. Seu peito ondula sobre mim, seus cabelos estão molhados e soltando gotas de água, e seus olhos estão tão intensos de desejo que me vejo abrindo as pernas.

Ele se posiciona entre elas, seu tamanho grande me fazendo abri-las ainda mais para lhe conceder espaço. Ele pousa a pélvis na minha e, quando elas se encontram, uma felicidade imediata enche meu peito.

Isso. É tão mais gostoso senti-lo assim.

Pesado contra mim.

Duro pra caramba.

Mas é ele que está no controle, algo que aprendi a amar quando ele me toca. Eu quero que ele me possua, possua meu corpo, e me faça esquecer de tudo à nossa volta.

— Quero tirar o seu short — ele diz em um tom torturado.

Ele passa a mão pelos cabelos, afastando um pouco da água, e me ergue somente o suficiente para puxar o meu short para baixo. Eu o ajudo a retirá-lo erguendo mais o quadris e, assim que passam por meus pés, ele o joga de lado e se posiciona em cima de mim novamente.

Eu nunca estive nua na chuva.

E, sendo honesta, esse pode ser o meu novo lance favorito.

É empolgante.

Ousado.

Erótico.

Huxley paira sobre mim. A única coisa entre nós é sua bermuda, e ela não faz nada para esconder sua ereção enorme.

— Adoro te ver assim — ele declara. — Submetendo-se a mim. Nunca vi algo mais sexy em toda a minha vida. É isso, bem aqui, você nua, molhada, com as pernas abertas, esperando por mim. — Ele passa a língua nos lábios. — O quanto você me quer?

— Mais do que eu gostaria de admitir — respondo, segurando sua nuca.

— Ainda me odeia?

— Não.

— Ainda quer me ajudar?

— E eu tenho escolha? — pergunto, tentando entender de onde estão vindo esses questionamentos.

Seus olhos se fixam nos meus.

— Mesmo que eu não queira admitir, você sempre tem uma escolha. — Ele esfrega seu comprimento em meu clitóris excitado. Minha nossa, isso é bom demais. Minha mão treme contra seu pescoço quando ele traz sua mão até meu seio e o atiça com os dedos. Olhando-me nos olhos, ele fala: — Se você me dissesse, amanhã, que não quer mais fazer isso, eu destruiria o contrato.

— Se você me dissesse, amanhã,
que não quer mais fazer isso,
eu destruiria o contrato.

Ele impulsiona os quadris em mim.

— O quê? — Arfo quando ele impulsiona de novo, de novo e de novo. — Oh, Deus — gemo, seu ritmo agitando o prazer dentro de mim. — Por quê?

— Porque — ele diz, estocando novamente. Percebo a tensão em seus ombros. Ele está se contendo. Pelas veias grossas em seu pescoço e a tensão rígida em sua mandíbula, ele poderia se entregar mais, ele quer se entregar mais. — Mesmo que você possa não acreditar, eu quero que você seja feliz. — Ele estoca novamente, e minhas costas arqueiam e meu corpo lateja. Implora. — Eu não quero te prender. — Mais uma estocada. Mais duas, e isso será o bastante. — Não quero que você se sinta encurralada. — Estocada.

— Isso, isso, Huxley. — Seguro-me nele e impulsiono meu quadril para encontrar seu ritmo. Estou muito, muito perto. O prazer se acumula na base da minha espinha, uma sensação eufórica que está sendo amplificada a cada vez que ele esfrega sua ereção em meu clitóris.

Tão perto.

Deus, estou tão perto.

— Eu só quero que você seja feliz — ele diz, e eu o ouço.

Estou ouvindo tudo que ele está me dizendo, mas não está exatamente ficando registrado na minha cabeça.

Suas palavras não estão fazendo sentido, porque tudo em que consigo focar é como estou à beira do orgasmo e o quanto quero me deixar cair nesse abismo. Eu quero cair com ele.

— Você está perto? — pergunto a ele.

— Muito... perto — ele rosna.

— Então se entregue e me leve com você. Mais forte, Huxley.

Ele desliza a mão por minha bunda, agarrando-a com força e me puxando ainda mais contra ele, intensificando a nossa conexão. Isso é tudo que basta.

Uma estocada, e já era.

Cada gota de prazer se acumula e gira em um espiral no centro do meu corpo que explode em milhões de pedacinhos de êxtase, conforme eu entro em combustão debaixo dele.

— Porra! — grito. — Isso, Huxley.

— Meu Deus — ele murmura ao impulsionar mais e mais forte até se retesar, gemer alto e então, desabar em cima de mim.

Ele apoia o peso de seu corpo em um braço, mas sua cabeça se inclina para frente, conectando nossas testas. É o mais próximo que nossas bocas estiveram uma da outra durante todo esse momento, fazendo-me perceber que ele pode ter se esfregado em mim até nos satisfazermos, mas não juntou seus lábios aos meus nem uma única vez.

Por quê?

Meus olhos buscam os seus e eu o vejo respirando fundo algumas vezes antes de fazer contato visual comigo. A chuva continua a cair sobre nós e, à distância, ouço o retumbar de um trovão pela primeira vez desde que viemos para cá.

Huxley retira o excesso de água do rosto com a mão antes de piscar algumas vezes.

— É melhor nós, hã... voltarmos lá para dentro.

— É — eu digo, sem fôlego, ainda fitando-o. A atração entre nós é tão forte que tudo que eu mais quero é me agarrar a ele e ser carregada para sua cama.

Mas quando ele fica de pé e me oferece sua mão para me ajudar a levantar, noto uma mudança nele. Hesitação. Inquietude.

E não sei se isso é uma coisa boa ou ruim.

Huxley me puxa rapidamente em direção à porta, a abre e me leva para dentro com pressa. Em seguida, ele recolhe o meu pijama e me conduz pelas escadas com cuidado, garantindo que eu não escorregue. Quando chegamos ao corredor, ele segura minha mão e me leva em direção aos nossos quartos. Fico curiosa, imaginando para onde ele irá me levar. Talvez para seu chuveiro para que possamos nos aquecer?

Mas então, ele para diante da porta do meu quarto e solta a minha mão. Nosso tempo acabou. Com um passo para trás, ele agarra a nuca e percorre meu corpo nu com o olhar.

— É melhor você tomar um banho, se aquecer.

— Sim — respondo, sem jeito.

— Precisa de alguma coisa?

De você.

De uma conversa.

Entender ao menos um pouco o que diabos estamos fazendo.

Talvez uma breve recapitulação das coisas que você disse no deque.

— Hum, acho que não.

Ele aquiesce.

— Ok. Se você quiser, posso pedir alguma coisa para o jantar.

Balanço a cabeça.

— Tudo bem. Não estou com muita fome.

— Certo. — Ele dá mais um passo para trás, e minha esperança despenca ao vê-lo se retrair mais uma vez.

Por quê?

Por que ele faz isso?

Por que ele sempre dá um salto gigantesco adiante, somente para dar dois passos para trás em seguida?

E por que eu me importo?

É, eu sei... eu sei.

Todo mundo sabe. Porque, de alguma forma, em algum momento, eu comecei a me importar com ele.

CAPÍTULO DEZESSETE

LOTTIE

— Onde você está? — Kelsey pergunta ao celular enquanto me encosto contra a fachada branca de tijolos da loja de bombas de leite materno.

— Você não vai querer saber.

— Se eu não quisesse, não teria perguntado.

— Ok, estou em uma loja de bombas de leite materno, esperando Ellie aparecer para que possamos fazer compras juntas.

— Você tinha razão, eu não quero saber.

— Eu avisei.

— Você não está preocupada por estar possivelmente iludindo essa mulher? Ela parece estar se apegando a você. Se toca, vocês estão indo comprar bombas de leite materno juntas.

— Eu sei. — Mordisco o canto da minha boca. — Na verdade, me sinto mal por isso, mas não sei o que fazer. Não gosto de fingir essa gravidez quando há tantas pessoas tentando tanto engravidar, e de jeito nenhum eu concordaria em fingir que tive um aborto espontâneo para dar um fim nessa história de estar grávida. Lembra-se da tia Rina? Ela teve cinco abortos espontâneos, e segurar a mão dela durante esses momentos difíceis com a mamãe foi devastador. Quanto mais penso sobre isso, mas desconfortável me sinto.

— Então, talvez seja melhor... contar a verdade a ela.

— Você está louca? O Huxley perderia o acordo, com certeza.

— O que você vai fazer quando chegar o momento em que a sua barriga supostamente tem que começar a aparecer, mas não vai?

— Não sei. Mas a barriga só começa a aparecer por volta de treze semanas quando é a primeira gravidez, não é? — Pelo menos foi o que li quando pesquisei ontem à noite. Pressiono a mão na testa. — Deus, estou numa confusão tão grande.

— Aconteceu mais alguma coisa?

Mordisco meu dedo indicador. Ontem, Kelsey passou a maior parte do dia fora de casa cuidando de alguns afazeres e conversando com outro fornecedor, já que o que contatamos não nos deu uma resposta ainda. Portanto, não tive a chance de falar muito com ela.

Na verdade, não falei com ela de jeito nenhum.

Ela não faz ideia do que aconteceu no fim de semana com Huxley.

Nem eu mesma sei direito o que aconteceu, mas isso é algo que eu normalmente contaria para minha irmã de imediato. Mas depois do que aconteceu no deque, eu não soube bem o que fazer. Eu me senti... estranha.

Como se algo não estivesse certo.

E eu sei que não foi o que fiz, mas sim o que aconteceu depois. Eu queria mais, muito mais, mas não soube como expressar isso. Ele tem sido tão frio e quente comigo, tão inconsistente na maneira como me trata, que estou com medo. Eu gosto dele, muito, e não sei o que isso significa para nós, para mim. Não sei se posso tomar uma iniciativa, se posso contar a ele. Se ele ao menos quer algo mais comigo.

Ele não me beijou no domingo quando teve a oportunidade perfeita para fazer isso. Estávamos encharcados da chuva, e não havia mais nada à nossa volta além da natureza. Se ele ia me beijar em algum momento, teria sido ali, mas ele não me beijou, o que me leva a acreditar que ele não tem a menor vontade de mudar a natureza desse relacionamento de nenhuma forma. Ele me disse que não quer confundir as coisas. Ele também me disse que quer que eu seja feliz. *Mas por quê? Por que ele se importa com isso, se não sou importante para ele?*

Brinquei ao dizer que o nosso acordo era uma réplica de *Uma Linda Mulher*, só que eu sendo uma versão menos prostituta de Vivian, mas em vez de ser a Vivian que se recusa a beijar nos lábios... é Huxley.

E se teve algo que aprendi com aquele filme foi que beijar significa muito mais. Carrega um peso. Beijar conecta duas pessoas em um nível bem mais íntimo, e Huxley não quer isso. É vidente. Ele pode querer o meu corpo, mas não me quer.

O que, em troca, me faz sentir muito estranha. Mas isso significa que eu o quero?

— Lottie, está aí?

— Sim, desculpe. — Pigarreio. Deus, por que estou ficando emotiva? Eu não deveria estar ficando emotiva.

— O que está acontecendo? Aconteceu alguma coisa que você não está me contando?

Estremecendo, olho para o céu e digo:

— Eu, hã... talvez eu tenha feito algumas coisas.

— Que tipo de coisas?

— Hum, você sabe, tipo... eu posso ter feito sexo oral nele no chuveiro, e talvez tenha me esfregado nele em um deque no telhado.

— O quê? — Kelsey grita ao celular. — Lottie, você está falando sério?

— Quem me dera não estar. — Expiro pela boca profundamente. — Ai, Kelsey, não sei o que está acontecendo comigo. Tudo começou no dia da nossa apresentação. Ele nos escolheu, Kelsey. Ele nos escolheu em vez de Dave, e isso, meu Deus, isso me enfraqueceu. Quando vi que Dave estava ali, achei que teríamos que remarcar, que tínhamos perdido a nossa chance de novo, mas ele escolheu a nossa reunião, como prometeu. Isso fez diminuir os pensamentos negativos que eu tinha sobre ele. E então, no fim de semana... — Solto um suspiro profundo e apoio a cabeça na parede de tijolos. — Ele estava diferente. Mais relaxado, sem a tensão que carrega normalmente. Ele fez piadas, deu risada, me provocou. E, sim... ele fez mais coisas do que o que estou disposta a admitir.

— Puta merda, Lottie. O que isso significa?

Fecho os olhos com força, completamente chocada com o que estou prestes a dizer em voz alta.

— Significa que eu gosto dele.

— Espere... tipo... você gosta dele, de verdade?

— Sim. E eu não deveria. Ele foi tão volátil desde o início. Cheio de altos e baixos e um babaca completo às vezes, mas ele também tem um coração generoso que não consigo ignorar.

— Oh, o mesmo coração sobre o qual eu te falava?

— Isso é culpa sua. Você me fez olhar para ele com outros olhos.

— Isso não é culpa minha. Foi você que se determinou a encontrar um marido rico.

— Não achei que isso fosse mesmo acontecer — sibilo ao telefone. — Coisas desse tipo não acontecem comigo.

— Ok, então, você gosta dele, colocou o pênis dele na sua boca... e agora?

— Não faço ideia. Não sei como vou agir quando estiver perto dele. Não depois do que aconteceu no fim de semana, e ainda tem uma coisa que não te contei.

— Nossa, o que mais pode ter acontecido? Você se esfregou nele no telhado. — Ela fica em silêncio por um segundo e então diz: — Me deixei adivinhar: o pênis dele é grande?

— Como se Deus não pudesse ter parado na beleza dele, Ele teve que abençoá-lo com o pênis mais incrível de todos.

— Imaginei. Um homem com um olhar tão severo nunca tem um macarrãozinho mole entre as pernas.

— Está mais para uma haste de aço usada para construir arranha-céus.

Kelsey solta uma risada.

— A imagem mental disso... sei que talvez você não queira saber de tantos detalhes íntimos.

— Mas não era isso que eu ia dizer.

— Obviamente — Kelsey diz. — Então, o que era?

Sentindo-me levemente envergonhada, viro-me para encostar a

lateral do meu corpo na parede. Por alguma razão, essa posição me faz sentir menos exposta.

— Ele, hã... ele não me beijou.

— Como assim?

— Durante essas nossas aventuras, ele não me beijou nem uma única vez.

— Oh...

— *Oh*? — repito. — Isso não me parece um bom "oh", soa mais como um "oh" de pena.

— Nem uma vez?

Meu estômago retorce e, mais uma vez, minhas emoções gritam sem se conter.

— Não — digo solenemente. — O que você acha que isso significa? — Quando Kelsey não responde imediatamente, acrescento: — Significa que ele está fazendo a Vivian comigo, não é?

— A Vivian?

— Sabe, em *Uma Linda Mulher*, como a Vivian não beija o Edward ou qualquer um de seus clientes, porque isso é íntimo demais? Sinto que é isso que Huxley está fazendo.

— Ah, entendi. — Kelsey faz uma pausa, e juro que sinto todo o meu corpo formigar enquanto espero sua resposta. — Eu não sei, Lottie.

— Isso não é o que você deveria dizer. — Quase grito ao telefone. — Você deveria dizer "não, não é isso, de jeito nenhum".

— Não vou mentir para você.

— Meu Deus. — Coloco a mão na testa. — Olhe só para mim. Eu gosto de um cara que está fazendo a Vivian comigo. Como isso aconteceu?

— Pura sorte?

— Você não está me ajudando hoje. Eu estou surtando de verdade, Kelsey. Meu estômago está revirado, e eu... aff...

— O quê?

Um carro estaciona na rua e eu o reconheço imediatamente.

— Ellie chegou. É melhor eu ir.

— Ok. Me desculpe por não estar sendo uma irmã muito útil hoje. Sinceramente, tudo que consigo pensar em dizer é para você talvez ver no que isso vai dar.

— Mas isso complica as coisas.

— Odeio te dizer isso, maninha, mas as coisas já estão complicadas. Então, você poderia muito bem ver se ele vale a pena.

— Você está me confundindo.

— Então estou cumprindo meu papel. Te amo, Lottie.

Grunhindo, eu digo:

— Te amo, Kelsey.

Encerro a chamada no instante em que Ellie sai do carro e acena freneticamente para mim.

Ela é um pouco... demais... para mim, mas ela é incrivelmente gentil. Eu me sinto mal por enganá-la. Por que eu não podia ser só a noiva falsa? Por que tenho que ser uma falsa grávida também?

— Ah, estou tão feliz por você estar aqui — Ellie diz ao se aproximar de mim e me dar um grande abraço. — Você está animada?

— Hã, você sabe, isso pode ser meio demais para mim — respondo honestamente. — Mas fico mais que feliz em ajudar você.

— Oh, você está desconfortável?

— Sobrecarregada com tudo. — Aí está, algo que não é uma mentira. Eu realmente estou sobrecarregada, especialmente com Huxley.

— Compreendo perfeitamente. — Ela segura minha mão. — Mas não se preocupe, eu estou com você.

Ela me puxa para dentro da loja até a parte dos fundos, onde há uma área designada a bombas de leite materno. Há seios falsos de todos os tamanhos e cores alinhados e presos em uma parede — bom para eles — e, logo abaixo, há umas coisas estranhas com um copo de sucção em uma extremidade e uma mamadeira na outra.

É isso que se coloca no seio?

— Eu amo tanto este lugar — Ellie fala. — Quando a minha irmã estava grávida, fomos a essa mesma loja, mas na filial que fica na Geórgia. Oh, você deve saber onde fica! É logo depois da Rua Clive.

Hã...

Ah, é, eu supostamente sou da Geórgia.

Toco meu queixo com o dedo.

— Soa familiar.

— Fica bem ao lado da Confeitaria Peaches.

— Ahh, Peaches. — Assinto como se já tivesse visitado o lugar um milhão de vezes.

— Nossa, eu mataria por um dos cupcakes de lá agora mesmo! Você também? Qual era o seu favorito?

Ai, Deus.

Meu favorito.

Err...

Pense em algo genérico que toda confeitaria teria.

— Chocolate — digo, balançando a cabeça.

Seu rosto se contorce em confusão.

— Chocolate?

Oh, merda, eles não vendem cupcake de chocolate? Que confeitaria não tem chocolate como opção de sabor? Isso seria absolutamente ridículo.

— Bom, você sabe...

Ela me dá um empurrãozinho com o ombro, rindo.

— Eu tinha certeza de que você ia dizer que era o cupcake de crumble, é meio que a sua cara.

Eu nunca teria respondido cupcake de crumble. Dou de ombros.

— Sou fã de chocolate.

— Eu também sou fã de chocolate. Você já experimentou o cupcake pink velvet deles? Eu sinceramente não sei qual a diferença entre ele e o de baunilha.

— Era o que eu ia dizer — falo ao pegar um seio falso e examiná-lo. Meu Deus, parece tão real. — O que eles fazem? Só colocam corante comestível na mesma massa e pronto? — pergunto.

— Com certeza. Mas a torta de pêssego deles...

Gesticulo para ela.

— Deliciosa.

— Olá, senhoras. Bem-vindas — uma vendedora nos cumprimenta. — Precisam de ajuda com alguma coisa?

Ellie se vira com um sorriso e diz:

— Estamos olhando bombas de leite materno. Eu sou a Ellie, e esta é minha amiga, Lottie. Ela não está pronta ainda para comprar uma, mas estou aqui para apertar seios e descobrir qual é a melhor para mim.

— Maravilha. Eu sou a Ann, e sou expert quando se trata de bombas de leite. Agora, me deixe ver os seus seios.

Hum...

Ellie começa a erguer e blusa — nossa, simples assim, sem vergonha alguma —, mas Ann fala:

— Não, não. Apenas empine o peito para frente para que eu possa ver melhor.

Ellie dá risada.

— Oh, ok. Eu estava pronta para tirar a roupa aqui.

Isso ficou óbvio.

E completamente desnecessário.

Ann ergue a mão e pergunta:

— Você se importa se eu tocar?

— Não mesmo, vá em frente. Foi para isso que vim. — Virando-se para mim, Ellie explica: — Elas podem encontrar o tamanho perfeito para você, e você pode testá-las na parede de seios para ver como funcionam.

Olho para a parede de seios.

— Parece que você tem todos os tamanhos ali — digo, desconfortável.

— Sim, temos — Ann confirma enquanto apalpa Ellie. Isso é estranho,

estranho pra cacete. — E você pode ajustar o fluxo também.

— O... hã, ajustar o quê?

— O fluxo — Ellie diz. — Eles produzem líquido de verdade, para que você possa ter a experiência completa.

Quem diabos vem a um lugar desses? Seios flutuantes grudados nas paredes com um fluxo de "leite" de verdade. Estou confusa... e desconfortavelmente intrigada.

— Assim como em quase todas as mulheres que atendo, há uma diferença de tamanho entre o seu seio direito e o esquerdo. — Ann ergue os dois peitos de Ellie.

— É, culpada. O esquerdo sempre foi o menor.

— Os seios nunca são simétricos, mas algumas mulheres têm uma diferença enorme de um para o outro, e você é uma das sortudas.

Ellie olha para mim.

— Qual dos seus seios é o maior?

— Hum... — Apalpo meus peitos. — Acho que o direito?

— Se você for destra, ele provavelmente é o maior mesmo — Ann diz. Ela dirige-se para Ellie: — Posso perguntar qual o tamanho dos seus mamilos?

— Que tal eu te mostrar? Vai ser muito mais fácil. — Antes que eu possa pedir licença para me retirar e lhe dar um pouco de privacidade, Ellie levanta a blusa e o sutiã ao mesmo tempo, mostrando os peitos para mim e para Ann.

E, simples assim, ali estão eles.

Agora, como raios devo reagir a isso? Será que olho, ou não olho? Devo fingir que encontrei algo fascinante no chão? Desviar a atenção para a parede de seios? Rezar para que um buraco se abra no chão e me engula inteira?

Eu não estava mentalmente preparada para isso.

— Oh, uau, você tem mamilos maravilhosos — Ann elogia, e pelo canto do olho, vejo-a se aproximar e beliscar o mamilo de Ellie entre os dedos. — É um mamilo muito firme. Isso te dará bastante vantagem.

— Ah, sério? Fico tão feliz por ouvir isso. Você tem mamilos firmes, Lottie?

— Hã? O quê? — pergunto, dando uma rápida olhada na direção de Ellie antes de desviar a atenção novamente. — Desculpe, é que esses... livros... — Pego um livro que está sobre uma mesa. — Fascinantes. O que você disse?

— Mamilos firmes. Você tem?

Desajeitadamente, passo a mão em meus seios, tentando senti-los através das camadas de roupa — porque não vou me juntar à festinha de peitos expostos que está acontecendo bem aqui na minha frente.

— Bem, err, eu tenho mamilos pequenos.

— Mamilos ou auréolas? — Ann pergunta.

— Os dois.

Ela assente.

— Acho que tenho a bomba de leite perfeita para você, então. Há somente uma que funciona muito bem em mamilos pequenos. Mas para você, Ellie, nós temos algumas opções, porque esses mamilos são simplesmente espetaculares. Lottie, venha aqui, sinta isso.

Faço um aceno vago para Ann.

— Ah, não, tudo bem, não precisa. — Dou risada. — Posso vê-los daqui. — Olho para os peitos de Ellie. E, sim... estão nus, completamente expostos. — Eles parecem mesmo ser firmes. — Ergo um polegar para ela. — Você cresceu muito bem.

Ellie ri.

— Ela não é divertida? Venha, Lottie, sinta. Você pode sentir onde o bebê vai mamar. Você sabe que eu não ligo.

Ela pode não ligar, mas eu ligo.

— É muito educacional — Ann incentiva. — Você pode imitar a sucção.

Dou risada e balanço a cabeça.

— Eu sou super a favor de coisas educacionais, mas prefiro não chupar o mamilo da minha amiga.

Ann e Ellie olham uma para a outra e, então, gargalham alto.

— Não é com a boca — Ann diz, segurando minha mão. — Com os dedos.

De repente, minha mão encontra bruscamente o seio esquerdo de Ellie e seu mamilo extremamente rígido roça meus dedos.

Denso, durinho... um belo mamilo.

E eu estou tocando-o.

Estou tocando o mamilo de outra mulher.

Na verdade, estou apalpando, porque Ann está me fazendo mover os dedos por ele.

— Eita, faz cócegas — Ellie diz, e para mim, já chega.

Puxo a mão e cruzo os braços sobre o peito.

— É, o bebê vai mamar em
peitos ótimos.

— É, o bebê vai mamar em peitos ótimos — concluo, já tentando mentalmente bloquear esse dia da minha memória.

Huxley vai ficar me devendo muito por isso.

— Que bom que você acha isso! — Ellie abaixa seu sutiã e sua blusa. — Então, o que você acha, Ann? Podemos bombear alguns seios?

— Você não veio até aqui para deixar de fazer isso. — Ann me dá tapinhas no ombro. — É agora que a diversão começa.

— Lottie? — Huxley me chama. — Onde você está?

Eu não digo nada.

Nem ao menos me mexo.

Em vez disso, permaneço sentada na sala de estar, no sofá mais confortável que já sentei na vida, petrificada, com as mãos no colo, enquanto fito a lareira decorada diante de mim.

Não há palavras para explicar como foi a minha manhã. Não há palavras.

Depois de levar uma esguichada no olho de um seio falso grudado na parede, cansei de ser adulta por hoje.

— Aí está você — Huxley diz, parando na entrada da sala de estar. — Acabei de receber uma mensagem de Dave. Ele me disse que Ellie não para de tagarelar sobre esta manhã. — Quando não olho para ele, ouço-o se aproximar até entrar em meu campo de visão. — Hã, está tudo bem?

Com os lábios pressionados um no outro, balanço a cabeça negativamente.

— Não. Nem um pouco.

— O que aconteceu?

— Eu toquei no peito nu dela, Huxley. Eu toquei no peito nu de Ellie.

— O quê? — ele pergunta e senta na mesinha de centro, ficando de frente para mim. Seu rosto lindo surge diante de mim, mas não ajuda a relaxar a tensão nos meus ombros. — Como assim você tocou no peito dela?

— E levei uma esguichada na cara.

— Do peito dela? — Huxley quase grita.

— Não, de um peito grudado na parede.

Ele endireita as costas.

— Você vai ter que explicar isso com mais detalhes, porque estou confuso.

— Eu também. — Dou tapinhas em seu joelho. — Eu também. — Respiro fundo e digo: — Não tenho forças para contar tudo que aconteceu. Apenas saiba que, se houve algum dia em que te provei o quanto estou levando esse acordo a sério, esse dia foi hoje.

— Parece mesmo que sim. — Seu rosto fica tomado por culpa. — Sinto muito por você ter que fazer isso.

Desperto do transe e encontro seus olhos.

Ali está ele.

O cara do Chipotle.

Bem ali. A carranca severa em sua testa desapareceu. O charme de menino está transbordando em seus olhos. E o jeito como ele agarra a nuca... inconfundível.

— Tudo bem — eu digo. — Traumatizante. Vou ter que lavar meus olhos com água sanitária, mas vou sobreviver.

Ele sorri e leva a mão até seu bolso de trás. É somente aí que percebo que ele está usando calça jeans e tênis. Hum, olá, Sr. Casual.

— Eu trouxe uma coisa para você.

— Trouxe?

Ele assente e retira do bolso um tecido enrolado, colocando-o na minha frente.

— O que é?

Ele desenrola e tecido e ergue para me mostrar.

— Pensei que você poderia gostar.

Diante de mim, está uma camiseta de banda vintage cor de creme com estampa da Fleetwood Mac, a imagem do álbum *Rumours*.

— Ai, meu Deus! — Eu a pego de sua mão. — Isso é incrível. — Eu a estendo diante de mim e a analiso.

— Dê uma olhada nas costas.

Viro a camiseta e vejo várias datas e cidades de uma turnê.

— Espere... esta é a camiseta original da turnê?

— Sim — ele diz. Quando olho para ele, vejo o orgulho em seus olhos.

— Puta merda, Huxley. Isso é... uau, isso é incrível. — Aperto-a contra o peito. — Obrigada. Isso significa tanto para mim.

E é exatamente por isso que estou tão confusa. Porque a gentileza por trás dessa camiseta me faz gostar dele ainda mais. Esse gesto abre o buraco em meu peito e dá um puxão no meu coração, forçando-me a enxergá-lo com outros olhos.

Ele esfrega as mãos nas pernas.

— Que bom que você gostou. — Ele dá uma olhada para o lado, e quase parece que ele está... nervoso. Nervoso por quê? — Não sabia se você tinha algo planejado para hoje. Você tem?

Ele está agindo estranho.

Muito estranho.

Completamente diferente do homem exigente que passei a conhecer muito bem.

— Hã, não, não tenho planos. Só mesmo tentar apagar da mente o que aconteceu hoje de manhã.

Ele assente e continua a esfregar as mãos nas coxas.

— Bem, se isso é tudo que você tem planejado, eu estava pensando em te levar a um lugar.

Me levar a um lugar?

Uma pontinha de esperança surge na boca do meu estômago, junto com uma empolgação.

Ele está... ele está me chamando para sair?

É por isso que ele está nervoso?

É por isso que ele está se balançando para frente e para trás?

Porque está nervoso em me chamar para sair?

Não se precipite, Lottie. Lembre-se de que ele não te beijou no fim de semana. Mesmo quando a chuva estava escorrendo pelo peito dele e ele estava se esfregando em você, manteve os lábios para si.

Engulo minhas emoções e pergunto:

— Tipo um encontro?

Seus olhos pousam nos meus. E por um segundo torturante, fico morrendo de medo de tê-lo interpretado errado, até que ele diz:

— Sim, tipo um encontro.

Ai, Deus. Ele está falando sério.

A honestidade.

A sombra de esperança em seus olhos.

O movimento nervoso de suas mãos.

Como eu poderia dizer não? De jeito nenhum eu diria não, não quando meu corpo gravita em torno dele, quando posso sentir meu coração se abrindo para ele, mesmo quando tento esconder ou me deter. Ele me conquistou. É inegável.

Esse homem me conquistou completamente.

Porém, tento manter minhas emoções casuais.

— No que você estava pensando?

Seus movimentos nervosos se transformam em um sorriso confiante quando ele põe a mão no bolso para retirar mais uma coisa de lá. Ele segura um pedaço de papel diante de mim e, então, desliza os dedos, fazendo com que o pedaço de papel em sua mão se transforme em dois idênticos.

— Gostaria de ir a um show da Fleetwood Mac comigo?

— O quê? — grito, levantando-me do sofá e pegando os ingressos para vê-los melhor. — Mentira. Não é possível... — Meus olhos analisam os ingressos. — Puta merda, são ingressos, porra, são ingressos de verdade. Huxley, você sabia que esses ingressos são de verdade?

Ele dá risada e fica de pé também.

— Você acha que eu compraria ingressos falsos?

— Não, eu só... eu só pensei que, sabe, podiam ser ingressos falsos e iríamos para o pátio colocar as músicas para tocar, fazer de conta que era um show, mas esses ingressos são verdadeiros. Eles têm um código de barras e tudo.

— É, o código de barras faz toda a diferença.

Sem acreditar, fito os ingressos.

— Não acredito nisso. Eu não sabia que eles viriam a Los Angeles. Eu... Huxley... — Ergo o olhar para ele. — Espere. Esse show será em Portland. — Minha esperança murcha quando me dou conta desse erro.

Ele ergue meu queixo e diz:

— Eu sei. O jatinho está a postos para nos levar quando estivermos prontos.

— Jatinho? — pergunto.

Um sorriso presunçoso aparece em seu rosto.

— Sim, você sabe que tenho um jatinho particular, não é? Podemos ir para onde quisermos, quando quisermos. — Ele pisca, muito autoconfiante. — É isso que acontece quando você tem um noivo falso rico.

— Espere... então, nós vamos de jatinho para Portland hoje e realmente vamos ver Fleetwood Mac... ao vivo?

Ele assente.

— Aham. Tem uma hamburgueria em Portland chamada Killer Burger. Podemos ir jantar lá. Talvez comer donuts do Voodoo Doughnut de sobremesa. Se você quiser.

— Está brincando? — Quase grito. — É claro que quero. — Olho em seus olhos. — Obrigada, Huxley. Isso é... — Tomo fôlego. — Isso é muita gentileza sua.

É por isso que estou me apaixonando por esse homem. Por isso bem aqui.

Esse sorriso.

Esse coração bondoso.

Essa sua mente atenciosa e sexy.

— Eu queria fazer algo bacana por você. — Ele segura meu queixo entre o dedo indicador e o polegar. — Sou muito grato por tudo que você fez por mim. — E, por algum motivo, esse comentário murcha minha esperança de que isso é algo a mais. Ele está agradecido pelo trabalho que fiz para ele. *Suspiro profundo.* Mas não posso deixar isso arruinar a minha noite. Ele pode não estar sentindo o mesmo que eu, mas posso pelo menos curtir esta noite. Ele olha para seu relógio. — Acha que consegue ficar pronta em meia hora?

— É pra já — digo, apertando a camiseta contra o peito. — Tenho o short perfeito para usar... aff, você levou as minhas roupas. Não tenho um short jeans.

— Eu pedi que trouxessem as suas roupas hoje de manhã. Imaginei que você fosse querer algo casual para usar hoje. Está tudo no seu quarto.

— Deus te abençoe. — Fico nas pontas dos pés e, só porque gosto de sofrer, dou um beijo em sua mandíbula. — Obrigada, Huxley.

E então, com minha camiseta em mãos, subo as escadas correndo até meu quarto para poder me vestir. Não acredito que estou prestes a ir a um show da Fleetwood Mac.

Melhor ainda: não acredito que vou a um encontro com Huxley Cane.

Kelsey: *Ele vai te levar para Portland de jatinho? O quê? Para um encontro? Onde posso encontrar um Huxley para mim?*

Lottie: *Ele tem dois irmãos.*

Kelsey: *Diferente de você, eu não misturo negócios e prazer. Mas chega disso. PUTA MERDA, Lottie, você vai ver um show da Fleetwood Mac. Você contou à mamãe?*

Lottie: *Ainda não. Pensei em mandar uma foto para ela depois.*

Kelsey: *Onde ficam os assentos? Primeira fila?*

Lottie: *Eu nem olhei. Provavelmente não.*

Kelsey: *Ele vai te levar para Portland no jatinho particular. Tenho certeza de que ele não se importou em gastar dinheiro em ingressos caros.*

Lottie: *Ele está com os ingressos, eu estou me vestindo. Te conto quais são os assentos quando souber.*

Kelsey: *O que você vai usar?*

Lottie: *Ele me deu uma camiseta vintage da turnê com a capa do álbum Rumours estampada, então vou usá-la com meu short jeans rasgado. Cabelos soltos e ondulados, e meu chapéu boho. Botas de cano curto.*

Kelsey: *Perfeito. Você acha que ele vai tomar a iniciativa?*

Lottie: *Sinceramente, nem vou ficar pensando nisso. Eu perguntei a ele se isso seria um encontro, e ele disse que sim. Mas também me agradeceu pelo trabalho que fiz por ele. Era isso que eu temia. Eu gosto muito dele, e não acho que seja recíproco.*

Kelsey: *Então, apenas aproveite. Talvez isso seja ele levantando a bandeira branca e tentando conectar vocês dois em um outro nível.*

Lottie: *Estou nervosa. Todas as provocações, a tensão sexual, isso foi fácil, mas um encontro? Isso deixa tudo real demais.*

Kelsey: *Porque é real. Não perca o seu tempo se preocupando com isso. Apenas curta o momento, porque com que frequência alguém te leva para viajar de jatinho particular?*

Lottie: *Nunca.*

Kelsey: *Exatamente. Aproveite o momento, maninha. Tire muitas fotos e divirta-se. Eu te amo.*

Lottie: *Também te amo.*

CAPÍTULO DEZOITO

HUXLEY

— Você está agarrando o braço da poltrona com muita força. Está nervosa?

Lottie vira o olhar da janela para mim e diz:

— Eu nunca estive em um avião tão pequeno assim. É diferente.

Ela está sentada de frente para mim, sexy pra caramba usando um short jeans curto, sua camiseta vintage com um nó que ela fez na parte de trás e exibe um pouco de sua barriga, e aquele maldito chapéu, que está fazendo coisas com a minha libido que nunca esperei que faria. Quando ela desceu as escadas com esse visual, eu sabia que essa seria uma longa noite encarando-a e apreciando-a, com a esperança secreta de que, quando estivermos no show, ela me deixe segurar sua mão.

— Quer fazer uma coisa para se distrair?

Ela ergue uma sobrancelha, e eu reviro os olhos.

— Nada desse tipo. — Estendo a mão até o painel lateral do meu assento e pego um bloco de papel e uma caneta. Há uma mesa entre nós, então temos o espaço perfeito para um joguinho. — Quer brincar de forca?

— Isso é um artigo de escritório oficial de Huxley Cane?

— Da Cane Enterprises.

— Nossa, você *é* mesmo rico.

Dou risada.

— Sou. Então, que tal? Quer brincar?

Ela estala os dedos de uma maneira adorável e diz:

— É melhor eu te avisar que sou expert em jogo da forca.

— É, acho que isso nós vamos ver.

Desenho o jogo no papel e coloco espaços para as letras da palavra que escolhi.

Lottie analisa o papel com paciência. Seus olhos vêm para os meus, depois para o papel e, então, de volta para os meus. Ela se recosta em seu assento, cruza os braços e fala:

— Boceta.

Meus olhos quase saltam das órbitas.

— O quê?

Ela dá batidinhas leves com o dedo no papel.

— É essa a sua palavra. *Boceta*. Eu acertei, não foi?

Como ela fez isso, porra?

Ela sorri e dá risada.

— Eu acertei. Viu? Te disse que era boa. — Ela pega o papel de mim e preenche a palavra. — Está impressionado?

— Aterrorizado.

A risada que sai dos seus lábios é tão sexy que fico tentado a puxá-la por cima da mesa e colocá-la em meu colo, para poder beijá-la até não aguentarmos mais.

Porra, como eu quero provar aqueles lábios de novo. Mas pela primeira vez na minha vida, quando se trata de uma mulher... eu me sinto inseguro. Não diria que temos o melhor histórico no que diz respeito a nos dar bem, nem que o nosso relacionamento tem sido fácil até agora. Tem sido tenso, às vezes desconfortável, uma mentira. Não é assim que se deve começar um relacionamento, o que me faz questionar: será que ela ao menos quer começar algo comigo? Se bem que tenho certeza de que vi felicidade em sua expressão quando me perguntou se isso seria um encontro. *Eu acho.*

Ela faz algumas lacunas no papel e diz:

— Ok, é a sua vez.

Analiso a palavra de sete letras. Ergo o olhar para ela. Em seguida, torno a fitar o papel. Coloco a mão no queixo e digo:

— O.

Seu olhar encontra o meu, iluminado com humor conforme ela coloca a letra O no início da palavra.

Com um sorriso largo, escolho:

— M.

— Você sabe. — Ela joga a caneta em mim.

— Orgasmo. — Quando ela revira os olhos, eu falo: — Você não é a única que é boa nesse jogo.

— Parece que nós dois somos pervertidos. — Ela pressiona uma mão no peito. — Eu não sou culta. Qual é a sua desculpa?

— Não é culta? — Dou risada. — Por que você acha que não é culta?

Ela esfrega o polegar e o indicador um no outro.

— Eu não cresci com dinheiro.

— Dinheiro não tem nada a ver com isso. Algumas das pessoas mais ricas são extremamente ignorantes. Completamente babacas. Dinheiro não tem nada a ver com isso.

— Oh, então me diga, o que faz uma pessoa ser culta?

— O coração dela. A mente. A alma. Não tem nada a ver com status, e tudo a ver com quem você é como pessoa.

Pensativa, ela inclina a cabeça para o lado.

— Então, baseado nesses critérios, você diria que eu sou culta?

Decido pegar no pé dela com minha resposta.

— Bem, o seu coração é lindo. A sua alma tem algumas manchas sombrias, mas, no geral, é bondosa, e, bem, a sua mente... é completamente doida.

Ela fica boquiaberta de uma maneira divertida, levantando-se e vindo até mim. Eu não me encolho. Quando ela estende a mão para me cutucar com sua unha pintada de rosa, seguro sua mão e a puxo para frente, fazendo-a sentar em meu colo.

Ela brinca de luta comigo, cutucando todo o meu peito.

— Eu vou te mostrar uma alma com manchas sombrias.

Dou risada e consigo agarrar suas mãos, prendendo-as nas laterais de seu corpo.

— Me solte. Estou tentando te provar uma coisa.

— O que vai fazer? Me cutucar até a morte?

— Até a morte parece um pouco extremo, não acha, Huxley? — Ela arqueia uma sobrancelha. — Um pouco dramático.

— Foi você que veio para cima de mim me cutucando todo. Como vou saber o que você está tentando fazer?

— E o seu primeiro palpite é que vou te cutucar até a morte... até a morte, Huxley.

Dou de ombros.

— Você cultivava um ódio muito forte por mim no começo.

— Sim, no começo, mas não te odeio mais.

Meus lábios se curvam em um sorriso.

— Não me odeia mais, hein?

Ela revira os olhos e tenta sair do meu colo.

— Não estou aqui para massagear o seu ego.

Mantenho-a firme no lugar.

— Nunca esperei que você fizesse isso. Agora, diminuí-lo é outra coisa.

— Alguém precisa te ajudar a manter os pés no chão.

— Quanto a isso, você faz um ótimo trabalho.

— Você diria que sou a melhor nisso?

Solto suas mãos e pouso minha palma em sua coxa. Ela não foge de mim, e sim permanece no lugar, e, porra, eu adoro isso.

— É uma competição acirrada entre você e os meus irmãos, mas acho que você consegue ganhar deles.

— Usarei a minha medalha com honra.

— Sr. Cane — o piloto diz no alto-falante. — Pousaremos em breve. Por favor, permaneçam em seus assentos e coloquem o cinto de segurança.

Dou tapinhas leves na perna de Lottie.

— Está pronta?

Ela balança a cabeça negativamente.

— Acho que não, mas não parece que tenho tempo para me preparar. — Antes de sair do meu colo, ela ergue a mão e pousa a palma em minha bochecha. Seus traços faciais ficam suaves, carinhosos, quando ela fala: — Caso eu me esqueça de dizer esta noite, obrigada, Huxley. Muito obrigada por isso. Você está fazendo um sonho meu se tornar realidade.

Pouso a mão na sua e a puxo para minha boca, dando um beijo em sua palma.

— De nada, Lottie.

— Estou suando.

— O quê? — Dou risada. — Como assim, você está suando?

Estamos na fila, esperando para entrar no local do show, e essa é a primeira coisa que ela me disse desde que saímos do carro depois de terminarmos de comer nossos donuts. Nós dividimos um hambúrguer com batatas fritas no Killer Burger — escolhemos o hambúrguer com pasta de amendoim — e, depois, fomos ao Voodoo Doughnut, onde cada um escolheu um sabor e os dividimos para podermos provar dos dois. Ideia da Lottie. Mas ela ficou quieta desde que terminamos os donuts. Fiz uma pergunta a ela, em determinado momento, mas ela não respondeu; apenas continuou olhando pela janela. Não dava para saber o que estava se passando em sua cabeça, então escolhi deixá-la em paz.

Segurando minha mão com força, ela se inclina para mim e diz:

— Estou tão animada, Hux. Estou suando. Estou nervosa. Meu corpo não sabe o que fazer.

Eu gosto quando ela me chama de *Hux*. Soa bem saindo de seus lábios.

— Você vai ficar dando surtos de fã?

— Mas é claro — ela fala com confiança. — Se você não estava esperando por isso, claramente não me conhece. E eu espero que você surte também.

— Vou deixar meus gritinhos no ponto.

Ela ri.

— O que eu não daria para ouvir isso..

As portas se abrem e o local começa a encher conforme as pessoas entram na casa de shows vintage estilo Art Déco.

— Antes de entrarmos, quer tirar uma foto com o letreiro da marquise? — pergunto. Ela está nervosa, então talvez diga não.

— Ah, ótima ideia.

Graças a Deus.

Pego meu celular do bolso e abro a câmera. Lottie se aconchega ao meu lado e pousa a mão em meu peito, e eu coloco o celular no melhor ângulo para capturar minha altura, a altura dela e o letreiro acima de nós.

Após tirar algumas, aviso:

— Vou te mandar a melhor por mensagem.

— Sim, por favor. Quero enviar uma para a minha mãe. Ela vai pirar.

— Ela também é fã da Fleetwood Mac? — Guardo o celular no bolso conforme nos aproximamos da casa de shows.

— Sim. Foi ela que me apresentou às músicas dessa banda, e a basicamente todas as músicas que amo.

— Se eu soubesse, teria convidado a sua mãe também.

— Pare. É melhor assim, vamos deixá-la com inveja. — Lottie sorri e... merda... eu gosto desse sorriso. Estou obcecado por esse sorriso.

Estou obcecado por ela.

— Filha do ano.

— Pois é. — Ela dá um empurrãozinho em meu ombro com o seu. — E os seus irmãos? Eles estão com inveja?

— Eles não sabem que estou aqui.

— Sério? — ela pergunta, surpresa. — Você não contou a eles?

Balanço a cabeça.

— Não.

Ela faz uma pausa e indaga:

— Não queria que eles soubessem sobre mim?

Aperto sua mão com mais firmeza para eliminar qualquer dúvida que possa estar surgindo em sua mente.

— Não queria ouvi-los me dizendo "eu te avisei".

— Como assim? — ela pergunta, confusa.

Esse não é o lugar onde quero ter essa conversa, no meio de uma multidão, mas, felizmente, estamos na frente da fila, então posso dar uma pausa na minha resposta e entrego os ingressos à atendente da bilheteria. Assim que são escaneados, entramos na casa de shows. Do lado de fora, é um lugar que se destaca acima do resto, com suas colunas de estilo gótico ao redor da marquise, mas, por dentro, é decorado com papel de parede dourado do chão ao teto. Os pilares que cercam o saguão possuem salpicos de uma cor azul-celeste esculpidos em suas superfícies, enquanto os pisos são de azulejos coloridos que devem ser originais de sua época de construção. É de tirar o fôlego. Uma representação incrível da Art Déco.

— Quer beber alguma coisa? — ofereço ao caminharmos em direção a um quiosque.

— Hã, claro — ela responde baixinho, e sei que a mudança em seu humor foi causada pela pergunta que ela fez e ficou sem resposta.

Eu a conduzo pela multidão e encontro um quiosque que acabou de abrir. Peço uma cerveja para cada um e, então, com as bebidas em mãos, eu a guio até nossos assentos, que ficam na primeira fila do mezanino, bem no centro. A vista perfeita, na minha opinião. Perto o suficiente, mas não tão perto a ponto de termos que esticar os pescoços.

— Nossa, esses assentos são ótimos — ela diz.

— Sim, estou bem satisfeito com eles.

Ela se senta e, assim que se acomoda, entrego-lhe uma cerveja e me sento também, certificando-me de virar para ela. As pessoas ainda estão andando para lá e para cá buscando seus assentos, então aproveito essa oportunidade para elaborar minha resposta.

Só espero que ela esteja na mesma página que eu, porque estou prestes a me arriscar — colocar a minha vida pessoal acima da profissional —, e isso é assustador pra caralho. E se ela não sentir o mesmo por mim? E se eu estive interpretando-a errado esse tempo todo? Não posso continuar vivendo no escuro, então só há um jeito de descobrir.

Apoio minha bebida no suporte de copos e busco sua mão, que ela me permite segurar. Trago os nós de seus dedos até meus lábios e dou um beijo delicado ali. Suas bochechas ficam um pouco rosadas enquanto ela olha para mim.

— Meus irmãos não estavam colocando fé na nossa situação. — Olho em seus olhos. — Eles disseram que eu não conseguiria manter o nosso acordo estritamente profissional. — Esfrego a lateral da minha bochecha, sentindo uma crise de nervos me atacar de uma vez. Caramba, cara, apenas diga. — Eles estavam certos. Depois da primeira noite, quando fomos jantar com Dave e Ellie, eu soube que você era diferente. E então, pude te provar aquela noite no corredor, pude vê-la se desfazer nos meus dedos, e, porra, não teve mais volta. Eu tentei negar isso, ignorar, mas o meu desejo por você foi ficando cada vez mais forte, Lottie. — Respirando fundo, digo: — Eu quero mais de você. E sei que isso ultrapassa o limite do nosso acordo, mas não posso mais fingir que não sinto nada por você, porque eu sinto. Eu gosto de você, Lottie. Gosto muito de você.

— Eu não esperava que você fosse dizer isso. — Ela respira fundo. Porra, ela não se sente da mesma forma.

Ela se levanta, e entro em pânico pensando que ela vai sair dali, mas, em vez disso, ela coloca a cerveja no suporte para copos e senta no meu colo. Ela pousa uma mão na parte de trás da minha cabeça e brinca com as mechas curtas do meu cabelo.

— Eu também gosto muito de você, Huxley. E quero que saiba o quanto é doloroso admitir isso.

Dou risada, sentindo o alívio me preencher.

Sua mão pousa em minha bochecha.

— Você me ganhou aos poucos com o seu coração, e isso é algo que nunca pensei que diria. Diante de como as coisas começaram, eu não sabia se existia um coração dentro desse seu peito, mas agora sei que você apenas o escondia.

— Porque eu não queria te mostrar. Queria que você pensasse que eu era frio, sem alma, somente um homem com o qual você ia trabalhar, nada mais.

Ela ri.

— Bom, você fez um ótimo trabalho, mas, para seu azar, eu tenho pessoas na minha vida que gostam de apontar as coisas boas que você tem. E foi o que fizeram. Eu quis negar, quis achar que não era verdade, que você não tinha somente manchas sombrias na alma, mas sim que ela era completamente sombria. Eu estava errada. — Ela balança a cabeça e solta uma risada curta. — Pensei que você não gostava de mim, que talvez eu fosse somente um brinquedo para você.

— Por que diabos você pensaria isso? — pergunto.

Tímida, ela move a mão pela minha camisa ao dizer:

— Porque, no fim de semana, quando tivemos intimidade, você não me beijou.

Por uma boa razão. Ergo seu queixo para que ela me olhe nos olhos.

— Porque eu sabia que, se fizesse isso, não conseguiria parar. — Umedeço os lábios, aproximando-me mais dela. — E, sinceramente, eu não tinha certeza se você queria que eu te beijasse.

— Eu quero — ela responde, sua voz um pouco ofegante. — Acho que nunca quis tanto uma coisa como quero que você me beije. — Sua mão pousa em minha bochecha. — Você já dominou o meu corpo, Huxley, e agora quero que domine a minha boca.

É impossível me negar a fazer isso agora, não com essa confissão, não com o jeito como ela está me puxando para mais perto.

Não, eu quero isso. Eu a quero.

Talvez isso vá contra todas as coisas que eu disse desde o início, mas parece ser inevitável. Não podemos mais negar a nossa atração, nosso desejo, nosso anseio.

Está óbvio, e vou tirar proveito disso.

Levo minha mão até a lateral de seu pescoço delicadamente, e com o polegar, ergo seu queixo antes de juntar minha boca à sua.

É um beijo simples, mas com uma intensidade poderosa por trás, cheio de desespero e repressão acumulados.

E agora que não estou na frente dos meus irmãos ou de Dave, não tenho que beijá-la só por atuação. Posso curtir de verdade.

Curtir o quanto seus lábios lindos são macios.

Curtir o toque firme de sua mão em minha bochecha, mantendo-me no lugar, demonstrando que ela também quer mais de mim.

Curtir os barulhos suaves que saem de seus lábios quando ela precisa recuperar o fôlego.

Minha boca se move sobre a dela, explorando lentamente. Sua língua desliza em meus lábios, e eu abro a boca para permitir sua entrada. Tímida, a princípio, sua língua acaricia a minha devagar, mas conforme a seguro com mais firmeza, seu beijo tímido se torna mais desesperado, e quando dou por mim, estamos dando uns amassos na cadeira, esperando o show começar.

Sua mão serpenteia para cima e se infiltra em meus cabelos, enquanto eu subo minha outra mão até seu tórax, logo abaixo de seu seio. Fico tentado a apalpá-la, a aumentar essa chama entre nós, mas, no instante em que começo a subir mais a mão, um solo de guitarra ecoa.

Nos afastamos a tempo de ver Fleetwood Mac entrar no palco.

O quê?

Sem banda de abertura?

Sem anúncio?

Simplesmente... aqui estão eles?

O lugar inteiro explode em gritos e aplausos, e minha sessão de amassos confortável termina quando Lottie sai do meu colo e joga as mãos para o ar, pulando e comemorando.

Ainda sentado, espero alguns segundos para me recompor antes de me juntar a ela.

Lottie. Ela é... porra, ela é especial pra caralho. E eu soube disso desde a primeira vez que recusou a minha oferta. Estava precisando de ajuda, mas só pensava em ajudar a irmã. Ela não queria que seus pais ficassem decepcionados com ela, então os protegeu também. Brigou comigo por coisas que mereciam ser contestadas, e mesmo que eu tenha tentado negar desde o início, acho que não sou mais capaz de deixá-la se afastar de mim.

E isso significa uma coisa: tenho que fazer isso dar certo. Eu quero namorar Lottie, fazê-la se sentir especial, porque é isso que ela é. Especial. *E suspeito que ela não faça a menor ideia disso.* Graças à sua "amiga" Angela.

Levantando-me, coloco o braço em volta dela e apoio a mão em sua barriga, mantendo-a perto de mim conforme os acordes da música *Dreams* começam a tocar. Lottie ergue o olhar para mim, com lágrimas nos olhos. Ela coloca a mão na parte de trás da minha cabeça, me puxa e me dá um beijo apaixonado na boca, transformando-me em um homem desesperando, fazendo-me querer muito, muito mais.

Ao se afastar, ela diz:

— Obrigada, Huxley. Muito obrigada.

— Obrigada, Huxley. Muito obrigada.

Dou um beijo leve na ponta de seu nariz.

— Disponha, Lottie.

Ainda com um sorriso, ela vira em meus braços e se aconchega contra mim.

E enquanto Fleetwood Mac se apresenta, Lottie nunca sai do meu lado, nunca se afasta de mim. Ela se balança no ritmo da música comigo enquanto cantamos juntos, deixando a noite nos levar. E embora eu já tenha ido a muitos shows antes — um jatinho particular facilita muito isso —, esta é a melhor experiência que já tive. *E o motivo é a garota que tenho em meus braços.*

— Sr. Cane, podem tirar os cintos de segurança e se movimentarem pelo jatinho, se desejarem — o piloto anuncia no alto-falante.

Lottie está aconchegada em sua poltrona, encarando-me, com o maior sorriso que já vi em seu rosto.

— O que foi? — pergunto, sem aguentar mais. — Por que você está me olhando assim?

— Porque agora eu posso.

— Não sabia que havia uma regra dizendo que você não podia antes.

Ela inclina a cabeça para o lado de um jeito adorável. Ela tirou o chapéu quando embarcamos novamente no jatinho e prendeu os cabelos em um rabo de cavalo para afastá-lo do rosto.

— Era o que parecia quando você só sabia dizer o tempo todo "contrato, contrato, contrato".

Dou risada.

— Eu estava com um escudo protetor erguido. Não pode me culpar por isso.

— Você não agiu assim quando fomos ao Chipotle pela primeira vez.

— Porque eu não sabia o efeito que você teria sobre mim — admito.

— Quando me dei conta de que você era uma tentação que eu não podia ter, me fechei.

— Entendo — ela diz, levantando-se de sua poltrona. Ela vem até mim e pergunta: — E o que eu sou agora? Ainda uma tentação?

— Inegavelmente.

Seus dedos se movem em meu ombro.

— Mas, agora, você pode me ter?

— Me diga você — respondo.

Com um sorriso sugestivo, ela pega minha mão e me puxa da minha poltrona, levando-me em direção aos fundos do avião. Eu a peço para parar quando chegamos à porta do quarto que fica ali.

— O que você está fazendo? — pergunto a ela.

— O que você acha que estou fazendo? — ela indaga, abrindo a porta e entrando de costas no espaço enquanto segura minha mão e sorri para mim.

— Lottie, você não precisa fazer isso.

— Você fala como se fosse uma tarefa maçante. — Ela me puxa mais para dentro do quarto e fecha a porta. Suas mãos descem para a bainha da minha camisa e ela puxa a peça de roupa por minha cabeça antes de jogá-la no chão. — Eu sei que não preciso fazer nada. — Ela pousa as mãos em meu peito. — Mas, Deus, Huxley, eu quero tanto te sentir dentro de mim.

Somente com isso, começo a ficar duro.

— Desde aquela noite em que você me fez gozar nos seus dedos, tenho muita vontade de saber como seria gozar no seu pau.

— Porra — murmuro.

Seus dedos deslizam para baixo, passando por meu peito até o cós da minha calça jeans. Ela desfaz o botão e o zíper, mas, em vez de empurrá-la para baixo, ela deixa a calça pendurada em minha cintura e ergue os braços.

— Tire a minha roupa, Hux.

Com a pele queimando de luxúria por essa mulher, seguro a bainha de sua camiseta e puxo-a por sua cabeça. Jogo a peça de roupa onde ela jogou a minha e admiro o sutiã preto transparente que ela está usando. Seus mamilos estão túrgidos, esticando-se contra a renda fina, e sua respiração fica errática, fazendo seu peito subir e descer rapidamente.

Com o olhar conectado ao meu, ela pega minhas mãos e as coloca no fecho frontal de seu sutiã. Não me dou ao trabalho de olhar para o fecho ao abri-lo. Seus seios empurram o sutiã e ela o desliza pelos braços até deixá-lo cair no chão.

Estendo a mão e passo o polegar sobre um de seus mamilos.

— Porra, você tem os peitos mais sensuais que já vi. Eu poderia passar horas venerando-os. — Desço a mão por sua barriga até chegar ao short. Abro o botão e o zíper e os empurro para o chão, deixando-a somente com sua calcinha fio-dental preta de renda. — Mas vou esperar para venerá-los outro dia. Agora... eu preciso entrar em você.

Eu a viro e curvo seu corpo, deitando a parte superior na cama e mantendo a inferior arqueada e empinada para mim. Seguro as laterais de sua calcinha e a puxo por suas pernas até retirá-la por completo.

Deslizo a mão por sua bunda nua e deleito-me com seu corpo.

— Gostosa pra caralho. — Aperto sua bunda e dou um tapa leve, arrancando um gemido do fundo de sua garganta. — Se eu colocar a mão entre as suas pernas agora, vou encontrá-la molhada e pronta para mim?

— Sim — ela grunhe, empurrando a bunda na minha mão.

— Então, abra bem para mim.

Ela faz exatamente isso, abre as pernas e empina a bunda ainda mais para o ar.

Deslizo o polegar pelo meio de suas nádegas até sua excitação, onde sou recompensado com sua boceta escorregadia.

— Boa garota — digo, esfregando seu clitóris levemente com dois dedos. Suas mãos se fecham em punhos, agarrando o edredom.

— Não me provoque, Huxley.

— Você acha mesmo que eu te provocaria, a essa altura? Meu pau está duro só por te ver assim. Porra, é impossível eu te provocar agora.

— Me mostre o quanto está duro.

Fácil. Empurro minha calça jeans e minha cueca para baixo e as retiro, junto com as meias. Meu pau salta para cima, duro... pronto. Seguro a base e dou um passo à frente para esfregar a ponta em sua excitação.

— Oh, meu Deus — ela reage ao agarrar o edredom com mais força. — Huxley, eu quero você dentro de mim. Agora.

Eu também a quero. Porra, eu a quero tanto. Mas quero vê-la primeiro.

Agarro seus quadris e a viro na cama, deitando-a de costas. Ela se arrasta um pouco para cima, oferecendo-me espaço, então subo no colchão também, seguindo-a até a cabeceira da cama. Ela está esperando por mim, com as pernas e os braços bem abertos, então posiciono meu corpo sobre o dela e apoio-me nos antebraços, um de cada lado de sua cabeça.

— Você é linda, Lottie. Não sei se já te disse isso, mas você é. De tirar o fôlego.

— Você é linda, Lottie.
Não sei se já te disse isso, mas você é.
De tirar o fôlego.

Seus olhos suavizam e ela ergue a mão, pressionando a palma em minha bochecha.

— Obrigada — ela sussurra antes de puxar minha boca para a sua.

Com um toque leve como pena, ela move os lábios sobre os meus em um ritmo tentador e provocante, dando-me somente um pouco, não o suficiente de sua boca deliciosa. Rosno de frustração, o que a faz sorrir e afastar os lábios ainda mais.

— Me beije, Lottie. Me deixe saborear esses lábios.

— Você soa como se quisesse esses lábios há muito tempo.

Aproximo a mão de seu rosto para poder tocar sua bochecha com um dedo.

— Sim, eu os quero há muito tempo. Agora, me deixe aproveitar.

Seu sorriso fica ainda mais radiante e ela puxa meu pescoço para grudar minha boca à sua, e eu capturo seus lábios, reivindicando-a com meus beijos.

Minha boca se move contra a dela com uma intensidade selvagem, implorando-a por mais, mas saboreando cada momento.

Sua mão sobe para a parte de trás da minha cabeça. Com a língua, separo seus lábios para encontrar a dela em uma colisão cheia de paixão.

Nosso beijo, que começou calmo e vagaroso, transformou-se em algo frenético, algo completamente carnal. Sua mão segura minha cabeça com mais firmeza. Minha mão pousa em sua mandíbula e eu seguro sua boca no lugar, ganhando o controle sobre esse beijo.

Porque estou me apaixonando.

Nesse momento, com suas pernas abertas e minha ereção em seu centro, nossas mãos nos agarrando com força, nossas bocas reivindicando uma à outra... Porra, eu estou me apaixonando. Posso sentir em meus ossos.

Ela não é o que eu estava esperando.

Mas, porra, ela é tudo que eu quero.

Afastando a boca da sua, beijo seu queixo, depois sua mandíbula, depois o comprimento de seu pescoço até a clavícula. Seu corpo se contorce sob o meu e continuo descendo até seus seios, arrastando a língua em sua pele até encontrar seu mamilo excitado. Massageio seu seio direito enquanto puxo o esquerdo com a boca, chupando com força.

— Isso — ela sussurra. — Isso, Huxley.

Ela puxa meus cabelos enquanto meus dentes roçam em seus mamilos. Quando mordisco, ela sibila, soltando um gemido arrastado em seguida.

— Estou tão molhada — ela sussurra e então pega minha mão e a leva para o meio de suas pernas. — Sinta-me. Sinta o quanto estou molhada por você.

Deslizo o dedo por sua boceta e, caralho, ela está certa. Ela está encharcada.

Ergo o rosto de seus seios, e seus olhos se conectam aos meus.

— Eu quero você — ela declara suavemente. — Por favor, Huxley.

— Eu sou todo seu, linda — respondo ao dar um beijo doce e delicado em sua boca.

Suas pernas se abrem ainda mais, então aproveito a oportunidade para deslizar minha mão por sua perna e, então, com cuidado, ergo-a para colocá-la sobre o meu ombro.

— Tudo bem? — pergunto, querendo me certificar de que ela está confortável.

— Sim, muito bem.

— Perfeito — digo ao segurar meu pau e provocar sua entrada com ele. Ela impulsiona os quadris em minha direção, e sorrio diante de sua impaciência.

Porra, eu estou tão impaciente quanto.

Impulsiono meus quadris para frente e entro nela apenas dois centímetros.

Mas é tudo que basta.

Seu calor me envolve e eu enfio mais, sem lhe dar tempo para se ajustar.

— Porra — murmuro. — Você é tão perfeita para mim. — Respiro fundo e questiono: — Você está bem?

— Mais. — É tudo que ela responde. — Eu quero mais, Huxley.

Com o sinal verde, eu a penetro até o fim, até não ter como entrar mais. Ela geme e fecha os olhos, arqueando o peito para mim. Aproveito esse momento para colocar a boca em seu seio novamente, querendo garantir que ela esteja o mais relaxada possível, porque não vou conseguir me conter por muito tempo. Não quando estar dentro dela é tão gostoso assim.

Precisando senti-la, começo a me movimentar devagar, enquanto minha boca brinca com seus mamilos durinhos.

— Você é tão grande — ela diz, soltando uma respiração profunda. Isso a relaxa mais, e me permite penetrá-la mais.

— Linda, precisa relaxar mais, você está tensa.

— Então traga a sua boca para a minha novamente — ela pede, puxando meu queixo com os dedos.

Não faço isso de imediato. Arrasto a língua por sua pele e salpico beijos por seu pescoço e mandíbula, percorrendo um caminho de prazer por onde consigo alcançar. Possuo cada centímetro dela. Quando chego a sua boca, não perco tempo e enfio a língua.

E sinto-a relaxar ainda mais.

Caralho. Estoco mais uma vez e entro mais fundo, tão fundo que minha visão embaça.

— Isso — ela sussurra contra meus lábios.

Com as bocas conectadas, acelero o ritmo e estoco com mais força, mais rápido.

— Nunca foi tão bom assim — admito, conforme meu ritmo fica cada vez mais frenético. — Nunca em toda a minha vida.

— Para mim também — ela geme, arqueando mais as costas e apertando a perna em volta do meu ombro. — Oh, Deus, estou ficando tão perto. Mais, Hux. — *Estou tão perto. Perto pra caralho. É tão bom.*

Tiro sua perna do meu ombro, abro bem suas coxas e peço:

— Segure as pernas assim.

Ela o faz, e eu me apoio no colchão ao meter com força nela.

Meus quadris se movem sem piedade. Estocando, estocando e estocando.

O prazer entre nós aumenta.

Meu corpo começa a flutuar conforme a primeira onda de prazer começa a dar fisgadas em minha espinha.

— Porra, Lottie. Eu vou...

— Sim — ela geme, e sua boceta se aperta em torno do meu pau. — Você está me fazendo gozar. Oh, Deus, Huxley.

Com um grito de prazer absoluto, tão alto que tenho quase certeza de que os pilotos podem nos ouvir, ela goza no meu pau, e eu uso seus espasmos para chegar ao ápice também enquanto ela arfa de puro êxtase.

Minhas bolas se contraem, e com uma última estocada, meu orgasmo irrompe em mim como uma maldita bola de demolição atingindo minha caixa torácica.

Fico totalmente sem fôlego.

O clímax me acomete profundamente enquanto gozo dentro dela.

As últimas ondas de prazer latejam por minha espinha irregularmente, e eu desabo sobre ela.

Ela me envolve com os braços e suas mãos acariciam meus ombros carinhosamente enquanto nós dois recuperamos o fôlego. Após alguns segundos, ergo-me o suficiente para que meu peso não a esmague, e acaricio sua bochecha com o polegar.

— Você está bem? — pergunto, com receio de ter sido bruto demais.

— Me sinto perfeita — ela responde com um sorriso saciado. Ergue a cabeça e pressiona mais um beijo em meus lábios. — Me sinto realmente perfeita, Huxley.

E ela parece estar mesmo. Olhos pesados. Sorriso satisfeito. Corpo relaxado.

— Podemos ficar deitados aqui um pouquinho? — ela indaga.

— Pelo tempo que você quiser. Vou só pegar alguma coisa para nos limpar. — Dou mais um beijo em seus lábios e saio de cima dela.

Há um banheiro no quarto, felizmente, então entro nele, limpo-me rapidamente e umedeço uma toalhinha para ela. Quando viro-me para voltar para o quarto, deparo-me com ela de pé no vão da porta do banheiro, usando a minha camisa.

Porra.

Ela está tão linda com os cabelos desgrenhados, soltando-se de seu rabo de cavalo, e uma expressão satisfeita no rosto.

Estendo a toalhinha para ela.

— Aqui — digo.

Ela pressiona a mão em meu peito, beija minha mandíbula e então pega a toalhinha e entra no banheiro. Dando-lhe um pouco de privacidade, volto para o quarto, visto minha cueca boxer e deito na cama, entrando debaixo das cobertas. Temos uma hora até precisarmos voltar para nossos assentos.

Após alguns minutos, ela sai do banheiro, sexy pra caramba vestindo a minha camisa, e deita na cama ao meu lado. Movo o braço e ela se aconchega, apoiando a cabeça no meu ombro e sua mão em meu peito nu. Envolvo-a com o braço, segurando-a bem juntinho de mim.

E, simples assim, estou enlaçado.

Apaixonado pra caralho.

É isso que eu quero.

Ela nos meus braços.

Exatamente assim.

É como se as últimas semanas tivessem sido as preliminares mais intensas da minha vida, porque o resultado final, com Lottie em meus braços... sim, é a melhor coisa que poderia ter acontecido.

— Eu tomo pílula — ela diz suavemente.

— Imaginei — respondo, acariciando seus cabelos.

— Não quero que você pense que estou tentando te dar um golpe.

— Eu nunca pensaria uma coisa dessas. Você tem orgulho demais para considerar fazer algo assim.

— Isso é verdade. — Ela dá risada. — Mas achei que seria melhor te dizer, mesmo assim.

— Obrigado. — Beijo sua testa e fecho os olhos.

Após alguns instantes de silêncio, ela fala:

— Posso te perguntar uma coisa?

— Qualquer coisa — respondo. Acho que nunca estive tão confortável, tão despreocupado quanto estou nesse momento.

— Quando você disse "nunca foi tão bom assim", foi sincero?

— Sim — digo sem piscar. — Eu não mentiria sobre isso.

Ela ergue um pouco o tronco, e abro os olhos, encontrando-a me encarando.

— Está dizendo que sou a melhor que você já teve?

Dou risada.

— Está querendo um troféu?

Bom, não é uma mentira, ela é, de longe, a melhor que já tive. E eu sei que isso se deve muito a essa conexão que sinto com ela.

— Não seria ruim receber um.

Faço cócegas na lateral de seu corpo, e ela se retorce contra mim, rindo.

— Depois de tudo que você me fez passar, me dar um troféu não doeria.

— Considere como uma construção de personalidade.

Ela revira os olhos.

— Isso é tão homem de negócios da sua parte.

— Acostume-se. Porque é quem você está namorando agora. Um homem de negócios.

Ela arqueia a sobrancelha de maneira inquisitiva.

— Ah, nós estamos namorando?

— Sim. Você acha que essa noite foi o quê?

— Uma noite de sorte com o meu noivo falso? — Ela sorri.

— É assim que você quer que seja? — *Merda. Espero que não.*

Ela balança a cabeça.

— Não, eu não quero voltar para o que éramos, seja lá o que fosse. Aquilo era estressante.

Ela tem razão. Era estressante. Além de ter meu trabalho normal a fazer, eu sentia uma pressão enorme para ser alguém que não sou quando estava perto dela. Não sou um babaca sem coração. Sou reservado. Demoro um pouco a mostrar o meu verdadeiro eu. Protetor. E ainda assim, de alguma forma, ela conseguiu puxar de mim partes ainda mais profundas para a superfície. Mas, felizmente, ela não está me jogando isso na cara. *Ela quer mais de mim... e eu quero que ela o tenha. De bom grado. Com prazer.*

— Então, estamos namorando.

Ela faz uma pausa, pensando por um segundo, e, então, começa a rir.

— Nunca pensei que namoraria o meu noivo falso, mas também nunca pensei que faria metade das coisas que fiz desde que te conheci.

— E nós ainda nem começamos.

CAPÍTULO DEZENOVE

LOTTIE

— Estou nervosa. Por que estou nervosa? Eu deveria estar nervosa? — Retorço as mãos na frente do corpo enquanto ando de um lado para o outro na entrada da casa de Huxley.

Ele está sentado nas escadas, com um sorriso enorme.

— E não estou gostando de você achando graça da minha apreensão.

Ele dá risada e se levanta, vindo até mim e me interrompendo para impedir que eu abra um buraco em seu lindo piso. Ele me para, colocando as mãos em meus ombros, e então ergue meu queixo, para curvar-se e dar um beijo suave em meus lábios. Acho que nunca me cansarei de receber seus carinhos.

Nunca.

— Você não tem nada com que se preocupar.

— É fácil para você dizer. A minha mãe já te ama, mas eu nunca falei com os seus irmãos antes. Tirando algumas palavras gentis que trocamos, eles são estranhos para mim. E devem saber que sou algum tipo de lunática por concordar em ser a sua noiva falsa. — Aperto a testa. — Deus, o que eles devem pensar de mim? — Com os olhos arregalados, pergunto: — Eles acham que sou interesseira? Porque eu não sou. Posso terminar com você agora mesmo para provar a eles que estão errados.

— Eles não acham que você é interesseira. Se estiverem julgando alguém, sou eu. Acredite em mim, eles já me encheram o saco o suficiente durante a última semana por você e eu estarmos juntos. Estão animadíssimos para te conhecer melhor.

— Eles encheram o seu saco?

— Eles disseram desde o começo que eu gostava de você, mas eu estava em negação. Então, basicamente, eles ficaram esfregando isso na minha cara. — Ele dá de ombros como se não fosse nada.

— E eles sabem que a minha mãe acha que nós estamos noivos?

Huxley confirma com a cabeça.

— Eles estão bem cientes. Todos vão agir como se estivéssemos noivos.

Expiro pela boca e me aproximo para receber seu abraço.

Ele afaga minhas costas, movendo a mão para cima e para baixo.

— Vai ficar tudo bem, Lottie.

— Por que nós achamos que seria uma boa ideia receber as nossas famílias para um churrasco? Isso me parece uma receita para um desastre.

— Pensei que fosse porque você queria contar para todo mundo o quanto o meu pau é incrível.

Ergo a cabeça de uma vez para ele e vejo o humor escancarado em sua expressão.

— Qual é o seu problema?

Ele ri.

— Só estou tentando deixar o clima mais leve, linda. Sério, vai ficar tudo bem.

— E se os seus irmãos não gostarem de mim?

— Eles vão gostar, acredite em mim. Eles amariam qualquer pessoa que pegue no meu pé e me deixe de joelhos como você faz. Eu não me surpreenderia se eles aparecessem usando camisetas com "Time Lottie" estampado na frente. Acredite, eles são seus fãs.

— Time Lottie. Gostei. — Dou um beijo em sua mandíbula. — E você não está arrependido ainda?

Ele balança a cabeça.

— Nem um pouco.

Faz pouco mais de uma semana desde que fomos ao show, desde que confessamos nossos sentimentos, desde que Huxley Cane abalou o meu mundo. Quando voltamos para casa, ele me levou para seu quarto e me fodeu até apagarmos. No dia seguinte, ele ligou para o trabalho e disse que estava doente — eu disse a Kelsey que ia trabalhar da casa de Huxley —, e nós passamos o dia inteiro nos conhecendo melhor. Ele me contou que, quando era escoteiro, ficava se gabando disso para chamar a atenção das garotas. Infelizmente, nenhuma delas ligava para isso, o que me fez rir tanto que ronquei. E eu contei a ele sobre a vez em que flagrei minha mãe dando uns amassos com Jeff na despensa quando eles começaram a namorar, e como ela deu a desculpa de que havia perdido seu Tic Tac na boca dele. Ela estava tentando encontrá-lo. Isso acabou inspirando Huxley a vir para cima de mim e dizer que também perdeu um Tic Tac na minha boca...

Sendo sincera, nunca transei tanto na vida. Nunca me contorci do jeito que Huxley me faz contorcer. E não fazia ideia de que existiam tantas superfícies sobre as quais é possível fazer sexo.

Bancada do banheiro.

Patamar da escadaria.

Espreguiçadeira.

Mesa do pátio.

Cerca.

Capô de um carro...

Basicamente, em qualquer lugar onde eu possa sentar ou me encostar, Huxley pode me foder, e foi o que ele fez.

E tem sido maravilhoso. Tão maravilhoso que admiti para Kelsey ontem que estou constrangedoramente viciada no pau dele. Tanto que, sempre que o vejo, posso praticamente senti-lo entre minhas pernas. Pois é, eu pirei completamente.

E ainda assim... não é só isso. Na verdade, tudo isso está me fazendo enxergar o quão superficiais meus namorados anteriores eram. Principalmente Ken. Deus, eu namorei um idiota. Eu sabia que Huxley tinha uma alma mais profunda do que parecia quando o conheci. E tenho conhecido seu verdadeiro eu. Sim, ele tem objetivos e aspirações profissionais pretensiosas, mas também é generoso com seu tempo. Ele busca oportunidades de ajudar seus funcionários a evoluir, oferecendo seu conhecimento quando isso beneficia a *eles*. Ele encoraja o crescimento das habilidades dos funcionários. Compartilhou um pouco de sua determinação comigo, e isso me deixou ainda mais animada pelas oportunidades para a empresa de Kelsey. *E pelo que eu realmente sou capaz de fazer.* Ele *me* elogiou por minha perspicácia nos negócios, e isso me fez sentir extraordinária. *Ele é extraordinário.*

Segurando-me pelos quadris, Huxley pergunta:

— Você se arrepende de alguma coisa?

— Está falando sério? A única coisa da qual me arrependo é de não ter tirado a roupa para você no primeiro dia.

Ele ri.

— Você me odiava demais para tirar a roupa para mim.

— Fazer sexo com raiva é melhor do que não fazer de jeito nenhum. — Estico-me para beijá-lo e, no mesmo instante, a campainha toca. Enrijeço em seus braços e sussurro: — Ai, Deus, eles chegaram.

— Eles vão amar você. Eu prometo. — Ele me beija uma última vez, segura minha mão e me leva até a porta da frente. Ao abri-la, encontro Breaker e JP, cada um segurando potes e flores.

— Aí está ela — Breaker diz, entrando. — A garota que transformou o nosso irmão em um molengão apaixonado.

— Jesus — Huxley murmura.

— São para você. — Breaker me entrega as flores e me puxa para um abraço.

JP se aproxima logo depois dele, também me entregando flores.

— Você é uma deusa — ele fala, me abraçando também. — Nós queremos que você nos conte tudo.

Huxley coloca-se entre seus irmãos e mim e nos separa.

— Isso não vai ser necessário. Vocês já sabem o suficiente.

— Não vai poder protegê-la a noite toda. Nós *vamos* conseguir falar só com ela em algum momento, e vamos fazer perguntas constrangedoras.

Precisamos de toda a munição que conseguirmos — JP rebate.

Há uma batida na porta.

Com um olhar irritado de alerta, Huxley ordena:

— Comportem-se.

Seus irmãos reviram os olhos — o que eu acho hilário — e seguem para a cozinha enquanto Huxley atende à porta.

— Maura, Jeff, Kelsey, sejam bem-vindos.

Huxley abre a porta por completo, revelando a minha família do outro lado. Mamãe fez churros caseiros e Jeff trouxe uma salada de frutas que sei que ele passou pelo menos uma hora preparando. Ele leva suas saladas de frutas muito a sério. Dá para ver. Elas ficam lindas e muito deliciosas.

— Muito obrigada por nos receber. Estava ansiosíssima para conhecer o lugar onde Lottie está morando — mamãe diz ao dar um abraço em Huxley.

Jeff lhe oferece um aperto de mãos, e Kelsey o cumprimenta batendo o punho no dele, o que acho meio engraçado. Nós fizemos duas reuniões na Cane Enterprises, e mesmo que Huxley seja extremamente profissional, Breaker e JP têm feito esse relacionamento de negócios ser mais tranquilo. Posso ver isso na conduta confortável que Kelsey tem perto de Huxley agora.

Cumprimento-os rapidamente antes de todos seguirmos para a cozinha. Reign preparou um banquete e deixou tudo arrumado na bancada da cozinha, enquanto Huxley e eu estávamos ocupados fazendo... outras coisinhas.

As portas de vidro deslizantes se abrem para o quintal, e há uma música suave tocando ao fundo.

— Uau — mamãe fala, admirada. — A sua casa é espetacular.

— Obrigado — Huxley responde enquanto recebe a comida que mamãe e Jeff trouxeram. — Vocês gostariam de beber alguma coisa?

No decorrer da última semana, pude conhecer o Huxley verdadeiro. O Huxley que achei ter conhecido quando nos esbarramos na calçada. Tranquilo, divertido. O homem rígido e inacessível não existe mais. Na verdade, a única coisa rígida nele agora é seu pau.

Depois que terminamos todas as apresentações e cumprimentos, vamos todos para o pátio externo com a comida e nos sentamos à mesa na qual Huxley e eu já transamos três vezes. Mas ninguém precisa saber disso.

Huxley se aproxima e sussurra em meu ouvido:

— A sua mãe está sentada no local exato onde você gozou tão forte que esguichou.

— Dá para você parar com isso? — sussurro de volta, sentindo meu rosto ficar vermelho.

Ele dá risada e beija minha bochecha.

— O que vocês estão sussurrando aí? — Kelsey, que está sentada de frente para mim, pergunta. O brilho em seus olhos me diz que ela sabe exatamente sobre o que estamos falando, porque contei a ela sobre nossas escapadinhas na mesa do pátio.

— Nada — respondo, lançando um olhar irritado para ela.

— Então, Jeff, você vai dar a notícia a eles? — mamãe muda de assunto, felizmente.

— Que notícia? — indago, olhando para Jeff, que está comendo um pouco de sua salada de frutas e da caçarola de macarrão caseira de Reign.

Todos à mesa ficam quietos enquanto Jeff pousa seu garfo e ergue a cabeça.

— Eu recebi uma carta pelo correio ontem. Aparentemente, alguém contatou o comitê de embelezamento e sugeriu que eles dessem uma olhada no jardim da nossa casa. Eles passaram por lá semana passada enquanto visitavam outras propriedades e me parabenizaram pelo jardim bem-preservado, pelo nível de requinte e seleção de cores das nossas plantas. — Mamãe aperta o braço de Jeff.

— Sério? — Estou em completo choque.

Jeff balança a cabeça afirmativamente, com um sorriso tão grande que é contagiante.

— Infelizmente, a casa não está dentro dos limites da competição, mas eles me deram um prêmio honorário e disseram que vão trabalhar junto à cidade para expandir o limite, então existe a possibilidade de que eu seja incluído no futuro.

— Puta merda — eu digo. — Isso é incrível, Jeff. Meu Deus, você se esforçou tanto.

Ele assente novamente e seus olhos ficam marejados. Ele olha para Huxley e fala:

— Obrigado, Huxley. Você não sabe o quanto isso é importante para mim.

Huxley?

Viro-me para ele, e ele dá um aceno de cabeça simples para Jeff.

— Eu só fiz uma ligação. O trabalho foi todo seu.

— Espere, você ligou para o comitê?

— Não foi nada — ele diz baixinho. — Parabéns, Jeff. É uma honra merecida.

Com total sinceridade na voz, Jeff responde:

— Ser reconhecido significa tudo para mim, Huxley. Obrigado.

E então, a mesa fica em silêncio enquanto minha mente gira com essa nova informação.

Jeff recebeu contato deles ontem.

Mas eles fizeram as visitas há uma semana ou duas.

O que significa... Huxley deve ter ligado para eles antes de ficarmos juntos, quando estávamos nos esganando de raiva e frustração.

E ele fez isso. Ele ligou.

Ele colocou aquele sorriso no rosto de Jeff.

— Huxley — sussurro.

Ele segura minha mão, dá um beijo nos nós dos meus dedos e diz:

— Falaremos sobre isso depois.

— Por favor, nos conte algumas histórias constrangedoras — JP pede ao sentar-se de frente para mim em uma espreguiçadeira. Breaker junta-se a ele.

Dou uma olhada no pátio, onde Huxley está imerso em uma conversa com Jeff e minha mãe. Kelsey foi embora há pouco tempo, dizendo que tinha outro compromisso, mas sei que não foi por isso. Ela estava evitando JP e seus flertes. Francamente, eu estava curtindo o show, mas Kelsey não aguentou muito tempo.

Inclinando-me para os meninos, eu falo:

— Não sei se aquele homem é capaz de fazer alguma coisa constrangedora.

— Ele obviamente conseguiu se conter até agora na sua frente. Acredite quando digo que ele não escapa de pagar uns micos.

— Ah, é? Por que você não me agracia com uma história?

Breaker e JP trocam olhares.

— Ele já comentou sobre a vez em que fez uma apresentação na Universidade de Nova York sobre empreendedorismo e, durante o tempo todo, estava com o zíper da calça aberto?

— O quê? — Gargalho. — Não, ele não comentou sobre isso.

Breaker assente.

— Pois é. No final da apresentação, um aluno babaca lá perguntou se ele estava com calor.

— Ai, Deus. — Aperto minha mão sobre a boca, dando risadinhas.

— É claro que Huxley ficou confuso, respondeu que não e perguntou por quê. Então o garoto disse que não sabia por que mais o zíper de sua calça estaria aberto, a menos que ele estivesse querendo sentir uma brisa.

Explodo em gargalhadas e acabo desviando a atenção de Huxley de sua conversa. Ele olha para os irmãos cheio de suspeita, e não há dúvidas de que sabe o que eles estão fazendo.

— O que ele fez? — pergunto.

Breaker esfrega a mandíbula, algo que notei que Huxley também costuma fazer.

— Ele ficou mortificado, é claro. Fechou o zíper da calça, pigarreou e agradeceu a todos pela presença antes de dar no pé. O cara passou dias sendo o maior escroto depois disso, dizendo que a culpa foi nossa, que o deixamos se apresentar com o zíper aberto.

— O quê? — reajo.

JP coloca a mão no peito.

— Exatamente. Explique como isso pode ser nossa culpa. Nós temos que ficar pairando em volta dele o tempo todo como uma mãe superprotetora? — JP balança a cabeça. — Não, esse não é o nosso trabalho. Seja adulto e feche o seu zíper.

— Agora, antes de entrar em qualquer reunião, nós sempre dizemos ao Huxley que confira o zíper.

— Mentira. Vocês fazem mesmo isso? — Dou risada.

Breaker confirma com a cabeça.

— Sim, ele nos odeia por isso, mas nem a pau levaremos a culpa por esse erro de novo.

— Vocês estão se protegendo.

— Exatamente. — Breaker vira-se para JP. — Ela entende.

— Ela entende o quê? — Huxley pergunta, juntando-se a nós, com minha mãe e Jeff ao seu lado.

— Nada — JP responde. — Isso é assunto nosso. Nada com que você precise se preocupar.

— Se está conversando com a minha garota, eu me preocupo, sim — Huxley rebate, o que, é claro, me deixa de pernas bambas devido ao seu tom possessivo.

— Ahhh, eu gosto desse lado dele — JP diz. Ele se levanta e dá um tapa no ombro do irmão. — Por mais que eu adore conversar com a sua noiva sobre os seus momentos constrangedores, preciso ir embora.

— Eu também — Breaker concorda.

— Nós também estamos de saída — Jeff anuncia. — Viemos nos despedir.

Levanto-me e dou um abraço em minha mãe e em Jeff, com muita força. Foi bom vê-los novamente. Estive tão envolvida na minha vida agitada que senti falta de passar um tempo com eles. Contudo, as coisas estão desacelerando mais um pouco agora, então poderemos planejar mais coisas assim.

Seguimos todos para a porta da frente, onde trocamos abraços, agradecimentos e despedidas. Assim que a porta se fecha, Huxley vira-se para mim e pergunta:

— O que eles te disseram?

Dou risada e vou para a cozinha para começar a limpar e guardar as coisas.

— Está com medo de que eles tenham me dito algo que vai me fazer querer fugir?

— Sim.

— Vai ser preciso muito mais do que uma história sobre o seu zíper estar aberto na frente de um monte de pessoas para me fazer ir embora.

Ele resmunga e se encosta ao balcão.

— Não acredito que eles te contaram isso.

Fixo meu olhar nele.

— Você queria mesmo sentir uma brisa nas partes?

Sua expressão é completamente assassina, e isso só me faz rir ainda mais.

— Você não tem mais permissão para falar com eles.

— Que pena. Nós nos demos muito bem. — Como já cuidamos dos restos de comida mais cedo, só coloco os pratos na lava-louças e então viro-me para Huxley. — Eu adoraria conversar mais com eles. Eles parecem ser bem pé no chão.

— É, aposto que sim. — Quando fecho a lava-louças, ele vem até mim e segura minha mão, puxando-me para perto de si. — Você se divertiu hoje?

— Sim. — Deslizo a mão em seu peito. — Mas tenho que te perguntar uma coisa.

— O quê?

— O telefonema que você deu...

— Não foi nada de mais, Lottie. — Ele começa a se afastar, mas o impeço.

— É algo importante para mim. Não sei se sabe disso, mas você alegrou o ano inteiro de Jeff. Ele trabalha com tanto afinco no nosso jardim frontal, e ser reconhecido assim significa tudo para ele. — Forço Huxley a me olhar. — Quando você fez essa ligação?

— Por que isso importa?

— Porque sim. Quando você a fez?

Ele solta um suspiro profundo.

— Não sei, acho que há umas quatro semanas.

— Quatro semanas? — pergunto, abismada. — Tipo, logo depois que nos conhecemos?

Huxley agarra a nuca.

— É, por volta desse tempo. Mas, como eu disse, não importa.

— É aí que você se engana. — Coloco a mão em sua bochecha. — Huxley, você fez isso por pura bondade, porque sabia que era muito importante para outra pessoa. Não são muitas as pessoas que fariam algo assim.

— Não precisamos dar tanta importância a isso.

Faço uma pausa e o observo. A inquietude em seu corpo. A incapacidade de me olhar nos olhos.

— Você não se sente muito confortável com elogios, não é?

— Não acho que seja necessário dar tanta importância a isso. No panorama geral, a minha parte foi algo pequeno.

— Mas não foi pequeno — retruco. — Não foi nem um pouco pequeno. Você deixou Jeff, um homem tão especial para mim, feliz. Você fez o ano dele, de verdade, Huxley. Não consigo expressar o quanto estou grata por isso.

Ele agarra meus quadris e inclina-se para frente, dando um beijo na minha testa.

— Se você está feliz, então eu também estou.

Ele segura minha mão e me conduz pelas escadas para seu quarto. Durante o caminho inteiro, fico pensando em como as coisas mudaram, e tão rápido. Antes, brigávamos o tempo todo e, agora, não queremos nos desgrudar. Kelsey tinha razão — há mesmo uma linha tênue entre o amor e o ódio, e nós a atravessamos.

— Não me sinto confortável com isso — digo enquanto esperamos Dave e Ellie aparecerem. — Nós precisamos contar a eles.

Huxley parece tão desconfortável quanto eu.

— Eu sei, mas não sei como fazer isso. Ainda não garanti o acordo, porque ele fica cancelando as reuniões comigo.

Estamos do lado de fora de um prédio alto, esperando para fazermos uma aula de recém-nascidos. Dave perguntou se gostaríamos de nos juntarmos a eles e, é claro, Huxley — que ainda está em sua missão de tentar fechar negócio com Dave — disse que sim. Mas agora que estamos aqui, não parece nem um pouco certo, especialmente agora que estamos juntos de verdade.

— O que você acha que ele faria se soubesse que a gravidez é mentira?

— Eu não sei — Huxley diz, olhando para a rua. — Tenho quase certeza de que ele nunca mais faria negócios comigo, porque menti. E meu maior medo é essa notícia se espalhar para todo mundo à nossa volta, todas as pessoas com as quais trabalho. Isso seria um desastre absoluto.

— É, não imagino as pessoas querendo fazer negócios com você depois de você ter inventado que tinha uma noiva e um bebê a caminho em um dia só.

— Não é um bom presságio para mim.

Empurro levemente seu ombro.

— Eu sei que já disse isso antes, mas foi uma coisa muito idiota de se fazer.

Ele ri, puxando-me para seu peito, e beija o topo da minha cabeça.

— Sim, você já disse isso antes.

— Ei, pessoal, aqui! — Ouvimos Dave dizer atrás de nós.

Juntos, nos viramos e encontramos Dave e Ellie usando calças jeans e camisas de botão brancas iguais, caminhando em nossa direção com os braços em volta da cintura um do outro. Eles são tão estranhos.

Huxley ergue a mão e acena antes de dizer baixinho para mim:

— Eu vou encontrar uma maneira de resolver isso, prometo. Vamos aguentar só hoje.

— Ok. — Aperto sua mão e, então, nos juntamos a Ellie e Dave.

— Oh, uau, você está esplêndida — Ellie elogia, puxando-me para um abraço. — Você está radiante nesse vestido. — Escolhi um vestido soltinho para disfarçar caso precise parecer que a minha barriga já está crescendo. — Ela não está radiante, Dave?

— Está — Dave concorda com um sorriso astuto. — Ela parece uma mulher apaixonada. — Quase engasgo com a minha própria saliva.

Tusso algumas vezes, e Huxley massageia minhas costas.

— Você está bem?

— Sim, desculpe. — Tusso novamente. — Acho que engoli errado. — Recomponho-me e sorrio para todos. — Hã, então, vamos entrar? — Aponto com o polegar para a entrada atrás de mim.

— Sim, estou tão animada. Ouvi falar que as bonecas dessa aula são tão reais que até fazem xixi em você. Isso não é o máximo?

Mantendo a compostura, respondo:

— Ah, sim. Estou muito animada por essa surpresa.

Tão animada quanto estava para levar uma esguichada de leite materno falso na cara.

Dave e Ellie entram primeiro, e Huxley se demora um pouco, ficando para trás e puxando a minha mão.

— Está tudo bem? — ele pergunta.

— Sim, está tudo bem. Por quê? — Forço um sorriso.

— Porque você está agindo estranho.

— Estou? — indago em um tom agudo. — Estou me sentindo normal.

Ele me analisa por alguns instantes antes de abrir a porta para mim. Com uma mão na parte baixa das minhas costas, ele me conduz até o local onde Dave e Ellie estão esperando por nós. Ellie ergue uma boneca e diz:

— Recebemos o nosso bebê. O nome dele é Enoch. Ele não é um sonho?

Um sonho?

É um boneco.

Eu realmente quero saber qual é a espécie de Ellie, porque não tem como ela ser humana. Nem a pau. Ela é bem esquisita.

— Que bebê adorável — minto. — Muito... plastificado.

Huxley dá um puxão leve no meu braço para irmos ao balcão de registro. Ele aproxima a boca da minha orelha e, em um tom divertido, pergunta:

— Plastificado?

Rio baixinho.

— Eu não sei como elogiar um bebê falso.

— Olá, a reserva está no nome de quem? — a recepcionista indaga.

— Sr. e Sra. Cane — Huxley diz, deixando-me chocada.

— Ah, aqui está. Vou buscar o bebê e os materiais de vocês.

Quando ela se retira, viro-me para Huxley com uma sobrancelha arqueada.

— Sr. e Sra. Cane?

Ele abre um sorriso presunçoso.

— Até que soa bem, não acha?

— Hã... o quê? — Estou prestes a me engasgar com saliva novamente.

Ele ri e me puxa para mais perto de si para dar um beijo no topo da minha cabeça.

— O seu medo de se comprometer comigo está me fazendo sentir um deus hoje.

A recepcionista volta e nos entrega uma boneca.

— O nome dela é Judith. Ela é das birrentas.

Judith?

Vamos cuidar de uma velhinha de setenta anos?

Pego a boneca e olho para ela...

— Meu Jesus — sussurro. — Ela só tem um olho.

A recepcionista assente.

— Nem todos os bebês são perfeitos.

— Mas esse bebê não parece ter nascido assim, parece ter sido atacado por um bando de coiotes.

— Ou um bando de chihuahuas — a recepcionista diz. — Judith já passou por muitas coisas, mas sei que vocês dois cuidarão muito bem dela. — A recepcionista gesticula em direção à sala. — Podem ir, a aula começará em breve.

Enfio Judith debaixo do braço e olho para Ellie e Dave, que estão aninhando Enoch como se fosse realmente o bebê deles. *Desculpe, Judith, nós provavelmente não teremos a mesma conexão.*

— Essa boneca é um pesadelo — Huxley sussurra em meu ouvido.

— Eu não ficaria surpresa se, de alguma forma, ela encontrasse um jeito de ir para casa conosco e ficar nos encarando no meio da noite enquanto dormimos.

Com a mão na parte baixa das minhas costas, Huxley diz:

— Se eu olhar para trás por cima do ombro enquanto estiver metendo em você e me deparar com ela, é melhor você ficar sabendo que eu vou te deixar.

— Não te culpo — sussurro de volta.

— Estão prontos? — Dave pergunta, olhando para cima depois de falar com voz de bebê com Enoch.

— Estamos — respondo, mesmo que eu não faça a menor ideia do que esperar ou no que Huxley nos meteu.

Em grupo, entramos na sala, que está cheia de casais segurando bebês. Há pelo menos dez casais pairando sobre suas bonecas, cada qual em sua mesa. As únicas mesas restantes são uma na frente e outra nos fundos.

— Se você não pegar aquela mesa dos fundos, nunca mais vou chupar o seu pau — sussurro para Huxley, que dá risada e caminha mais rápido na frente de Dave.

— Ah, droga, parece que não poderemos sentar próximos — ele diz. — Vamos ficar com a mesa dos fundos.

— Oh, que pena. — Ellie analisa as mesas. — Bem, talvez seja melhor assim, porque acho que o nosso pequeno Enoch está com uma quedinha pela sua Judith caolha. — Ellie pisca e, então, ela e Dave seguem para a mesa da frente.

Olho para Huxley e falo:

— Você acha que isso foi sarcasmo? Acha que ela estava zombando da Judith?

— Isso importa? Pensei que você estivesse com medo da Judith.

— E estou — respondo ao seguirmos para a nossa mesa. — Mas ela é nossa e só nós podemos ter medo dela, ninguém mais.

— Acho que você está levando esse negócio de bebê a sério demais.

— Você está dizendo que não está aqui para aprender todos os detalhes sobre cuidar de um bebê? — pergunto a ele.

— Só estou torcendo para que tenha algum tipo de intervalo para fazermos um lanche. — Ele olha em volta do ambiente. — Mas não estou vendo uma mesa de lanches, então acho que não estou com sorte.

— Por que eu gosto de você?

Inclinando-se para falar bem ao pé do meu ouvido, ele diz:

— Porque você não se cansa do meu pau.

— Se ao menos fosse isso mesmo... — respondo no instante em que a instrutora entra na sala. Espere... — Aquela é a Heaven?

— Quem é Heaven? — Huxley pergunta.

— Hã, a mulher que mandou eu me esfregar em você na frente de um monte de estranhos.

— Ai, Jesus. — Huxley tenta vê-la melhor. — Merda, é ela mesmo. Graças a Deus estamos nos fundos.

— Bem-vindos — Heaven saúda, sua voz estrondando pelos alto-falantes. — Estou muito feliz por todos vocês terem se juntado a nós nessa maravilhosa jornada sobre conhecer o seu bebê recém-nascido. Estou vendo alguns rostos familiares, e tenho certeza de que verei mais conforme caminhar pela sala de aula e trabalhar com cada um de vocês individualmente.

— Ah, que ótimo — murmuro. — Aposto que ela vai focar na gente de novo. — Olho para Huxley. — Você me deve muito, *Hanley*.

— Estou começando a perceber isso.

— Agora, por favor, liguem os seus bebês. O botão fica nas costas deles. Eles despertarão e, então, poderemos começar.

Viro Judith e encontro seu botão *ligar*. Aperto-o, viro a boneca novamente e, então, com um olho, ela pisca para mim.

Pisca mais uma vez. E então... começa a chorar.

— Jesus Cristo — digo, jogando-a na mesa, o que só faz com que ela chore ainda mais alto.

— O que você está fazendo? — Huxley pergunta. — Está atraindo atenção para nós.

— Não é de propósito.

— Por que ela está gritando tão alto? — ele indaga, pegando-a pela perna.

— Porque ela só tem um olho e não está feliz com a vida — respondo, olhando em volta. — Eu não acho que você deveria segurá-la assim.

— Assim como?

— Como se ela fosse uma cobra que você encontrou em uma trilha. — Dou-lhe um empurrão leve. — Ela não vai te morder. Aninhe-a em você.

— Para você é fácil falar, ela não está te encarando com um olho só. — Ela chora ainda mais alto e Huxley faz uma careta. — Puta que pariu, esse treco está possuído?

— Ela não gosta de ficar de cabeça para baixo assim.

— Ela não sabe disso. Não está viva.

— Diz o homem que está com medo de uma boneca que pisca. Eu acho que ela tem um sensor. Segure essa coisa direito.

— Talvez não devêssemos chamar Judith de *coisa*, talvez isso a esteja magoando.

— Então, segure a *Judith* direito — eu digo enquanto ela grita ainda mais alto.

— Tipo, contra o meu peito?

— Sim — falo, exasperada. — Como um bebê de verdade, Huxley. — Judith chora novamente, e percebo que Heaven está vindo em nossa direção. — Ah, merda, Heaven está vindo para cá. Rápido, aninhe a boneca. Aninhe a boneca, caramba.

— Argh, ok. — Huxley coloca Judith no peito e a aninha, mas isso não a faz parar de chorar. — Ela ainda está rabugenta.

— Então, dê umas palmadinhas nela.

— Palmadinhas?

— Sim, você sabe. Palmadinhas leves nas costas. Acalme-a, Huxley.

Desajeitado, ele dá palmadinhas nas costas de Judith, o que a faz gritar mais.

— Ela está possuída. É porque ela só tem um olho, não há outra explicação. — Ele me entrega a boneca, que seguro longe do meu corpo, diante de mim. A boneca de plástico chora, pisca e chora mais um pouco.

— Eu não gosto dessa coisa.

— Você não está aninhando-a — Huxley diz conforme Heaven se aproxima.

— Porque tenho medo de que Judith sugue a minha alma se eu a trouxer para perto.

— Venha, eu dou palmadinhas nela enquanto você a segura. — Huxley estende a mão e dá palmadinhas leves nas costas de Judith algumas vezes.

Após a quarta palmadinha, Judith para de chorar.

— Ai, meu Deus, nós conseguimos.

— Conseguimos? — Huxley pergunta, incerto. — Só bastava isso para ela parar de chorar?

— Acho que sim. Acho que nós a acalmamos...

Antes que eu possa finalizar minha sentença, sou atingida no rosto por algum tipo de líquido leitoso.

— Ah, merda — Huxley diz, saltando para trás para evitar ser atingido pelo líquido infernal que a boneca está expelindo.

— Tire isso de mim, tire isso de mim! — grito, agitada, segurando Judith o mais distante possível de mim. — Ai, meu Deus, por que isso é tão fedido?

— Ai, meu Deus, por que isso é tão fedido?

— Eu tenho uma toal... — Huxley faz um som de nojo. — Cacete, que cheiro horrível. O que é isso?

— Eu não sei, só tire do meu rosto.

— Está tudo bem por aqui? — A voz de Heaven invade o caos.

Pauso no lugar e tento não vomitar diante do cheio pútrido no meu rosto.

— Judith está passando por um exorcismo — respondo.

— Posso ver isso. Parece que ela não está se sentindo bem. É assim que você seguraria um bebê que não está se sentindo bem?

— É assim que eu seguraria um bebê que acabou de espirrar leite azedo na minha cara. Ela tem sorte por não estar rolando no chão sozinha.

Huxley limpa meu rosto com uma toalhinha, e permito-me respirar fundo assim que estou livre da maior parte do líquido.

— Por que o cheiro é tão ruim? — pergunto para Heaven, que está diante de mim com uma expressão cheia de julgamento.

— Nós tentamos fazer com que a experiência seja o mais autêntica possível, e foi por isso que pedi que você tratasse a boneca como se fosse um bebê de verdade.

— Eu estou tratando. Só fui pega desprevenida, não estava esperando que...

Judith gorgoleja.

Judith faz um som esquisito.

E então, para meu horror, Judith começa a vazar uma coisa marrom.

Sem ao menos pensar, eu grito, jogo Judith sobre a mesa, e me afasto conforme uma nova rodada de fedor pútrido começa a sair pelo traseiro de plástico da boneca. E, é claro, como ela é filha de Satã, chora tão alto que todo mundo está olhando para nós agora, inclusive Dave e Ellie, que estão aninhando Enoch.

Isso não está indo nada bem.

— Eu sinto muito — sussurro, sentada do lado de fora do prédio com Huxley, e felizmente limpa, sem resquícios das coisas que Judith jogou em mim.

— Não sinta, aquela boneca estava possuída.

— É, mas nós fomos expulsos da aula por minha causa.

Depois que Judith teve mais uma "dor de barriguinha", como Heaven chamou, eu xinguei a boneca, o que causou a nossa expulsão da aula.

Desculpe, mas, se fosse um bebê de verdade, eu provavelmente teria reagido exatamente da mesma forma, tirando a parte de jogá-lo na mesa. Mas duvido que exista algum pai ou mãe por aí que teria conseguido se manter calmo enquanto seu bebê expelia coisas por todos os buracos. Por favor, apresente-me a algum pai ou mãe que tenha conseguido lidar com essa situação com dignidade de graciosidade.

Nenhum.

— Nos expulsar da aula foi um exagero — Huxley diz. — Só por causa da sua ladainha de palavrões? Francamente, eu achei uma combinação muito criativa.

Inclino-me para ele e dou um beijo em sua bochecha.

— Agradeço por você apreciar a minha habilidade de combinar palavrões.

A porta do prédio se abre e Dave e Ellie saem, de mãos dadas. Quando nos avistam, eles sorriem, com expressões pesarosas.

— Nós não sabíamos se vocês tinham ido embora ou não — Ellie fala. — Aquela foi uma situação um pouco complicada.

Huxley me ajuda a levantar e me abraça pelos ombros, mantendo-me perto do seu corpo.

— Acho que não estávamos esperando que as coisas fossem ser tão explosivas — Huxley explica com humor na voz.

Dave ri.

— Acho que nunca vi uma série de eventos desastrosos assim antes. — Ele sorri. — E parabéns pelos palavrões. Foi bem impressionante, Lottie.

Sinto meu rosto esquentar de constrangimento. Fiquei tão agoniada com Judith que esqueci completamente meu decoro e o propósito de estar naquela maldita aula, para começo de conversa — impressionar Dave. Espero muito não ter ferrado Huxley depois disso. Esse acordo parece estar se arrastando eternamente.

— Desculpe por aquilo. — Encolho-me. — Acho que fiquei tão sufocada pelo cheiro ruim que perdi toda a minha capacidade de agir como um ser humano normal.

— Não precisa se desculpar — Dave diz. — Não sei se seria capaz de manter a compostura se a mesma coisa tivesse acontecido comigo.

— Eu também não conseguiria — Ellie concorda, pousando uma mão em sua barriga. — Estou morrendo de fome. Vocês gostariam de se juntar a nós para jantar?

— Isso seria ótimo — respondo por nós dois antes que Huxley invente uma desculpa. Acho que o mínimo que posso fazer é dar mais uma chance a essa saída.

— Maravilha — Ellie comemora. — Virando o quarteirão, há uma lanchonete pitoresca de sanduíches pela qual sou obcecada. Fica bom para vocês?

Assinto.

— Pode nos conduzir.

Dave e Ellie vão andando na frente, enquanto Huxley me segura a alguns passos atrás deles. Sussurrando em meu ouvido, ele diz:

— Não precisa fazer isso. Eu sei que você provavelmente quer ir para casa. — *E tomar um banho. Sim, Deus, sim.* Mas...

— Eu devo isso a você.

Seus lábios roçam minha orelha, enviando arrepios por meu braço.

— Você não me deve nada. Eu só quero que você fique bem.

Entrelaço meus dedos aos dele.

— Juro que estou bem. Vamos ver se conseguimos fazer algum progresso com esse acordo. — Pisco e deixo que ele me puxe para perto ao seguirmos Ellie e Dave. Mas então, ele se afasta de repente e limpa a garganta.

— Algum problema?

— É, hum... acho que você não limpou todo o vômito de bebê do seu cabelo.

Ah, merda.

— Um sanduíche cheio de carne é tudo de bom, não é? — Ellie pergunta, dando uma mordida voraz em seu sanduíche de bife fatiado e queijo derretido, que escorre por seu queixo enquanto ela mastiga e sorri.

Meu Deus.

— Eu amo colocar muita carne na boca — respondo, fazendo Huxley soltar uma risada pelo nariz ao meu lado. Hã, acho que isso não soou muito bem.

— Que pena ter optado pela sopa. Você teria adorado devorar toda essa carne com queijo.

Pedi uma sopa de macarrão e frango porque, francamente, eu não fazia ideia do que uma mulher grávida poderia comer, e como Ellie e Dave insistiram que fizéssemos nossos pedidos primeiro, decidi optar por algo neutro. Acredite em mim, aquele sanduíche de carne e queijo parece fenomenal.

— Não é uma pena — falo, pegando uma colherada do caldo tedioso. — Eu adoro sopa. — Enfio a colher na boca e finjo curtir a refeição sem graça.

— É mesmo? — Dave pergunta. — Você é fã de sopa?

— Ela é obcecada por sopa — Huxley se manifesta. Ele terminou de comer seu sanduíche há um tempo, que foi um simples com salada de acompanhamento. Seu braço está pousado no encosto da minha cadeira e seu dedo casualmente enrola mechas do meu cabelo. — Lembra daquela sopa de cevada que você fez para nós, uma noite dessas?

Hããã... não.

E, sinceramente, sopa não é a minha praia. Não gosto muito de líquidos quentes. Prefiro um sanduíche bem carregado, então aonde ele está querendo chegar com isso?

— Ah, sim, a sopa de cevada.

— Você usou um pote inteiro de cevada seca. — Huxley dá risada e vira-se para Dave e Ellie. — Eu tentei ser o noivo atencioso e comê-la, mas estava intragável.

— Oh, eu já tive a minha parcela de coisas intragáveis — Ellie conta, olhando para Dave com certo brilho nos olhos. Meu... Deus!

Dave ergue a mão, desculpando-se.

— Não sou o melhor cozinheiro... em nenhum aspecto.

É impressão minha ou esses dois estão trocando insinuações sexuais? Porque, se estiverem... que nojo!

— E depois, teve o ensopado de linguiça com batatas que você fez — Huxley continua, muito falante. — Aquilo estava bom.

Já que estamos jogando insinuações sexuais...

— Porque eu levo muito jeito com linguiça.

Os olhos de Huxley se fixam nos meus.

— Você é mesmo muito boa nisso.

Encaramos um ao outro, com sorrisos repuxando nossos lábios. Ele está pensando sobre ontem à noite? Porque eu estou. Estou pensando em como passei uns bons dez minutos brincando com sua linguiça enquanto ele se contorcia sob mim, implorando por alívio.

— Oh, Dave, está vendo isso? — Ellie pergunta.

Huxley e eu paramos de nos comer com os olhos e viramos nossa atenção para o casal à nossa frente.

— Aham. — Dave está com um sorriso enorme. — Acho que essa é a nossa deixa, querida. Precisamos deixar esses dois a sós.

Ellie concorda.

— Os hormônios da gravidez estão fazendo efeito e eles estão prestes a arrancar as roupas um do outro.

Bom, eu não me importaria de ver o peito sarado de Huxley agora mesmo. Não exatamente aqui, no meio da lanchonete, mas sim quando chegarmos em casa.

— Vocês não precisam ir embora — Huxley diz, pigarreando, e seu braço me envolve com mais firmeza, de uma maneira possessiva.

Dave ri.

— Acho que precisamos, sim. — Ele oferece a mão para Huxley e pergunta: — Acha que poderemos discutir a aquisição semana que vem?

Huxley endireita as costas e aperta a mão de Dave.

— Sim, pedirei à Karla para te ligar e ver quando nós dois estaremos disponíveis.

— Perfeito. — Dave ergue minha mão e dá um beijo no dorso. — Lottie, é sempre um prazer vê-la. Boa sorte... com a linguiça.

Minhas bochechas pegam fogo.

— O-obrigada — agradeço, desconfortável.

Ellie se despede de nós rapidamente e, assim que eles saem, Huxley vira-se para mim, com um sorriso enorme.

— Linda, você ouviu aquilo?

Eu adoro quando ele me chama de *linda*. Significa que está relaxado, de bom humor, e que a vara que ele gosta de usar enfiada na bunda durante a maior parte do tempo foi temporariamente removida.

— Que ele quer conversar com você? — pergunto.

Ele confirma com a cabeça, e seu sorriso torto é tão fofo que me aproximo mais dele.

— Acho que ele está pronto para tomar uma decisão. Porra, imagine só se tudo isso finalmente acabar semana que vem?

Meu sorriso desvanece conforme a percepção me atinge com força no peito. E se tudo isso acabar semana que vem? Nunca pensei muito sobre o que aconteceria depois que Huxley conseguisse fechar o acordo. Sei que nós estamos namorando, mas vou ter que ir embora da casa dele? Estou ganhando dinheiro agora que Kelsey e eu recebemos um pagamento adiantado da Cane Enterprises. Isso significa que eu poderia pagar pelo meu próprio lugar para morar agora?

— Hã, isso seria ótimo — respondo com um sorriso, mas minha mente está distraída. Minha cabeça está girando enquanto me pergunto: *e se tudo acabar?*

Sem apetite, largo a sopa e digo a Huxley que quero ir embora. Ele manda mensagem para seu motorista, que nos encontra do lado de fora. Juntos, saímos da lanchonete direto para o carro, onde nos sentamos no banco de trás. Coloco o cinto de segurança e fico olhando pela janela, tentando manter minhas emoções calmas na medida do possível.

O desconhecido é assustador.

Estar despreparada é mais assustador ainda.

Eu preciso ter um plano para quando Huxley fechar o acordo.

Eu tenho um emprego — felizmente.

Ainda tenho meu carro antigo e, pelo que sei, ele ainda funciona, então tenho um meio de transporte.

Os empréstimos estudantis estão quitados — isso ainda é um milagre.

Huxley já disse que irá à reunião da minha turma do Ensino Médio comigo, então não preciso me preocupar com isso. O plano de esfregar a minha volta por cima na cara de Angela ainda é uma possibilidade.

Mas um lugar para morar...

É a única coisa que não tenho resolvida.

Precisando acalmar a minha preocupação, pego o celular na minha bolsa, abro um aplicativo de aluguel de imóveis e faço uma busca por lugares em West Hollywood. Não vou poder pagar nada que fique perto de Huxley, mas perto de Kelsey seria bom.

Um apartamento estúdio é tudo de que preciso.

Um apartamento no porão de alguém não, porque isso é pedir para ser assassinada.

Deus, os aluguéis são tão caros. Tudo bem, eu não tenho muitas outras contas para pagar. Posso gastar mais em aluguel e economizar abrindo mão de luxos.

— O que você está fazendo? — Huxley pergunta, e o tom zangado em sua voz me pega de surpresa.

Ergo o olhar para ele e vejo confusão em seu rosto.

— Hã... — Mantendo a voz baixa, sussurro: — Procurando um apartamento.

— Por que raios você faria isso?

Viro-me para ele e digo:

— Bom, se você fechar o acordo, não vai mais precisar de mim.

Ele franze as sobrancelhas.

— Você está dizendo que vai embora assim que eu fechar o acordo?

— Não é isso que você quer? — pergunto, completamente confusa.

— O que eu quero é você. Então, por que diabos ia querer que você fosse embora?

— Hum... não sei. Quero dizer, nós ainda namoraríamos, não é? Essa é uma suposição errada?

— É uma suposição correta. Mas o que não entendo é por que você está tentando ir embora.

— Porque não achei que você ainda fosse me querer por perto — sussurro para ele, tentando não deixar que o motorista nos ouça, mesmo que estejamos atrás de uma divisória de privacidade.

Huxley segura meu queixo e me mantém no lugar ao dizer:

— Você não vai a lugar algum. Está me ouvindo? O que nós temos vai além do contrato. Para mim, o contrato nem existe mais. O que nós temos é real. Isso não é real para você?

— É sim — digo rapidamente. — Eu só não queria, sabe, impor alguma coisa.

Ele dá risada e se aproxima, dando um beijo suave e de boca aberta nos meus lábios. Quando se afasta, fala baixinho:

— Lottie, acredite em mim quando digo que você não está impondo nada. Eu quero você na minha casa, no meu quarto, na minha cama. Quero você no meu sofá, segurando a minha mão enquanto assistimos a alguma série que você me forçou a maratonar. Quero você na minha piscina, nadando nua como tanto gosta. Quero você no meu telhado, sentindo a chuva cair em você durante uma tempestade. Quero você na minha mesa de jantar, comendo ao meu lado, pegando no meu pé por qualquer que seja o motivo em determinado dia. — Ele leva os nós dos meus dedos até os lábios e dá um beijo delicado neles. — Eu quero você, ok?

O sorriso que surge em meus lábios se estica de orelha a orelha.

— Ok. Então, nada de procurar apartamento?

— Não, pelo amor de Deus. — Ele ri, balançando a cabeça. — Nada de tentar me causar um infarto.

Pouso minha palma em sua bochecha.

— Awn, você age como se estivesse apegado.

— Eu estou. Estou muito apegado a você, Lottie. Não sei como você fez isso, mas estou viciado. Você não vai a lugar algum.

— Bom saber. — Assinto casualmente. — Muito bom saber.

Olho para ele, contendo meu sorriso.

Ele abre um sorriso malicioso.

Eu tento agir naturalmente.

Ele percebe a minha farsa e estende a mão para me fazer cócegas. Rio antes de ele capturar minha boca, beijando meus lábios. Derreto-me em seu abraço e aproveito enquanto ele me reivindica.

Ele não é o único que está viciado, porque eu preciso desse homem tanto quanto ele precisa de mim. Preciso de suas provocações, seus hábitos irritantes e sua habilidade de me enervar. Preciso de seu coração carinhoso, sua alma abençoada e sua habilidade de me fazer sentir segura e protegida no conforto de seus braços.

Meus sentimentos por ele mudaram rapidamente, como em um estalar de dedos, o que me faz questionar: será que eu sempre me senti assim por ele? Meus sentimentos verdadeiros estiveram apenas mascarados por indiferença no início?

Diante do quanto passei a gostar desse homem, minha resposta provavelmente é um *sim*.

Sim, eu acredito que sempre senti algo por ele. Sempre estive atraída por ele. Uma conexão inconfundível. Agora, eu ergui o véu que estava me enevoando, e posso reconhecer a verdade.

Eu não apenas gosto de Huxley Cane. Estou me apaixonando por ele.

CAPÍTULO VINTE

HUXLEY

Pressiono meus lábios na curva de seu pescoço, enquanto sua mão desliza por meus cabelos.

— Isso — ela sussurra, para variar.

Minha mão sobe deslizando por sua barriga e cobre seu seio enquanto eu continuo a penetrá-la, entrando e saindo.

Acordei esta manhã precisando da minha garota. Não porque sentia falta dela — eu só a perco de vista quando estou no trabalho —, mas porque estava ansiando por ela. Eu acordo todas as manhãs ansiado por ela, e felizmente, seu anseio por mim é recíproco.

Duro pra caramba quando acordei, me aproximei dela por trás, e ainda me lembro do som de seu gemido ao erguer uma perna para me deixar entrar.

Esta é uma das minhas posições favoritas — deitado de lado fodendo-a por trás enquanto ela repousa em seu travesseiro.

— Tão bom, tão perto — eu digo.

— Eu também — ela responde, ofegando.

Não há nada feroz no que estamos fazendo agora, está mais para confortável. É preguiçoso, mas gostoso pra caralho.

Estoco mais algumas vezes, sentindo-a se contrair em volta de mim, e quando sei que ela está prestes a chegar ao ápice, belisco seu mamilo, e isso é o suficiente para a minha garota. Ela grita meu nome, aperta meu pau e me faz chegar ao clímax também.

Juntos, sentimos a onda de euforia até estarmos os dois saciados e ofegantes.

Enquanto recuperamos o fôlego, eu não me movo, e ela também não. Casualmente, brinco com seu seio e a puxo para mais perto.

— O jeito perfeito de acordar — ela diz, com a voz calma.

— O jeito perfeito de acordar.

— É, eu sou um filho da puta sortudo.

Ela ri e pousa a mão sobre a minha.

— Tenho sorte por você aguentar a minha libido.

— Você está dizendo que é mais... carente... do que eu?

— Você não se lembra do que aconteceu no meio da noite?

Como eu poderia esquecer?

Despertei com ela me cavalgando. Eu não fazia ideia de que estava duro, mas, aparentemente, eu estava, porque, ainda confuso do sono, abri os olhos para encontrar Lottie sobre mim, com seus peitos balançando enquanto ela usava meu pau para se fazer gozar.

Foi a coisa mais sexy que já vivi.

— Eu me lembro. — Dou um beijo em seu pescoço. — Acho que nunca vou me esquecer daquilo.

Ela se afasta um pouco e vira-se em meus braços.

— Devo ficar envergonhada? — ela pergunta.

Solto uma gargalhada.

— Linda, você deveria ser recompensada. Aquilo foi uma delícia.

— Foi mesmo?

Assinto.

— Sim. Por favor, sinta-se livre para fazer de novo, sempre que quiser.

Seus dedos brincam em meu peito.

— Você estava tão duro ontem à noite que me acordou, e mesmo que você ainda estivesse dormindo, tudo em que eu conseguia pensar era como seria montar em você.

— E como foi?

— Maravilhoso. — Ela coloca uma perna sobre a minha e sua mão pousa em meu peitoral, seu polegar roçando meu mamilo.

— Se você continuar fazendo isso, não vou conseguir sair dessa cama.

— Isso seria uma coisa ruim?

Agarro sua bunda e aperto.

— Você e eu temos trabalho a fazer. Ligar para avisar que estamos doentes não vai mais funcionar. Todo mundo saberia que é mentira.

— Aff, odeio as responsabilidades do mundo real.

— Somos dois — digo, dando um beijo em seu nariz.

Suspirando, ela se afasta de mim e sai da cama, para minha tristeza. Eu queria ficar abraçadinho com ela por mais tempo.

Ouço o chuveiro ligar, indicando o início do dia.

Resmungando, saio da cama também e me arrasto pelo piso de

madeira até o banheiro, onde encontro Lottie de pé ao lado do chuveiro, segurando um de seus vibradores e exibindo um sorriso malicioso.

— Gostaria de se divertir um pouco no chuveiro?

Ela não precisa perguntar duas vezes.

— Cara, você está ouvindo?

— Hã? — pergunto, olhando para JP, que parece mais irritado que eu.

— Estou tentando falar sobre o nosso negócio aqui e você não presta atenção nem por dois segundos antes de começar a sonhar acordado.

— Não estou sonhando acordado — retruco, embora seja exatamente isso que estou fazendo. Fico pensando em Lottie e no sorriso perverso que ela abriu para mim antes de esfregar seu vibrador para cima e para baixo em meu pau, fazendo-me gozar em trinta segundos, o que ela contou mentalmente.

— Mentira — Breaker diz. — Você não prestou atenção em porcaria nenhuma que dissemos durante a reunião inteira.

— Isso não é verdade.

— É mesmo? — Breaker pergunta. — Então, quem nós dissemos que chegará em cinco minutos?

Alguém chegará em cinco minutos?

— Hã... Karla? — tento, soando mais patético do que gostaria.

Breaker revira os olhos, enquanto JP joga os braços para cima, irritado.

Há uma batida na porta do meu escritório, e Karla aparece com seu tablet na mão.

— Sr. Cane, o Sr. Dwayne Hernandez está aqui para vê-lo.

— Obrigado — digo para Karla. — Pode mandá-lo entrar. — Quando ela se retira, falo rapidamente para os meus irmãos: — Dwayne está chegando.

JP bate palmas lentas para mim.

— Uau, cara. Impressionante.

Não tenho tempo para uma resposta sarcástica, porque Dwayne logo entra.

Já fiz muitos negócios com Dwayne no passado. Ele é um bom homem, alguém em quem confio, alguém com quem eu gostaria de fazer mais negócios, especialmente porque ele é um dos melhores na área da construção sustentável e cumpre os prazos. Ele é nosso parceiro de negócios favorito. E se eu tivesse prestado atenção nos meus irmãos em vez de ficar sonhando acordado com Lottie, saberia exatamente por que ele está aqui.

Mas eu já improvisei antes.

Levanto-me e contorno a mesa, dando-lhe as boas-vindas.

— Dwayne, que bom vê-lo. — Cumprimento-o com um aperto de mão.

— Como vai, cara? — Dwayne pergunta antes de apertar as mãos dos meus irmãos também.

— Bem, obrigado. Sente-se, por favor. — Junto-me a eles na área de estar do meu escritório.

Dwayne desabotoa seu paletó e se senta, com o corpo grande quase engolindo a cadeira.

— Como estão as meninas? — pergunto a ele. Ele tem três filhas: uma de oito, uma de seis e uma de dois anos.

— Elas me têm na palma da mão. Instalamos um escorregador na piscina ontem e passei tanto tempo com elas na água que acho que as minhas bolas viraram uvas-passas.

Soltamos gargalhadas calorosas.

— Mas ver os rostinhos sorridentes enquanto elas escorregavam voando em direção à água... valeu muito a pena.

— Aposto que sim — digo. — E Maxine? Ela está bem?

Ele balança a cabeça afirmativamente e se remexe no assento.

— Está. Ela, hã, ela está grávida de novo.

— Uau, que maravilha — Breaker fala. — Como você está se sentindo?

— Animado. — Dwayne esfrega as mãos uma na outra. — Torcendo para que seja mais uma menina. Maxine quer um menino, mas eu não. Sei que se tivermos um menino, ele vai acabar sendo um pestinha, igualzinho a mim. Quero ter mais uma menina, mais um anjo como a minha esposa.

E é exatamente por isso que contratamos Dwayne para todo trabalho. Porque ele é um bom homem em todas as vertentes. Um homem de família. Um homem honesto. Um homem com integridade.

— Sabe, ter mais um Dwayne Hernandez no mundo não seria algo tão ruim assim — opino.

— Os seus elogios nunca passam despercebidos. — Ele gesticula para mim e fala: — E acho que também tenho que te dar os parabéns, ou melhor... falsos parabéns. — Ele ri.

Err... o quê?

— Falsos parabéns? — indago, confuso, embora comece a sentir um pavor por dentro.

— Sim. — Ele dá risada e se ajusta na cadeira. — Jantei com Dave Toney há algumas noites, e ele me contou tudo sobre o seu noivado e gravidez falsos. — Dwayne balança a cabeça. — Não sei se eu conseguiria fazer algo desse tipo, mas Dave disse que você estava mandando muito bem.

Mas.

Que.

Porra.

É.

Essa?

Breaker e JP me encaram com expressões horrorizadas, provavelmente réplicas da minha.

— Ele, hum, ele te disse isso? — pergunto, sem saber o que mais dizer.

— Sim. Ele disse que não fazia ideia até que sua noiva, Ellie, lhe contou tudo.

Minha mente acelera. Meu pulso martela na cabeça enquanto tento compreender o que Dwayne está revelando.

Ellie contou ao Dave que meu noivado era falso?

Como ela poderia saber?

A menos que...

Não.

Lottie não diria nada. Certo?

Ela é leal a mim. Foi o que ela disse.

Mas...

— Mas, é, os planos que ele tem para os terrenos vazios na parte sul da cidade são uma ótima ideia — Dwayne continua.

Planos?

Parte sul?

Ele está falando sobre os terrenos que estou tentando adquirir?

Uma onda fervente de confusão borbulha na boca do meu estômago.

Não, porra, não é possível.

— Eu não sabia se poderia encaixá-lo na minha agenda, mas dei um jeito mesmo assim. O cara é meio estranho. Você tem passado muito tempo com ele?

Sim, tempo até demais. *E agora sei por que ele tem cancelado as reuniões comigo. Aquele desgraçado.*

— Hã, sim — digo, tentando manter a compostura, mas não estou me saindo muito bem, com suor brotando acima do meu lábio superior.

— Mas é um cara do bem, mesmo com suas peculiaridades. — Dwayne junta as mãos. — Ok, vamos falar sobre a propriedade em Malibu?

— Hum... — Ergo um dedo e me levanto. — Você poderia me dar um segundo?

— Claro. — Ele tira seu celular do bolso. — Se não tiver problema, eu gostaria de ligar para Maxine para ver se ela está bem. Tem um recado dela na minha caixa postal, e ela estava sentindo uma dor estranha nas costas hoje de manhã, então quero me certificar de que está tudo bem.

— Peça a Karla que lhe dê acesso à sala de reuniões. Ela terá prazer em ajudá-lo.

— Obrigado — Dwayne diz, levantando-se.

Ele sai do meu escritório e, no momento em que a porta se fecha, JP pergunta:

— Mas que porra é essa? Dave sabe?

— Foi a primeira vez que ouvi isso. — Passo a mão pelos cabelos freneticamente.

— Como raios ele sabe? Você não disse nada, certo?

— Você está louco? Acha que eu contaria a verdade a ele enquanto estou tentando fechar esse acordo? Um acordo que ele parece não ter a menor intenção de assinar, visto que tem planos de se aproveitar da nossa maldita ideia. — Fervendo de raiva, começo a andar de um lado para o outro.

Ele sabe.

Porra, Dave sabe.

E está contando isso por aí, para pessoas com as quais eu trabalho, arruinando a minha reputação.

Meus piores medos vêm à tona, sufocando meu peito com humilhação.

— Para quem mais você acha que ele contou? — pergunto. — Porra, isso pode ser péssimo para nós.

— Isso pode ser terrível para nós — JP retifica. — Se ele contou ao Dwayne, então contou para outras pessoas. Dwayne é legal e leva na esportiva, mas não posso dizer isso sobre todos com quem trabalhamos.

— Especialmente pessoas com quem podemos querer trabalhar no futuro. — Agarro meus cabelos com as duas mãos agora. — Porra, ele provavelmente está me fazendo de chacota para todo mundo. O que faremos agora? Eu tenho uma reunião com ele amanhã.

— Para quê? Claramente, ele não vai nos vender as propriedades — Breaker diz, com o rosto contorcido de preocupação. Meu estômago gela só de olhar para sua expressão.

Era isso que os meus irmãos temiam, que o meu erro e ignorância voltassem para nos assombrar. Não estou ferrando somente a mim, mas a eles também, e isso dói mais do que qualquer coisa.

Nos bons e maus momentos, eles estiveram ao meu lado, me deram apoio. Nós criamos esse negócio juntos, do zero. Crescemos, passamos pelas dores e dificuldades juntos, pelos altos e baixos, e o sucesso com o mínimo de fracassos possível. Se essa mentira afetasse somente a mim, eu conseguiria viver com isso, mas afetar meus irmãos também... porra, nem consigo imaginar carregar esse fardo nas costas.

— Eu... eu não sei.

— Acho que você precisa descobrir como ele ficou sabendo — JP diz.

— E como vou fazer isso? — Prendo meus irmãos com o olhar, e posso ver no rosto deles que o mesmo pensamento que passou em minha mente está passando na deles.

— Dwayne disse que Ellie sabia — Breaker fala com cautela. — Eu acho...

Balanço a cabeça.

— Não diga isso.

— Você precisa perguntar a ela — JP opina. — Precisa confrontar a Lottie.

E aí está, o elefante na sala, a única coisa que eu não queria considerar.

— Não acho que ela tenha contado alguma coisa — defendo-a.

— Ela não saía com Ellie no começo? Antes de vocês serem um casal de verdade? — Breaker pergunta.

— Sim, mas ela não seria capaz de dizer nada.

— Você não acha que ela pode ter contado algo por rancor? Vocês dois brigavam muito no começo. Tenho quase certeza de que houve vezes em que você pensou que ela realmente te odiava.

Houve vezes em que achei que ela mal podia olhar para mim. Nem ao menos queria estar perto de mim.

Mas...

— Ela estava sob contrato.

— Às vezes, isso não importa para algumas pessoas — Breaker retruca. Ele olha para trás, por cima do ombro, para ver se Dwayne está voltando. — De qualquer forma, precisa perguntar a ela, porque, se tiver sido Lottie, nós precisamos saber exatamente o que ela contou a Ellie.

— Porra — xingo conforme uma tensão nervosa percorre meus músculos.

— Odeio dizer isso — JP acrescenta —, principalmente porque gosto muito da Lottie, mas ele tem razão. Nós precisamos chegar à raiz do problema. Ela é a única pessoa em quem consigo pensar que tem uma conexão tão próxima com a verdade e poderia contar a Ellie.

Arrasto minhas mãos pelo rosto.

— E se ela tiver mesmo contado? E aí?

Breaker recosta-se em sua cadeira.

— Aí nós teremos que aceitar a real: estamos fodidos. E sem saber se nos recuperaremos.

E isso envia um arrepio gelado de ressentimento por minhas veias.

Mexeu comigo, tudo bem.

Mexeu com os meus irmãos... já é outra história.

CAPÍTULO VINTE E UM

LOTTIE

— O que você acha desse vestido? — pergunto para Kelsey, segurando-o diante do meu corpo enquanto olho no espelho.

— Essa cor não te favorece nem um pouco, o que me surpreende, já que Huxley parece ser perfeito em escolher roupas que enfatizam as suas melhores características.

— Este é um dos meus vestidos.

— Ah, agora faz sentido.

Revirando os olhos, jogo o vestido nela, o que a faz rir.

— Pode me lembrar do porquê está se arrumando para o jantar? Essa não é só mais uma noite normal nessa vida louca dos sonhos que você vem vivendo?

Pego um vestido roxo que tem um decote em V profundo e o ergo diante do corpo. Este evidencia meus olhos e é sexy — exatamente o que eu quero.

— Não tenho um motivo em particular. — Sorrio sugestivamente e tiro o vestido do cabide.

— Hum, eu não acredito nisso nem um pouco.

Sem me importar que a minha irmã me veja somente de calcinha e sutiã, tiro a camiseta que peguei emprestada de Huxley e a jogo na cama, deslizando o vestido para cima pelo meu corpo. Posiciono as alças nos ombros, ajusto meus seios e, então, me olho no espelho.

Aham. É este.

— Pode fechar o meu zíper? — Afasto os cabelos para o lado para que Kelsey tenha fácil acesso.

Ela se levanta da cama e segura o zíper, mas não o sobe de imediato.

— O que você está planejando esta noite?

Ela, então, sobe o zíper, e observo o tecido delinear minha silhueta. Deus, é perfeito. Huxley vai rasgá-lo do meu corpo em segundos, não tenho dúvidas.

— Nada — eu digo, embora isso não seja verdade.

Kelsey, sendo a irmã intuitiva que é, me vira para que eu fique de frente para ela e segura meus ombros.

— Fale comigo, agora.

Suspirando, deito-me de costas na cama e encaro o teto.

— Eu o amo, Kels.

— O quê? — ela pergunta, sua voz saindo alta e aguda. — O que você disse?

Sento-me e olho em seus olhos.

— Eu o amo.

Ela fica de queixo caído, piscando algumas vezes.

— Você o ama. Você está dizendo que ama Huxley Cane, o seu noivo falso?

— Sim, exatamente. Eu o amo.

— O quê? Quando? Como? Quero dizer, eu sei que vocês estão namorando e as coisas têm progredido, mas amor?

Assinto, com total certeza disso.

— Sim, eu o amo. Parece que foi algo que surgiu do nada, mas não tenho dúvida alguma sobre isso. Você tinha razão... há uma linha tênue entre o amor e o ódio. Eu cruzei essa linha.

— Uau, isso é... — Ela pausa, e quando meus olhos se conectam aos dela, ela sorri e se aproxima para me puxar para um abraço. — Estou feliz por você, Lottie.

— Obrigada. — Retribuo seu abraço.

— Vai contar para ele? É por isso que está se arrumando toda?

— Sim. — Mordo meu lábio inferior, sentindo o nervosismo percorrer meus braços. — Você acha que é muito precoce?

— Não. — Kelsey balança a cabeça. — Porque acho que ele sente o mesmo por você.

Eu me animo.

— Você acha?

— Eu o vi antes e depois de vocês ficarem juntos e, vou te dizer, nunca vi um homem tão gamado em uma mulher como Huxley está em você. Ele te venera, Lottie.

— Acho que *venerar* é uma palavra forte.

Mas, ainda assim, abro um sorriso, pensando no quanto ele ficou relutante em me deixar hoje manhã depois que brinquei com ele no chuveiro. Ainda posso ouvir seus gemidos profundos ao gozar no meu peito enquanto eu passava meu vibrador em suas bolas.

Foi uma das coisas mais sensuais que já vi, seu corpo divino se contraindo, se contorcendo. Cada músculo vibrando enquanto ele perdia o controle de todos os seus sentidos. Passei o dia repassando essa imagem mentalmente, e cheguei ao ponto de mandar uma mensagem sacana para ele, dizendo exatamente o que quero fazer quando chegar em casa. Ele ainda não respondeu, mas sei que ele é um homem muito ocupado.

— Quando ele vai chegar em casa?

Olho para o relógio da minha mesa de cabeceira.

— A qualquer momento.

— Sério? — Kelsey salta da cama. — Então, é melhor eu ir. Não quero interromper boas-vindas tão especiais. — Ela pega sua bolsa e, em seguida, me puxa para um abraço. — Estou feliz por você. O Huxley é um cara legal; foi o que eu disse desde o início. Vocês dois têm sorte por terem esbarrado um no outro. — Ela dá risada. — Ainda não consigo acreditar que você saiu para procurar um marido rico e realmente encontrou um. — Com isso, ela me dá um último abraço e vai embora.

Olho-me no espelho mais uma vez. Não tenho dúvidas de que este é o vestido que eu deveria estar usando. Huxley vai amar. A única pergunta é: devo complementá-lo com algum sapato ou ficar descalça?

Conhecendo Huxley, ele iria querer os sapatos de salto alto.

Entro no closet enorme e experimento alguns pares antes de decidir por sandálias pretas de salto alto com tiras que eu sei que ele vai adorar. Caminho até a cômoda, onde guardo meu perfume, e me dou algumas borrifadas. Ouço a porta da frente abrir e fechar.

Ele chegou.

Borboletas se agitam em meu estômago, sabendo que esse é um passo enorme para mim. Eu nunca disse "eu te amo" para um cara antes, muito menos fui a primeira a expressar sentimentos. Mas tem algo na maneira como Huxley fala comigo, com tanta honestidade. Ele inspira confiança... conforto, um lugar seguro onde eu posso me expressar. E acho que será impossível conseguir passar mais um dia sem dizer a ele como me sinto.

Já está na hora de dizer a ele que o amo.

Desço as escadas, tomando cuidado para não tropeçar com os saltos, e sigo até a entrada, onde encontro Huxley olhando para seu celular.

— Oi, bonitão — digo, aproximando-me dele. Pouso a mão em seu peito e me aconchego nele, dando um beijo em sua mandíbula.

Em vez de envolver-me pela cintura com os braços como normalmente faz, ou virar o rosto e me beijar na boca, ele fica parado, quase hostil.

Nervosa, eu me afasto e pergunto:

— Está tudo bem?

Lentamente, ele ergue a cabeça até conectar seu olhar ao meu, e é nesse momento que vejo: o olhar distante. A mesma distância que vi no começo, quando ele mal falava comigo, quando ele não queria nada comigo.

Esse não é o homem que saiu daqui hoje de manhã.

Esse não é o homem que me mandou uma mensagem hoje de manhã dizendo o quanto queria não ter que ir trabalhar.

E esse não é o homem para o qual eu estava planejando dizer "eu te amo".

— Huxley — sussurro. — O que... o que houve?

— Huxley — sussurro. — O que... o que houve?

Ele guarda o celular no bolso da calça, e observo o músculo de sua mandíbula tensionar enquanto seus olhos se estreitam para mim.

— O que você contou a ela?

— A quem? — pergunto, completamente confusa. — Kelsey?

Ai, Deus, ela não comentou com ele sobre o que conversamos, comentou?

Não, ela nunca faria isso.

— Não. Ellie.

— Ellie? — Sinto meu rosto se contorcer em pura confusão. Do que diabos ele está falando?

— Sim, Lottie — ele rosna. — Que porra você contou a Ellie? — Sua voz soa como veneno, golpeando-me, cuspindo em minha direção.

Isso não era o que eu estava esperando quando Huxley chegasse em casa. Honestamente, se ele não estivesse olhando para o celular quando o vi, eu teria pulado em seus braços de tão empolgada por vê-lo. Mas a raiva que está emanando dele, a hostilidade... não faço ideia do que está acontecendo.

— Eu... eu não sei — respondo, minha voz falhando de nervosismo.

— Você deve ter dito alguma coisa — ele grita, passando por mim com a mão agarrando a nuca. — Porque o Dave sabe.

Dave sabe...

— Você quer dizer que... ele sabe sobre nós?

— Sim, porra, ele sabe, e adivinhe quem contou a ele? Ellie. Então, me diga que porra você disse a ela, porque o que quer que tenha sido, eu preciso saber para avaliar o controle de danos que tenho que fazer.

— Não sei do que você está falando, Huxley. Não contei nada a ela sobre nós.

— Porra, Lottie, não minta para mim — ele grita. Seus olhos estão desprovidos de qualquer ternura em relação a mim. Estão vazios, como se... como se ele já tivesse me descartado. — Foi você que esteve sozinha com Ellie. Era você que tanto me odiava no começo disso tudo, então eu não duvidaria que pudesse dizer algo a ela confidencialmente.

Espere... Espere a porra de um segundo.

Ele está realmente me acusando de contar a Ellie que o nosso noivado é uma farsa? Não é possível que ele esteja fazendo isso.

Mas, quando olho em seus olhos, assimilo sua respiração ofegante, a firmeza em sua mandíbula, o vazio em seu olhar... vejo que é exatamente isso que ele está fazendo.

— Acha que eu contei algo a Ellie? — pergunto, precisando confirmar sua suposição.

— Sim — ele diz em um tom exasperado. — Dave está contando às pessoas sobre o nosso noivado falso, arruinando a minha reputação, e eu quero saber o que você contou a Ellie para que eu possa ver o quão fodido estou.

Aham, ele está me culpando. Ele acha que eu o apunhalaria pelas costas. Acha que eu o trairia assim, tão facilmente.

Depois de todas as conversas sobre o contrato, depois de todas aquelas ameaças, ele realmente acredita que eu não me importaria, que eu contaria algo.

Isso não somente me deixa extremamente brava, como também... uma onda de emoção me deixa com a garganta apertada, porque ver que ele pensa que eu seria baixa a esse ponto me parte o coração.

Incapaz de reunir coragem para ter essa conversa com ele, dou meia-volta e saio dali. Os sinais precoces de um ataque de pânico começam a aparecer, conforme minha respiração fica mais acelerada e curta e sinto um aperto no peito.

Não acredito que ele acha que eu diria alguma coisa. Não acredito que ele não confia em mim. Subo as escadas correndo.

— Aonde você pensa que vai? — Ouço-o gritar.

Não paro, nem ao menos titubeio enquanto meus pés se movem mais rápido do que meu corpo.

Quando chego ao meu quarto, fecho a porta com força e estico as mãos para as costas, tentando abrir o zíper do vestido. Luto por alguns segundos para alcançá-lo, e no instante em que consigo pegá-lo e puxá-lo para baixo, a porta do quarto se abre bruscamente.

— Você vai me responder? — Huxley pergunta enquanto livro-me do vestido e das sandálias, deixando-os no chão.

Entro no closet e visto um short jeans e a única camiseta simples que há ali, que é a da Fleetwood Mac que ele me deu. Vai ter que servir. Calço um par de sandálias minhas e pego meu celular da mesa de cabeceira. Estou prestes a passar por ele, mas ele bloqueia a porta.

— Lottie, eu preciso saber, porra.

— Por que você precisa saber? Parece que já tirou suas conclusões.

— Está dizendo que não contou nada a ela?

— O simples fato de você vir me perguntar isso é incrivelmente ofensivo.

— Isso não é uma resposta.

— Você quer uma resposta? — retruco, tentando manter a compostura o máximo possível. — Ok, aqui vai a sua resposta. Não, eu não contei nada a Ellie, porque, apesar do que você possa pensar de mim, apesar do quanto você me tratou mal no começo de tudo isso, eu ainda tive forças para ser leal e manter o nosso segredo assim... em segredo.

Tento passar novamente, mas ele me detém. Seus traços faciais estão mais suaves agora, assim como sua voz.

— Você... você não disse nada mesmo, Lottie?

— Não. Eu não disse.

Seus olhos fitam os meus, e sua expressão se transforma lentamente em arrependimento.

— Merda, Lottie. Eu sinto...

— Não — eu digo, erguendo uma mão. — Nem se dê ao trabalho.

Conseguindo pegá-lo desprevenido, passo por ele e desço as escadas, sentindo-o me seguir.

Mal consigo ouvir sua súplica, pedindo que eu pare, com o martelar do meu coração, com o som dele se partindo, se despedaçando.

Pensei que confiávamos um no outro. Pensei que havíamos criado uma conexão, um laço tão forte que nada poderia quebrá-lo. Pensei que estivéssemos progredindo, mas, aparentemente, eu estava errada porque, num piscar de olhos, ele se virou contra mim.

Como ele podia me acusar de uma coisa dessas? Eu não provei minha lealdade o suficiente? Não fiz tudo que ele me pediu, e excepcionalmente bem, ainda por cima? Não mostrei que ele pode confiar em mim?

Avanço em direção à porta, onde Huxley me alcança.

— Lottie, espere. — Ele se coloca diante da porta, com a respiração pesada. — Me desculpe, ok? Foi estupidez minha perguntar.

— Você não me perguntou, Huxley, você me acusou.

— Eu sei. — Ele puxa os cabelos. — Fui pego de surpresa, ok? Não estava esperando ficar sabendo que Dave sabe sobre o noivado falso.

— E então, a primeira coisa que você pensou em fazer foi me culpar?

— Não, quero dizer... porra, me disseram que foi Ellie que contou a ele. O que eu deveria pensar?

— O que você deveria pensar? — pergunto, incrédula. — Você deveria confiar em mim. Deveria me contar sobre o problema, para que eu pudesse te ajudar a encontrar uma solução. Você *não deveria* ter entrado aqui me culpando. Não quando eu ia... — Detenho-me antes que admita o que eu ia dizer a ele esta noite.

— Não quando ia o quê?

Balanço a cabeça negativamente.

— Nada. — Erguendo o queixo, tentando ficar calma, eu digo: — Eu deveria saber que isso era bom demais para ser verdade, que você ia acabar me magoando de alguma forma.

Ele dá um passo para trás.

— E por falar em suposições...

— Hã... não foi isso que você acabou de fazer? Não acabou de me magoar?

— Não de propósito. Estou meio fodido agora, Lottie, caso você não tenha notado. Isso pode arruinar todo o meu negócio.

— Talvez você devesse ter pensado nisso antes de começar a mentir para todo mundo sobre ter uma noiva e um bebê a caminho. Isso não é culpa de mais ninguém, somente sua.

— Eu faria qualquer coisa para fechar o acordo — Huxley vocifera.

— Inclusive me culpar por algo que você deveria saber que eu nunca faria.

Ele esfrega o rosto.

— Você me odiava no começo, Lottie. Eu tinha que perguntar.

— Não, não tinha. — Diminuo o espaço entre nós e cutuco seu peito. — Você deveria saber que eu nunca ferraria alguém assim, especialmente quando se trata de negócios, não depois de ter sido ferrada por alguém em quem achei que podia confiar. Eu perdi tudo, Huxley. Angela me tirou a única coisa na qual eu achava que era boa, me fez sentir pequena e sem valor. Ela me destruiu. Depois de ter sido tão maltratada, de ter meu tapete puxado, você realmente acha que eu faria o mesmo com outra pessoa? — Quando ele baixa o olhar para os pés, envergonhado, falo: — Não, eu não faria. Posso não ter gostado de você no começo, mas aquela aversão nunca me enfureceria a ponto de fazer algo tão baixo como contar a Ellie a verdade.

Passo por ele e abro a porta.

— Lottie, pare. Aonde você vai?

Digito uma mensagem para Kelsey, pedindo que venha me buscar. Eu sei que ela não vai fazer perguntas; ela vai simplesmente vir e fazer perguntas mais tarde. Eu só preciso sair daqui. Não posso ficar perto dele.

— Kelsey virá me buscar.

— Eu sinto muito, ok? Perdi o controle. Vamos conversar e resolver isso.

— Não há nada para conversarmos, Huxley. — Continuo andando em direção ao portão.

— Então, você vai embora? Simples assim?

Viro-me para ele.

— Você acha que eu tenho condições de ficar aqui?

— Foi uma má comunicação.

Meus olhos quase saltam das órbitas.

— Como você pode ficar tão apático com isso?

— Eu não estou apático. Só estou tentando entender tudo.

— Bem, então entenda isso, Huxley. Eu estava planejando expressar os meus sentimentos por você esta noite, e em vez de conseguir fazer isso, você colocou em mim uma culpa que não é minha, destruiu a confiança que construímos e partiu o meu coração.

— Espere... o quê? — ele pergunta, seus olhos suavizando pelo arrependimento. — Os seus... seus sentimentos? Que sentimentos?

— Não importa mais — digo, conforme uma lágrima desce por minha bochecha. Eu nem sabia que estava chorando. Limpo-a rapidamente, mas não antes que Huxley perceba.

— Merda, Lottie. Me desculpe. Sinto muito mesmo. Não deveria ter dito aquilo.

Me aproximo mais do portão, incapaz de ouvi-lo sobre o rugido do meu coração.

— Fique, por favor. Nós podemos resolver isso.

— Não posso. — Balanço a cabeça. Sinto-me tão frágil nesse momento. — Eu preciso de espaço.

— Espaço? — Ele me alcança quando atravesso o portão e chego à calçada, onde espero por Kelsey. — Como assim, você precisa de espaço? Lottie, por favor, não faça isso. Não me deixe.

Avisto o carro de Kelsey.

— Lottie. — Huxley tenta pegar minha mão, mas eu a afasto.

— Não.

— Converse comigo, por favor. Nós podemos resolver isso. Não precisamos de espaço.

Viro-me para ele, deixando as lágrimas acumuladas caírem novamente.

— Eu mal consigo olhar para você agora, Huxley. O que te faz pensar que eu quero ficar com você?

Desconcertado com minhas lágrimas, ele recua, e é tudo que preciso para minha fuga quando Kelsey estaciona. Abro a porta do carro e começo a entrar, mas Huxley diz:

— Por favor, Lottie. Não vá embora, linda.

Não lhe dou ouvidos. Entro no carro, fecho a porta e coloco o cinto de segurança.

Kelsey não diz absolutamente nada, apenas dirige para longe dali. Seguimos em silêncio até seu apartamento.

Mesmo quando meu celular começa a ser bombardeado por mensagem de Huxley, ela não diz nada.

E então, somente quando chegamos ao seu apartamento, ela finalmente abre a boca.

— Deus, Lottie, eu sinto muito.

Meus olhos estão inchados a essa altura.

Não me restam mais lágrimas.

E estou deitada em posição fetal no chão de Kelsey, envolta em uma de suas cobertas.

— Não entendo — digo baixinho. — Pensei... pensei que ele confiava em mim.

— Parece que ele foi pego de surpresa.

Lanço um olhar irritado. Ela ergue as mão na defensiva.

— Não estou passando pano para ele, só estou tentando entender o que o levou a agir assim. Quer dizer, imagine só ouvir o que ele ouviu? Ele se esforçou tanto, e tudo ter explodido assim deve tê-lo estressado.

— É muito provável que ele esteja estressado mesmo, mas isso não dá a ele o direito de soltar os cachorros em mim. Ele deveria ter chegado em casa e pedido minha ajuda em vez de me acusar. Ele basicamente jogou tudo que construímos juntos pela janela, como se... como se seu negócio fosse mais importante do que eu. — E então, a ficha cai. — Talvez... talvez seu negócio realmente seja mais importante do que eu. Talvez eu não seja tão importante para ele quanto pensei. — Meu lábio treme. — Talvez eu gostasse dele mais do que ele de mim.

— Não. — Kelsey balança a cabeça. — Esse não é o caso. Ele gosta de você, Lottie. Ele veio atrás de você. Eu vi o rosto dele. Ele estava devastado.

Quem me dera esse fosse o caso.

— Talvez, externamente, ele tenha agido como alguém que se importa, mas uma pessoa que se importa com outra não a trata como ele me tratou.

Kelsey suspira e se recosta em sua cama.

— Posso dizer uma coisa sem que você me odeie?

— Não. Tenho todo o direito de te odiar por qualquer coisa que sair da sua boca agora.

Kelsey resmunga algo baixinho e então diz:

— Acho que você precisa ver pela perspectiva dele. Ele acabou de descobrir que seu segredo não era um segredo, que estão espalhando por aí que ele é um mentiroso. Ele provavelmente teve um apagão e não pensou direito, só reagiu.

Sento-me no chão e olho Kelsey nos olhos.

— Mas é isso que você não está entendendo, Kelsey. Ele reagiu sem pensar, e sua reação foi não confiar em mim. Eu estava prestes a dizer que o amava. Que ele me faz incrivelmente feliz e sou grata todos os dias por acordar nos braços dele. — Lágrimas fluem por minhas bochecha. — Mas, para ele, eu sou algo que ele está disposto a jogar fora por uma suposição. Está vendo o problema?

Lentamente, Kelsey confirma com a cabeça.

— Sim, estou vendo o problema. Eu não estava pensando dessa forma. — Ela desce para o chão e engatinha até mim para me abraçar. — Sinto muito, Lottie. Não consigo imaginar o quanto você deve estar magoada agora.

— Demais — digo, fungando. — Magoada demais. — Limpo as lágrimas. — Eu queria nunca ter concordado com isso. Queria nunca ter me envolvido, porque agora me sinto mais quebrada do que nunca, em vez de inteira.

Kelsey passa a mão em minha cabeça, o que faz minhas lágrimas caírem novamente. O que eu disse para Huxley sobre Angela não foi mentira. A traição dela me magoou profundamente, mesmo que ela estivesse simplesmente agindo de acordo com seu caráter. Ela é uma mentirosa manipuladora e covarde. Mas eu confiei no caráter de Huxley. Em sua natureza intensa e determinada. *Implacável, porém decente.* Agora, estou me perguntando como eu pude me apaixonar por alguém que pagou pessoas para que mentissem para ele. Que escreveu contratos para acobertar sua ficção descarada, porque seu negócio significa tudo para ele. Eu devo ter um problema muito sério para ter aceitado isso. *Essa foi a nossa fundação.*

E, ainda assim, meu coração e alma parecem destruídos.

Fungando no ombro de Kelsey, pergunto:

— Por que ele teve que me magoar, Kels?

— Não sei — ela diz baixinho. — Mas você precisa se lembrar do quanto é resiliente.

— Não desta vez — respondo ao limpar minha bochecha. — Não acho que será fácil me recuperar disso. Nem um pouco.

O som gorgolejante da cafeteira de Kelsey me desperta de onde estou dormindo, no chão. Tento abrir meus olhos, mas sei que eles estão inchados depois do tanto que chorei ontem à noite. E a dor em minhas costas é cortesia do adorável colchão de travesseiros sobre os quais tentei dormir.

— O meu café te acordou? — Kelsey indaga da cozinha.

— Sim — respondo, com a voz rouca como se tivesse fumado um maço inteiro de cigarros ontem à noite. — Mas é melhor eu levantar mesmo.

Toc. Toc.

— Foi a sua porta? — pergunto a ela.

— Acho que sim — ela confirma antes de ir atender. Quando ela abre a porta, ouço-a falar: — Huxley, o que está fazendo aqui?

Merda.

— Eu queria falar com a Lottie. — Olho para trás e faço contato visual com ele. Quando ele assimila a minha aparência, seu rosto é tomado por preocupação. — Linda, posso falar com você, por favor?

— Hã, sabe, eu preciso ir tomar um banho — Kelsey diz. — E não sei como lidar com situações desconfortáveis. Quero ser uma boa irmã, mas também não aguento quando um homem faz cara de cachorrinho abandonado, e ele está tão patético, então, basicamente, eu vou dar o fora daqui.

E é o que ela faz.

Sai correndo para o banheiro, fecha a porta e liga o chuveiro.

Quando ouço a porta da frente fechar, sei que Huxley entrou no apartamento, mas recuso-me a olhar para ele. Não quero fazer isso quando meus olhos estão começando a marejar de novo.

Não quero vê-lo, ainda me sinto magoada demais, mas ele tem outros planos.

Ele se ajoelha ao meu lado e pousa uma mão em minha bochecha. Quando nossos olhos se encontram, vejo que os seus não somente estão vermelhos, como também pesados de preocupação. Mas ele está preocupado com sua carreira, seu negócio ou comigo?

— Você dormiu no chão ontem à noite?

— Há travesseiros embaixo de mim. — Que acabaram se movendo quando eu me movi, deixando-me parcialmente no chão, mas ele não precisa saber disso.

— Lottie, eu sinto muito. — Sua voz é tensa. — Sei que o que fiz ontem à noite foi imperdoável. Eu nunca deveria ter te tratado daquele jeito, e estou muito envergonhado por isso. — Ele engole em seco. — Só estou com medo pra caralho de ter ferrado os meus irmãos. Acabei descontando meus medos em você, ao invés de me apoiar em você. — Seu polegar roça minha bochecha. — E sinto muito.. — Ele pega uma bolsa que trouxe consigo e a coloca perto de mim. — Não sabia se você tinha roupas ou outras coisas para passar a noite aqui, mas pensei em trazer para você. — Isso é irritantemente atencioso. — Tenho que ir para o escritório para fazer um controle de danos, mas queria te ver primeiro. Podemos jantar hoje à noite? — Quando não respondo, ele insiste: — Por favor, Lottie.

Assinto lentamente, enquanto uma lágrima desliza por minha bochecha.

Ele rosna de frustração e a limpa para mim.

— Porra, eu sinto tanto. — Ele se levanta e segue para a porta. — Te mando mensagem com os detalhes.

Tudo que faço é assentir.

Assim que ele sai do apartamento, abro a bolsa que ele me trouxe, e bem no topo está uma foto de nós dois no show da Fleetwood Mac. Ele está com o braço em torno de mim de uma maneira possessiva, com a mão enfiada no bolso frontal do meu short, e estou encostada em seu peito largo, com um braço para cima e minha mão segurando sua nuca.

Eu me lembro de quando tiramos essa foto e exatamente o que senti quando o fizemos. Eu estava transbordando de felicidade.

Agora, eu daria tudo para sentir aquilo de novo. Porque tudo que sinto no momento é um... vazio.

CAPÍTULO VINTE E DOIS

HUXLEY

— O que você vai dizer a ele? — Breaker pergunta enquanto anda de um lado para o outro em meu escritório.

— Vou ser direto. Perguntar, na lata, se ele sabia. Qual é o sentido em fazer rodeios?

JP balança a perna para cima e para baixo, empoleirado em uma das cadeiras na área de estar do meu escritório.

— Acho que ser direto é essencial. Acredito que ele apreciará isso.

— Também acho — Breaker concorda. — Você vai fazer parecer que foi apenas uma coisa engraçadinha que fez? Ou levar a sério?

— Levar a sério — respondo, enquanto minha mente muda o foco para Lottie.

Vê-la deitada na porra do chão, lágrimas descendo por seu rosto, está me corroendo por dentro. Me consumindo a cada respiração que dou. Em vez de ficar comigo, ela pensou que seria melhor ficar no apartamento da irmã, onde teve que dormir no chão. Isso é o quanto ela não quer estar perto de mim. Isso é o quanto eu deveria me envergonhar. Minha namorada preferiu dormir no chão a compartilhar uma cama comigo. *Ou ao menos dormir no quarto em frente ao meu.*

— Acho que se eu usar um tom sério e explicar tudo ao invés de levar na brincadeira, vou conseguir tirar o meu da reta.

— Abordagem inteligente. — Breaker respira fundo. — Porra, espero que ele não tenha falado muito sobre isso para ninguém.

— Ainda não entendo como ele sabe — JP fala. — Como eles descobriram? Nós não dissemos uma palavra sequer a ninguém, e todos os outros que sabem assinaram um contrato de confidencialidade. — JP coça a cabeça. — Você acha que foi a Kelsey?

Balanço a cabeça.

— Não.

— A Lottie pareceu feliz em te ver hoje de manhã? — JP se encolhe.

Depois que Lottie foi embora ontem à noite, mandei mensagem para os meus irmãos, contando que não foi Lottie, e então expliquei os detalhes de como ferrei tudo com ela. Eu os culpei, eles me culparam. Assumi a responsabilidade porque, sejamos honestos, essa bagunça toda é culpa minha. Porque eu tenho uma gana doente de provar... provar o quê? Que sou capaz de fechar um acordo? Qual é o sentido de fechar um acordo se, no fim de tudo, eu acabar magoando as pessoas mais importantes para mim?

Eu magoei meus irmãos. E magoei Lottie.

Nenhum acordo é maior que isso.

— Não — digo, lembrando-me da expressão infeliz dela. — Ela não falou muito.

— Você pediu desculpas? — JP perguntou.

— É claro que pedi desculpas, porra. Você acha que fui lá só porque seria divertido?

— Só estou conferindo — JP retruca em um tom defensivo. — Você fez muita merda ultimamente. Só queria me certificar de que não estragou isso também.

— Ah, eu estraguei, sim. Eu fodi total com isso. A única coisa que tenho a meu favor foi ela ter aceitado meu convite para jantar esta noite.

— Ih, caramba, sério? — Breaker pergunta. — O que você vai fazer?

— Implorar por seu perdão. O que mais tenho a fazer?

— Provar a ela o quanto você se arrepende.

— E como eu faria isso?

Breaker dá de ombros.

— Porra, sei lá. É por isso que não estou em um relacionamento. Eu não sei como lidar com mulheres.

— Não acho que esse seja o motivo — JP diz. — Você só é um idiota.

— Diz o cara que também não está em um relacionamento — Breaker rebate.

— Por escolha — JP se defende. — Se eu quisesse estar em um relacionamento, eu estaria.

— Aham... — Breaker o olha de cima a baixo. — E como vai o seu flerte com a Kelsey, a propósito?

— Bem. Se eu aumentasse mais um pouco, ela ficaria caidinha por mim.

Breaker dá uma risada de escárnio.

— Ah, tá... caidinha por você. — Ele revira os olhos, e estou prestes a perder a paciência com meus irmãos quando Karla entra em meu escritório.

Ela dá batidinhas na porta e diz:

— A recepção acabou de me informar que o Sr. Toney está subindo.

— Obrigado, Karla. — Ela faz um curto aceno com a cabeça e desaparece. — Vocês dois precisam dar o fora daqui. — Tenho que lidar com isso sozinho.

Eles recolhem suas coisas e seguem para a porta.

— Boa sorte, cara — Breaker deseja, assentindo rapidamente. JP faz o mesmo e, então, fico sozinho.

Sento em minha cadeira, encarando a tela do computador. Sou um filho da puta sortudo por ter irmãos que me dão apoio em vez de quererem me matar por possivelmente ter fodido a nossa reputação. *O nosso sustento, assim como o de todos os funcionários da empresa.* Eles poderiam ser escrotos comigo, mas escolheram não ser, e sou muito grato por isso. Já é difícil saber que prejudiquei meu relacionamento com Lottie, então não sei se saberia o que fazer sem meus irmãos. E, sim, eu disse *prejudiquei*. Não está acabado. Eu vou conseguir ter Lottie de volta. Ela é minha. *Para sempre.*

Karla sabe que deve pedir que Dave venha ao meu escritório quando ele chegar, então, quando ouço uma batida na porta, não fico surpreso por vê-lo.

— Dave. — Fico de pé e vou até ele, oferecendo-lhe um aperto de mão firme. — Obrigado por vir.

— Eu achei que ia me atrasar. — Ele ri, completamente alheio ao fato de que meu estômago está se revirando. — Houve um acidente enorme na 405. Consegui desviar para uma saída antes de me deparar com um trânsito horrendo.

— Quando é que não tem um acidente na 405? — pergunto.

— Verdade.

Gesticulo para a área de estar do escritório enquanto fecho a porta.

— Sente-se. Gostaria de beber alguma coisa?

— Não, obrigado. Bebi um café no caminho até aqui. Não se preocupe, eu fui ao banheiro antes de entrar, então não pedirei para usar a sua privada pessoal.

Dou risada e sento-me de frente para ele.

— A minha privada pessoal está sempre disponível para você.

Ele pressiona uma mão no peito.

— Fiquei tocado agora.

Meu sorriso desvanece e eu pigarreio. Acho que é melhor ir direto ao assunto.

— Eu, hã, queria ter uma conversa honesta com você hoje.

Um pequeno sorriso sugestivo aparece no rosto de Dave.

— Acho que sei do que se trata.

— Sabe? — pergunto, querendo ver aonde ele quer chegar.

Ele assente.

— Veja bem, quando Ellie me contou, não acreditei nela de cara, mas, depois da aula de bebês, eu soube que Ellie estava certa.

Pigarreio novamente, tentado a puxar minha gravata, a afrouxá-la, mas me contenho.

— E sobre o quê ela estava certa?

— Perdoe-me por ser direto, mas ela estava certa sobre o seu relacionamento com Lottie não ser de verdade.

Aí está.

Vergonha e constrangimento correm por minhas veias, aquecendo meu corpo. Droga, eu queria ter pensado em tirar o paletó para essa conversa. Agora é tarde demais.

Abro a boca para dizer alguma coisa, mas Dave continua:

— Ela me disse depois do jantar na nossa casa. Ela suspeitou que vocês dois estavam fingindo. Pensei que talvez isso fosse fruto dos hormônios descontrolados da gravidez, porque eu não conseguia entender por que você mentiria. Especialmente sobre um relacionamento. Ellie apontou a tensão nos seus ombros quando Lottie te tocava, o jeito robótico como falavam um com o outro. Estava faltando alguma coisa, e mesmo que vocês tenham sido bem convincentes, houve coisas aqui e ali que os entregaram.

Arrasto uma mão por meu rosto.

— Olha, Dave. Eu posso explicar.

— Achei tudo bem cômico, para falar a verdade. Até onde Huxley Cane iria? O quão antiético é o homem que quer adquirir minhas propriedades? — Ele faz uma pausa, e sinto que vou passar mal.

Antiético.

Ele não está errado. Deus, como sinto vergonha. Principalmente por ele saber.

— Ellie ficava encontrando coisas malucas para fazermos e achou que seria divertido arrastar vocês dois conosco.

Endireito um pouco as costas.

— Quer dizer que vocês nos convidavam de propósito?

Dave ri.

— Isso mesmo. Você é provavelmente o homem mais tenso que conheço, e isso o levou muito longe no mundo dos negócios, mas existem mais coisas na vida além de fechar acordos, Huxley, e eu queria que você enxergasse isso. Pensei que, talvez, se continuássemos com a brincadeira, algo bom sairia disso tudo. Existia uma conexão entre você e Lottie, e Ellie e eu estávamos torcendo para que isso ficasse cada vez mais forte. — sorri. — E ficou. — Ele dá risada. — Posso assegurá-lo de que, se eu não tivesse conhecido Ellie, talvez também nunca soubesse o que é amor verdadeiro.

— O-o quê? — pergunto, tentando compreender e processar tudo que ele está dizendo.

— Corrija-me se eu estiver errado, mas você a ama, não é?

Meus dentes prendem meu lábio inferior, e baixo o olhar para minhas mãos. Então assinto.

— Sim, eu amo.

— Eu sabia. — Dave dá um tapa em sua perna. — Ellie acha que Lottie foi a primeira a se apaixonar, porque ela parecia estar mais a fim de você, mas eu disse que você é profissional em mascarar as suas emoções, e se eu tivesse que apostar, diria que você desenvolveu sentimentos por ela muito antes dela por você.

Já que, aparentemente, essa é a conversa que estamos tendo, eu digo:

— Acho que começou no instante em que esbarrei nela.

— Coisa que não aconteceu na Geórgia...

Balanço a cabeça negativamente.

— Isso também foi algo que chamou a atenção de Ellie. Lottie não foi muito convincente ao tentar demonstrar que sabia coisas sobre a Geórgia.

Encolho-me.

— Ela nunca esteve lá.

— Então como, exatamente, vocês dois se conheceram?

— Em uma calçada no meu bairro. Ela estava perdida; eu estava tentando esfriar a cabeça. E, por acaso, descobrimos que nós dois precisávamos um do outro. — Agarro minha nuca. — Um encontro nada romântico.

— Sabe, vou ter que discordar. Encontrar alguém em uma calçada tem seu charme.

— Não se você souber o que nós dois estávamos buscando. Eu precisava de uma noiva falsa, e ela precisava de um marido rico para impressionar uma pessoa. Isso não grita romance.

— Às vezes, não é o início que grita romance, mas sim a jornada. E, preciso dizer, tem sido muito interessante assistir ao desenrolar da sua jornada. — Dave coça a lateral do rosto. — No entanto, fico me perguntando... por que você fez isso?

Com um suspiro pesado, recosto-me na cadeira e digo:

— Porque eu sou um idiota.

— Bem, isso é verdade, mas me dê o motivo real.

O motivo real. Isso não foi o suficiente? Que eu sou um idiota? Mas Dave recebeu respostas em partes até agora, então mesmo que isso tenha demonstrado o quão manipulador eu poderia ser, *o quão mentiroso*, eu preciso contar a história completa.

— Breaker e JP disseram que eu nunca conseguiria fechar um acordo com você, porque você é um cara que preza pelas relações. Você honra a conexão em um acordo de negócios, não somente o dinheiro. Eles disseram que eu não era um cara com quem você poderia se identificar. Eu queria provar a eles que estavam errados. Quando te vi do lado de fora daquela delicatessen e você me apresentou a Ellie, as mentiras simplesmente começaram a jorrar da minha boca antes que eu pudesse me impedir. Pensei que, talvez, se nós pudéssemos nos conectar em outro nível, você consideraria fechar um acordo comigo.

— O que aconteceria se fechássemos o acordo... o que aconteceria com Lottie?

— Nós seguiríamos nossos caminhos separados. Eu provavelmente não mencionaria nada a você.

— Entendo. — Seu sorriso desaparece. — Parece algo muito desonesto.

— Eu sei. — Esfrego minha testa. — Acredite, eu sei. Meus irmãos me disseram desde o início que seria uma má ideia, e quando pude enxergar além da minha determinação, eu soube que o que estávamos fazendo era errado, mas eu estava tão inflexível que só conseguia focar no acordo. Acabei prejudicando os meus irmãos, e pior ainda... acabei perdendo Lottie.

— O quê? — Dave pergunta, parecendo preocupado. — Ela te deixou?

Confirmo com a cabeça.

— Ontem à noite. Eu, hum, falei com alguém que me contou naturalmente que você sabia que o nosso noivado era falso. Não consegui entender como você podia saber, então culpei Lottie, pensando que ela tinha deixado escapar para Ellie. Eu falei algumas merdas, e ela foi embora. — Balanço a cabeça, com nojo de mim mesmo. — Porra, estraguei tudo porque estava tão preocupado com a minha imagem, a minha reputação, que me esqueci de uma coisa: nada disso importa se eu não tiver alguém para compartilhar a minha vida. Ela foi para a casa da irmã. — Aperto o alto do meu nariz. — Ela escolheu dormir no chão ao invés de dormir comigo. Se isso não demonstra o quanto estou fodido, não sei o que mais pode.

— Deixe-me te fazer uma pergunta, e me olhe nos olhos quando responder. Se você pudesse escolher somente um, Lottie ou a aquisição comigo, qual seria?

— Lottie. — Olho bem nos olhos dele. — Lottie. *Ela* é tudo. Não sei como isso aconteceu, como me apaixonei tão rápido, tão intensamente que sinto dor por perdê-la, mas aqui estou eu, um babaca desesperado disposto a fazer qualquer coisa para reconquistá-la.

Isso o faz sorrir. Dave inclina-se para frente e estende a mão para mim ao dizer:

— Isso pode te surpreender, Huxley, e de certa forma, também me surpreende, mas farei o acordo com você.

— O quê? — pergunto, apertando sua mão desajeitadamente, sem saber direito a que ele se refere. Dwayne disse que ia construir nos terrenos com ele. *Como isso pode estar acontecendo?*

Dave se levanta e abotoa o paletó.

— Os seus irmãos tinham razão. Eu não tinha certeza se queria fazer um acordo com alguém que não conhecia direito. Não tinha certeza se você transformaria os terrenos em algo que eu conscientemente concordasse. Já me decepcionei bastante com acordos que fiz no passado, promessas que não foram cumpridas. Foi por isso que falei com Dwayne. Eu sabia que você trabalharia com ele. Eu queria ver se os seus planos eram viáveis. Queria ver se ele sabia sobre você e Lottie. E em que tipo de acordo eu ia me meter. Mas, quando Dwayne pareceu surpreso de verdade ao ficar sabendo sobre você e Lottie, eu soube que, mesmo que você estivesse mentindo, não estava me fazendo de chacota por aí.

— Porra, eu nunca faria isso. Se tem alguém digno de ser uma chacota, sou eu. Fiz todos os meus funcionários assinarem um contrato de confidencialidade, até mesmo Lottie. E aqueles que não assinaram acreditaram que nós estávamos realmente noivos. Ela se mudou para a minha casa e tudo. Acredite em mim, eu não queria que isso vazasse.

— Acredito em você — Dave diz com confiança. — Por isso, os terrenos são seus. Pedirei aos meus advogados que contatem os seus para trabalharem nos detalhes. Estou confiando que você não está mentindo para mim agora, e que irá cumprir os termos do nosso acordo.

— Eu irei. Mentir não faz parte da minha natureza, Dave. Eu sinceramente me sentia péssimo toda vez que *fingíamos* perto de você. Lottie e eu nos sentíamos. Então, não vou fazer com que se arrependa de confiar em mim.

— Estou confiante em relação a você. *Agora*. E talvez outro homem teria mandado você ir se foder, mas achei o cenário como um todo bem fascinante, e gostei de vê-lo mudar. Antes, você era um homem difícil de compreender, mas Lottie suavizou a sua tensão. Você entende quais são as suas prioridades agora. E, francamente, se tornou mais relacionável. Eu me diverti em alguns momentos, não somente vendo-o se esforçar, mas também tendo conversas sinceras com você. Você cresceu, Huxley, e eu o considero um amigo, mesmo que sob falsas pretensões. Só torço para que consiga consertar as coisas com Lottie, porque nós realmente curtimos a companhia de vocês.

— Uau. Eu sinceramente não estava esperando que você fosse dizer isso. Pensei que essa conversa tomaria uma direção completamente diferente, e eu estava pronto para implorar e suplicar.

Dave olha para seu relógio.

— Tenho mais ou menos cinco minutos, se você quiser se ajoelhar e implorar um pouco. — Ele dá risada e, nervoso, eu também rio, porque, porra, eu teria feito isso. — Mas, falando sério, não consigo parar de pensar em vocês dois interagindo depois da aula de bebês. Eu soube que você tinha mudado. Eu soube que você tinha amolecido. A sua severidade desapareceu, e apreciei isso. Gostei da transformação, e espero que continue. Você é um bom homem, Huxley. Agora, descubra uma maneira de consertar isso com Lottie, porque eu sei que Ellie vai querer convidar vocês dois para um jantar de comemoração.

— Isso seria ótimo, Dave. Obrigado. De verdade, obrigado por tudo.

Ele segue em direção à porta do meu escritório.

— Eu sou um cara muito compreensivo, capaz de ver alegria em quase qualquer situação. Mas saiba que você provavelmente não receberá o mesmo respeito de outros parceiros de negócios, então eu manteria essa coisa de noiva e gravidez falsas fora dos acordos profissionais, de agora em diante.

— Acredite em mim, nunca mais.

— Bom saber. Manteremos contato. — Ele acena e, então, vai embora. Quando sei que está distante o suficiente, afundo na cadeira e expiro fundo pela boca.

Puta. Que. Pariu.

Puta.

Que.

Pariu.

Após alguns minutos, Breaker e JP entram alvoroçados em meu escritório.

— Ah, merda, ele não parece bem — Breaker diz. — Aquilo é suor na sobrancelha dele?

JP dá um passo para se aproximar.

— Porra, é suor. Ele nunca sua.

— O que aconteceu? Estamos arruinados? — Breaker pergunta.

Junto minhas mãos e dou risada.

— Ele está rindo. Isso é uma risada *do bem* ou uma risada do tipo *ele pirou*? — Breaker indaga.

— Parece levemente maníaca. Acho que ele pirou — JP responde.

— Ele vai assinar o acordo.

— O quê? — Breaker e JP perguntam ao mesmo tempo.

— Não tenho tempo para falar sobre isso agora. Tenho que descobrir como consertar as coisas com Lottie. É tudo que importa para mim. — Levanto-me e passo a mão pelos cabelos. — Porra, eu nem sei por onde começar.

— Você não pode fazer qualquer coisa de qualquer jeito — Breaker diz.

— Você deu tudo de si nesse contrato com ela, então deveria fazer o mesmo no relacionamento de vocês — JP opina, rindo.

Mas uma ideia surge em minha mente.

— Eu tenho uma ideia — falo ao ir à minha mesa para pegar o celular e as chaves. — Peçam aos advogados que contatem os advogados de Dave. Ligarei para vocês do carro para explicar tudo.

E, sem uma despedida, saio do meu escritório e passo por Karla.

Eu preciso fazer uma coisa antes de hoje à noite.

CAPÍTULO VINTE E TRÊS

LOTTIE

— O que eu estou fazendo, Kelsey? — pergunto, olhando pela janela as casas ricas e elegantes do The Flats passarem por mim.

— Você vai ouvir o que ele tem a dizer — ela diz ao celular, e sua voz calmante não está ajudando nem um pouco a tranquilizar meus nervos furiosos.

Recebi uma mensagem de Huxley há algumas horas me dizendo que um carro iria me buscar no apartamento de Kelsey às 18h30 e que ele esperava que eu entrasse no veículo. Quase respondi que tinha mudado de ideia, que não iria jantar com ele, porque a ideia de ver seu rosto esta noite me deixava enjoada.

Mas Kelsey me fez respirar fundo algumas vezes, listou as vantagens e me disse que o motivo pelo qual eu estava tão chateada era porque eu o amava, e esse sentimento não iria embora até que eu ouvisse o que ele tinha a dizer.

No momento, pensei que ela tinha razão. Agora que estou me aproximando da casa dele, estou começando a pensar que talvez ela estivesse errada.

— Não me sinto bonita. Ele vai me achar um desastre.

— Você está linda pra caramba, e quem liga se você parecer um desastre? Se ele te ama, vai te achar linda, não importa o quanto as suas bochechas estejam marcadas de lágrimas.

— Eu deveria ter me arrumado, deveria ter feito uma maquiagem.

— Você não conseguiu parar de chorar o suficiente para conseguir fazer uma maquiagem. Lembra? Nós tentamos, mas ficou tudo borrado.

— Isso foi um erro, Kelsey. Eu realmente não acho que deveria fazer isso. Não estou pronta.

— Acho que você nunca estará pronta, Lottie.

— Eu me sinto quebrada por dentro — digo suavemente. — Acho que nunca me senti assim antes. Quando Angela me demitiu, pensei que tivesse chegado ao fundo do poço, mas aquele sentimento não é nada comparado a este. Pensei que tivéssemos algo especial e, então, ele arrancou isso de mim. — Inspiro profundamente conforme uma lágrima solitária desce por minha bochecha. — Não sei como me livrar desse sentimento.

— E as emoções que você está sentindo são válidas — Kelsey diz. — Mas, Lottie, existe um motivo pelo qual ele quer que você vá à casa dele esta noite, pelo qual ele veio aqui hoje de manhã. Ele sabe que fez merda. Todos nós cometemos erros. Admito que o dele pode ter sido um erro bem mais grave que outros, mas ele está tentando consertar as coisas. Se você realmente o ama, dará a ele a chance de fazer isso. O amor é isso, não é? Quero dizer, você e eu nos perdoamos por brigarmos sem considerar a verdade, não foi?

Mais lágrimas descem quando vejo o portão familiar que protege a casa de Huxley. Ela não está errada. Deus, eu magoei Kelsey há apenas algumas semanas com a minha idiotice, por falar sem pensar, e... *ela me perdoou*. Respiro fundo conforme o motorista aperta o botão e o portão se abre. *Não tem mais volta*. Ao entrarmos, vejo Huxley do lado de fora, na varanda, esperando por mim.

— Ai, meu Deus, ele está ali. Kelsey, não posso fazer isso. Estou um desastre.

— Então, seja um desastre na frente dele. Eu te amo, maninha. Você tem um coração lindo. Compartilhe-o com ele. — E então, ela desliga assim que o motorista estaciona o carro.

Limpo as lágrimas freneticamente, mas, infelizmente, elas continuam caindo, até mesmo quando Huxley se aproxima do carro e abre a porta. Quando ele me vê, enxergo a devastação que surge em seus olhos antes que ele ofereça a mão para mim.

Ainda sem me sentir pronta para segurar sua mão, saio do carro sem sua ajuda.

Ele não diz nada, mas vejo a decepção em seus ombros diante da minha negação.

Limpando a garganta, ele diz:

— Obrigado por vir.

Limpo meu rosto e apenas aquiesço, com a garganta apertada, tão engasgada que forçar alguma palavra a sair nesse momento parece quase impossível.

Emoções cruas e tumultuosas me atingem, e ao vê-lo usando uma calça jeans simples e uma camiseta, seus cabelos desordenados por tanto passar a mão neles, essas emoções disparam, me jogando em um redemoinho de incerteza.

Eu deveria estar aqui?

Eu deveria dar a ele uma segunda chance?

Se me sinto tão mal assim depois de ser magoada uma vez, o que ele poderia fazer comigo no futuro?

E por que, exatamente, estou sofrendo com essas emoções tão intensas?

Provavelmente porque Kelsey tem razão. Eu o amo tanto, mais do que pensei. Meu coração está apegado a ele. Dói por ele. Mas meu coração também está cauteloso. Ele está brincando de cabo de guerra com meu coração, puxando e rasgando por todas as direções, agitando ansiedade e incerteza dentro de mim.

— Você se importa se entrarmos? — ele pergunta.

Balanço a cabeça, e ele gesticula em direção à porta, e quando dou um passo à sua frente, ele pousa a mão na parte inferior das minhas costas. Seu toque é como um relâmpago subindo por minha espinha, forçando-a a se endireitar, ficar rígida. Ele percebe rapidamente e retira a mão, provavelmente interpretando aquilo como um sinal de que eu não quero que ele me toque. Mas a minha reação não foi porque eu não queria seu toque, foi porque eu não tinha me dado conta do quanto sentia falta dele...

Ele abre a porta para mim e, quando passo por ela, diz:

— Organizei tudo na sala de jantar.

Organizou tudo? O que isso significa?

Ansiosa e nervosa, caminho em direção à sala de jantar, onde vejo a mesa posta para dois. Sobre ela, há dois pratos cobertos, dois copos cheios de água, e um envelope de papel pardo com duas canetas. As luzes estão fracas, Fleetwood Mac está tocando ao fundo, e não parece ter outra alma na casa além de mim e Huxley.

Ele passa por mim para puxar a cadeira onde eu normalmente sento, esperando que eu me acomode nela. Questionando tudo, sento-me e olho para o envelope, minha mente girando. *O que há dentro dele?*

Huxley senta-se também, mas, em vez de ficar de frente para seu prato, ele arrasta sua cadeira para perto da minha e vira-se para mim.

— Lottie.

Respirando fundo, viro-me para ele também, uma lágrima deslizando por minha bochecha.

— Linda... — ele diz baixinho, estendendo a mão e limpando a lágrima. — Por favor, não chore.

— O-o que você... quer, Huxley? — pergunto, forçando as palavras a saírem.

Com um olhar preocupado, ele endireita as costas e diz:

— Eu quero você, Lottie.

— Você estragou essa chance.

— Eu sei. Acredite em mim, eu sei o quanto estraguei tudo. Foi o maior erro da minha vida entrar na nossa casa e culpar você por algo que eu sei, lá no fundo, que você nunca faria. — Não me passou despercebido ele ter dito *nossa casa*. — E eu tenho tentado descobrir como consertar isso, como mostrar a você o quanto estou arrependido, e percebi que talvez eu devesse voltar ao ponto onde tudo começou.

Levemente confusa, pergunto:

— O que quer dizer?

De dentro do envelope, ele retira uma pilha de papéis grampeados. Quando meus olhos pousam neles, percebo que é o nosso contrato.

Ele levanta de sua cadeira e caminha até um canto da sala de jantar, onde há uma pequena mesa encostada à parede. Sobre ela, ligada à tomada, há uma trituradora de papéis. Sem hesitar, ele enfia o contrato na trituradora, e o som ensurdecedor da máquina engolindo o nosso contrato ecoa pelo cômodo.

E, por alguma razão, isso dói. Esse contrato foi o que nos uniu. Foi o que me libertou dos meus empréstimos estudantis. *Isso também foi destruído?* Foi o que me trouxe para perto de Huxley, e ele o destruiu sem ao menos piscar.

— Por que você fez isso? — pergunto, com uma angústia clara em minha voz.

— Porque nós precisamos de um recomeço, Lottie. — Ele volta para a mesa e se senta. Ele tenta segurar a minha mão, mas eu não permito. Baixando a cabeça, derrotado, ele diz: — Lottie, por favor, você não está facilitando para mim.

— Você acha que eu deveria? Porque você com certeza não facilitou para mim ontem quando me acusou de contar a verdade a Ellie.

— Eu sei, mas...

— E você acha que foi fácil, para mim, ver o desdém absoluto com que você estava me olhando?

— Não, mas...

— E você acha que foi fácil, para mim, saber que o homem em quem eu confiava, pelo qual eu estava apaixonada, não confiava em mim para mantê-lo seguro com nosso segredo?

— Não. Mas, Lottie...

— Eu não sei por que vim. — Levanto-me da cadeira.

Huxley se levanta também.

— Aonde você vai?

— Eu vou embora — digo. — Isso foi burrice.

Sigo em direção à entrada, mas Huxley puxa minha mão, girando-me de volta. Com irritação nos olhos, ele diz:

— Sente-se, Lottie.

— Como é que é?

— Eu disse sente-se — ele fala entre dentes e, nesse momento, minha tristeza se transforma em raiva.

— Quem você pensa que é para...

Ele vem em minha direção e me empurra delicadamente contra a parede da sala de jantar, interrompendo minhas palavras. Minha respiração fica presa na garganta conforme ele me prende no lugar com uma mão e a outra se apoia na parede atrás de mim, equilibrando-o.

— Estou tentando me desculpar, droga — ele diz, sua raiva crescendo.

— E você acha que esse é o jeito de fazer isso?

— Você tem uma ideia melhor? — ele pergunta, seus olhos nunca desviando dos meus. — Você é tão teimosa que te irritar parece ser a única maneira de fazer com que me ouça.

— Você me magoou, Huxley. Eu não quero ouvir.

— Se não quisesse, não estaria aqui. — Ele me conhece bem demais. — Se você não quisesse estar aqui, nunca teria entrado no carro, e eu conheço você, Lottie. Você me ama...

— Não. — Balanço a cabeça. — Não amo.

Ele se pressiona ainda mais contra mim, prendendo meu fôlego.

— Não ouse mentir para mim, porra. Ninguém apaga sentimentos de um dia para o outro. Agora, é assim que você quer ter essa conversa, comigo te segurando? Porque eu preferiria ser civilizado, não usar meios de comunicação antigos. Mas, se for preciso, vou te segurar aqui assim, a noite toda, até você me ouvir.

Umedeço os lábios, sentindo meu corpo esquentar de luxúria.

Cacete.

Não quero sentir luxúria por ele.

Não quero visualizar o tipo de tortura deliciosa que ele poderia fazer comigo nessa posição, esperando que eu me comunique apropriadamente.

— Vai me ouvir? — ele indaga.

Respiro algumas vezes antes de dizer:

— Vou.

Ele me solta e então segura a minha mão, o que eu permito, e me leva de volta para a mesa, onde nós dois nos sentamos.

Quando estamos acomodados, ele pergunta:

— Já terminou com a teimosia?

— Já terminou com a babaquice?

E apenas com isso, um sorriso presunçoso minúsculo repuxa seus lábios. Assim como no início do nosso relacionamento. Estamos de volta à estaca zero: eu brava, ele se divertindo com isso.

Irritada com seu sorrisinho, cruzo os braços contra o peito e questiono:

— Está achando isso engraçado?

— Estou. Me lembra de como tudo começou.

Eu também.

— Eu gostava mais de como as coisas estavam ultimamente. — Desvio o olhar.

— Não me entenda mal, eu também, mas é legal ver o ciclo se fechar, não acha?

— Acho que precisamos andar logo com qualquer que seja essa apresentação que você tem aí, para que eu possa seguir em frente.

Isso o irrita, a julgar pelo jeito como estreita os olhos e tensiona a mandíbula. Depois da mudança no nosso relacionamento, não achei que seria possível revisitar como as coisas eram no começo, mas eu estava errada. Nós somos muito capazes de fazer isso.

Mas o que odeio é o fato de que isso me revigora.

Sua mandíbula se contrai conforme ele estende a mão e segura uma das minhas, e dessa vez, eu deixo que ele faça isso. Segurando-a firmemente, ele me fita e se declara:

— Eu te amo.

As palavras me deixam perplexa.

Me tiram o fôlego.

Mas também não parecem completamente reais.

— Eu não acredito em você. Como vou saber se não está falando isso por falar?

Seus olhos se enchem de frustração, e ele pega o envelope novamente, retirando de lá um novo contrato. Mas este é menos formal. Em vez de jargões jurídicos, parece que ele mesmo o digitou, e consiste apenas em uma lista de tópicos em uma única folha de papel.

— O que é isso? — pergunto.

— Nosso novo contrato.

— Você acha que eu vou assinar um novo contrato com você?

Seus olhos encontram os meus.

— Pare com esse atrevimento por um segundo e me ouça.

— Assim você vai mesmo me reconquistar, pode ter certeza. — Reviro os olhos.

— Será que vou ter que te curvar sobre essa mesa para você parar com isso?

Meu corpo se aquece e posso sentir meus olhos se arregalarem diante da ideia.

Ele percebe.

O interesse.

O anseio.

O desejo.

— Pare — ordeno, erguendo a mão quando ele se mexe. — Nem ao menos pense nisso.

— Então, é melhor você me ouvir. Assim, não precisarei tomar medidas drásticas.

Deus, é irritante o quanto ele é mandão.

Dominante.

Possessivo.

Mas eu também amo isso. *Qual é o meu problema?*

Um pouco da aspereza desaparece de seus olhos quando ele diz:

— Eu sinto muito, Lottie, por muitas coisas. Sinto muito por ter te culpado por algo que eu não tinha o menor direito de te culpar. Sinto muito por quebrar a nossa confiança. Sinto muito por não me apoiar em você quando deveria. E, mais importante de tudo, sinto muito por ter te magoado. Vê-la chorando, tão chateada, e saber que fui eu que causei a sua dor... isso acaba comigo.

E apenas com isso, com sua voz calmante, a irritação se esvai de mim, aliviando a tensão nos meus ombros, e eu simplesmente... ouço.

— Eu percebi o meu erro rapidamente quando você começou a ir embora. Meu coração ficou preso na garganta quando você entrou no carro da sua irmã. E quando te vi se afastando no carro, eu soube que você havia levado um pedaço enorme de mim junto. Vê-la indo embora acabou comigo, e isso me fez perceber que eu te amo. Eu te amo mais do que jamais imaginei ser possível amar alguém. E isso me atingiu com força. Eu preciso que você faça parte da minha vida, Lottie. Preciso que fique permanentemente. E foi por isso que criei esse contrato.

Eu não o pego. Em vez disso, falo:

— Leia-o para mim.

Limpando a garganta, ele diz:

— Meus termos jurídicos não têm muita qualidade, então não zombe de mim. — Isso me faz sorrir por dentro. Então ele lê: — Este contrato vincula Huxley Cane e Lottie Gardner assim que os termos forem acordados e as assinaturas estiverem presentes na parte inferior da página.

— Você tem razão, a sua terminologia é péssima.

— Minha mente estava toda confusa quando escrevi isso. Me dê um desconto. — Ele endireita os ombros e lê um pouco mais. — Os seguintes requisitos devem ser seguidos pelas duas partes. Requisito número um: após pensar e considerar cuidadosamente, Lottie concorda em perdoar

Huxley por ter sido um grande babaca.

— Agradeço por você ter usado o termo *grande*, porque você foi mesmo.

— Fui — ele concorda, e a tensão diminui mais.

— Requisito número dois: após uma intensa sessão de amassos, que incluirá o que Lottie quiser... — Sorrio com isso. — Será solicitado que Lottie venha permanentemente morar com Huxley e ficar no quarto dele, onde ele já abriu espaço no closet para as suas roupas.

— Minhas roupas ou os itens pessoais que você comprou para mim? — pergunto.

— O que você quiser.

— Eu prefiro uma mistura dos dois.

— Feito. — Sua expressão fica mais leve conforme ele continua. — Requisito número três: Lottie desiste de todos os papéis anteriores como noiva falsa e falsa grávida. Huxley reconhece o quanto essa ideia foi péssima e já esclareceu as coisas com Dave. Ele quer que Lottie viva o melhor momento da sua vida agora, livre de qualquer premissa falsa.

— *O melhor momento da sua vida?* — pergunto com uma sobrancelha arqueada. Ele assente. — E as coisas estão esclarecidas com Dave? Sério?

— Sim, falei com ele hoje. Ele não ficou feliz quando contei que estraguei as coisas com você e me disse que eu tinha que reconquistá-la. Eu disse a ele que essa era a minha intenção e que já tinha marcado um jantar.

— Dave é um homem inteligente. — Jogo meus cabelos por cima dos ombros, precisando ocupar minhas mãos agitadas.

— Requisito número quatro: mesmo que o contrato anterior tenha sido destruído, Huxley ainda está em dívida com Lottie e, portanto, comparecerá a qualquer evento social com ela para ajudá-la a esfregar sua volta por cima na cara de sua antiga chefe, mas, dessa vez, ele preferirá agir como seu noivo de verdade.

Seu olhar se ergue para me espiar.

Hã, eu ouvi direito? *Noivo de verdade?*

— Requisito número cinco: Lottie reconhece que Huxley não é nada sem ela. Que ele não somente deseja que ela faça parte de sua vida, mas precisa que ela faça parte de sua vida. Ela se tornou algo permanente e tê-la em sua vida é inegociável. O que nos leva ao Requisito número seis: Lottie segue Huxley até o telhado. — Huxley se levanta e estende a mão para mim.

Eu não a aceito imediatamente.

Nem ao menos sei se consigo dado o tanto que estou trêmula.

— Lottie...

Reunindo algumas palavras, eu digo:

— Eu, hã... vou precisar que o meu advogado dê uma olhada nesse contrato.

Seu sorriso quase me faz cair para trás de tão brilhante, lindo e cheio de alegria. Isso faz com que eu coloque minha mão na dele e o deixe me guiar pela casa, pelas escadas e chegar ao telhado. Quando Huxley abre a porta, ele me deixa ir na frente, revelando o lindo cenário.

Duas espreguiçadeiras de madeira ocupam o meio do espaço, decoradas com pétalas de rosas e cercadas por velas a pilha, que oferecem luz suficiente para combinar com o clima.

— Uau — elogio, assimilando tudo.

A porta se fecha atrás de nós, e quando me viro, deparo-me com Huxley ajoelhado, segurando uma caixinha.

Isso não pode ser real. Isso não pode ser a vida que estou vivendo agora, mas, quando ele abre a boca e diz meu nome em um tom ofegante, me dou conta de que é, sim, muito real.

— Lottie, eu te amo. Você é lindamente frustrante, irritantemente cheia de razão durante a maior parte do tempo e me traz mais alegria do que jamais pensei que poderia ser sortudo o suficiente para ter. Você complementa a minha personalidade ranzinza. Você me coloca no meu lugar quando preciso, e me ouve quando preciso de alguém que faça isso por mim. Você me completa, e eu sei, com toda certeza, que não posso viver sem você. — Ele abre a caixinha, revelando um lindo anel de diamante. Este é diferente do que uso atualmente no dedo; ele tem uma pedra com lapidação *cushion* e pequenos diamantes cravejados em volta do aro. É mais ousado, assim como eu. — Eu te amo tanto. Por favor, você aceitaria o novo contrato e me daria a honra de ser minha esposa?

Olho para ele, seus olhos profundos e misteriosos me penetrando, capturando-me.

Sempre será assim.

Eu acredito que ele tem meu coração desde o início. Mesmo durante os nossos altos e baixos, existia uma conexão, uma ligação inabalável que me atraiu para ele. É impossível negar que eu amo esse homem, e sei que sempre o amarei, sem dúvidas. Ele é o homem da minha vida. Eu reconheço isso. Mas...

— Você me magoou, Huxley.

Ele fica de pé e percorre o espaço entre nós rapidamente.

— Eu sei, Lottie, e, porra, eu sinto muito mesmo. Não posso prometer que não vou te magoar novamente, porque sempre teremos nossas divergências, mas posso te prometer isto: você é a minha prioridade número um, é a pessoa em quem confio, a pessoa que sei que sempre estará ao meu lado, torcendo por mim *e* chamando a minha atenção quando eu estiver sendo um babaca. E eu farei tudo que for possível para te fazer feliz. Para garantir que eu nunca mais te faça chorar de propósito. — Sua mão sobe para meu rosto e seu polegar afaga gentilmente a minha bochecha. — Eu te amo, linda.

Umedeço meus lábios, perdendo-me naqueles olhos, e em um salto de fé, respondo:

— Eu também te amo.

— Porra — ele diz, expirando com força antes de erguer meu queixo e pressionar os lábios nos meus. Meus braços envolvem seu pescoço instantaneamente e eu aprofundo o beijo, libertando-me da raiva e da tensão que estavam tomando conta de mim.

Estranhamente, ele é tudo que eu sempre quis. Ele me desafia. Me provoca. E me ama apaixonadamente.

Ao se afastar, ele segura minhas bochechas e apoia sua testa na minha.

— Por favor, me diga que isso é um *sim*. Por favor, me diga que será minha para sempre.

Prendendo meu olhar ao dele, eu confirmo:

— Eu sou sua para sempre, Huxley.

— Eu sou sua para sempre, Huxley.

— Graças a Deus — ele fala, erguendo minha mão e dando um beijo nos nós dos meus dedos. Em seguida, ele tira o anel de noivado falso do meu dedo e o substitui pelo verdadeiro. Ele dá um beijo em meu dedo e pergunta:

— Você gostou?

Sorrio.

— Eu amei, assim como amo você.

Ele me dá mais um beijo nos lábios e, baixinho, diz:

— Parece que você conseguiu descolar um marido rico, afinal.

Dou risada.

— Acho que foram as tranças.

— Foram as tranças, com certeza.

Ele me puxa para um abraço e me ergue no ar, girando-me enquanto gargalhamos.

Justo quando você pensa que chegou ao fundo do poço, quando acha que não há mais como escalar a montanha novamente para encontrar a felicidade, você se depara com uma nova trilha, uma que tem seus trancos e barrancos, mas oferece um lindo resultado no final. Eu não fazia ideia de qual seria o resultado de dizer sim a Huxley e ao seu esquema louco, mas fico muito feliz por tê-lo feito, porque não consigo imaginar como a minha vida seria sem ele.

EPÍLOGO
HUXLEY

— Como está a minha bunda?

— Pela décima vez, a sua bunda está fantástica — digo, embora nem me dê ao trabalho de olhar, desta vez. Tenho certeza de que nada mudou durante o último minuto, e quanto mais eu olhar para sua bunda, mas duro vou ficar, e a última coisa que quero fazer é ficar duro quando entrarmos na reunião da turma do Ensino Médio de Lottie.

— Esse vestido não é escandaloso demais? Estou achando que é.

Eu a detenho e a viro para que fique de frente para mim. Ela está usando um vestido roxo-escuro justo que delineia cada curva de seu corpo e deixa seus peitos empinados, em um decote impressionante. Quando ela saiu do nosso banheiro, meu queixo foi ao chão e meu pau inchou em segundos. Ela combinou o vestido com sapatos pretos de salto fino, minha kryptonita. Eu imediatamente me aproximei para puxá-la para mim, mas ela me bloqueou com um braço firme, dizendo que eu não tinha permissão para tocá-la sexualmente até depois da reunião, porque ela não queria que eu arruinasse seu cabelo e sua maquiagem.

Eu não a toquei em casa, mas, no instante em que entramos no carro, ergui a divisória de privacidade, coloquei suas pernas em meus ombros e a chupei até ela gozar duas vezes. Em troca, ela me fez um dos boquetes mais rápidos da minha vida. Eu estava duro e pronto depois de ter seu sabor em meus lábios, então não demorou muito. *Mesmo que eu não tivesse permissão para puxar seus cabelos, como normalmente amo fazer.* Satisfeitos, seguimos para o Hotel Beverly Hillshire, o que fez Lottie rir, diante de como foi o início do nosso relacionamento e a *vibe Uma Linda Mulher* do lugar.

— O vestido está perfeito, linda. Eu juro, você está maravilhosa. — Beijo sua bochecha e inclino-me para falar em seu ouvido. — Tão maravilhosa que estou precisando de cada gota do meu autocontrole para não te foder bem aqui nesse corredor.

Minha mão pressiona a curva de seu quadril e eu a empurro contra a parede.

— Huxley — ela diz, sem fôlego.

— Você não pode dizer o meu nome assim. Vai me deixar duro — sussurro, dando um beijo em seu pescoço. Ela inclina a cabeça para o lado. — Linda, você está me tentando.

— Quem está me tentando é você — ela responde enquanto beijo abaixo de sua orelha. Ela geme baixinho.

— Lottie... você quer que eu te foda bem aqui...

— Com licença, nós estamos tendo uma reunião de turma do Ensino Médio aqui — uma voz esganiçada nos interrompe.

Quando me afasto de Lottie, deparo-me com uma mulher usando um vestido rosa-chiclete. Há um homem colado ao seu lado, mas ele parece falso. Não há conexão em seus olhos, somente indiferença. É como se ele estivesse simplesmente presente. Quando enfim noto a mulher que está falando conosco, percebo que é Angela.

— Oh, Lottie — Angela diz, colocando a mão no peito. Fico observando-a olhar a minha noiva de cima a baixo. Seus lábios se curvam para baixo, e sei, com toda certeza, que ela está com inveja. Quando a mão de Lottie aperta a minha, sei que ela também percebeu. — Não percebi que era você. — Angela vira-se para mim. — Huxley, como vai?

Odeio que ela pense que somos amigos.

— Muito bem — respondo, erguendo a mão de Lottie e dando um beijo no dorso, a mesma mão que carrega seu anel de noivado. Os olhos de Angela pousam nele, e ela tem muita dificuldade em mascarar suas emoções, a inveja corroendo-a. — Desculpe pela demonstração pública de afeto, mas a minha garota está esplêndida nesse vestido e não consigo manter as mãos longe dela. Ela me fez jurar que eu não arruinaria seu penteado e sua maquiagem. Acho que me saí bem quanto a isso no carro, não foi?

Angela estreita os olhos, mas então, deve se dar conta de que precisa se exibir, porque endireita as costas e se inclina mais para o cara ao seu lado, que está, infelizmente para ela, dando uma conferida em outra mulher.

— Oh, sim, Brad e eu também mal conseguimos nos controlar no carro. Esse homem está o tempo todo com tesão.

Ele não liga para ela. Em vez disso, morde o canto do lábio conforme uma loira passa por nós.

— O que aconteceu com o Ken? — Lottie pergunta.

Angela faz um gesto vago com a mão.

— Ele ficou chato.

Ou seja, ele terminou com ela.

— Mas Brad e eu estamos nos divertindo muitíssimo. Não é mesmo? — Ela dá um puxão no braço de Brad.

— Eu vou ao banheiro — ele avisa, saindo dali sem mais uma palavra, seguindo a loira.

Ainda forçando uma expressão feliz, Angela questiona:

— Então, vocês dois já marcaram a data?

— Dez de dezembro — Lottie responde. — Vamos para Tulum e levaremos nossos amigos mais próximos e nossas famílias para uma celebração de casamento de duas semanas.

— Oh, que empolgante! — Angela se anima, claramente não se tocando de que não foi convidada. — Devo reservar o meu voo agora?

Muito, muito idiota.

— Não, não precisa. Vamos nos casar sem a sua presença mesmo.

Ela franze a testa.

— Lottie, eu sou a sua melhor amiga.

— Não, isso não é verdade. — Lottie balança a cabeça. Sua autoconfiança está me deixando com tanto tesão agora. Espero que ela não pretenda ficar nessa reunião por muito tempo. — Mas obrigada por pensar tão bem de mim. — Lottie sorri. — Ah, e lamento saber que os seus dois maiores patrocinadores não estão mais anunciando com você. Isso deve ter sido difícil.

A careta de Angela se intensifica.

— Eu sei o quanto era difícil manter esses clientes felizes, já que era sempre eu que me encarregava de fornecer-lhes tudo de que precisavam. É uma pena, mas, ei, pelo menos você está economizando dinheiro ao contratar funcionários medíocres.

O rosto dela se contorce ainda mais.

— Você, por caso, ficou sabendo que Kelsey e eu temos um negócio agora? Acabamos de assinar um contrato de um milhão de dólares com Dave Toney. Estamos atoladas de trabalho e pretendemos contratar algumas pessoas para nos ajudar a dar conta de tudo. Mas não se preocupe, deixaremos os funcionários medíocres à sua disposição. Nós só queremos os melhores e pagaremos a eles o que merecem. Enfim... — Lottie vira-se para mim, estica-se um pouco e dá um beijo em minha bochecha. — Já me cansei disso. Quer ir comer um hambúrguer?

Sorrio.

— Gostaria de ir para Portland? Estou morrendo de vontade de comer no Killer Burger.

— Eu não poderia pensar em algo mais perfeito. — Lottie vira-se para Angela. — *Não* foi um prazer revê-la, Angela. Cuide-se.

E, com isso, de mãos dadas, saímos do hotel e seguimos direto para onde o carro está nos esperando. Ligo para o meu piloto e peço que ele nos encontre no aeroporto. Se a minha garota quer um hambúrguer, é o que ela terá.

Ao percorrermos a cidade, penso no quanto sou sortudo.

Estive errado de tantas formas. Em sugerir que uma farsa seria o meio para me fazer conseguir fechar um acordo de negócios. Em pensar que Dave, que sempre foi conhecido por ser um cara decente, não acreditava na Cane Enterprises desde o começo. Em acreditar que esta linda mulher em meus braços seria capaz do tipo de traição que sugeri. *Ridículo*. Eu sou sortudo pra caralho. Tive que admitir que estava errado e aprender uma lição, e nunca mais deixarei de dar valor a ela. Assim como também nunca mais inventarei alguma história para conseguir fechar um negócio.

Lottie se aconchega em meu abraço e pousa delicadamente os lábios em minha mandíbula.

— Eu te amo, Huxley.

— Eu também te amo, linda. Estou orgulhoso de você. Orgulhoso pra caralho.

— Eu não fui muito cretina?

— Você foi incrivelmente cretina, mas eu adorei.

Ela dá risada.

— Aquela última provocação talvez tenha sido desnecessária, mas não pude evitar.

— Você conseguiu colocar um ponto final nisso?

Ela aquiesce.

— Totalmente. Obrigada.

— Não precisa me agradecer. Você conseguiu tudo isso sozinha.

— Você quer dizer descolar um marido rico ao, por acaso, me perder no The Flats?

O melhor dia da minha vida. Que bom que Angela foi tola o suficiente para demitir Lottie.

— Exatamente. Você não faz ideia do quanto sou grato por você ter se perdido naquele dia, *e* por ter aceitado a minha proposta insana.

— Bem, se quer saber, eu gostei muito mais da sua proposta mais recente.

— E você disse sim.

— E eu disse sim.

Graças a Deus.

— Angela estava bem errada em relação a muitas coisas, sabe?

— Ah, eu sei, mas a que você se refere?

— Você é a *minha* melhor amiga, Lottie. E a minha vida é muito melhor por isso. Eu te amo, futura esposa.

— E eu te amo, futuro marido, mesmo com todas as suas loucuras.

Dou risada e a enlouqueço com um beijo profundo e apaixonado. *Minha garota linda, sexy e incrível.* A vida nunca será tediosa com essa mulher impetuosa ao meu lado. Dias chuvosos nunca serão sombrios. A vida será divertida, cheia de aventuras, louca e muito melhor do que jamais imaginei que pudesse ser. Melhor do que mereço.